GISBERT HAEFS

# DAS SCHWERT VON KARTHAGO

GISBERT HAEFS

# ·DAS · SCHWERT ·
# ·VON·
# ·KARTHAGO·

Roman

**HEYNE** ‹

© 2005 by Gisbert Haefs
Wilhelm Heyne Verlag, München
in der Verlagsgruppe Random House GmbH
Herstellung: Helga Schörnig
Satz: C. Schaber Datentechnik, Wels
Gesetzt aus der 10,5/14,5 Punkt Galliard
Druck und Bindung: GGP Media GmbH, Pößneck
Printed in Germany

ISBN 3-453-01208-9
www.heyne.de

# 1

[229 v. Chr.] **Zabugu hatte getötet**; deshalb mußte er sterben. Wenn er einen Bettler erschlagen oder einen anderen kleinen Schurken erstochen hätte, würde ihm vielleicht ein langwieriger Tod beschieden: Arbeit in einem der Steinbrüche, lebendig begraben und dennoch nützlich für die anderen. Mord an einem reichen, einflußreichen Mann war durch Tod am Kreuz zu sühnen; wenn der Richter nichts anderes anordnete, würde man den Mörder an ein Kreuz binden, ihm Arme und Beine brechen und das übrige der Sonne, dem Durst und den Schmerzen überlassen. Aber Zabugu hatte das Verbrechen – schlimmer: die Dummheit – begangen, einen Reichen zu töten, der zu den zweihundert Richtern gehörte. Dafür würde einer der anderen Richter zweifellos einen abschreckenden Tod verhängen.

Die Büttel, die unter Bomilkars Leitung den Frieden und die Ordnung der Stadt hüteten, hatten Zabugu zur Großen Mauer gebracht und in eines der Verliese gesteckt.

Es gab einiges am Hergang, das Bomilkar mißfiel, weil Fragen blieben. Fragen, die er Zabugu stellen wollte, ehe einer der einfallsreichen Henker ihm den Mund für immer schloß.

Während er darauf wartete, daß die Hüter des Verlieses mit Zabugu erschienen, überflog Bomilkar noch einmal die Papyrosfetzen, die sein Stellvertreter Autolykos bekritzelt hatte. Nichts an alledem gefiel ihm; dabei sagte er sich mit einem leisen Glucksen, daß kein Mörder verpflichtet sei, sich nach den Vorlieben des Herrn der Wächter der Stadt zu richten.

Der Mord war am Vorabend geschehen, als Bomilkar mit

seiner Gefährtin Aspasia in einer Schänke des Hafenviertels aß und den wüsten Geschichten eines Erzählers lauschte. Autolykos hatte den Mörder in die Festung gebracht und offenbar mit Nägeln und Zähnen vor einigen Ratsdienern geschützt, die ihn gleich in den Kerker des Gerichtsgebäudes schleifen wollten.

»Gut so«, murmelte Bomilkar. Er hatte Autolykos auch schon gründlich gelobt. Die Richter und ihre Folterer würden sich früh genug mit Zabugu vergnügen.

Und er selbst hatte sich viel früher mit ihm befassen wollen, gleich am Morgen. Aber dann war eine jener unausweichlichen Formen wiederkehrenden Unheils über ihn gekommen: Ratsherren oder solche, die es werden wollten. Jährlich wurde ein Drittel des Rats neu gewählt, die Wahlen fanden im Spätsommer statt, und zuvor zogen alle, die wieder oder erstmals zur Wahl antraten, durch die Stadt. Um mit Bürgern zu reden, Beschwerden zu lauschen, Verheißungen abzusondern.

Bomilkar, geboren in der ältesten der punischen Städte, Ityke, hätte längst das Bürgerrecht von Qart Hadasht beantragen können, um sich an solchen Wahlen zu beteiligen. Besitz, Verdienste oder Ämter waren die Voraussetzungen. Er besaß weder Boden noch ein Haus oder ein Geschäft, aber er hatte in Iberien gekämpft und hütete den Frieden der Stadt. Eigentlich wußte er gar nicht, warum er sich nie bemüht hatte; vielleicht, weil er ohnehin zuviel mit Politikern umgehen mußte.

Wie an diesem Morgen, als acht Männer, die er alle nicht kannte, zuerst die Wachstube und dann die Festung besichtigen wollten. Einer seiner Stellvertreter, der Punier Achiqar, hatte sie geführt, und zwei Stunden lang hatten sie Fragen gestellt, in Aufzeichnungen geblättert, Vorschläge gemacht. Einige waren umgänglich gewesen, von gewissermaßen erhabener Freundlichkeit, andere schroff und anmaßend, grenzten sich als Nachweis ihrer Zugehörigkeit zu den besseren Schichten durch überdeutliche Aussprache und gewählte Redeweise von ihm und anderem minderen Volk ab. Zeitverlust, der ihn an Wichtigerem gehindert hatte. Zabugu, vor allem.

Er blickte von den Papyrosfetzen auf und lauschte. Die Räume der Ordnungshüter – darunter die eigentliche Wachstube und der Nebenraum, in dem er zuweilen übernachtete – lagen in jenem Teil der Mauer, der sich vom Tynes-Tor nach Süden bis zur Ufermauer am Binnensee erstreckte; durch den gewöhnlichen Vormittagslärm vom Tor und von der Großen Straße war nun das Klirren von Ketten zu hören. Ein paar Lidschläge später tauchten vor dem Eingang vier Männer auf: zwei zum Wachdienst befohlene Fußkämpfer, Zabugu und Achiqar.

»Hier ist das Geschenk«, sagte er; mit dem Kinn wies er auf den Gefangenen. »Gut eingewickelt, hoffe ich.«

»Ich danke euch, Männer.« Bomilkar nickte den beiden Kriegern zu. »Es wird eine Weile dauern. Geht zurück; wir rufen euch, wenn wir fertig sind.«

Zabugu war ein stämmiger Numider – ›Massyler, wahrscheinlich‹, dachte Bomilkar; er trug nichts als einen ledernen Leibschurz und dazu Ketten an den Füßen und Handgelenken. Die Zehen waren lang und schmutzig, die Fußsohlen von Hornhaut überkrustet. Als der Mann sich halb umdrehte, um einen Blick in den Wachraum zu werfen, sah Bomilkar Spuren eines Peitschenschlags auf der Schulter und ein paar verfärbte Hautstellen, vermutlich von Stößen mit Lanzenschäften. An den Händen und im Gesicht gab es kleinere Schwellungen, die von Insektenstichen herrühren mochten.

»Setz dich«, sagte Bomilkar; er deutete auf einen Schemel.

Zabugu wirkte ein wenig verblüfft, ließ sich dann aber ohne ein Wort auf den Schemel sinken. Achiqar lehnte mit der linken Schulter im Eingang, das kurze Schwert in der rechten Hand.

Bomilkar musterte das Gesicht des Mörders. Und zum hundertsten Mal fragte er sich, warum man Beruf und Neigung oder Fähigkeiten eines Menschen nicht am Gesicht erkennen konnte. Zabugu hätte Bauer sein können, Lastträger, Matrose, einfacher Krieger; das stopplige Kinn, der breite Mund, die etwas zu kurze Nase, die müden dunkelbraunen Augen – nichts war ungewöhnlich. ›Keine besonderen Geistesgaben‹, dachte Bomilkar, ›aber auch keine Anzeichen von Blutdurst oder bemerkenswerter Grausamkeit‹.

»Warum?« sagte er.

Zabugu blickte einen Punkt über Bomilkars Kopf an, vielleicht einen Fleck in der Tünche der Wand. Er hob die Schultern.

»Sie haben es eilig mit dir.« Bomilkar lehnte sich in dem schlichten Scherensessel zurück und nahm ein Messer, das zum Beschweren von Papyros gedient hatte. Mit der Spitze deutete er auf Zabugu. »Morgen früh wird sich ein Richter mit dir befassen. Morgen mittag, nehme ich an, wird man beginnen, dir ein langes Sterben zu bereiten.«

Zabugu schien ihn nicht zu hören. Er hatte den Kopf gesenkt und blickte auf den Boden, vielleicht auf die Eisenringe an den Knöcheln oder die Kette dazwischen.

»Hörst du?«

Zabugu hob den Kopf, ganz langsam, und sah Bomilkar an. »Ich höre, Herr der Wächter«, sagte er leise, »aber ich lausche nicht.«

»Warum nicht?«

»Es wäre nutzlos.«

»Ich werde später, heute abend, mit Himilko reden, dem Sufeten. Er weiß vielleicht schon, welcher Richter deinen Fall übernimmt. Himilko könnte, wenn er einen Grund dafür hätte, mit dem Richter sprechen. Ihn bitten, aus bestimmten Gründen einen schnelleren und weniger schmerzhaften Tod zu verfügen.«

Zabugu kaute auf der Unterlippe. »Das wäre …« Er hustete. »Wozu sollte ein Sufet sich um mich kümmern?«

»Das stimmt.« Bomilkar legte das Messer wieder auf die Papyrosabrisse. »Warum sollte er? Es gibt in dieser Stadt zwei Sufeten, zweihundert Richter, dreihundert Ratsherren, dreißig Älteste und zehntausend Zabugus. Wen kümmert ein Zabugu?«

»Zweihundertvier Richter«, sagte Achiqar mit einem Glucksen. »Hundertvier Edle, die sich um Belange des Staats kümmern, und hundert weniger edle für die alltäglichen Dinge. Zehntausend Zabugus, zehntausend Achiqars. Und wieviel Bomilkars?«

»Mehr als genug. Aber einer dieser Zabugus hat etwas getan, was all die edlen, reichen und mächtigen Männer berührt. Bekümmert. Deshalb kümmern sie sich so schnell um dich.«

Zabugu verdrehte die Augen und schwieg.

»Ich sehe die Dinge so«, sagte Bomilkar. »Du hast den edlen Abdosir mit einer Lanze durchbohrt, als er eben den Eschmun-Tempel verließ. Dein Gesicht war verhüllt, aber du bist über eine Mauer geklettert, um den Sklaven zu entkommen, die dich verfolgt haben, und dabei haben die Zweige eines Baums dir den Schleier abgestreift. Die Sklaven von Abdosir konnten ihren Herrn nicht schützen, aber sie haben dich gesehen, ebenso die der drei anderen Ratsherren, die mit Abdosir im Tempel gewesen waren. Alle haben laut geschrien, und ein paar meiner Wächter, die zufällig ganz in der Nähe waren, haben dich geschnappt, als du den Garten wieder verlassen hast.«

Achiqar öffnete den Mund, schloß ihn aber wieder, als Bomilkar ihm einen unfreundlichen Blick zuwarf.

»Dies wird der Richter bedenken, nicht mehr. Ein Nichts namens Zabugu hat einen Großen der Stadt getötet; es gibt keinen Zweifel daran, also auch keinen Zweifel an der Verurteilung.«

Der Massyler bleckte die Zähne. »Wozu dann dies Gerede, Herr?«

»Weil mich ein paar andere Dinge bekümmern, o Zabugu. Ich will sie dir darlegen, damit du sie – und mich – verstehst.«

Zabugu seufzte leicht. »Nutzlos.«

»Wir werden sehen. Als die Fürstin Elissa vor fast sechshundert Jahren aus Tyros hierhersegelte, um die neue Stadt zu gründen, hatte sie zwei Steuerleute. Einer war Ahiram, Vorfahr des Strategen Hamilkar, der in Iberien kämpft. Der andere war Baalyaton, Vorfahr des Ratsherrn und Richters Abdosir. Zahllose Sufeten, Hohe Priester, Strategen, Richter, Ratsherren. Eine der wichtigsten Familien. Unter den Mächtigen und Alten, den reinen Chanani, deren Ahnen aus Chanaan hergesegelt sind, eine der angesehensten. Mit Einfluß, mit einflußreichen Verwandten und Freunden. Mit Geld im Handel und in Häusern, mit Landgütern.«

Bomilkar machte eine Pause und betrachtete den Mörder. Zabugu verzog keine Miene.

»Und du – Sohn eines massylischen Kameltreibers. Dein Vater, lese ich hier, war Karawanenmann, und soweit wir wissen, hat er nie etwas mit Abdosir oder dessen Sippe zu tun gehabt. Du bist vor acht Jahren in die Stadt gekommen, nach dem Ende des Kriegs gegen die Söldner, und hast seitdem hier gearbeitet. Als Lastträger, als Tierpfleger, als Stauer im Hafen, in den letzten drei Jahren als ... etwas anderes. Handlanger von Gulussa, der bis zu seinem Tod im vorigen Jahr einer der Fürsten der Unterwelt war. Für wen hast du seitdem gearbeitet?«

Zabugu hob die Schultern. »Für jeden, der mich bezahlt.«

»Hat Abdosir dich bezahlt? Wofür?«

»Abdosir?« Zabugu hatte die Augen weit geöffnet; seine Stimme klang, als wolle er Bomilkar des Wahnsinns bezichtigen.

»Hat Abdosir versäumt, dich zu bezahlen?«

Diesmal gab es nur ein stummes Kopfschütteln. Bomilkar sagte sich, die Behauptung, der Mond sei bis vorgestern eine vor der Hafeneinfahrt vertäute Boje gewesen, wäre ähnlich überzeugend wie die Annahme, einer wie Abdosir hätte auch nur gewußt, daß es Zabugu gab.

»Also keine Verbindung zwischen euch? Na schön – aber warum hast du ihn dann getötet?«

Zur Abwechslung grinste Zabugu nun. »Mir war eben danach«, sagte er.

Bomilkar nickte. »Das kann vorkommen. Du erwartest aber sicher nicht, daß ich das glaube.«

»Ich erwarte gar nichts.«

»Doch. Einen unerfreulichen Tod. Sie werden dafür sorgen, daß andere abgeschreckt werden. Es gibt fähige Folterer. Was meinst du, Achiqar – zwei Tage?«

Der Punier setzte ein schräges Lächeln auf. »Für den Mord an einem der Großen der Stadt? Drei Tage. Und Nächte.«

Bomilkar beugte sich vor. »Lange bevor du stirbst, wirst du nicht mehr schreien können«, sagte er langsam. »Sie werden dir stückchenweise die Haut abziehen und das Fleisch darunter mit Salz einreiben. Sie werden …«

Zabugu unterbrach. »Ich weiß; ich habe schon einmal zugesehen. Was willst du von mir?«

»Wissen, warum du es getan hast. Ich will dir auch sagen, warum ich es wissen will. Du hattest einen Auftrag. Jemand hat dir gesagt, du sollst Abdosir töten. Vielleicht hat er dir auch gesagt, er würde dir bei der Flucht helfen. Und zweifellos hat er dir gesagt, du sollst nicht reden. Hast du eine Frau? Kinder?«

Zabugu schwieg; er starrte wieder auf den Boden.

»Wenn du redest, werden sie deine Familie und deine Freunde bestrafen, nicht wahr? Du siehst, ich versuche gar nicht, dir etwas vorzumachen. Aber ich könnte deine Leute schützen. Und ich könnte dafür sorgen, daß niemand etwas erfährt.«

Draußen waren Schritte zu hören, dann eine Stimme. Achiqar verließ die Wachstube und wechselte ein paar Worte mit jemandem auf dem kleinen Platz.

»Wenn es um Geld geht«, sagte Bomilkar, »geht es um Macht. Bei Abdosir geht es zweifellos um viel Geld und viel Macht. Für dich wird alles vorbei sein – demnächst. In vier Tagen vielleicht. Für mich wird es weitergehen, denn wenn dies einmal geschieht, geschieht es auch ein zweites und drittes Mal. Deshalb will ich wissen, und deshalb will ich mit dem Sufeten reden, der vielleicht den Richter dazu bringt, einen schnelleren Tod zu beschließen.«

»Vielleicht«, sagte Zabugu, »vielleicht nicht. Deine Sorgen, Herr der Wächter, kümmern mich nicht.«

Achiqar kam zurück in die Stube, begleitet von einem anderen Büttel.

»Um Vergebung, Herr«, sagte dieser, »aber du wirst gebraucht.«

# 2

**Der Wächter,** der sich ein etwas verqueres Grinsen vom Gesicht wischen mußte, brachte Bomilkar mit einem leichten Wagen zum Hafen. Unterwegs erzählte er vom Diebstahl, den ein wichtiger Händler (und Freund mehrerer Ratsherren) erlitten habe, und von den Schwierigkeiten, die der Stallmeister des Ratsgebäudes wegen des Wagens und der beiden Pferde gemacht hatte.

»Bring sie zurück«, sagte Bomilkar, als sie die Agora erreicht hatten. »Den Rest gehe ich zu Fuß. Wo sind sie?«

»Auf der Seeseite, ungefähr in der Mitte. Shunuks Schänke. Du wirst den Händler sofort erkennen.«

Bomilkar sprang vom Wagen. »Wieso? Woran?«

Der Büttel zuckte mit den Schultern. »Denk an den elenden ptolemaischen Kornsack.«

Kunstvoll gekräuseltes Haar, das von Duftölen glänzte, Hängebacken, eine golddurchwirkte Schärpe, die feinstes weißes Leinen über dem Wanst zusammenhielt – tatsächlich hätte Eurylochos Vorbild für den feisten Händler sein können, der fester Bestandteil so vieler Komödien war. Vielleicht nicht nur in Qart Hadasht, aber Bomilkar wußte zu wenig über die Gepflogenheiten der Theater in anderen Weltgegenden, und zweifellos war nun nicht die Zeit, sich darüber Gedanken zu machen.

Neben dem Händler (dem Handelsherrn, besser gesagt: Vertreter eines der großen Häuser, die im Auftrag und zum Nutzen des Herrschers in der gesamten bewohnten Welt Geschäfte machten) saß der Ratsherr Mago. Trotz der Hitze trug er einen steilen, fellbesetzten Kopfputz. Hinter ihm standen zwei mit Lanzen bewaffnete Ratswachen, und eben brachte nicht etwa ein Schanksklave, sondern der Wirt selbst den vornehmen Gästen einen Krug aus bläulichem Glas, der wahrscheinlich Bier enthielt. Es war sicherlich nicht der erste Krug.

»Der Herr der Büttel«, sagte Mago. Seine Familie besaß riesige Güter im Binnenland, etliche Handwerksbetriebe und Anteile an mindestens zwei Werften und einer Markthalle. Er gehörte zu den »Neuen«, die man nach ihrem in Iberien weilenden Führer Hamilkar Barkas auch »Barkiden« nannte. Bomilkar hatte gelegentlich mit ihm zu tun gehabt und fand ihn herzhaft widerwärtig.

Eurylochos hielt es für unnötig, einen Büttel zu begrüßen; er zeterte gleich los, und Bomilkar bemühte sich, aus dem Wortschwall die wichtigen Tatsachen herauszuseihen. Als der Alexandrier nach längerem Reden tief Luft holte, legte Mago ihm eine Hand auf den Arm und blickte an seiner Nase entlang Bomilkar an.

»Es ist schändlich«, sagte er, »daß weitgereiste Handelsherren in unserem Hafen nicht mehr sicher sind. Schändlich. Für uns alle, besonders aber für jene, die dafür bezahlt werden, Ordnung und Sicherheit der Stadt zu wahren.«

Bomilkar deutete eine Verneigung an, eher ein langwieriges Nicken. »Ich weiß, Herr, und ich bin geziemend zerknirscht. Meine Leute werden den Bodensatz der Stadt umgraben, um das Verschwundene zu finden. Allerdings …« Er machte eine Pause und überlegte, ob er das, was ihm auf der Zunge lag, wirklich ausspeien sollte. Bomilkar, zuvor Führer einer Hundertschaft von Fußkämpfern unter Hamilkar in Iberien, nun Herr der Büttel, vom Rat angewiesen, für einen Tageslohn von vier Schekeln – zwölfmal soviel, wie ein einfacher Krieger erhielt – die Ordnung zu hegen, und der reiche Ratsherr, der tausend Bomilkars bezahlen konnte, ohne dadurch ärmer zu werden. ›Bezahlen‹, dachte er, ›aber nicht kaufen.‹ Er beschloß, nur die Hälfte dessen zu verschlucken, was er sagen wollte.

»Allerdings was?« Mago legte den Kopf in den Nacken und blickte noch hochmütiger an der eigenen Nase entlang.

»Allerdings dürfen sich die edlen Herren dann nicht beschweren, wenn aus dem aufgewühlten Bodensatz Gestank an ihre feinen Nüstern dringt.«

»Manche Männer gehören täglich ausgepeitscht, damit sie ihren Platz im Gefüge der Dinge nicht vergessen«, sagte ein Mann an einem der anderen Tische. Ein Punier, mit scharfer Aussprache und scharfer, heller Stimme. Einer der Bewerber um einen Platz im Rat, die morgens in der Wachstube gewesen waren. Er zupfte seinen gelben Umhang zurecht. Neben ihm saß ein hagerer Mann mit dünnem Hals und riesigem Kehlkopf, der hüpfte, als er dem Gelbgewandeten etwas zuflüsterte.

Der Ratsherr hob die rechte Hand; an den Fingern steckten drei Ringe, deren Wert Bomilkar, auf den die Finger wiesen, nicht zu schätzen wünschte.

»Schon gut, mein Freund«, sagte er zu einem der beiden am Nebentisch. Dann starrte er Bomilkar an. »Du willst nicht etwa frech werden, Büttel?«

»Keineswegs, Herr. Es war nur eine vorsichtige Warnung. Der Sufet Himilko, dein Parteifreund, würde mich tadeln, wenn ich nicht gründlich genug im Schlamm wühlte; die Folgen des Wühlens sollten mir daher nicht deine Mißbilligung eintragen.«

Die Erwähnung eines der beiden höchsten Amtsträger schien Mago zu besänftigen.

»Nun ja«, knurrte er. »Kümmere dich um die Sache.«

Die Sache war ebenso einfach wie aussichtslos. Eurylochos’

Schiff lag seit vier Tagen im Hafen. Der ägyptische Makedone hatte teure Güter gebracht, auf den Warenwert zehn Hundertstel Zoll entrichtet und die vergangenen Tage damit verbracht, »edle Männer zu bewirten und ihnen gute Waren zu verkaufen«, wie er sagte. An diesem Vormittag war er ohne Sklaven oder andere Begleiter vom Gasthaus am Byrsahang zum Hafen gegangen. Vor einer der zwischen Lagerschuppen verkeilten Schänken an der Landseite hatte ihn ein Bettler am Arm gepackt und gezerrt, und erst als er diesen abgeschüttelt hatte, bemerkte er, daß ihm inzwischen ein anderer den Beutel von der Schärpe geschnitten hatte.

»Wie du siehst«, sagte Eurylochos; er hielt zerschnittene Reste von Lederriemchen hoch.

»Was war im Beutel?«

»Drei Minen in Silbermünzen – hundertachtzig *shiqlu* in Einer-, Zweier- und Vierermünzen. Und drei teure Ringe, Gold mit grünen Steinen. Wert noch einmal drei Minen.«

Beschwichtigen, versprechen, andeuten, behaupten, Männer mit unausführbaren Aufträgen losschicken … Und nun, viel später, stützte sich Bomilkar auf die Brüstung der Seemauer, den Rücken zum Hafenbecken, und starrte hinaus auf die Bucht. Der Zwei-Horn-Berg am Ostufer schien im Dunst zu schweben. Wie der ganze Tag, der gestohlene Beutel, die aufstrebenden Politiker und Zabugus Verbrechen. Das Wasser in der Bucht war Öl unter einem Himmel aus Blei. ›Frisch geschmolzenes Blei‹, dachte Bomilkar; von oben sickerte es unsichtbar durch die fetten Schichten abgestandener Luft, verwandelte sich zu Schweiß, drang in die Poren, lähmte den Leib und erstickte das Atmen. Einzelne schwere Regentropfen platzten auf den Quadern der Mauer, und im fernen Westen raste lautloses Feuer über den Himmel. Wetterleuchten, Vorzeichen eines gewaltigen Frühsommergewitters. Wenn das

Bleigefäß oben endlich barst, würde Regen die Luft reinigen, die niedrigeren Viertel der Stadt überfluten und alle Zisternen füllen.

Öliges Meer, feuchte Luft, Schweiß ... Mit einem Lächeln dachte Bomilkar an den Geschichtenerzähler, dem er und Aspasia am vorigen Abend gelauscht hatten, und an seine Ausführungen über Flüssigkeiten. Wichtige, von der Zunft der Erzähler geheiligte Flüssigkeiten, ohne die jede Geschichte karg und trocken sei: Blut und Schweiß, Wein und jene Säfte, die Männer und Frauen bei der Liebe absondern. Schweiß hatte er genug, Wein fehlte, Blut würde er am nächsten Morgen sehen müssen, und was die Säfte anging ... Jetzt heimgehen, zu Aspasias Wohnung hinaufsteigen, die er seit vielen Monden teilte, einander mit kühlem Wasser und danach mit der Erzeugung jener Säfte ergötzen, neue alberne, verwickelte oder witzige Namen für die daran beteiligten Körpergegenden erfinden, und später Wein und Braten.

Aber es war müßig, derlei Gedanken zu hegen; sie würden wuchern und all das noch unerfreulicher machen, was wirklich zu erledigen war. Was er längst hätte tun sollen und nicht hatte tun können, weil er dem Gezeter des Händlers verfallen war. Verfallen und darin gefangen. Jeder seiner Leute hätte sich ebensogut um Eurylochos kümmern können, aber ein reicher Mann, wichtig, mit hochrangigen Geschäftsfreunden, edlen Puniern ... Besser, daß sich der Herr der Wächter gleich selbst um ihn kümmerte. Lästig, aber weniger lästig als spätere Anwürfe edler Ratsherren.

Zu allem Überfluß hatte der Alexandrier als Stimme etwas verwendet, was Bomilkar bestenfalls als schrilles Scheppern bezeichnen mochte. Vielleicht hatte der Büttel, der ihn holen mußte, deswegen so gegrinst? Immerhin klirrten seine Ohren nicht mehr; eine kleine Weile, über hundert Atemzüge der Stille auf der Seemauer, war heilsam gewesen.

Widerstrebend riß er sich von der Brüstung los, die ihn festzuhalten schien – rauher Stein am schweißnassen Leibrock. Während er zum rechteckigen Becken des Handelshafens hinabstieg, versuchte er, seine nächsten Schritte in eine sinnvolle Reihe zu bringen. Einen Bericht schreiben, diesen zum Ratsgebäude bringen lassen, Meldungen der Wächter anhören, die Wachstube an der Agora aufsuchen. Kleinkram. Zwischendurch im Stehen etwas essen. Er sah voraus, daß es Abend werden würde, bis er endlich dazu kam, Zabugu weiter zu befragen.

Unterhalb der Mauer, im Gedränge vor den Schuppen und Lagerhäusern östlich des Hafens, war die Luft noch stickiger. Alles schwitzte: Stauer, Lastträger, Händler, Aufseher. Die Peitsche in der Hand eines gähnenden Treibers, die Ochsen vor einem Karren aufmuntern sollte, klang eher verdrossen denn belebend.

Vor Shunuks Schänke lehnten ein paar Handwerker und Arbeiter. Mit langsamen Bewegungen hoben sie Becher, tranken langsam und schienen zu träge zum Sprechen. Der Gelbgewandete und der Mann mit dürrem Hals und seltsamem Kehlkopf waren verschwunden, und Eurylochos und Mago hatten sich vermutlich in kühlere Gefilde begeben: verdunkelte Räume des Ratsgebäudes oder eines der Häuser der Reichen oben auf dem Byrsahügel. Dort mochte die Luft atembarer sein; aber Bomilkar wußte nicht, wo Mago wohnte.

Er wandte sich nach Norden, hatte aber kaum die Hälfte der vielleicht zehn Dutzend festgemachten Schiffe abgeschritten, als für die Dauer einiger Atemzüge das Getriebe zu stocken schien; plötzlich starrte alles nach Süden.

Die Klappbrücke über der Zufahrt hob sich, um drei Penteren vom Meer her einzulassen. Wie müde Tausendfüßler krochen die Kampfschiffe hintereinander durch die Mitte des Beckens, nach Norden, zum runden Kriegshafen. Mit dumpfem Dröhnen schlossen sich die Bronzetore hinter ihnen, und wie an der südlichen Einfahrt klappte auch hier die Brücke wieder herab. ›Müde Tausendfüßler auf dem Wasser‹, dachte Bomilkar, ›und mürbe Möwen in der Luft‹. Eine sah er, die mit schlappen Schlägen wie durch dicke Brühe schwamm und sich auf die Rah eines vertäuten Frachtseglers setzte – nein, eher legte: eine Möwe wie ein nasser Tuchbeutel.

Kurz vor Sonnenuntergang hing das Unwetter noch immer über der Stadt, wie eine unerfüllte Drohung oder Verheißung. Alles war seltsam still geworden. Gewöhnlich trieben sich zu dieser Zeit die Menschen auf den Straßen und Plätzen herum, besuchten Freunde, aßen und tranken mit anderen oder lauschten den Erzählern und Musikern, die durch die Viertel zogen. Heute nicht. Hier und da wurden Fackeln entzündet, und aus einigen Häusern fiel mattes Licht. Gleichsam geduckt wartete die Stadt auf den gewaltigen Regen.

Bomilkar stöhnte leise. Mit dem halblangen Ärmel seines *kitun* suchte er sich das Gesicht zu trocknen, aber der Stoff war längst feucht.

Hinter ihnen verschloß der Numider Duush das Tor zur Werkstatt, in der immer ein paar Männer Karren bauten oder ausbesserten. Männer, die zu den Wächtern gehörten, aber keine Rüstungen und nicht immer Waffen trugen; bei ihrer heiklen Arbeit war zunächst die Schärfe von Augen und Ohren wichtiger als die von Schwertern.

»Bis morgen, Häuptling«, sagte der Numider. Das zuckende Licht einer nahen Fackel machte aus seinem Grinsen eine böse Fratze. »Mit etwas Glück schaffen wir's noch trocken nach Hause.«

»Du vielleicht«, sagte Bomilkar. »Ich muß noch ein wenig laufen.«

»Wohin? So weit ist es doch nicht bis zu Aspasia.«

»Ich muß noch zur Mauer.«

»Drei Meilen laufen?« Duush klackte mit der Zunge. »Bei dem Wetter? Und was willst du da?«

»Zabugu.«

Duush seufzte. »Er wird nicht reden.«

»Habt ihr schon was rausgekriegt?«

»Alle, die ihre Ohren in die wesentlichen Ritzen schieben können, wissen Bescheid. Hast du denn eine Ahnung, wonach genau sie suchen sollen?«

Bomilkar runzelte die Stirn. »Wenn ich mehr wüßte … Jemand muß ihn beauftragt haben. Davon gehe ich aus, solange mir keiner eine unmittelbare Verbindung zwischen Zabugu und Abdosir bieten kann.«

»Schon recht, aber irgendwie …« Duush rümpfte die Nase. »Eine Verbindung zwischen Abdosir und einem der Fürsten der Finsternis kommt mir genauso unwahrscheinlich vor. Angeblich hat er das einem Edlen geziemende makellose Leben geführt.«

»Wer hat noch mal gesagt, die meisten Götter seien maskierte Daimonen?« sagte Bomilkar. »Außerdem sollten wir an ein größeres Netz denken. Der edle Eins mag den edlen Abdosir nicht, deshalb redet er mit dem edlen Zwei, der einem Halbedlen sagt, er solle einem der Fürsten der Unterwelt Grüße ausrichten. Dieser Fürst leitet die Grüße weiter an einen anderen, und der erteilt einen Auftrag.«

»Ei.« Duush grinste. »Tut das nicht weh, so umwegig zu denken? Und wenn es so wäre – wie sollen wir das je herauskriegen? Vor allem wozu?«

»Weil das, wenn es so ist, arg aufwendig wäre. Aufwand macht man nicht für etwas Geringfügiges. Und wenn es groß ist, sollten wir es wissen. Um uns rüsten zu können.«

»Du meinst, wir hören undeutliche Mückenmusik, zu der tatsächlich im Stockwerk über uns ein Elefant tanzt?«

Bomilkar lachte. »So ähnlich. Und das wüßte ich gern, bevor er durch die Decke kracht und über uns kommt.«

»Vielleicht hast du recht. Geld und Macht … nichts für Mücken. Wir werden die Ohren aufstellen.«

»Tut das. Ich gehe jetzt durch die Nacht, um die Mücke Zabugu noch einmal gründlich zu befragen.«

Aber er ging dann doch nicht. Drei Meilen am Ende eines quälenden Tages. Die Stallungen, die zum Ratsgebäude gehörten, waren nicht weit: die Straße der Segelmacher hinauf bis zur Großen Straße, ein paar hundert Schritte nach rechts zur Agora, an deren Nordseite die Räte und Richter und Sufeten sich versammelten, wenn es Dinge zu beraten gab, und zur Rückseite des Gebäudes. Der Stallmeister, der nachmittags angeblich gezetert hatte, wagte es dem Herrn der Ordnungshüter gegenüber nicht, auch nur das Gesicht zu verziehen. Bomilkar ließ ihn ein Pferd vor einen leichten Wagen spannen.

Die Große Straße, die am Südrand der Agora begann und drei Meilen nach Westen verlief, zum Tynes-Tor, war nahezu leblos. Hier und da streunte ein Köter, und zweifellos trieben sich ein paar Dirnen und Diebe in den dunkelsten Winkeln herum. Während er in die Nacht fuhr, die durch schnelle Bewegung nicht weniger stickig wurde – kein Fahrtwind, eher eine Breibrise –, erwog er einige Atemzüge lang, daß er sich in einem Angsttraum aufhalten könnte, in dem alles Leben aus der Stadt sickerte und sich an einem unvorstellbar grauenhaften Ort verdickt und verdichtet sammelte; dann dachte er wieder an Zabugu und alles, was an diesem Namen hing.

Und an dem anderen Namen, Abdosir. Ränke, an denen die Hohen und Mächtigen beteiligt waren, endeten selten mit dem Tod eines Großen. Wenn aber die Großen einander zu meucheln begannen, würden sie bald auch gegenseitig die abhängigen Kleinen schlachten. Die sich vorsehen mußten, aber weitestgehend ohnmächtig waren.

21

Bomilkar bemerkte, daß etwas Kaltes ihm den Rücken hinabrann. Er kannte dieses Gefühl. Er war neunundzwanzig Jahre alt, seit drei Jahren in der Hauptstadt, und in dieser Zeit hatte er es drei- oder viermal verspürt. Vorher, als Kämpfer bei Hamilkars Truppen in Iberien, Dutzende Male. Wenn er und seine Leute in einen Hinterhalt gerieten, oder geraten könnten; wenn ein Feind im Dunkel lauerte; wenn ein Pfeil, dem er nicht würde ausweichen können, aus einem Gesträuch kommen mochte.

Die Nackenhaare hatten sich noch nicht wieder gelegt, als er die große Festungsmauer erreichte und vor dem Tor nach Süden abbog, zum kleinen Platz vor der Wachstube. Er schlang die Zügel um einen Pfosten, tätschelte den Hals des Pferdes und ging langsam zur erleuchteten Tür. Ohne zu wissen, warum, hielt er plötzlich sein Messer in der Hand. Verschwommen, wie eine weit hinten im Kopf abgelagerte Erinnerung, kam ihm der Gedanke, daß er einige Tage lang nicht geübt hatte. Messerwerfen, Bogenschießen, Zweikampf mit Holzschwertern …

Dann trat er in die Wachstube. Sein Stellvertreter Autolykos saß hinter dem Tisch und kritzelte auf Papyros; drei Öllampen gaben genug Licht, um zu sehen, daß außer dem grauhaarigen kampanischen Hellenen nur ein weiterer Mann im Raum war, einer der Wächter, ausgestreckt auf einer Liege. Bomilkar stieß die angehaltene Luft aus und schob das Messer wieder in die Scheide.

Autolykos blickte auf. Sein Gesichtsausdruck wirkte eher betrübt denn besorgt.

»Was gibt's?« sagte Bomilkar.

»Wieso sollte es etwas geben?«

»Ich sehe es dir an.«

Autolykos nickte und schob die Unterlippe vor. »Vielleicht sollte ich eine Maske tragen«, sagte er. »Wie die Schauspieler in den alten Komödien.« Er langte nach einem Papyrosabriß und hielt ihn Bomilkar hin. »Hier.«

»Was ist es?«

Irgendwie war Bomilkar nicht überrascht, als Autolykos sagte: »Der Befehl des Richters Tybon, den Gefangenen Zabugu sofort zu überstellen.«

# 3

Bomilkar starrte einige Zeit auf das Siegel, ohne es wirklich zu sehen. Schließlich legte er das Papyrosstück neben sich auf die Bank und blickte auf.

»Es gibt Tage, die man am besten im Regal lassen sollte«, sagte er. »Manche davon beginnen mit dem Besuch angehender Ratsherren und enden mit dieser Form von Kamelscheiße.«

»So wie du sahen die Helden der Vorzeit aus, ehe sie in den Krieg zogen.« Autolykos saß immer noch an Bomilkars Tisch. Er hatte das Kinn auf die gefalteten Hände gestützt und kniff die Augen zusammen.

»Unsinn.« Bomilkar rutschte auf der Bank nach hinten, bis er den Rücken an die Wand lehnen konnte. »Krieg, bah. Kennst du Tybon?«

»Nein. Das heißt, ich habe den Namen schon gehört. Warum?«

»Einer von den Alten«, sagte Bomilkar. »Ein enger Vertrauter von Hanno.«

Autolykos stöhnte leise. »Nicht schon wieder!«

Rab Hanno. Hanno der Große. Mächtigster Mann der Stadt, Herr über große Güter im Hinterland, Führer der Partei der »Alten«, in den letzten Jahren des Römischen Kriegs Gegenspieler von Hamilkar und allen, die den Sieg gewollt hatten, weil sie nicht an Roms Willen zu einer Verständigung glaubten. Ratsherr, Oberster Priester des Baal Melqart, Besitzer von Sklaven und Schiffen und Werkstätten. Vor einem Jahr hatten Bomilkar und seine Männer das zweifelhafte Vergnügen gehabt, Hanno ein wenig zu nahe zu kommen. Die Aufklärung des Mordes an einem römischen Händler war zu einem schwindelerregenden Schwertertanz geworden, an dem die Unterwelt und die höchste Macht der Stadt, kleine Totschläger und großes Geld sich blutig beteiligten. Hanno, Schlangenaugen wie aus Obsidian ... Immer noch war es ein kalter Hauch, die Berührung einer eisigen Klinge, eine Lanzenspitze im Rücken: der bloße Gedanke an Hanno, die Erwähnung seines Namens.

»Nein, bestimmt nicht schon wieder«, sagte Bomilkar. »Was sollte Hanno denn mit Zabugu und Abdosir zu tun haben?«

»Gibt es in der Stadt etwas, womit Hanno nichts zu tun hat?«

»Wenn er Abdosir beseitigen wollte, hätte er ganz andere Möglichkeiten.« Bomilkar schüttelte den Kopf. »Er würde keinen kleinen Schurken mieten.«

»Mieten lassen vielleicht?«

»Was ... Ah nein, mein Freund; das ist nicht Hannos Art. Jedenfalls sieht es nicht so aus. Noch nicht.«

»Wahrscheinlich hast du recht. Aber Tybon ist einer seiner Leute.«

Bomilkar nahm den Papyros wieder auf und betrachtete das Siegel. Kein altes ägyptisches Rollsiegel mit den Namen irgendeines verblichenen Herrschers, wie es so viele edle Punier verwendeten, sondern der kreisrunde Abdruck eines Siegelrings mit der Palme und dem Kopf eines Pferdes: Siegel der Stadt, nicht des Mannes.

»Tybon«, sagte er, »ist Richter. Und einer der Dreihundert. Ich glaube, er will sich sehr früh mit Zabugu befassen.«

»Meinst du, um möglichst schnell ein abschreckendes Urteil zu fällen? Oder um die Sache hinter sich zu bringen? Weil sie ihn an wichtigeren Dingen hindert?«

Bomilkar stand auf und begann, in der Wachstube auf und ab zu gehen. »Könnte sein. Ein Richter und Mitglied der Dreihundert wird ermordet, der Mörder steht fest, wozu also lange mit der Verurteilung warten? Wahrscheinlich hat er im Laufe des Tages wichtige Dinge zu erledigen und will …«

Er brach ab; im Gehen hatte er Autolykos' Gesicht mit einem Blick gestreift und die Spur eines Lächelns gesehen.

»Was gibt's da zu grinsen?«

Der Kampanier verschränkte die Hände hinter dem Kopf und starrte an die Decke. »Du übersiehst etwas.«

»Was denn?«

»Wann ist Abdosir gestorben?«

»Gestern. Ah.«

»Genau. Ah. Der Duft des Verwesens, Herr.«

Bomilkar fühlte sich plötzlich müde, alt und dumm. »Natürlich. Sie werden ihn morgen feierlich bestatten. Wie es einem reichen Ratsherrn und Richter zukommt.«

»Eben. Und die anderen Richter und Ratsherren werden an der Bestattung teilnehmen. Wie üblich. Deshalb die Eile.« Nach kurzer Pause setzte er hinzu: »Und nicht etwa, um dir Zabugu zu entziehen.«

Bomilkar ging zurück zur Bank und ließ sich fallen. Eines der Lämpchen erlosch plötzlich, als das Öl aufgebraucht war. Autolykos stand auf, holte aus einem der offenen Gestelle ein Gefäß mit Schnabel und fühlte die Lampe auf. Über die Schulter sagte er dabei:

»Jedenfalls nicht nur. Vielleicht legt er ja Wert darauf, daß du Zabugu nicht gründlich verhörst. Warum auch immer. Aber die Bestattung ist sicher der Hauptgrund.«

»Irgend etwas«, sagte Bomilkar dumpf, »treibt mir Zweifel und Sorge durchs Gedärm.«

»Schlimm für dein Gedärm.« Mit einem Span, den er in die Flamme eines der anderen Lämpchen hielt, zündete Autolykos den Docht der dritten Lampe wieder an. »Was sind das für Sorgen?«

Bomilkar versuchte, ihm in wenigen Worten seine Befürchtungen auseinanderzusetzen. »Du siehst«, schloß er, »ich glaube nicht, daß alles mit dem Urteil und der Vollstreckung beendet sein wird.«

»Also kämen furchtbare Dinge auf uns zu?« Autolykos wackelte mit dem Kopf. »Meinst du, das könnte alles etwas mit dieser anderen Sache zu tun haben?«

»Welcher anderen Sache?«

Autolykos klang geduldig, beinahe nachsichtig, als er sagte: »Vor ein paar Tagen hast du mir doch von dem Gespräch mit Himilko berichtet, dem Sufeten.«

»Ah, das.« Bomilkar schloß einen Atemzug lang die Augen. Der Sufet hatte ihn zu sich kommen lassen, um ihn zu gezieltem Nichtstun zu bewegen. In den nächsten Tagen werde eine besondere Gruppe von Männern besondere Dinge tun. Was für Männer und welche Dinge? hatte Bomilkar gefragt. Es gebe, hatte der Sufet gesagt, gewisse Hinweise darauf, daß neue römische und auch ägyptische Spitzel in der Stadt seien; man wolle diese überwachen und möglicherweise ausschalten. Einige Männer, die sich für höhere Ämter bewerben wollten, sollten ihre Eignung nachweisen, indem sie auf diese Weise der Stadt und ihrer Sicherheit dienten.

»Glaube ich nicht.« Er öffnete die Augen wieder.

»Hast du denn eigentlich von diesen rätselhaften Vorgängen etwas bemerkt?«

»Nein«, sagte Bomilkar. »Ich will auch nichts davon bemerken. Du und ich, wir könnten Himilko die Namen aller Spitzel auswendig heruntersagen ...«

»Nicht, wenn Neue dabei sind.«

»Keine neuen Leute, das stimmt. Aber wenn die edlen Herren des Rats beschließen, schwierige Wächterarbeit von Leuten ausführen zu lassen, die dafür nicht ausgebildet sind, will ich sie nicht daran hindern.«

»Wir müssen nur hinterher, wie üblich, die Trümmer beseitigen«, sagte Autolykos.

»Das ist richtig, und wir beide wissen, daß es Trümmer sein werden, die ohne die Herren des Rats gar nicht da wären. Aber das ist unwichtig, und mit Zabugu und Abdosir hat es sicher nichts zu tun.«

Autolykos runzelte die Stirn. »Vielleicht hast du recht, vielleicht auch nicht. Aber was kannst du jetzt noch mit Zabugu machen? Falls er wirklich reden würde?«

Bomilkar lachte plötzlich; er klatschte in die Hände. »Ich glaube, ich weiß was.«

»Was denn?«

»Erzähl ich dir später. Du hältst hier die Stellung?«

»Ich halte sie nicht; ich werde gleich heimgehen. Mutumbal ist dran.«

»Dann sehen wir uns morgen früh.«

»Nun sag schon, was du tun willst!«

»Zabugu zum Reden bringen.«

»Aber wie?« Autolykos klang eher verzweifelt denn neugierig. »Er muß schweigen, um seine Familie zu schützen – wenn er redet, weiß er genau, was den anderen geschieht. Und wie willst du ihn zum Reden bringen, wenn es dir hier, als er noch in deiner Hand war, nicht gelungen ist?«

Bomilkar breitete die Arme aus. »Vielleicht gelingt es mir nicht. Du wirst es erfahren.«

Als er mit dem geliehenen Wagen zurück Richtung Agora fuhr, brach endlich der langerwartete Regen los. Innerhalb weniger Atemzüge riß die stickige Decke, die alles eingehüllt hatte, und die ganze Stadt lag unter einem Wasserfall. Hier und da flackerten ein paar Fackeln noch einmal auf, ehe sie unter den Fluten von oben starben. Das Pferd wieherte, und für Bomilkar klang es fast wie ein Aufstöhnen der Erleichterung. Er selbst war ein paar Lidschläge nach Beginn des Regens durchnäßt bis auf die Haut. Vom Pflaster der Großen Straße spritzte das Wasser bis zur Wagenkante hoch; in den ungepflasterten Gassen mußten sich bereits teichgroße Pfützen gebildet haben.

Aus vielen Häusern traten Leute. Bomilkar sah einige, die fast oder ganz nackt im Regen standen, die Arme gespreizt, die Gesichter zum Himmel gewandt. Genießer? Verehrer der alten Regengottheiten? Oder wollte sich vielleicht jemand aufrecht ertränken?

Etwa nach der Hälfte der Strecke von der Festungsmauer zur Agora lenkte Bomilkar den Wagen in eine Nebenstraße, die nach links führte. Unterhalb des Byrsahügels, der den Reichen und den Tempeln vorbehalten war, verlief von der Agora im Osten bis hierhin die alte »innere« Byrsamauer, die hier nach Norden schwenkte. Etwas mehr als eine Meile weiter nördlich traf sie auf die äußere Byrsamauer, die weiter nach Westen bis zum Festungswall reichte. Jenseits, im Norden, erstreckten sich bis zur Küstenbefestigung die Felder, Gärten und Landgüter der Megara; diesseits drängten sich die unansehnlichen Häuser und Werkstätten der Färber und Gerber. Hinter der kleinen Brücke über den teils offenen, teils unterirdischen Kanal, der die stinkenden Abwässer zu einer Bucht im Nordwesten beförderte, gab es eine Wachstube der Büttel.

Zwei Männer hielten sich dort auf; einer stand im Eingang und starrte in den Regen, der andere hatte sich auf einer mit Decken belegten Steinbank im Haus ausgestreckt und versuchte wohl zu schlafen.

»Du siehst, wir wachen«, sagte der Mann im Eingang, als Bomilkar vom Wagen gestiegen war und die Zügel um einen Pfosten schlang. »Aber was treibt dich jetzt her? Zu dieser Stunde, bei diesem Wetter?«

»Sind die anderen unterwegs?« sagte Bomilkar.

»Ja, Herr, wie immer. Rundgänge.«

Die Besatzung – zwölf Wächter – arbeitete in zwei Schichten; vier Büttel mußten also durch das Viertel streifen und sich durchnässen lassen. Und die Ordnung der Stadt hüten.

»Ich brauche einen kleinen Gauner«, sagte Bomilkar. »Am besten sinnlos betrunken. Habt ihr so was vorrätig?«

Der Mann auf der Liege richtete sich auf. »Zweifach«, sagte er. »Aber wozu kann man so was gebrauchen?«

»Es gibt ein Verlies, das dringend gefüllt werden muß.«

»Darf man fragen ...«

»Man darf nicht. Es wäre auch besser, wenn ihr mich heute nicht lange aufhieltet.«

»Dann, Herr, schenken wir dir einen besonderen Fang.« Der Mann, der im Eingang gestanden hatte, grinste plötzlich breit. »Er hat wohl seit heute früh versucht, überzähliges Geld zu vertrinken. Oder sich zu ertränken; wer weiß das schon? Später wollte er dann Messerspiele spielen, und weil keiner mitmachen mochte, ist er ein wenig ausfallend geworden. Deshalb ist er jetzt hier, und ich glaube nicht, daß er vor morgen früh wieder zu sich kommt.«

»Bringt ihn her«, sagte Bomilkar. »Aber was ist an diesem Fang Besonderes?«

»Sein Name. Er heißt Bomilkar.«


Der Gefangene erinnerte ihn an die Möwe vom Nachmittag; er hatte die Anmut und Widerständigkeit eines nassen Lappens. Immer wieder drohte er aus dem nach hinten offenen Wagenkorb zu rollen. Bomilkar mußte ihn mit den Füßen festhalten.

Es goß immer noch, als sie endlich die Agora erreichten. Am Südende des großen Platzes, der sich zum Hafenviertel senkte, mußten sie eine Art Bach durchqueren, durch den das vom Himmel auf die Erde gestürzte Wasser zum Meer strömte. Das

Pferd wieherte, und wieder klang es wie ein erleichtertes Aufstöhnen – diesmal wahrscheinlich wegen der Nähe des Stalls.

Der Stallmeister hatte alles einem der älteren Sklaven übergeben und war heimgegangen. Bomilkar befahl dem Pferdewächter, sich um Tiere und Wagen zu kümmern – beide waren gründlich verdreckt – und einen weiteren Sklaven herzuschaffen. »Einen, der etwas tragen kann.«

Als dieser auftauchte, wies Bomilkar ihn an, das Bündel, das irgendwann wieder ein Mensch sein würde, vom Wagen zu heben und ihm zu folgen. Er ging unter dem vorspringenden Obergeschoß des Ratsgebäudes zur nächsten Ecke, hinter der der Zugang zu den Verliesen des Gerichts lag.

Zwei Männer hielten im Vorraum Wache; der Kerkermeister selbst war nicht mehr da.

»Ihr kennt mich?« sagte Bomilkar.

»Natürlich, Herr der Wächter«, sagte einer der beiden, die vor der schweren, eisenbeschlagenen Tür auf Schemeln saßen.

»Ich habe einen, der ins Verlies gehört, bis zum Morgen; dann werde ich ihn herausholen und zu einem Richter bringen.«

Einer der Männer erhob sich, streifte den Umhang ab, der ihn vermutlich gegen die in acht Monden beginnende Nachtkälte schützen sollte, und stemmte den dicken Balken hoch. Die Angeln waren geölt und quietschten kaum, als er die Tür öffnete. Dahinter, an der Wand, flackerte in einer eisernen Faust eine Fackel. Der Wächter nahm eine zweite aus einem Eimer, zündete sie an der ersten an und ging voraus, die Treppe hinab.

Der Gerichtskerker war nicht dazu gedacht, viele Gefangene viele Tage lang aufzunehmen – nur bis zur Verhandlung. Daher gab es keine große Menge einzelner Räume, sondern lediglich einen Gang mit dem für Folter und Verhör gedachten Raum zur Rechten und einem langen Verlies links, durch Gitter in sechs kleinere Käfige unterteilt. Auf dem Gangboden stand ein großes Öllicht. Im ersten Käfig lag ein Mann, den Bomilkar nicht kannte; er war angekettet und schnarchte. Im zweiten Käfig saß Zabugu.

Während der Wächter den dritten Käfig aufschloß, betrachtete Bomilkar den Massyler. Zabugu saß auf ein paar locker verstreuten Strohhalmen. Seine Hände waren frei. Um beide Fußknöchel lagen Ringe, miteinander verbunden durch eine kurze Kette. Diese wiederum hing an einer etwas längeren, die zu einem Ring an der Wand führte.

Der Sklave ließ den Betrunkenen unsanft auf den Käfigboden gleiten.

»Noch etwas, Herr?«

»Es ist gut; du kannst gehen.« Bomilkar stieß den Betrunkenen mit der Fußspitze an; der Mann schien es nicht zu bemerken.

»Stroh?« sagte der Wächter.

Bomilkar tat, als ob er zögere. Als der Sklave treppauf verschwunden war, sagte er:

»Stroh, ja, dazu einen Napf mit Wasser. Und einen Bottich. Vielleicht habt ihr ja Glück, daß er nicht das ganze Verlies besudelt, wenn er sich übergibt.«

Der Wächter grinste flüchtig. »Sofort, Herr.«

Als er mit der Fackel zum Folterraum ging, in dem sich vermutlich alle nötigen Dinge befanden, murmelte Bomilkar kaum hörbar:

»Kannst du bis zum Gitter gehen?«

Zabugu nickte. Im kargen Licht der Lampe auf dem Gangboden konnte Bomilkar sein Gesicht kaum sehen, und das Flackern der Fackel des Wächters im Nebenraum half nicht.

»Ich werde den hier« – er berührte den Betrunkenen wieder mit dem Fuß – »am Gitter liegen lassen. Ihn und seine Kleider. Wenn du mir einen Namen sagst.«

Der Numider holte tief Luft. Das Fackellicht im Folterraum bewegte sich; der Wächter würde gleich zurückkommen.

»Bodaschtart der Grüne«, hauchte Zabugu.

Dann schwieg er und sah scheinbar teilnahmslos zu, wie der Wächter Stroh auf den Boden warf, einen Bottich hinstellte und in den Gang zurückkehrte, um aus einem großen Krug einen Napf mit Wasser zu füllen.

»Gut«, sagte Bomilkar. »Laß uns hinaufgehen. Braucht ihr seinen Namen? Weitere Befehle?«

»Dein Name genügt, Herr.«

# 4

**Der Regen hatte ein wenig nachgelassen.** Bis Bomilkar jedoch die
Agora überquert hatte, war er wieder durchnäßt, und als er die
Große Straße erreichte, zog er die Tunika aus. ›Besser so‹, sag-
te er sich, ›als das Gefühl, mit einem Sumpf bekleidet zu sein.
Und es ist nicht sinnlos, gleich ohne *kitun* bei Aspasia einzu-
treffen.‹

Er ging vier Blocks nach Westen, dann bog er links in die
Straße der Stempelschneider und kam nach ein paar Dutzend
Schritten zum Torbogen, der ins Innere des Gevierts führte.
Aspasias Wohnung lag im dritten Stock eines fünfgeschossigen
Gebäudes, Teil eines Blocks, der nach Norden an die Große
Straße grenzte. Man hatte jeweils zwei große Häuser mit den
Rücken aneinandergebaut; die Läden und Wohnungen des
einen Teils schauten nach außen, auf die nächste Straße, die des
anderen nach innen. Um den Innenraum des Gevierts liefen
hölzerne Wandelgänge, zu denen sich die Wohnungen öffne-
ten, und an jeder der vier Seiten stieg eine Treppe vom Hof bis
hinauf zum Dach.

Im Hof, in dem es Gemeinschaftsbäder, Gärten, Ställe für
kleine Tiere und zahlreiche Schuppen und Werkstätten gab,
brannten abends gewöhnlich ein paar Feuer, an denen sich Bewohner des Blocks trafen; nun gab es nicht einmal Fackeln auf
den Treppen oder vor den Wohnungen. Das matte Flackern
von Lampen oder Feuerstellen in den Häusern machte das
Dunkel nur noch finsterer. Und, wie er fand, irgendwie sogar
nasser.

Bomilkar wrang den Chiton aus, streifte die Sandalen ab,

wickelte sie in das Gewand und tastete sich die Treppe hinauf. Barfuß fühlte er sich auf dem glitschigen Holz nicht ganz so unsicher.

Aspasias Wohnung war offen; in der Tür hingen sanft knisternde Glasperlenschnüre, und aus beiden Fenstern hatte man die Läden entfernt. Bis auf den Wandelgang roch es nach Würsten, heißem Brot und Wein, und während Bomilkar sich dem Licht und den gedämpften Stimmen näherte, bemerkte er, daß er Hunger hatte. Entsetzlichen Hunger – ›nein‹, dachte er, ›es ist ein besonders köstlicher Hunger, der gleich eines labenden Todes sterben wird.‹

Gegenüber dem Eingang, hinter dem niedrigen Tisch, saß Aspasia; sie begrüßte ihn mit einem Lächeln, halb verborgen hinter dem Becher, den sie eben zum Mund hob. Neben ihr saßen zur Linken Tazirat und ihr derzeitiger Geliebter Idnibal, auf der anderen Seite der Araber Amidi und ein weiterer Mann, den Bomilkar nicht kannte.

Amidi legte ein Stück Brotfladen auf den Tisch und klatschte in die Hände. »Barfuß und nur mit Leibschurz, den Rest unterm Arm – scheint eilig zu sein, Aspasia, obwohl ihr euch schon so lange kennt. Sollen wir sofort gehen, oder hat es noch Zeit?«

»Ein Hungernder, der aus der Nässe hereinkommt, hat vielerlei Bedürfnisse.« Bomilkar drückte sich hinter dem Fremden und Amidi vorbei, ohne das Gestell mit Gefäßen und Vorräten zu berühren. Er hauchte Aspasia einen Kuß ins Haar. »Nichts davon sollte jedoch zur Vertreibung von Gästen dienen.«

»Naß und kalt«, sagte sie. »Ich glaube, du bist ein Fisch. Das da ist Taqur, ein weitgereister Seefahrer und Händler. Mehr dazu, wenn du trocken und nutzbar bist.«

Bomilkar winkte und ging durch den Vorhang aus Schnüren in den Nebenraum. Am Ende des breiten, niedrigen Betts gab ein Öllämpchen, das auf einem Hocker stand, mattes Licht.

›Mürrisches Leuchten?‹ dachte er, ›oder mühselige Erhel-
lung?‹ An Nägeln, die in den Putz und in Fugen zwischen
den Steinen getrieben waren, hingen unterschiedlich große
Flechtkörbe. Aus einem nahm er einen frischen Chiton, aus
einem anderen einen Leibschurz und warf beide aufs Bett. Vor
dem kaum zweimal zwei Schritte großen abgetrennten Geviert
neben dem Fenster hängte er die nassen Kleidungsstücke über
ein Gestell. Danach erleichterte er sich auf dem Sitzbottich,
wusch die nicht vom Regen gereinigten Teile und trocknete
sich ab. Als er den Wohnraum wieder betrat, blickte Tazirat
ihm entgegen, hob die Hand, deutete auf ihn und begann zu
lachen.

»Feiner *kitun*, bei allen Göttern!« sagte sie.

Bomilkar blickte an sich hinab. Im kargen Licht des Schlaf-
raums hatte er eine besondere Tunika erwischt, Geburtstags-
geschenk von seinen Männern aus dem Karrenschuppen. Die
Vorderseite war mit phallischen Pfeilen bestickt, die zum
Gemächt wiesen; zwischen ihnen stand in dicken roten Fäden
zu lesen: Suchende Hand mehrt den Fund.

»O diese Dringlichkeit!« sagte Amidi. »Darf ich dich so ein-
bauen?«

»Wo und wie?«

»Ich soll die Wand einer Verkaufshalle bemalen. Für einen
reichen Tuchhändler.« Amidi kicherte. »Macht sich bestimmt
gut da.«

»Nur, wenn dieser *kitun* auch lieferbar ist«, sagte Bomilkar.
»Und ohne mein Gesicht; es könnte abschrecken.«

Er ließ sich neben Aspasia auf dem groben, mit Lumpen ge-
stopften Lederkissen nieder. »Hunger, Fürstin dieses Palasts«,
sagte er dabei. »Feiert ihr etwas Bestimmtes oder einfach so?«

»Wir feiern deine Ankunft«, sagte Aspasia. Sie beugte sich
vor und ergriff zwei Holzspachtel. Auf dem Tisch stand ein
Bronzebecken, in dem Holzkohle glomm. Würste, aus denen

hin und wieder etwas zischend in die Glut tropfte, und Brotfladen lagen auf dem Rost aus dünnen Eisenstäben.

»Und vorher«, sagte Idnibal, »haben wir die Vorfreude auf dein Eintreffen gefeiert.«

Aspasia nahm zwei Würste vom Rost, legte sie zusammen mit einem Brotfladen auf ein Brett und reichte es Bomilkar. »Stärke dich«, sagte sie.

»Gibt es einen Grund für Stärke?«

»Spätere Schwächung.« Amidi gluckste.

»Könnte mal jemand diesen Araber knebeln?« Bomilkar goß Wein und Wasser in einen Becher.

»Welchen?« Tazirat blickte zur anderen Seite des Tischs. »Da sind zwei.«

Taqur deutete eine leichte Verneigung an und lächelte, sagte aber nichts.

»Schweigende muß man nicht knebeln. Ich freue mich, euch alle zu sehen, und während ich zu trinken und zu essen versuche, könnte mich vielleicht jemand über die wichtigen Dinge des Lebens aufklären. Nein, du nicht, Amidi.«

»Zufälle«, sagte Idnibal. »Wie die meisten wichtigen Dinge. Tazirat und ich sind nach der Arbeit zu Aspasia gegangen, um mit ihr über Möglichkeiten der Gestaltung des Abends zu reden. In ihrem Laden standen gerade Amidi und Taqur nutzlos herum.«

»Und weil die Garküche unten, nebenan, überfüllt war und keiner von uns Lust hatte, weit zu laufen, haben wir einfach ein paar Würste und Brot gekauft und hier oben alles warm gehalten.« Aspasia legte ihm eine Hand auf den Oberschenkel. »Ich hoffe, es findet deinen Beifall.«

Er nahm die kräftige Hand mit den Schwielen, hob sie an die Lippen und sagte: »Und wenn nicht?«

»Ändert es nichts.« Sie lachte leise. »Du könntest allenfalls umziehen.«

»Das fände ich übertrieben.« Bomilkar biß in die erste Wurst. Mit halbvollem Mund sagte er: »Araber, wie?«

Taqur grinste. »Ich nehme an, das betrifft mich.«

Sein Punisch war nahezu makellos, jedenfalls diese wenigen Wörter; Bomilkar nickte und versuchte, die kaum merklichen Abweichungen von der Sprache der Hauptstadt einzuordnen.

»Araber, aus Kane – falls das außer meinem Landsmann hier jemandem etwas sagt.«

»Die Chanani sind zwar dämlich«, sagte Amidi, »aber sie machen ja überall Geschäfte. Deshalb werden sie …«

»Knebeln«, sagte Aspasia. »Laß Taqur ausreden. Wo ist Kane? Ich weiß es jedenfalls nicht.«

Bomilkar hatte seinen zweiten Bissen gekaut und verschluckt. Er hob den Becher. »Kane ist der wichtigste Hafen an der Weihrauchküste, Fürstin. Der Handel zwischen dem südlichen Arabien und Indien hat es reich gemacht. Und Taqur scheint sich lange in der Mutterstadt aufgehalten zu haben, nicht wahr?«

Der Araber nickte. »Tyros, Herrin der Gastlichkeit«, sagte er auf Hellenisch, an Aspasia gewandt; dann, auf Punisch: »Ja, ich war länger in Suru.«

Bomilkar trank einen Schluck. »Sprich weiter«, sagte er. »Am besten wäre eine lange Rede. Erstens schweigt Amidi dann, und zweitens kann ich beim Zuhören essen.«

Taqur lächelte. »So sei es – wenn es keinen langweilt.«

Er sei dreiunddreißig Jahre alt, sagte er; aufgewachsen als Sohn eines Schiffbauers in Kane, aber es habe ihn immer mehr gereizt, die Schiffe zu verwenden, als sie zu bauen. Als Stauer und Matrose habe er einige Indienfahrten mitgemacht und dabei versucht, die Kunst des Handelns zu erlernen, die, »wie ihr sicher alle wißt, daraus besteht, dem anderen die Haut abzuziehen, ohne daß er es bemerkt«. In Kanes alten Handelshäusern sei aber kein Platz für einen Emporkömmling gewesen, deshalb habe er sich eines Tages von einem hellenischen Händler aus Charax, an der Euphratmündung, anheuern lassen und sei über Babylon und Damaskos nach Tyros gereist. Seit drei Jahren habe er nun sein eigenes Schiff, mit dem er Fracht befördere, wo er sie bekommen und verkaufen könne.

»Hat am Hafen rumgelungert«, sagte Amidi, als Taqur fertig war. »Morgen früh läuft er aus, und für eine seiner honigzüngigen Gespielinnen wollte er noch Schmuck kaufen. Da habe ich ihn zu Aspasia gebracht.«

»Und was hast du am Hafen gemacht?« sagte Bomilkar.

Amidi hob die Schultern. »Der Mann, dessen Wand ich vollmalen soll, will auch Schiffe haben. Da bin ich heute zum Hafen gegangen, um mir ein paar anzusehen. Nicht, daß hinterher die Segel wie dein *kitun* aussehen oder der Mast wie …«

»Knebeln«, sagte Bomilkar.

»Jedenfalls weiß ich jetzt, daß fast alles, was man über euch erzählt, nicht stimmt«, sagte Taqur. »Schon deshalb hat sich die Reise gelohnt.«

»Dein erster Besuch hier?« sagte Tazirat. »Aber was erzählt man sich denn über uns? Und wer?«

»Ach, vor allem die Hellenen. Auch die in Alexandreia. Finsteres Karchedon, böse Punier, humorloses Pack, opfert pausenlos Kinder und derlei.«

»Sollte man wieder mal machen, ja.« Bomilkar grinste und griff nach der zweiten Wurst. »Dieses Kind hier opfere ich jetzt; aber nicht Baal Melqart, sondern Baal Bauch.«

Amidi machte ein ungewohnt ernstes Gesicht. »Was er sagt, ist leider richtig. Ich habe das auch alles gehört und geglaubt, ehe ich hergekommen bin.«

»Was soll man denn dagegen tun?« sagte Aspasia. »Ich wüßte gern, warum man sich so etwas erzählt. Woher das kommt.«

»Ich glaube«, sagte Idnibal, »diese Geschichten kommen aus Rom und vor allem Hellas, oder?«

Taqur nickte. »Ich nehme an, das hat was mit der langen Geschichte der Feindschaft zwischen Hellenen und Phönikern zu tun.«

»So was wie ›Alle Hellenen schänden Knaben, alle Kreter lügen, alle Punier opfern Kinder‹?« sagte Tazirat.

Aspasia stieß Bomilkar mit dem Ellenbogen. »Sag was.«

Bomilkar schluckte Wurst hinunter und spülte mit Wein nach. »Über die Feinde erzählt man immer nette Dinge«, sagte er dann. »Wer glaubt mir denn schon, daß ich voriges Jahr einen Römer kennengelernt habe, der lächeln kann?« Er grinste. »Idnibal und Taqur kennen ihn ja nicht, die anderen glauben es mir, oder?«

»Römer?« sagte Tazirat mit unbewegtem Gesicht. »Wen meinst du?«

»Ach, du hast ihn ja meistens nachts getroffen und wirst dich also an sein Lächeln weniger erinnern als an anderes.«

»Daß ihr genausoviel dummes Zeug redet wie alle anderen, die an den Küsten des Meeres leben«, sagte Taqur, »ist zum Beispiel eine dieser Überraschungen. Athener würden wahrscheinlich sagen, ein Witz in Karchedon sei ungefähr so glaubhaft wie eine Überschwemmung in der Wüste. Aber woher kommt diese Kindergeschichte? Irgendwas muß doch da mal gewesen sein.«

»An allem, was man erzählt, ist immer etwas«, sagte Bomilkar. »Kein Rauch ohne Feuer; aber manchmal ist das Feuer erloschen, während man den Rauch noch sehen und riechen kann. Die edlen alten Familien haben Kinder geopfert, ja – totgeborene Kinder oder solche, die ganz klein krank wurden und gestorben sind. Damit sie, die noch kein Leben hatten, in der Unterwelt eines haben, und damit der Herr der Stadt, Baal Melqart, sich daran erinnert, daß die Stadt Kinder braucht. Damit die Familie als nächstes ein gesundes Kind kriegt.«

»Ist das alles?« Taqur klang beinahe enttäuscht.

»Wahrscheinlich hat es in ganz schlimmen Zeiten auch schon mal richtige Opfer gegeben. Die Römer, glaube ich, begraben manchmal jemanden lebendig, wenn sie den Beistand der Götter suchen. Und vergiß nicht, wie viele junge Männer die Hellenen dem Ares opfern. In jedem Krieg.«

»Wir hatten eben, bevor du gekommen bist, über die edlen Chanani geredet«, sagte Tazirat. »Du weißt schon, die Hohen und Mächtigen. Sie sitzen im Rat, sind Richter und Handelsherren und machen die Gesetze. Und wenn Taqur recht hat, prägen sie auch das Bild der Stadt, wie Fremde es sehen.«

»Ist das hier eine gewöhnliche Abendrunde?« sagte der Araber. »Für Qart Hadasht, meine ich?«

Idnibal rümpfte die Nase. »Gewöhnlich? Na ja … Ja, doch. Nicht für die Edlen, klar. Die bleiben unter sich. Da haben Leute wie wir keinen Zutritt. Aber wenn ich dich richtig verstanden habe, ist das doch bei euch auch so.«

Bomilkar leerte seinen Becher, füllte ihn wieder, aß Brot und eine weitere Wurst, während die anderen redeten.

Aspasia war vierunddreißig, fünf Jahre älter als Bomilkar. Ihr Mann, ein hellenischer Silberschmied, war vor vier Jahren plötzlich erkrankt und gestorben. Da sie schon vorher mitgearbeitet hatte und da es keine Schulden gab, konnte sie Werkstatt und Laden weiterführen, um sich und die beiden Kinder zu ernähren. Im letzten Winter hatte sie sich von Tazirat lesen und schreiben beibringen lassen; rechnen konnte sie immer schon. Bomilkar hatte sie kurz nach seiner Versetzung aus Iberien kennengelernt; inzwischen war die Tochter siebzehn und lebte bei einer reichen Familie hellenischer Metöken. Noch arbeitete sie dort im Haushalt und als Kindererzieherin, aber vor kurzem hatte sie ihrer Mutter mitgeteilt, sie wolle sich demnächst vermählen. Der fünfzehnjährige Sohn zog als Tierpfleger und Treiber mit einem punischen Händler, dessen Karawanen regelmäßig zwischen Qart Hadasht und Ägypten unterwegs waren.

Tazirat war dreiundzwanzig; sie hatte früh die Eltern verloren und arbeitete im Warenlager eines Onkels; als Tochter reicherer – und lebender – Eltern wäre sie längst verheiratet worden, statt allein in einer Wohnung des Blocks zu leben. Idnibals Vater hatte einen Stand auf dem Markt, vor dem Tynes-Tor; der Sohn war Schreiber in dem Handelshaus von Tazirats Onkel. Amidi, der wie Taqur von der südarabischen Weihrauchküste stammte, lebte nicht schlecht als Maler und Bildhauer; er hatte den neben Kane größten Hafen, Adane, vor zwanzig Jahren verlassen und sich zunächst nach Ägypten begeben, wo man von Bildwerken mehr hielt als in Arabien. Inzwischen war er fast vierzig und hauste seit sechs oder sieben Jahren in Qart Hadasht. ›Trotzdem‹, dachte Bomilkar, ›irgendwie eine gewöhnliche Abendrunde.‹

Er wußte sehr wohl, daß die Edlen das Bild der Stadt nach außen prägten – reiche Handelsherren oder die Gesandten des Rats, das, was die Römer unter »Karthagern«, die Hellenen unter »Karchedoniern« verstanden: Männer mit tugendhaften und meist unsichtbaren Gemahlinnen. Sie vertraten Qart Hadasht nach außen, dem Zeremoniell ihrer Ämter und den Überlieferungen der Sippen verhaftet. Streng, ernst, reich.

Und fremd für die Fremden, wie diese für sie. Er selbst, Sohn einer Handwerkerfamilie aus Ityke, hatte mehrere Jahre in Hamilkars Heer verbracht, in Iberien, mit Libyern, Numidern, Iberern, Kelten, Hellenen, Kretern, Spartanern, Persern; damals waren ihm gelegentlich auftauchende Männer aus Qart Hadasht fremd erschienen. Jedenfalls die Gesandten des Rats, denn sie vermengten sich nicht mit dem gewöhnlichen Volk. Zu dem er gehörte. Mehr als fünfhunderttausend Menschen lebten in der großen Stadt; wie viele mochten tatsächlich reine Chanani sein? Wie viele Hellenen, Libyer, Ägypter, Juden, Araber, Iberer?

»Natürlich baden wir nackt am Strand«, sagte Idnibal eben.

»Männer, Frauen und Kinder, aber nicht die Reichen. Sie haben ihre eigenen Bäder. Ich weiß nicht, wie es die Edlen in Alexandreia halten …«

»Genauso«, sagte Taqur. »Überall. Wahrscheinlich macht sie das so edel.«

»… oder die Senatoren in Rom. Unsere Ratsherren haben ein eigenes Bad nahe der Agora, das gewöhnlichen Leuten versperrt ist. Aber sag, wen hast du getroffen, mit wem gesprochen oder Geschäfte gemacht? Und wie lang warst du hier?«

»Drei Tage.« Taqur schüttelte den Kopf. »Nicht genug, um wirklich etwas zu sehen oder Leute kennenzulernen. Deshalb bin ich glücklich über den Zufall, der mich in diese Runde gespült hat. Und Geschäfte habe ich mit einem Punier gemacht, der für ein großes Warenlager zuständig ist. Es gehört einer Bank. Das waren Geschäfte wie überall und immer, nichts Ungewöhnliches. Deshalb …« Er hob die Schultern.

»Und jetzt bist du enttäuscht, weil niemand dich zum Tofet schleppt und dort auch keine Kinder opfert?« sagte Aspasia. »Hoffentlich bist du wenigstens nicht enttäuscht von meinem Schmuck.«

Taqur lächelte. »Wenn, dann wäre es unhöflich, das hier, in deiner Wohnung, zu sagen. Teuer genug war er auf jeden Fall.«

»Das heißt«, sagte Idnibal, »daß du damit rechnest, ihn in Tyros oder Alexandreia mit Gewinn verkaufen zu können.«

Taqur lachte. »Vielleicht. Man wird sehen. Ich werde dein Kunstwerk am Hals tragen, mit ein wenig Glück entgeht es so dem Zoll der Ptolemaier.«

»Also Alexandreia«, sagte Bomilkar. »Was hast du denn für eine Ladung? Vielleicht kannst du den Schmuck darin verstecken.«

»Kaum. Es sind vor allem kleine Flaschen aus buntem Glas, gefüllt mit allerlei Duftwässern. Salbtöpfchen. Geschnitzte und verzierte Straußeneier. Götter und Tiere und Helden aus Elefantenzähnen.«

Bomilkar pfiff durch die Zähne. »Klingt teuer. Laß mich raten – hast du mit der Sandbank verhandelt?«

Taqur nickte. »Nicht schwer zu erraten, oder? Ich glaube, das ist die einzige Bank, die derart verzweigte Geschäfte macht. Vor allem mit Fremden.«

»Sie gehört zur Hälfte einem Punier, zur anderen einem Metöken. Ein Hellene namens Antigonos. Die edlen punischen Bankherren sind nicht so offen gegenüber Fremden. Und sie haben keine eigenen Kunstwerker, die so etwas herstellen.«

»Man muß zur richtigen Zeit am richtigen Ort sein«, sagte Taqur. »Wenn jemand etwas verkaufen will. Oder gerade kein eigenes Schiff für die Beförderung hat. Glück macht mehr als die Hälfte des Gewinns aus. Und mit noch ein wenig mehr Glück kann man zwei oder drei Dinge am Zoll vorbeischmuggeln.«

»Hast du genug zu schmuggeln?«

»Ich hätte gern mehr.« Taqur grinste. »Begehrte Kostbarkeiten, zum Beispiel. Andenken an die Helden und Halbgötter der Vergangenheit – gibt es hier so etwas? Etwas, was man stehlen könnte? Eine Büste der Gründerin Elissa? Den Anker ihres Schiffs? Den besudelten Leibschurz eines Kriegshelden?«

Amidi gluckste. »Nette Vorschläge. Tja, ihr Punier alle, was gäbe es denn da? Die Fußknochen eines ruhmreichen Verbrechers? Den Letzten Willen eines Sufeten?«

»In einem Tempel, ich glaube, dem von Melqart, gibt es die Erztafel, auf der Hanno der Seefahrer seinen Bericht über die lange Fahrt nach Westen und Süden hinterlassen hat«, sagte Idnibal. »Meinst du so etwas? Das Fell des großen menschenähnlichen Affen, das er mitgebracht hat? Oder suchst du eher so etwas wie die Maske einer berühmten Schauspielerin?«

Taqur klatschte in die Hände. »Lauter feine Angebote. Aber wie ihr wißt, sammelt der Herrscher in Alexandreia vor allem Götter. Götterbilder. Heilige Gegenstände. Habt ihr nichts Heiliges?«

»Du kannst ja versuchen«, sagte Bomilkar, »den alten eisernen Baal Melqart zu stehlen, aus dem Tempel am Tofet – den Gott, dem die Kinder geopfert wurden. Also Alexandreia als nächstes? Und wohin fährst du danach?«

»Ich wollte immer schon mal nach Iberien. Mal sehen.«

Irgendwann ließ draußen der Regen nach; die Gäste brachen auf. Amidi wollte Taqur zum Hafen geleiten, Idnibal geleitete Tazirat zu ihrer Wohnung. Aspasia ging mit hinaus auf die Galerie, da sie mit Tazirat noch etwas zu klären hatte. Bomilkar begann, Gefäße und Eßbretter wegzuräumen; dabei dachte er über einige Äußerungen von Taqur nach, die mehrdeutig schienen.

»Weiß Taqur, was ich mache?« sagte er, als Aspasia zurückkehrte.

»Wir haben kurz über dich gesprochen, ehe du eingetroffen bist. Warum?«

»Nur so. Ich habe mich gefragt, ob er mir versteckte Mitteilungen machen wollte.«

»Womit?«

Bomilkar legte die Hände an ihre Hüften. »Die Sache mit dem Schmuggel und dem Zoll, zum Beispiel. Könnte eine Anregung gewesen sein. Ich habe da etwas, das in dein Binnenland geschmuggelt werden möchte.«

»Ah.« Sie trat einen Schritt zurück und musterte ihn mit einem zweideutigen Lächeln. »Trifft sich gut. Dann kannst du diesen schrecklichen *kitun* endlich wieder ausziehen.«

»Hurtig, Geliebte.«

»Wie war eigentlich dein Tag?« sagte sie, während sie den Türladen befestigte.

»Wirr. Kennst du jemanden, der sich Der Grüne nennt?«

»Nein. Soll ich mich erkundigen?«

»Vorsichtig.«

Sie nickte. »Morgen mittag muß ich zu einer Zunftversammlung. Ich könnte ja nach seinem Geschäftsgebaren fragen, oder so.«

»Oder so.«

Als sie sich umdrehte, streifte Bomilkar eben den *kitun* ab, dann den Leibschurz.

»Ach«, sagte Aspasia. »Laß uns nicht vom Grünen reden. Lieber vom Fleischfarbenen.«

»Man könnte ein altes Stück aufführen.« Bomilkar kicherte und nahm ihren Arm.

»Du wirst mir sicher sagen, wie das Stück heißt, oder?«

»Der Fleischfarbene, der sich im Gebüsch verirrt.«

»Blöder Titel.«

# 5

Ehe er sich abermals zur *Agora* und zum Gerichtskerker begab, ging Bomilkar in die Gasse der Lastträger. Im Karrenschuppen mühten sich zwei Männer mit einem großen Rad ab, das nicht mehr rund lief; die neuen Beschläge, von einem Eisenbieger am Vortag geliefert, paßten nicht genau und mußten erhitzt und neu gerichtet werden. Der Libyer Zililsan hockte auf der Kante eines Karrens und sah den anderen zu. In der rechten Hand hielt er ein kugelförmiges Gefäß, aus dem er durch einen Strohhalm heißen Kräutersud sog.

»Neuigkeiten?« sagte Bomilkar.

»Du wirst vom Richter erwartet.« Zililsan hielt ihm das Gefäß hin. »Er ist unwirsch, hörte man.«

»Danke, zu früh für gesunde Tränke. Unwirsch? Welcher Richter und warum?«

»Tybon. Wegen Zabugu, hörte ich.«

Bomilkar nickte. »War zu erwarten. Ich gehe gleich hin. Danach muß ich zur Mauer. Ich habe aber was für dich zu tun.«

»Entzückt, das zu hören. Was?«

»Bodaschtart der Grüne – sagt dir der Name was?«

Zililsan schob die Unterlippe vor. »Natürlich. Dir nicht?«

»Würde ich sonst fragen?«

»Manchmal fragst du doch, obwohl du die Antworten kennst. Und mancher Weise fragt, ohne Antworten haben zu wollen.«

»Was ist mit dem Mann?«

»Ungefähr fünfunddreißig«, sagte der Libyer. »Handelt mit Gemüse, deshalb der Beiname. Hat ein paar Gärten draußen,

Richtung Tynes, und ein paar Schläger, die hin und wieder dafür sorgen, daß andere Gärtner seine Preise nicht unterbieten.«

»Ach, der?« Bomilkar runzelte die Stirn. »Ich wußte nicht, daß er einen Beinamen hat. Bist du sicher, daß es keinen anderen gibt, der so heißt? Einen, der zu den Fürsten der Finsternis gehören könnte?«

»Ich nehme an, er hat Beziehungen in der Stadt, sonst könnte er auf dem Markt draußen nicht viel ausrichten. Aber mehr weiß ich nicht.«

»Sieh zu, ob du mehr herausbekommen kannst.«

»Welche Richtung? Um was geht's?«

»Weiß ich noch nicht. Ich sag's dir, sobald ich mehr sagen kann.«

Leise durch die Zähne pfeifend, ging Bomilkar zur nächsten Wachstube, die an einer Nebenstraße zwischen Agora und Hafen lag. Auch dort wurde ihm ausgerichtet, Tybon erwarte ihn – jedoch nicht »unwirsch«, sondern »aus roten Nüstern Feuer schnaubend«. Bomilkar erkundigte sich nach Vorkommnissen während der Nacht. Schließlich wies er den Unterführer an, einen Pferdewagen bereitzustellen und bald einen Boten zum Gericht zu schicken mit der Meldung, Bomilkar müsse sehr dringend und sehr sofort zur Großen Mauer kommen.

Zwischen den Säulen, die die vorspringenden oberen Geschosse des Gerichtsgebäudes trugen, standen zwei Krieger in glitzernden Rüstungen, mit Helmbusch und versilberten Speeren; zwei weitere saßen auf den Stufen, die zum überwölbten Gang rechts und links des Portals führten. Es handelte sich um Männer der Ehrenwache, die die beiden Sufeten geleiteten. Bomilkar kannten einen von ihnen; eigentlich wollte er mit einem Nicken vorübergehen, ins Gebäude. Plötzlich fiel ihm ein, daß dies ein unerwartetes Geschenk der Götter sein mochte. Welchen Gottes auch immer – vielleicht der kleinen hellroten Daimonin Dsindsin, deren Geschenke in den alten Geschichten immer eine gute und eine manchmal fade, manchmal schreckliche Seite hatten.

»Dein Morgen sei trefflich, Mischides. Wen habt ihr hergebracht?« sagte er.

»Den edlen Germiskar. Was« – der Krieger grinste – »des Morgens Trefflichkeit unwesentlich mindert.«

Bomilkar kaute auf der Unterlippe. Der andere Sufet, Himilko, wäre ihm lieber gewesen, aber auch Germiskar mußte sich notfalls um die Ordnung kümmern. Er gehörte zu den »Alten« und galt als rechtschaffener, wiewohl eher starrer Mann.

»Wo befindet er sich?«

»In einem Gespräch mit zwei Richtern.«

»Die Namen wißt ihr nicht?«

Mischides schüttelte den Kopf.

»Na gut.« Bomilkar überlegte einen Atemzug lang; dann sagte er: »Sollte der edle Germiskar vor mir das Gebäude verlassen, bittet ihn doch um eine Unterredung. Er findet mich beim Richter und Ratsherrn Tybon.«

»Ich höre und gehorche, Herr der Wächter.«

Bomilkar legte die Hand auf die Brust und ging ins Ratsgebäude. Erregte Stimmen, unter denen die hohe, nasale des Richters nicht zu überhören war, drangen aus dem ersten Stockwerk und füllten die untere Wandelhalle. Bomilkar preßte die Lippen zusammen, wappnete sich innerlich und stieg die breite Treppe hinauf.

Tybon befand sich mit zwei Schreibern und dem Kerkermeister des Gerichts in einer Schreibstube gegenüber der Treppe. Als er Bomilkar sah, verfärbte sich sein Gesicht.

»Wächter der Unordnung«, brüllte er, »Hintertreiber der Gerechtigkeit, du Abschaum! Wie kannst du es wagen, in dieser Weise den Richtern in den Arm zu fallen?«

Bomilkar bemerkte, daß rechts und links andere Männer auf

den Gang traten, wahrscheinlich um zu lauschen. Aus den Augenwinkeln glaubte er ein gelbes Gewand zu sehen und einen langen dürren Hals. Er achtete jedoch nicht darauf, sondern richtete alle Aufmerksamkeit auf Tybon.

»Ich weiß nicht«, sagte er mit kalter Stimme, »welche schlechten Träume dir die Beherrschung geraubt haben, Rab Tybon; wenn du wieder in der gebührenden Art zu reden vermagst, findest du mich im Gerichtskerker.« Er drehte sich um und tat, als wolle er nach unten gehen.

»Hierbleiben!« schrie Tybon; den Geräuschen nach schien er auf der Stelle zu tanzen.

Bomilkar wandte sich dem Richter wieder zu. »Meinst du mich?«

»Wen denn sonst?!«

»Ach, es sind genug Zeugen deiner ungezäumten Zunge vorhanden.« Mit einem flüchtigen Lächeln blickte Bomilkar nach rechts und deutete zugleich nach links. »Das Gebäude ist voll von deiner herrlichen Stimme, und aller Ohren lechzen nach Erquickung durch deine Rede.«

Tybon fuchtelte mit beiden Händen in der Luft und bewegte den Mund; ehe er allerdings die gesuchten Worte finden konnte, sagte eine harte, rauhe Stimme weiter links im Gang:

»Was soll dieser würdelose Lärm?«

Der Sufet Germiskar kam mit schnellen Schritten näher, streifte Bomilkar mit einem gleichgültigen Blick und schaute in die Schreibstube, in der Tybon sich aufhielt.

»Die Gerechtigkeit«, sagte Germiskar, »muß man sehen und spüren, aber hören muß man sie nicht unbedingt. Worum geht es denn?«

»Jener dort«, sagte Tybon mit sichtlich erzwungener Ruhe, »angeblich Hüter der Ordnung, hat verhindert, daß der Mörder von Abdosir zur Erbauung der Gerechten und Abschreckung der Minderwertigen gerichtet wird.«

Der Sufet wandte sich zu Bomilkar um; dabei glitt der prächtige, golddurchwirkte Purpurumhang – Amtstracht der Sufeten – beinahe von seinen Schultern. Ein Schreiber, der ihm gefolgt war, mühte sich beflissen, die offene Spange am Hals Germiskars wieder zu schließen.

»Behinderung des Gerichts? Nicht das, was Aufgabe des Herrn der Wächter ist. Und nichts, was zu Bomilkars Ruf passen würde. Was ist geschehen?«

»Ich bin ebenso ratlos wie du, Herr«, sagte Bomilkar. »Ich weiß nicht, wovon der edle Tybon redet.«

»Ha! Der Mörder …«

Germiskar unterbrach. »Steht denn fest, daß er der Mörder ist?«

»Ohne jeden Zweifel«, sagte Tybon. »Abdosir wird heute mittag bestattet. Der Mörder sollte heute früh aus meinem Mund das Urteil vernehmen, und seine langwierige Hinrichtung sollte die Bestattung Abdosirs geziemend begleiten.«

Der Sufet runzelte die Stirn. »Was hat Bomilkar damit zu tun?«

»Die Hinrichtung verhindert, wie ich sagte.«

Germiskar seufzte. »Wie kann er das, wenn der Richter noch gar nicht geurteilt hat?«

»Er hat zugelassen, daß der Mörder sich im Kerker erhängte.«

»In welchem Kerker?«

Tybon wies auf den Boden zu seinen Füßen. »Im Kerker des Gerichts.«

»Wie hat er das getan? Zugelassen, daß er sich erhängt? Hat er dabeigestanden und ihn angefeuert?«

»Er hat einen kleinen Verbrecher in den Nebenkäfig gesperrt. Der Mörder hat sich aus dessen Kleidern ein Tuchseil gemacht und …«

»War Bomilkar dabei?«

»Nein, aber ...«

»Erlaube, daß ich rede, Herr«, sagte Bomilkar.

»Gewährt.«

»Vom Tod des Gefangenen wußte ich bis jetzt nichts. Laß uns trotzdem vorn beginnen.«

»Nicht zu weit vorn.«

Bomilkar brachte eine Mischung aus Nicken und Verbeugung zustande. »Der edle Abdosir wurde ermordet. Ein Mann, der wahrscheinlich dieses Verbrechen begangen hat, wurde gefangen. Meine Aufgabe ist es, die Umstände zu klären und festzustellen, warum es geschah.«

Tybon krächzte etwas Unverständliches; dann sagte er: »Wozu dieses Klären und Feststellen, wenn es keine Zweifel an Tat und Täter gibt?«

»Erst wenn wir wissen, warum der Mörder es getan hat, und erst wenn wir sicher sind, daß er nicht Teil einer weitergehenden Verschwörung ist, kann ich als Hüter der Ordnung wieder ruhig schlafen, statt mich darum zu sorgen, daß vielleicht jemand gerade den edlen Tybon oder andere Herren der Stadt zu beseitigen wünscht.«

Er war nicht sicher, glaubte aber, über das Gesicht des Sufeten ein winziges Lächeln huschen zu sehen.

»Der Henker«, sagte Tybon, »hätte ihn dazu während der großen Amtshandlung eingehend befragt.«

»Zweifellos. Aber meinst du nicht, es wäre gut, all dies zu ermitteln, ehe man das Urteil fällt und vollstreckt?«

Germiskar starrte an die Decke. »Weiter«, knurrte er. »Ich habe nicht den ganzen Tag Zeit. Auch ich muß, eh, *will* dem edlen Abdosir die letzten Ehren erweisen.«

»Ehe ich die Befragung des Mörders beenden konnte, wurde er auf Anweisung des Richters Tybon in den Kerker des Gerichts gebracht. Ich hielt es für meine Pflicht, gestern abend noch einmal nachzusehen, ob alles in der gebührenden Ordnung sei.

Unterwegs habe ich einen zänkischen Messerschwinger aufgegriffen und im Gerichtskerker gelassen. Da er überdies besinnungslos betrunken war, erschienen mir weitere Vorkehrungen überflüssig.«

»Anketten und derlei?« sagte der Sufet. »Nun ja, wozu einen Gelähmten lähmen. Bedauerlich, daß dieser Zabugu sich dem Urteil und der Vollstreckung entzogen hat. Aber ob er gerichtet wird oder sich selbst richtet – das Ende ist das gleiche.«

»Aber …«, sagte Tybon.

Germiskar hob die Hand. »Deine zweifellos gerechte Urteilsfindung ist nicht zustande gekommen. Bedauerlich, ohne Zweifel. Und du, Herr der Wächter, hast nichts über Anlaß und Hintergründe ermitteln können?«

»Nichts, Herr.«

»Ebenso bedauerlich, aber es ist nicht zu ändern.« Germiskar rieb sich die Nase; dabei blickte er zuerst Bomilkar, dann den offensichtlich noch immer unzufriedenen Tybon an.

»Bei der nächsten derartigen Sache sollte man mehr Umsicht walten lassen«, sagte der Sufet schließlich. »In jeder Hinsicht. Bomilkar sollte mehr Zeit für die Ermittlungen erhalten und später dafür sorgen, daß der Verbrecher nach der Tat nicht auch noch die Strafe vollziehen kann.«

Bomilkar bemühte sich um ein ausdrucksloses Gesicht. »Ich höre und werde gehorchen, Herr.«

»Gut. Tybon – falls du beim nächsten Mal, das die Götter verhindern mögen, wieder zuständig bist, sprich mit dem Herrn der Wächter, ehe du Dinge anordnest.«

Der Richter quetschte etwas durch die Zähne, was nicht zu verstehen war, vom Sufeten aber offenbar als Zustimmung ausgelegt wurde.

»Mach einen Vermerk in den Schriften«, sagte Germiskar, »und gib sie meinem Schreiber; ich werde dann alles bestätigen. Kein Flecken auf deinem Namen, Tybon, und keine Beeinträchtigung deines Fortschreitens. Die Götter mögen euch Gelassenheit und Zielstrebigkeit gewähren.«

Er wandte sich ab und ging nach links, wahrscheinlich zurück zu jenem Raum, aus dem er bei Beginn des Gebrülls gekommen war. Sein Schreiber folgte ihm.

Bomilkar bemühte sich noch immer, weder ein karges Lächeln noch gar üppigere Gefühle zu zeigen. Es fiel ihm nicht leicht.

›Vielleicht ist ein anderer Gesichtsausdruck einfacher herzustellen als gar keiner‹, dachte er. ›Zerknirschung? Unterwürfigkeit? Achtung?‹

Tybon starrte ihn an; wartete er etwa auf eine Äußerung, eine Anrede? Wie sollte alles weitergehen?

Natürlich war die Entscheidung des Sufeten für den Richter nicht bindend, sagte sich Bomilkar. Tybon konnte sich an die übrigen neunundneunzig der Hundert Richter wenden, dann die Hundertvier Hohen Richter anrufen, zunächst für Staat und Politik zuständig, den fünfköpfigen Ausschuß des Rats – die Fünf-Herren für Recht und Ordnung, den ganzen Rat der Stadt, die mächtigen Dreihundert. Zuletzt noch die Erhabenen Dreißig, der Rat der Ältesten. Und wenn auch dann keine Einigung erzielt war, konnten Rat und Sufeten sich gemeinsam an die Volksversammlung wenden. Aber wozu? Ob Tybon das vergleichsweise geringfügige Mißgeschick so wichtig nehmen würde?

Sie hatten einander nicht länger als zwei Atemzüge angestarrt, als Bomilkar zu einem Entschluß gelangte. Germiskars Verhalten hatte ihm klargemacht, daß er einen Verbündeten brauchte, keine langwierigen Rechtshändel, die ihn lähmen würden, und ganz sicher kam der Sufet nicht dafür in Frage.

»Ehrwürdiger«, sagte er, mit einer angedeuteten Verneigung, »es wäre mir lieber gewesen, wir hätten dies alles unter uns besprechen können. In der geziemenden Weise und mit der einem Richter gegenüber angebrachten Höflichkeit. Magst du mir einige grobe Worte vergeben? Ich versichere dir, sie sollten dich keineswegs angreifen, sondern nur mich verteidigen.«

Tybons Gesicht hatte längst wieder die gewöhnliche Farbe angenommen. Der Richter wippte auf den Ballen, als wolle er versuchen, an die hohe Decke des Gangs zu springen. Er entblößte die Zähne und stieß etwas wie ein »hntz« aus, das Tadel, Abscheu oder Widerwillen ausdrücken mochte, vielleicht aber auch nur bedeutete, daß er einige weitere Lidschläge lang zuhören würde.

Immer noch lungerten etliche Schreiber in Hörweite. Bomilkar räusperte sich und sagte laut:

»Natürlich bedaure ich, daß der Schurke sich der Gerechtigkeit entzogen hat, Rab Tybon. Ich fürchte allerdings, daß er nicht allein war. Und daß das Leben weiterer Ratsherren und Richter bedroht ist.«

Tybon kaute auf ungesagten Wörtern herum; schließlich knurrte er: »Was willst du?«

»Deinen Rat, Herr, und vielleicht einige hilfreiche Anweisungen – zum Schutz der Ordnung und des Lebens.«

»Komm.« Tybon drehte sich um und ging zurück in den Raum gegenüber der Treppe. Zwei Schreiber oder Gerichtsdiener, die dort bisher gelauscht hatten, machten sich eilig über Rollen und Wachstafeln her, die auf den Tischen lagen.

Der Richter schnaubte und ging wortlos weiter. Bomilkar folgte ihm in den Nebenraum. Es mußte sich um Tybons Arbeitszimmer handeln, und dort schien er seine Widerstandskraft gegen Belagerungen zu prüfen. Gestelle mit Tafeln und Rollen – lose und in Tonröhren – standen an allen Wänden, sogar unter den beiden Fensteröffnungen; überfüllte mannshohe Gestelle keilten den Schreibtisch ein, auf dessen Platte Stifte, zerkaute Schreibhalme, Tintentöpfchen, Papyrosbeschwerer und anderes Zubehör sich türmten. Bomilkar sah einen fast vollen Napf, in dem ein Löffel mit Elfenbeingriff halb in etwas versunken war, was ein Gemenge aus frischem Käse, Honig und Sesamkörnern sein mochte. Getrocknete Datteln lagen auch darin, und der Griff des Löffels war geschnitzt: eine schlanke Frau mit drei steilen Brüsten. Neben dem Napf stand eine Tonfigur, ein kopfgroßer iberischer Windlöwe, auf dessen Reißzähne Papyrosfetzen gespießt waren.

Tybon plumpste hinter dem Tisch in den Scherensessel und langte nach dem Napf. Mit einem Grunzen nickte er zu einem Schemel.

Bomilkar nahm es als Aufforderung, zog den Schemel an die andere Längsseite des Arbeitstischs und setzte sich.

Tybon kniff die Augen zu Schlitzen; dann seufzte er, sagte: »Sprich« und schob einen Löffel in den Mund.

»Mögen die Götter dir immer Nahrung und Genuß gewähren«, sagte Bomilkar. »Dazu Güte im Übermaß.«

»Güte?« Tybon hob die Brauen. »Nicht unbedingt die Grundlage des Reichtums und der Gerechtigkeit.« Er leckte den Löffel ab, legte ihn wieder in den Napf und beugte sich vor. »Genug geschwatzt und geschmeichelt und gestritten; was willst du wirklich?«

»Ermitteln.« Bomilkar verschränkte die Arme vor der Brust. »Ich glaube nicht, daß ein kleiner Messerstecher etwas mit einem wie Abdosir zu tun hat. Jemand wird ihm einen Auftrag erteilt haben; ich will herausbekommen, wer es ist und warum. Erst dann werden wir wissen, ob für andere Edle Gefahr besteht.«

»Ich halte das für Unsinn, aber nun gut. Sprich.«

Später war er verblüfft darüber, wie schnell und einfach alles zu besprechen war. Verblüfft – und dann auch wieder nicht.

Tybon schien zu Wutausbrüchen zu neigen und in seinem Gemüt eine ähnliche Ordnung wie auf seinem Arbeitstisch zu pflegen. Aber er war auch Ratsmitglied und Richter, den Gesetzen und der Ordnung verpflichtet: nicht zuletzt zum eigenen Nutzen.

Noch ehe der Büttel erschien, der Bomilkar zur Großen Mauer rufen sollte, hatte Tybon – widerstrebend, aber schließlich doch zügig – einige Anweisungen ausfertigen lassen und gesiegelt. Bomilkar begab sich noch kurz in den Gerichtskerker, um den festgenommenen Trinker freizulassen.

Als er wieder ins Freie trat und zu den Ställen ging, sah er am Südrand der Agora, wo sich wie immer Menschen drängten und feilschten und stritten und herumliefen, einen über dem Getümmel schwebenden Kopf auf dürrem Hals; daneben glaubte er einen roten Fleck zu sehen. Zerstreut fragte er sich, ob der Gelbgewandete sich im Ratsgebäude umgezogen haben könnte.

Auf der Fahrt zur Festung mußte er sich dann mühsam von einem breiten Dauergrinsen abhalten. Zum Wohlbefinden trug nicht unerheblich bei, daß nach dem gewaltigen Regen die Luft einigermaßen frisch war und die Große Straße sauber.

»Bist du in einen Honigtopf gefallen?« sagte Autolykos zur Begrüßung. Er stand mit einem der Festungsschreiber in der Wachstube vor der Ruhebank, auf der sie Tafeln und Rollen in mehreren Stapeln getürmt hatten.

»Sehe ich so klebrig aus?«

»Süßlich. Widerwärtig süßlich, wie nach einem erfolgreichen Mahl und üppigen Beilager.«

Bomilkar lachte. »Ich wußte nicht, daß Gespräche mit Richtern solche Auswirkungen haben können.«

»Was treibt dich morgens in die Arme von Richtern?«

»Gleich. Ich brauche nachher einen Fahrer. Wen von den Männern kannst du entbehren?«

Autolykos hob die Schultern. »Es liegt nichts Besonderes an. Nimm, wen du willst.«

Bomilkar ging in den Nebenraum, wo drei Büttel saßen und dösten. Er befahl einem der Männer, sich um Pferd und Wagen zu kümmern und sich bereit zu halten. Danach begab er sich mit Autolykos hinaus auf den kleinen Platz, wo sie unbelauscht reden konnten.

»Als dein Stellvertreter«, sagte der Kampanier schließlich mit einem schrägen Lächeln, »ziehe ich es vor, die Einzelheiten nicht gehört zu haben. Also, Zabugu hat sich erhängt und vorher Bodaschtart den Grünen erwähnt? Der kommt jeden Tag mindestens dreimal hier vorbei.« Mit dem Kinn wies er zum nahen Tor und zur Großen Straße.

»Ich weiß – der Gemüsemarkt draußen und die Marktgärten. Aber was kann er mit Abdosir zu tun haben?«

»Keine Ahnung. Ich werde mich vorsichtig umhören. Außer uns beiden sollte keiner wissen, daß Zabugu ihn genannt hat?«

»Keiner. Stell fest, wo Zabugus Familie wohnt. Ich will mit der Frau sprechen.«

»Gut. Und was willst du mit Wagen und Fahrer?«

»Mich am Ort der Tat umsehen. Wer hat Zabugu festgenommen, nach dem Mord?«

»Das war Barako. Der ist auf Streife, in den südlichen Vierteln.«

»Hoffentlich finde ich ihn schnell. Weißt du, wann genau Abdosir bestattet wird?«

Autolykos rümpfte die Nase. »Wer von uns beiden ist denn hier der Chanani? Ich glaube, das machen die Reichen doch immer mittags, oder? Damit sie anschließend bis in die Nacht zechen können.«

Die Sonne war hinter dem hohen Gebäude an der Südostseite des Platzes nicht zu sehen. Bomilkar warf einen Blick auf die Schattenkante.

»Dann sollte ich nicht trödeln.«

»Solltest du nie.«

»Gab es hier etwas Wichtiges?«

Autolykos blies die Wangen auf. »Bah. Alles wie immer. Ein paar Keilereien. Diebstähle. Gezeter auf dem Markt. Ah, und eine Leiche in der Festung, aber darum kümmern die sich selbst.«

»Was war da los?«

»Wahrscheinlich ein alter Streit; bei den Numidern. In den Ställen. Heute früh lag da jemand tot zwischen den Pferden.«

Bomilkar zog die Oberlippe zwischen die Zähne und überlegte; schließlich sagte er: »Ich müßte sowieso mal wieder zum Üben. Heute abend. Dann kümmere ich mich darum. Wenn du vorher etwas hörst, schreib's auf. Ah, laß auf jeden Fall die Leiche zu Artemidoros bringen.«

Autolykos seufzte leise. »Na gut. Du willst ja bloß, daß der Arzt wieder mal was zu zerschneiden hat, oder?«

»Sonst rostet er ein.«

# 6

Zufällig war der Büttel Nislakh, den Bomilkar als Fahrer ausgesucht hatte, ein Numider. Während sie auf der Großen Straße nach Osten fuhren, zum Herzen der Stadt, und dabei Ausschau nach der Streife hielten, fragte Bomilkar ihn nach seinen Beziehungen zu anderen Numidern, vor allem den Reitertruppen in der Festung.

»Es sind nicht viele da, Herr«, sagte Nislakh. »Zwei Hundertschaften, nicht mehr. Ich kenne ein paar von ihnen, die aus der gleichen Gegend kommen wie ich; mit den anderen habe ich nichts zu tun.«

»Weißt du etwas über den Toten?«

»Nur, daß man ihn gefunden hat. Ich habe ihn nicht gekannt.«

»Na schön. Fahr da vorn in die Nebenstraße, rechts. Irgendwo hier müßte die Streife jetzt eigentlich sein. – Habt ihr Büttel gesehen?«

Ein paar am Straßenrand spielende Kinder deuteten allgemein Richtung Südost und behaupteten, vor kurzem sei die Streife dagewesen und dorthin gegangen.

»Übernächste links. Und während du lenkst und ich Ausschau halte, erwäge doch etwas.«

Nislakh blickte ausdauernd geradeaus.

»Ich sorge dafür, daß du weiterhin zu Beginn eines jeden Mondes zehn *shiqlu* bekommst, und vor deinen Stammesgenossen kann ich dich vielleicht beschützen. Sie können dich aber ganz bestimmt nicht vor mir schützen. Wäge, o Nislakh, welche Treue schwerer wiegt – die zur Stadt oder die zu deinem Stamm. Und halt an; da vorn sind sie.«

Bomilkar sprang aus dem Wagenkorb, lief ein paar Schritte in die enge Gasse, die sich zur südlichen Mauer schlängelte, und rief: »Barako! Hierher!«

Er mußte den Ruf zweimal wiederholen, ehe die Wächter ihn hörten.

Barako, ein kräftiger junger Mann mit sauber gestutztem schwarzen Bart, kam im Laufschritt zu ihm.

»Dein Begehr, Herr?« sagte er. Der Atem ging kaum schneller als gewöhnlich, und Bomilkar erinnerte sich an seine Absicht, an diesem Abend wieder mit den allzu lange vernachlässigten Übungen in der Festung zu beginnen.

»Ein Besuch des Orts, an dem du Zabugu festgenommen hast, und eine genaue Beschreibung des Hergangs.«

Barako nickte. »Natürlich. Die anderen gehen weiter?«

»Wie viele sind sie?«

»Drei, ohne mich.«

»Das genügt.« Bomilkar schob zwei Finger in den Mund, stieß einen gellenden Pfiff aus und beschrieb dann mit dem Arm einen Kreis: das Zeichen für »Runde«. Die anderen winkten und gingen weiter.

»Komm, zum Wagen.«

Als sie die Ecke erreichten, an der Bomilkar abgesprungen war, fanden sie Pferd und Wagen; von Nislakh war nichts zu sehen.

»Möge ihn der kleine braune Daimon des Darmzwickens quälen«, knurrte Bomilkar; er nahm die Zügel.

»Wen, Herr?«

»Nislakh. Ich glaube, er hat eben den Dienst aufgegeben.«

»Wieso?«

»Unterwegs. Halt dich fest.«

Barako steckte den Speer in den am Wagenkorb angebrachten Köcher, schob das Schwert an seinem Gürtel zurecht und hielt sich am Korbrand fest. Bomilkar lenkte das Gefährt zurück zur Großen Straße, und während sie schnell nach Osten fuhren, gab er Barako eine knappe Zusammenfassung.

»Zabugu erhängt, ein toter Numider in der Festung, Nislakh verschwunden?« Barako schüttelte heftig den Kopf; dann langte er nach seinem Kesselhelm, der abzufallen drohte. »Ich kann dir aber nicht viel über ihn sagen, Herr.«

»Redet ihr nicht manchmal miteinander?«

Barako lachte; es klang ein wenig gequält. »Doch, aber wir sind ja zweihundert, da weiß man von den anderen nicht viel mehr als die Namen. Außer von denen, mit denen man öfter zusammenarbeitet oder befreundet ist.«

»Und das ist bei dir und Nislakh nicht so?«

»Wir sind ein paarmal zusammen Streife gegangen; einmal hatten wir gemeinsam Dienst in der Wache im Färberviertel. Ich glaube, er hat draußen irgendwo eine Frau oder Geliebte; sie arbeitet auf dem Markt und ist aus der gleichen Gegend wie er, Massylien. Ich weiß aber nicht einmal, wie sie heißt.«

»Kennt jemand ihn besser?«

»Frag die anderen Numider, Herr.«

Bomilkar dachte schweigend nach, bis sie kurz vor der Agora nach Norden fuhren und die Byrsamauer erreichten, die den Hügel der Reichen und der Tempel von der Unterstadt trennte. Hinter dem Tor lag ein kleiner Platz mit einem Brunnen. Bomilkar versprach einem der Jungen, die dort herumlungerten, einen Zehntelschekel, wenn er bis zu ihrer Rückkehr Wagen und Pferd hütete und das Tier tränkte.

Er blinzelte zur Sonne empor. »Jetzt werden sie den edlen Abdosir bestatten«, sagte er. »Die beste Zeit ... Komm mit.«

»Wohin, Herr?«

»Zu Abdosirs Haus. Es ist gleich da vorn.«

Barako hüstelte. »Es wird aber keiner da sein, wenn jetzt gerade die Bestattung vorgenommen wird.«

»Keiner der Edlen, zweifellos; aber ich will mit den Sklaven sprechen.«

»Ah.«

Abdosirs Haus lag am Hügelhang, umgeben von Mauern und einem üppigen Garten. Der Türhüter, ein dunkelhäutiger Sklave, bat sie zu warten, während er den Aufseher holte, einen Hellenen, ebenfalls Sklave. Aber einer, der teure Gewänder aus bestem Leinen trug und durch Haltung und Gesichtsausdruck deutlich bekundete, daß er eigentlich zu vornehm sei, um sich mit einem beliebigen Punier abzugeben.

»Kannst du lesen?« sagte Bomilkar.

»Selbstverständlich. Wozu?«

Bomilkar seufzte leise; er zog eines der von Tybon ausgefertigten Schriftstücke aus dem Gürtel, entrollte es und hielt es dem Hellenen vors Gesicht.

»Hör zu.«

»Vielleicht. Wozu?«

»Hör schnell und gut zu, Sklave«, sagte Bomilkar. »Ich bin der oberste Wächter und Ordnungshüter der Stadt; du wirst mich mit ›Herr‹ anreden und sehr hurtig das tun, was ich dir auftrage. Dies ist die Anweisung des Richters Tybon, der den Mord an deinem Herrn Abdosir bearbeitet. Er schreibt, wie du sehen kannst, daß ich in seinem Auftrag handle und alle Bewohner der Stadt mir zu helfen haben. Hast du das verstanden, Sklave?«

Der Mann nickte. »Ja.« Mit merklichem Abstand schob er ein »Herr« durch die Zähne hinterher.

»Gut. Ich will die Sklaven sprechen, die Abdosir begleitet haben, als er ermordet wurde.«

»Ich weiß nicht, ob das geht.«

»Es wird gehen, und zwar jetzt. Wenn du mich behinderst, werde ich die Familie deines Herrn belästigen, und das werden sie nicht mir, sondern dir übelnehmen. Schaff die Sklaven her. Sofort.«

Leise vor sich hin murmelnd, entfernte sich der Aufseher. Barako räusperte sich und schien etwas sagen zu wollen; Bomilkar schüttelte den Kopf und blickte zum Türhüter, der etwa zehn Schritte entfernt unter einem Feigenbaum stand und so tat, als müsse er die Blätter zählen.

Es dauerte einige Zeit, bis der Hellene mit drei Sklaven zurückkam.

»Der vierte ist nicht da«, sagte er. »Genügen diese drei? Eh, Herr?«

»Habt ihr den edlen Abdosir zum Tempel geleitet, an dem Tag, als er ermordet wurde?«

Die Sklaven nickten. Bomilkar musterte die Gesichter. Alle drei wirkten wach; Abdosir hatte seine Leute offenbar gut behandelt und nicht die Dümmsten gekauft, die zu bekommen waren. ›Ein Libyer‹, dachte Bomilkar, ›ein Kelte – vielleicht Gallier? Und ein Mann aus Asien? Oder aus dem Zweistromland?‹ Laut sagte er:

»Kommt mit. Wir werden den Weg zum Tempel gehen, und ihr werdet mir genau erzählen, was ihr getan und gesehen habt. – Nein, du bleibst hier. Es wird nicht lange dauern.«

Der Aufseher, der sich ihnen hatte anschließen wollen, schnitt eine Fratze, sagte aber nichts.

Die drei Sklaven sprachen erträglich gutes Punisch. Sie wechselten sich in der Schilderung ab, ohne einander zu widersprechen; allerdings gab es nicht viel zu berichten.

Sie hatten das Haus verlassen, in der üblichen Ordnung: zwei gingen ihrem Herrn voraus, zwei folgten ihm. Gemessenen Schritts (Abdosir war nicht mehr jung gewesen, dafür aber wohlbeleibt) hatten sie sich zum Tempel des Eschmun begeben. Mit leeren Händen – Abdosir wollte offenbar kein Opfer darbringen, sondern mit dem Gott oder den Priestern Zwiesprache halten.

»Wir haben hier gehockt und gedöst«, sagte der Libyer; er

wies auf ein dichtes Gesträuch gegenüber dem Portal des Tempels. Hinter den Pflanzen, von ihnen nur teilweise verdeckt, stand eine alte Mauer aus verwitterten Ziegeln.

»Wie lange?«

»Was ist Zeit? Für einen Sklaven?« Der Mann, den Bomilkar für einen Asiaten hielt – Perser oder Baktrier, sagte er sich nun –, lächelte und breitete die Arme aus. »Vielleicht eine Stunde, vielleicht etwas mehr.«

»Weiter.«

»Der Herr und die anderen kommen aus dem Tempel ...«

»Halt. Welche anderen?«

»Andere Edle. Sie ...«

Bomilkar hob die Hand. »Langsam. Wer? Wie viele? Und waren sie schon im Tempel, als ihr gekommen seid, oder sind sie später aufgetaucht?«

»Drei Ratsherren«, sagte der Libyer. »Abdschamasch, Jehaumilk und Bodtinnit. Sie waren schon da, als der Herr den Tempel erreicht hat.«

»Sie waren also mit ihm verabredet?«

»So wird es sein.«

Bomilkar knurrte leise. »Na gut. Weiter.«

»Sie kommen aus dem Tempel. Wir springen auf und gehen dem Herrn entgegen; die anderen Sklaven auch.«

»Ihr bringt mich zum Weinen. Welche anderen Sklaven?«

»Die der anderen Herren.«

»Haben die auch hier gesessen und gedöst?«

»Ja, Herr.«

»Wie viele?«

»Vier für jeden.«

»Also mit euch sechzehn? Muß sehr eng gewesen sein im Schatten. Und dann?«

»Unser Herr trug etwas.« Der Libyer winkelte die Unterarme an, nach vorn, und bewegte sich wie jemand, der ein kleines Kind wiegt. Oder einen Gegenstand, der nicht beschädigt werden soll.

»Was war das?«

»Wir wissen es nicht. Es war in ein kostbares Tuch gewickelt.«

»Groß, klein, lang, kurz?«

Der Kelte deutete auf Bomilkars Kurzschwert. »So etwa. Wie ein Befehlsstab oder ein Schwert.«

Abdosir, sagte der Libyer, habe etwas zu den anderen gesagt, aber sehr leise und nicht zu verstehen. Die Herren wollten offenbar gemeinsam irgendwohin gehen, mit dem Gegenstand, den Abdosir trug. Dann sei plötzlich von rechts, aus einem anderen Gesträuch, ein Mann gesprungen, habe Abdosir einen Speer in den Leib gerammt und ihm den Gegenstand entrissen.

»Dann ist er dahin gelaufen.« Der Kelte deutete auf eine Lücke zwischen zwei Strauchgruppen, dahinter war die alte Ziegelmauer nur noch unvollständig erhalten und niedriger. »Und über die Mauer und weg. Sein Gesicht war verhüllt, aber ein Zweig hat ihm die Maske abgestreift.«

Bomilkar ließ sie noch einmal genau beschreiben, wie alle Beteiligten gestanden hatten. Offenbar hatte Zabugu zugeschlagen, ehe die Sklaven sich wieder um ihre Herren versammeln konnten. Aber wie kommt ein Angreifer an sechzehn Sklaven vorbei, auch wenn diese sich ihm nicht in den Weg stellen?

»Gab es vorher Anweisungen für euch?« sagte er.

»Nein, Herr. Was denn für Anweisungen?«

»Etwas zu tun oder zu unterlassen.«

»Nichts dergleichen.«

»Und als ihr hier gesessen und gedöst habt, habt ihr da mit den anderen Sklaven gesprochen?«

»Nicht viel. Nur ein paar Worte.«

»Haben die vielleicht etwas gesagt über Anweisungen?«

»Nichts. Warum fragst du?«

»Mich verwundert, daß ein einzelner Mann an sechzehn anderen vorbeirennen, einen Ratsherrn ermorden und flüchten kann. Ohne daß jemand einen Finger rührt, um ihn aufzuhalten.«

Der Asiate hob die Schultern. »Wir waren alle überrascht, gelähmt vor Schreck.«

Bomilkar bedachte dies einige Atemzüge lang. »Es ist gut«, sagte er schließlich. »Geht heim; vielleicht muß ich euch noch einmal befragen.«

Barako sah hinter ihnen her. Als sie außer Hörweite waren, sagte er: »Meinst du, sie wissen wirklich nicht mehr?«

Bomilkar hob die Schultern. »Ich glaube, das hat keine große Bedeutung. Ich könnte mir vorstellen, daß sie nicht unbedingt versucht haben, ihren Herrn mit ihrem Leben zu schützen, aber immerhin wissen wir nun viel mehr als vorher. Was mag das für ein Gegenstand gewesen sein?«

»Als er – Zabugu, meine ich – als er unten über die Mauer geklettert ist«, sagte Barako langsam, »hatte er aber nichts bei sich.«

»Laß mich ein wenig denken, ehe wir dazu kommen.« Bomilkar brach einen Zweig von einem der Sträucher an der alten Mauer; dann ging er ein paar Schritte weiter nach rechts, zur Südostecke des Tempels, wo die Pflasterung endete und neben den großen Steinplatten eine sandige Fläche zu sehen war.

Dort kniete er nieder und begann, mit dem Zweig Umrisse in den Sand zu kratzen. Er wollte sicher sein, daß er nichts Wichtiges vergaß, ehe er es später, in der Schreibstube, auf Papyros festhielt.

Er strichelte den Byrsahügel, und während er an dessen Südwesthang Abdosirs Haus als Viereck in den Sand malte, dachte er an das Viertel der Färber und Gerber, südwestlich der Häuser, Paläste und Tempel. Der Wind kam fast immer von Norden und Nordwesten, manchmal aus östlichen oder südlichen Richtungen, aber fast nie aus dem Südwesten, aus dem Hinterland. ›Andernfalls hätten die Reichen längst dafür gesorgt, daß die Gerber umziehen‹, dachte er mit einem lautlosen Kichern. Die Bäume, Hecken und Mauern mochten edle Nasen ein wenig schützen, aber gewiß nicht ausreichend.

Striche für die Straßen und Wege. Am Südrand des flachen Byrsagipfels – eher eine kleine Hochebene – der Tempel des Eschmun, vor dem er nun kniete. Weiter östlich die Tempel von Reschef und Tanit, andere Tempel, aber vor allem große Häuser im Norden. Südlich, hangabwärts vor dem Eschmun-Tempel, das von der alten, brüchigen Ziegelmauer eingefaßte Gelände, an dem rechts und links Wege hinab zur Unterstadt führten.

»Seltsam«, sagte er halblaut.

Barako, der neben ihn getreten war, hatte sich über die Zeichnung gebeugt und richtete sich auf. »Was ist seltsam, Herr?«

»Das hier.« Mit dem Zweig deutete er auf das ummauerte Geländestück. »Nicht groß – zweihundert mal zweihundert Schritte? Und ziemlich steil; wahrscheinlich der steilste Teil der Byrsahänge überhaupt. Aber es ist die beste Lage, unterhalb der Tempel und keine halbe Meile von der Agora entfernt. Warum ist es so, wie es ist? Warum stehen da keine Häuser? Zwei oder drei schöne kleine Häuser für Reiche, mit kleinen Gärten, oder ein ganzer Wohnblock für die nicht so Reichen?«

Barako schüttelte den Kopf. »Ich weiß es nicht. Ich …« Er brach ab; als er weitersprach, klang er ein wenig verwundert. »Du hast recht, Herr – seltsam. Seltsam vor allem, daß ich, wie die anderen, seit Jahren hier vorbeigehe, ohne je mehr als die Ziegelmauer und die Sträucher bemerkt zu haben.«

Bomilkar stand auf. Mit einem letzten Blick versuchte er, sich das Gewirr aus Strichen und Vierecken einzuprägen. »Komm«, sagte er. »Sehen wir uns das mal genauer an.«

Das gepflasterte Rechteck vor dem Tempel mochte etwa fünfundzwanzig mal fünfzehn Schritte messen. Bomilkar betrachtete die sandfarbenen Säulen, zu denen drei flache Stufen aus behauenem Stein hinaufführten. Der Giebel darüber war ein ebenfalls sandfarbenes Dreieck – schmucklos bis auf leuchtendrote Augen, wahrscheinlich die des Gottes, und ein paar bläuliche Schriftzeichen, die seinen Segen und Schutz für die Stadt beschworen. Das Dach war vergoldet, was sie aber dort, wo sie standen, nicht sehen konnten.

Unter dem Giebel, zwischen den Säulen, lockte in der Mittagshitze tiefer Schatten. Bomilkar wußte, daß hinter der Wand einige Räume lagen, Priestergemächer, und jenseits davon der offene Innenraum, in dem die Hitze wie in einem Becken gefangen wabern würde. Er preßte die trockenen Lippen zusammen, dachte an Wasser, verfluchte sich lautlos dafür, daß er keine Lederflasche mitgebracht hatte, und wandte sich der überwucherten Mauer an der Südseite des Gevierts zu. Dahinter schien alles grün zu sein, in vielen Schattierungen, und als er den Kopf in den Nacken legte, sah er ein Gewirr turmhoher Baumwipfel.

Dort, wo nach Aussage der Sklaven Zabugu über die Umfriedung des rätselhaften Geländes geflohen war, fand er bei der näheren Untersuchung einige frische Bruchstellen. Er kratzte sich den Kopf.

»Sieht aus, als ob er beim Klettern etwas abgebrochen hätte.« Behutsam, mit den Fingerspitzen, berührte Barako die Ziegel.

»Er könnte auch seine Flucht vorbereitet haben«, sagte Bomilkar. »Einen Tag vorher? Zwei Tage? Aber ist das wichtig?«

»Dann wüßten wir, daß alles gründlich vorbereitet war.«

»Das wissen wir ohnehin. Oder meinst du, er hat hier im Gesträuch gehockt, um zu sehen, ob am Tempel etwas geschieht, und sich dann einfach so auf Abdosir gestürzt?«

»Um Vergebung, Herr; es war gedankenlos.«

Vorsichtig, um sie nicht noch mehr zu beschädigen, stieg Bomilkar über die Ziegelmauer; Barako folgte. An der Innenseite fanden sie einen offenbar erst kürzlich freigetrampelten Weg durch ansonsten dichtes Gestrüpp und hüfthohe Pflanzen. An keinem der Zweige hing etwas, womit jemand sich das Gesicht hätte verhüllen können, und ob etwas auf dem Boden lag, ließ sich nicht sagen: Der Bewuchs war zu dicht.

Nach drei Schritten kamen sie in beinahe offenes Gelände. Bomilkar blieb stehen, sah sich um und pfiff durch die Zähne.

»Ein geheimer Garten«, sagte er. »In den alten Geschichten hockt in so etwas immer ein Daimon, oder ein boshafter Zauberer.«

Sie sahen Reste alter Gartenpfade, die einmal mit flachen rötlichen Ziegeln gepflastert gewesen waren; das meiste war überwuchert, hier und da hatten Bäume und Sträucher die Pflasterung gesprengt. Es gab mehr als mannshohe Schilfwände, wo vor langer Zeit kleine Wasserläufe oder Teiche gewesen sein mochten. Und über allem riesige, uralte Bäume, deren Stämme von Flechten und Schlingpflanzen strotzten und deren Kronen zu einer unentwirrbar verflochtenen Einheit geworden waren: ein Dach über dichtem Schatten.

»Kennst du dich mit Bäumen aus?« sagte Bomilkar. Unwillkürlich sprach er leise, als fürchte er, etwas Uraltes zu stören. Etwas, das vielleicht heilig, vielleicht aber auch böse war.

Barako starrte hinauf in diesen unteren Himmel aus Laub und Nadeln, Ästen und Zweigen. »Nicht gut. Einige sind gewöhnlich, von hier – da hinten, die Palme. Daneben, das ist, glaube ich, eine Zeder. Und das da? Der Baum wie eine Farnsäule?«

Langsam, vorsichtig, um nicht auf seltene Pflanzen zu treten oder unter ihnen Schlangen zu wecken, drangen sie tiefer in den Schatten des Gartens ein. Bomilkar, der in Iberien fremde Laubbäume gesehen hatte, glaubte einige zu erkennen, andere waren wie Gewächse aus einem wirren Traum. Sie mußten Schilfvorhänge zerteilen und über gestürzte Stämme steigen, und da das Gelände überall abfiel, wenn auch unterschiedlich steil, bewahrte sie mehrmals nur ein schneller Griff nach einem Ast oder einer Schlingpflanze davor, in die Schatten zu fallen.

»Hier wird es eben«, sagte Barako plötzlich. Er ging ein paar Schritte links von Bomilkar und schien zu wachsen.

Mit einer gemurmelten Anrufung der Götter zog Bomilkar das Schwert und hieb sich einen Weg frei. Als er Barako erreichte, stellte er fest, daß sie auf einer von vermoderten Laub- und Pflanzenschichten bedeckten Fläche standen, die einmal eine Terrasse gewesen sein mochte, oder Boden eines kleinen verschwundenen Gebäudes.

Sie stocherten hier und da herum, Bomilkar mit dem Schwert, Barako mit seiner Lanze. Nach einiger Zeit hatten sie die Grenzen der ebenen Fläche gefunden. Sie war etwa zehn mal zehn Schritte groß, und in diesem Geviert gab es Bruchstücke feiner Säulen, außerdem – ebenfalls von Moderschichten bedeckt – regelmäßige Erhöhungen, unter denen die Reste von Wänden liegen mochten.

Unterhalb dieser Fläche, die Bomilkar nun für Grundmauern und Sockel eines verschwundenen Bauwerks hielt, fiel das Dickicht steiler ab, und bis sie die untere Mauer erreichten, hatten sie mindestens eine Stunde im Garten verbracht.

Als sie endlich, mit kleineren Abschürfungen nach Übersteigen der Mauer, auf der Straße standen, hörten sie gedämpft die Rufe eines Wasserverkäufers.

»Das kommt gerade recht«, sagte Bomilkar. »Wo mag er sein?«

»Drüben.« Barako deutete allgemein nach Süden.

Sie befanden sich auf einer engen Straße zwischen zwei Steinwällen: hinter ihnen die Ziegelmauer des Gartens, vor ihnen ein Teil der Byrsamauer. Das Tor, an dem der Junge mit dem Gespann wartete, mußte einige hundert Schritte weiter rechts im Westen liegen; ein schmales Tor, nicht weit links von ihnen, war dem Wasserverkäufer zweifellos näher. Sie gingen hindurch und kamen auf die etwas breitere Straße südlich der Byrsamauer.

Auf der anderen Seite, gegenüber, standen niedrige Werkstätten und Lagerschuppen aus Holz, dahinter ragte die fensterlose Rückwand eines vierstöckigen Hauses auf.

Barako lief zur nächsten Ecke und klatschte in die Hände. »Hierher, Wasserträger«, schrie er.

Bomilkar folgte ihm langsam. Dabei warf er Blicke in die teilweise offenen Schuppen, die lediglich Gerümpel enthielten. Auch das, was einmal Behausungen von Handwerkern gewesen sein mußten, war ungenutzt. Die hohe Hauswand ohne Fensteröffnungen gab ihm Rätsel auf; schließlich sagte er sich, daß wahrscheinlich einmal zwei große Wohnhäuser hier Rücken an Rücken gestanden hatten. Aber warum sollte man eines davon abreißen, um Platz für Schuppen und Werkstätten zu machen und diese dann verfallen lassen?

Als er die Ecke erreichte, fand er Barako neben einem abgemagerten, alten Esel. Das Tier, unter zwei riesigen Wassersäcken fast begraben, gehörte einem bärtigen Libyer, der »Wasser, feines Wasser, frisches Wasser« singend durch die Straßen des Viertels zog. In der großen Stadt, in der es nicht viele Tiefbrunnen gab, verdienten nach Bomilkars Schätzung mindestens fünfhundert Leute auf diese Weise ihren Lebensunterhalt.

Er kramte eine kleine Bronzemünze hervor und gab sie dem Libyer, der ihm ein schmieriges Tongefäß reichte. Durch das Wischen mit einem sehr schmierigen Tuch wurde es nicht sauberer. Bomilkar raffte eine Faustvoll Stoff seines Chiton zusammen und wischte selbst noch einmal, ehe er den Napf mit Wasser füllen ließ.

»Hier also?« sagte Bomilkar, als sie sich erfrischt hatten und der Wasserverkäufer weitergegangen war.

»Hier.« Barako wies auf das für Karren fast zu schmale Tor in der Byrsamauer, durch das sie eben gekommen waren. »Wir waren hier im Viertel unterwegs. Die übliche Streife, vier Mann. Ziemlich stille Zeit, deswegen konnten wir das Geschrei gut hören. Hinter der Mauer. ›Hilfe, Mörder, haltet ihn‹, so etwas. Wir rennen also durchs Tor da und hören die Stimmen aus den Straßen, die neben dem Garten runterkommen. Ein paar von den Sklaven, aber keiner hat sich in den Garten getraut. Die haben wir aber noch nicht gesehen, immer noch nur gehört, als ungefähr da, wo wir eben über die Mauer geklettert sind, Zabugu auftaucht. Wie er uns sieht, ruft er irgendeinen numidischen Gott an, rutscht von der Mauer und ergibt sich. In dem Augenblick biegen auch die Sklaven rechts und links um die Ecken und sagen: ›Der war's!‹ Dann haben wir ihn mitgeschleift – zuerst rauf zum Tempel, wo die Leiche lag, und dann zur Festung.«

»Hatte Zabugu etwas bei sich?«

Barako schüttelte den Kopf.

»Wo mag er diesen Gegenstand, was immer es war, gelassen haben?«

»Herr, da drin in dem Dickicht«, sagte Barako. »Irgendwo. Selbst wenn wir danach gesucht hätten … da drin können hundert Männer tagelang suchen.«

»Die Sklaven – wie viele? Welche?«

»Das wollte ich oben am Haus schon sagen, als du mir bedeutet hast, ich solle schweigen – daß ich sie gesehen habe und wiedererkennen würde. Die drei waren es. Sind hinter Zabugu hergerannt und haben geschrien. Der vierte, der heute nicht da war, hat am Tempel bei der Leiche gewartet.«

»Und die anderen Ratsherren?«

»Von denen wußte ich bis vorhin nichts.«

»Merkwürdig, nicht wahr?« sagte Bomilkar gedehnt. »Vier Edle treffen sich im Tempel. Als sie herauskommen, wird einer ermordet, und die anderen verschwinden einfach? Mit all ihren Sklaven? Komm, gehen wir noch einmal zum Tempel. Vielleicht weiß dort jemand etwas.«

In der Vorhalle des Eschmun-Tempels hielt sich ein alter Diener auf, der den Boden fegte. Er weigerte sich, die Männer in die »heiligen Gemächer des Priesters« zu führen, holte diesen aber nach kurzem Gezeter herbei.

Bomilkar grüßte höflich, nannte seinen Rang und Namen, zeigte dem Priester die Anweisung des Richters Tybon und sagte dann:

»Nun wüßte ich gern, was die Edlen im Tempel getan haben und worum es sich bei dem Gegenstand handelte, mit dem Abdosir hinausgegangen ist.«

Der Priester starrte ihn aus alten, schwarzen Augen an, die in tiefen Höhlen saßen wie unheilvolle Edelsteine in einer Fassung aus düsterem Fleisch. Ohne eine Miene zu verziehen, sagte er: »Du wirst sie selbst fragen müssen, Herr der Wächter.« Seine Stimme war fast noch schwärzer als die Augen und tiefer als die Höhlen.

»Aber der Gegenstand? Er muß doch vorher im Tempel gewesen sein. Was war es, und warum wollte Abdosir ihn mitnehmen? Wohin?«

Der Priester hob beide Hände vor die Brust, die Handflächen Bomilkar zugewandt. »Geh, Wächter. Und steck Tybons Anweisung ein; der Tempel unterliegt anderen Gesetzen.«

Bomilkar knirschte mit den Zähnen. »Irgendwer wird sprechen, und irgendwer wird zahlen«, sagte er. »Nenn mir deinen Namen, Priester, damit ich ihn erwähnen kann.«

Als der alte Mann lachte, richteten sich Bomilkars Nackenhaare auf. Daimonen, die einen Unhold zwischen schwarzen Mühlsteinen zerrieben, mochten ein Geräusch machen, das diesem Gelächter gleichkam. Fast.

»Auch ich bin Abdosir.« Der Priester wandte sich ab und ging zurück zu seinen Gemächern. Über die Schulter sagte er: »Er ist … war mein Neffe.«

# 7

Auf der Fahrt zurück zur Festung schwiegen sie. Barako schien die Menschen, die Ecken und Nebenstraßen zu beobachten und all die kleinen Plätze, zu denen sich die Große Straße immer wieder verbreiterte – ein Wächter auf Streife. Bomilkar dachte an die drei Ratsherren Abdschamasch, Jehaumilk und Bodtinnit, die den toten Abdosir einfach hatten liegen lassen; an den Priester; an den seltsamen Garten; an tote und verschwundene Numider. Und zwischendurch an die alte Geschichte von dem Faden, mit dessen Hilfe ein Krieger den Weg aus einem Labyrinth fand.

Jemand – eine Frau? – hatte das andere Ende des Fadens gehalten. Er erinnerte sich nicht an die Namen, sondern nur daran, daß es eine hellenische Geschichte war. Er sagte sich, daß er wahrscheinlich einen Faden suchen sollte, den jemand in der Hand hielt, daß er aber nicht wußte, woraus der Faden bestand. Wörter vielleicht, oder Handlungen, oder Gerüche. Möglicherweise hielt ihn aber längst keiner mehr fest, sondern hatte ihn fallenlassen, und eigentlich konnte er nicht einmal sicher sein, daß all die wirren Einzelheiten, zwischen denen er umherirrte, zusammen ein Labyrinth ergaben.

›Ein Labyrinth‹, dachte er, ›ist ein ordentliches Gebäude, in dem alles einen Zweck hat, nämlich den, zu verwirren; wenn dies Durcheinander aber keinen Zweck hat, sondern bloß zufälliges Durcheinander ist – wie soll man dann hinausgelangen?‹

Als sie den von inzwischen wieder staubigen Palmen gesäumten Platz neben dem Tynes-Tor erreichten, wußte er noch immer nicht, wie er weitermachen sollte. Er befahl Barako, Pferd und Wagen zu den Stallungen zu bringen und dort auszurichten, man solle ein frisches Pferd bereithalten. Beinahe zu spät fiel ihm noch etwas anderes ein.

»Und zu niemandem ein Wort, hörst du? Zunächst jedenfalls.«

Barako nahm den Helm ab und kratzte sich das kurze schwarze Haar. »Herr, wer würde es mir denn glauben? Außerdem ist alles viel zu wirr, als daß man eine gute Geschichte daraus machen könnte.« Dann lachte er. »Jedenfalls jetzt noch. Vielleicht gelingt es dir ja, und vielleicht kann ich dabei helfen.«

»Ich werde an dich denken, wenn es soweit ist.«

Tatsächlich schien Barako heller zu sein als der Durchschnitt der Büttel; einen fähigen Unterführer konnte Bomilkar immer gebrauchen. Er beschloß, ihn zu beobachten und zu prüfen. Später. Nun war vieles andere vordringlich.

Er betrat die Arbeitsstube. Ein Wächter saß auf der Bank; Helm und Lanze hatte er abgelegt, und er schien einnicken zu wollen. Auf dem breiten Tisch lagen wie üblich Schreibzeug, Stempel und die Stapel unerledigter Dinge: Papyrosrollen, Wachstafeln, Meldungen. Bomilkar ging in die Nische neben der Steinbank. Mit Wasser aus einer Schüssel, die auf einem Schemel stand, erfrischte er sich das Gesicht. Zu Beginn seiner Zeit in Qart Hadasht hatte er zwei Räume in dem Teil der Festung bewohnt, in dem die Offiziere der Reiterei untergebracht waren; seit er mit Aspasia verbunden war, nutzte er die Arbeitsstube und den Nebenraum zuweilen als Notunterkunft und hatte die übrigen Räume aufgegeben. Eine Truhe und zwei große Tongefäße enthielten Kleidung und andere Habseligkeiten; insgesamt war der Raum eher unwohnlich. Dennoch hätte er sich nun gern auf die Liege im anderen Raum fallen lassen.

»Gibt es Dringliches?« sagte er, als er zum Arbeitstisch ging.

»Nein, Herr.« Der Wächter hatte sich erhoben und stand stramm neben der Bank. »Autolykos und Mutumbal sind unterwegs, haben aber nichts hinterlassen.«

»Der Büttel Nislakh hat sich entfernt. Weißt du etwas darüber?«

»Nein, Herr.«

Bomilkar nickte. »Du kannst dich setzen; es ist gut.« Er überflog die Papyrosfetzen und die bekritzelten Wachstafeln. Nachdem er festgestellt hatte, daß es sich um die üblichen Vorgänge und Anlässe handelte, nahm er das Wachstuch von einem Gefäß und goß ein wenig verdünnten Wein in einen Becher.

Er trank langsam und mit Genuß; dabei kam ihm zu Bewußtsein, daß er – wieder, wieder einmal – nichts gegessen hatte. Sein Magen knurrte. ›Unwichtig; zuerst das Wesentliche‹, sagte er sich.

Er tauchte einen Schreibhalm ins Tintenschälchen, nahm einen bisher unbekritzelten Papyrosabriß und zeichnete Straßen, Häuser, den Tempel und den seltsamen Garten. Daneben schrieb er: *langer Gegenstand, Abdschamasch, Jehaumilk, Bodtinnit, wem gehört der Garten?*

Ein paar Atemzüge lang betrachtete er den Papyros; dann beschloß er, die Numider nicht aufzuschreiben. Zabugu, Nislakh, der noch namenlose Tote aus der Festung … vielleicht war dies der offensichtlich notwendige nächste Schritt. Alle andere Erkundigungen mußten warten, bis er wußte, wen er fragen konnte.

Den Papyros und die Anweisungen des Richters steckte er in einen verschließbaren Kasten; dann blickte er zu dem dösenden Büttel hinüber.

»Bleib sitzen«, sagte er. »Ich gehe in die Festung, zum Arzt – falls ich gesucht werde. Danach komme ich wieder hierher.«

Artemidoros, Sohn eines makedonischen Vaters und einer ägyptischen Mutter, war vor fünfzehn Jahren aus Alexandreia nach Qart Hadasht gekommen, im Krieg, als man dringend gute Ärzte brauchte. Er hatte sich mit einer Punierin vermählt und war geblieben, als Arzt für die Festung und die Wächter.

Und gelegentlich als Bomilkars Helfer. Die ptolemaischen Herrscher Ägyptens waren der Meinung, auch ein zum Tode verurteilter Verbrecher könne der Gemeinschaft noch dienen; deshalb ließen sie Urteile oft nicht von Henkern, sondern viel schmerzhafter und langwieriger von Ärzten vollstrecken, die auf diese Weise bedeutende Einblicke in den menschlichen Körper und die Arbeit lebender Organe gewannen – Kenntnisse, die Artemidoros zum Heilen nutzte, aber auch zur Ermittlung von Todesursachen in Zweifelsfällen.

»Keine Zeit, keine Zeit«, sagte der Arzt, als Bomilkar eintrat. Er stand vor einem der Gestelle, die sein helles Arbeitszimmer säumten, und wühlte in einem Kasten, der Handwerkszeug enthielt: Messer, Zangen, feinste Klingen, Klammern, Nadeln. Mit einer glänzendsauberen, feinzahnigen Säge ging er ans Fenster, das auf die breite Straße zwischen der Festung und den Stallungen blickte. Er hielt die Säge ins Licht, knurrte leise und wandte sich dann zu Bomilkar um.

»Ein Bein«, sagte er. »Da ist jemand halb unter einen Elefanten geraten.«

»Hat man dir den toten Numider gebracht?«

»Keine Zeit – aber komm mit; unterwegs will ich dir sagen, was zu sagen ist.«

Er klatschte in die Hände. Aus einem Nebenraum eilte ein Sklave herbei; er trug einen Korb mit Binden und Tüchern. Artemidoros legte die Säge zu anderen Instrumenten, die Bomilkar sämtlich mit Unbehagen erfüllten.

Sie verließen die Räume des Arztes, die im Untergeschoß

der inneren Festungsmauer lagen, und gingen nach Norden. Dabei redete Artemidoros hastig.

»Name Masauchan, laut Auskunft eines Unterführers. Alter dreiundzwanzig, kräftig, gute Zähne, die üblichen kleinen Narben von Gefechtswunden und Unfällen. Kleinere Schwellungen, wie von Stößen oder Bienenstichen oder derlei. Hier und da Blutergüsse, die ich noch in Ruhe betrachten und bedenken muß. Todesursache zwei Stiche, Herz und Hals, wahrscheinlich von Speeren.«

»Was ist mit den Blutergüssen?«

»Mit aller Vorsicht, mein Freund – vermutlich hat man ihn festgehalten. Ein anderer Mann, vielleicht auch zwei. Festgehalten, dann mit Speeren abgestochen.«

»Klingt wie gezielte Hinrichtung, nicht wie das Ergebnis einer Streiterei unter Kriegern, oder?«

»Sieht so aus, aber da muß ich noch mal gründlicher … Willst du zusehen?«

Ein Tierpfleger, der auf der Stelle zappelte, stand auf der anderen Straßenseite vor einem der großen Tore; er hatte offensichtlich gewartet, um den Arzt zu dem Verunglückten zu führen. Rechts hinter dem Tor begann die große Rampe, über die man Pferde in die oberen Geschosse treiben konnte. Es gab dort Platz für bis zu viertausend Tiere, und in den Hallen des Erdgeschosses ließen sich dreihundert Kriegselefanten unterbringen.

»Zusehen, wie du ein Bein absägst? Lieber nicht. Wann kannst du mir mehr sagen?«

Artemidoros schnaufte. »Heute abend.« Er hob die Hand und folgte dem Pfleger ins Dunkel der Stallungen.

Bomilkar blieb ein paar Atemzüge lang unschlüssig stehen. Ein Teil seiner Gedanken befaßte sich eher nebenbei mit der Frage, wie viele Tiere in den Ställen sein mochten; gewöhnlich brachte man die Pferde und Elefanten auf Weiden außerhalb der Festung unter. Bis auf die immer nötigen Reit- und Zugpferde natürlich, dazu vielleicht ein paar kranke oder sehr junge, noch nicht fertig ausgebildete Elefanten. Solch ein Tier mochte den bedauernswerten Pfleger verletzt haben.

Dann dachte er an die Krieger: punische Offiziere und Söldner aus der gesamten Oikumene. Viertausend Reiter und zwanzigtausend Fußkämpfer konnten in der Festung untergebracht werden; zuletzt war das im Söldnerkrieg vor neun Jahren nötig gewesen, und davor im Großen Römischen Krieg. Einige seiner Leute, der Wächter, lebten in der Festung, außerdem eine Schutztruppe. Zweitausend, vielleicht dreitausend Krieger, von denen aber die meisten jederzeit im Hinterland unterwegs waren, wo sie Karawanen schützten, Straßen bauten und weiter ausgebildet wurden. Hamilkar Barkas, Stratege von Iberien und Libyen, hatte vor allem Iberer nach Qart Hadasht verlegt und Libyer nach Numidien; die meisten Numider – vor allem Massyler, aber auch einige Masaesyler – hatte er mit nach Iberien genommen. Es konnten also nicht viele Massyler in der Festung sein. Einer von außerhalb, Zabugu, hatte Abdosir getötet; der Wächter Nislakh war verschwunden; den Krieger Masauchan hatte man umgebracht. Zu viele Numider? Zu viele Zufälle?

Bomilkar ging langsam zurück nach Süden. Die breite Straße, fast ein länglicher Platz zwischen der Großen Mauer und den übrigen Festungsgebäuden, war verlassen. Im Hintergrund hörte er, wie einen fernen Wasserfall, die Stadt und die tausend Geräusche von Menschen, Werkzeug, Karren und Tieren – das Wiehern von Pferden, Eselsgeschrei, gackernde Hühner in irgendeinem Hinterhof. Nördlich der Stallungen, auf einem von Bäumen bestandenen Platz, mochten nun ein paar Krieger Pfeile auf Scheiben aus Flechtwerk abschießen oder mit Holzschwertern gegeneinander kämpfen. Dorthin wollte er sich am Abend begeben; wenn er denn schon nicht dazu kam, zu laufen oder Speere zu schleudern, sollte er wenigstens wieder einmal Messer auf schmale Ziele werfen. Und wann hatte er zuletzt außerhalb der Stadt einen langen Galopp genossen?

Dem nagenden Hunger und einer jähen Eingebung folgend, ging er in die Festung. Nicht weit nördlich vom Tynes-Tor, vielleicht hundert Schritte von den Räumen des Arztes entfernt, gab es im ersten Geschoß eine Art Bereitschaftsküche. Zu dieser Stunde war nicht mit viel Betrieb zu rechnen; immerhin konnte er etwas essen und die nächsten Schritte erwägen, ohne durch den knurrenden Magen abgelenkt zu werden.

Zwei seiner Büttel und vielleicht ein Dutzend Krieger hielten sich in dem langen niedrigen Raum auf. Bomilkar ging zum Ausgabetisch. Ein Küchensklave kniete vor einem der riesigen Herde und fegte Asche in einen Bottich. Auf dem Herd standen drei Töpfe, weiter rechts, unter einer der großen Essen, lagen Hammelknochen auf einem Rost.

»Zu spät für Fleisch?« sagte Bomilkar.

Der Sklave erhob sich, grinste ihm über die Schulter zu und griff nach einem Holznapf. »Zu spät für viel, zu früh für mehr.« Aus einem der Töpfe löffelte er Bohnenmus in den Napf, aus einem anderen ein Gemenge von Gemüsestückchen und Fleischfetzen. Mit dem Essen, einem Lederbecher mit Wasser und einem halben Brotfladen ging Bomilkar zu dem Tisch, an dem seine beiden Leute saßen.

»Hüter des Friedens«, sagte er. »Wißt ihr Neues?«

»Nur das immer alte«, sagte einer der Männer, ein bärtiger Punier. »Es kommt, wie es kommt, und geht, wie es geht, und wenn es vorbei ist, fragt man sich, ob das schon alles war.«

Der andere, ein Iberer, verdrehte stumm die Augen und kaute weiter.

»Wen von uns würdet ihr fragen, wenn ihr etwas über Numider wissen wolltet?«

»Tote oder verschwundene Numider?«

»Spricht sich schnell herum, wie?«

Der Punier grunzte. »Hier, eben erst. Wenn so etwas geschieht … So oft haut ja doch keiner von uns ab. Nislakh hat ein paar Freunde; vielleicht wissen die was. Ich glaub's aber nicht.« Er nannte drei Namen.

»Noch etwas, ihr Klugen«, sagte Bomilkar zwischen zwei Löffeln. »Unterhalb des Eschmun-Tempels ist ein großer Garten, verwildert, mit Mauern ringsum. Wißt ihr etwas darüber? Wem er gehört, zum Beispiel?«

»Garten?« Der Iberer schüttelte den Kopf. »Da sind Mauern, aber mehr?«

Auch der Punier (er kam aus einer der Städte im Hinterland) wußte offenbar nichts. Auf dem Rückweg zu seiner Amtsstube kam Bomilkar zu dem Schluß, daß diese Blindheit gegenüber dem seltsamen Garten nicht verwunderlich sei. Die Streifen hatten für Ordnung zu sorgen und keinen Grund, Gebiete auch nur wahrzunehmen, in denen nie etwas geschah.

Es gab keine Neuigkeiten, die ihn von etwas abhalten konnten, was er lieber aufgeschoben hätte. ›Lieber jeden Tag ein Handgemenge mit Finsterlingen‹, sagte er sich, ›als einmal im Mond ein Wortgemenge mit den edlen Herren im Ratsgebäude.‹

Auf dem Ritt zur Agora tröstete ihn nur ein Gedanke. Wenn er das Ratsgebäude erreichte, würde es so spät sein, daß ihm dort außer einigen Schreibern niemand mehr begegnen konnte.

Wie gewöhnlich ließ er das Pferd im Ratsstall; dann ging er ins erste Stockwerk und suchte Tybons Räume auf.

»Wenn du den edlen Herrn suchst«, sagte einer der beiden Schreiber, »wirst du ein wenig warten müssen.«

»Rechnet ihr heute noch mit ihm?«

»Vermutlich im Zustand fortgeschrittener Nutzlosigkeit«, sagte der andere. »Die Bestattung, du weißt schon.«

»Ah. Das hatte ich vergessen.« Bomilkar ließ sich in einen Scherensessel fallen. Natürlich; Abdosirs Bestattung würde inzwischen mit einem feierlichen Mahl geendet haben. In ein üppiges Mahl übergegangen sein. Sollte Tybon tatsächlich noch ins Rats- und Gerichtsgebäude kommen, war nicht mit schwelgerischer Nüchternheit zu rechnen.

»Vielleicht könnt ihr mir inzwischen weiterhelfen.«

Die Schreiber wechselten Blicke, sagten aber nichts.

»Wer von euch weiß mehr über Tybons Amtsgeschäfte?«

Der jüngere stand auf; er kicherte. »Nimm vorlieb mit dem erfahrenen Yaroah. Ich hätte noch etwas zu erledigen; das erspart uns Widersprüche.« Er raffte ein paar Rollen zusammen und verließ den Raum.

»Was willst du wissen, Herr der Wächter?« sagte Yaroah.

»Du weißt, daß Tybon mir Anweisungen und Vollmachten ausgestellt hat?«

»Ich habe sie geschrieben, ehe er sie gesiegelt hat.«

»Wann wurde ihm diese Angelegenheit zur Beurteilung übertragen?«

»Abdosir und der Numider?«

»Ja.«

Yaroah zögerte. »Vorgestern«, sagte er dann, »als die Nachricht vom Mord kam, hat er sich gleich darum bemüht. Gestern morgen hat ihn der Ausschuß damit beauftragt.«

»Wer könnte wissen, was die Herren Abdosir, Abdschamasch, Jehaumilk und Bodtinnit im Tempel des Eschmun zu beraten hatten, ehe Abdosir ermordet wurde?«

Der Schreiber runzelte die Stirn. »Hatten sie etwas zu beraten?«

Bomilkar seufzte. »Ich kam um Auskünfte, nicht um Gegenfragen.«

Yaroah faltete die Hände auf der übervollen Tischplatte, löste sie wieder, griff nach einem Stift und spielte damit. Seine

Blicke wanderten zu einem der Gestelle, in denen Rollen lagen, aber Bomilkar konnte nicht feststellen, welches es war.

»Die edlen Herren beraten hin und wieder besonders wichtige Dinge nicht im Rat, sondern im Tempel«, sagte der Schreiber.

»Du weißt natürlich nicht, welche wichtigen Dinge dies in der letzten Zeit gewesen sein könnten.« Bomilkar lächelte und schaute zur Türöffnung; auf dem Gang schien sich niemand aufzuhalten. »Aber wenn du raten müßtest, was würdest du dann sagen?«

Yaroah stand auf, ächzend, wie ein alter Mann. Er dehnte sich, gähnte, ging zur Tür, trat auf den Gang hinaus, drehte sich einmal um die eigene Achse und kam zurück. »Heilige Gegenstände vielleicht?« sagte er leise, fast flüsternd.

»Gegenstände zum Beispiel, die etwas länger sind als mein Unterarm?«

Diesmal schüttelte Yaroah nachdrücklich den Kopf. »Ich weiß es nicht. Ich weiß nicht einmal, welche Gegenstände im Tempel aufbewahrt werden. Es kommt aber vor, daß besonders heilige Dinge von einem Tempel zum anderen gebracht werden. Damit nicht immer nur eine Gottheit zuständig ist.«

Bomilkar stand auf. »Das weiß dann nur der Rat, nicht wahr? Oder die damit befaßten Mitglieder?«

»So ist es, Herr der Wächter. Du solltest Tybon fragen. Er weiß es wahrscheinlich nicht, wird dir aber sagen können, wer es weiß.«

»Wird er es mir sagen?«

Yaroah lächelte flüchtig. »Wenn er es für sinnvoll hält.«

»Gut. Dann habe ich eine zweite Bitte.« Bomilkar stand auf. »Begleite mich doch kurz zu den Verwaltern des Bodens.«

»Was soll ich da?«

»Du, Schreiber des edlen Tybon, sollst ihnen sagen, daß ich in Tybons Auftrag handle.«

Yaroah zögerte einen Atemzug lang. Dann sagte er: »Ich begleite dich und sage es ihnen – bevor du ihnen deine Frage stellst. Es könnte ja eine Frage sein, die Tybon mißbilligen würde.«

»Das kann ich mir nicht vorstellen.« Bomilkar unterdrückte ein Grinsen und ging voran.

# 8

Wahrscheinlich wäre die Begleitung nicht nötig gewesen, sagte
Bomilkar sich später; aber man konnte ja nie wissen. Der Ver-
walter der Schriften, in denen alle Grundstücke der Stadt, ihre
Eigentümer, Aufteilungen, Belastungen durch Banken und
Abgabepflichten verzeichnet waren, machte keine Schwierig-
keiten.

Als Yaroah gegangen war, nannte Bomilkar das Grundstück,
um das es ging.

»Unter dem Eschmun-Tempel?« sagte der Amtsschreiber.
»Stimmt, da ist was; ich habe mich aber noch nie gefragt …«
Er ging zu einem der Gestelle, die alle Wände des langen
Raums im dritten Stockwerk füllten, zog eine Tonröhre her-
aus, betrachtete die darauf angebrachten Kürzel, schüttelte
den Kopf, ging zu einem anderen Gestell.

»Hier. Mal sehen.« Er nahm eine dichtgewickelte Papyrosrolle aus der Röhre, beschwerte ein Ende mit einem nicht besonders ansehnlichen, handgroßen Tonlöwen und rollte den
Papyros auf den Tisch. Nach einigem Suchen fand er die Ein-
tragung und schien zu stutzen.

»Ah«, sagte er dann. »Hm.« Er blickte auf, mit einem schrägen Lächeln. »Das Grundstück gehört einem anderen Tempel.
Wenn du mehr wissen willst, mußt du mit dem Hohen Priester
des Baal Melqart sprechen.«

Bomilkar unterdrückte ein Stöhnen und bemühte sich,
keinerlei Regung zu zeigen. »Hanno?«

»Rab Hanno der Große, ja.«

»Ich danke dir; du hast mir sehr geholfen.«

»Das bezweifle ich.«

Langsam, um nicht über die wirbelnden Gedanken und die eigenen Füße zu stolpern, ging Bomilkar durch den Gang zur Treppe und stieg hinunter ins erste Geschoß. Schon von weit oberhalb hörte er Tybons Stimme.

Der Richter schien bester Laune zu sein. Offenbar war bei der Bestattung des edlen Abdosir nicht alles mit der den Göttern und Herren genehmen Feierlichkeit verlaufen. Was auch immer Beginn oder Auslöser des Erzählens gewesen sein mochte – als Bomilkar einzelne Wörter unterscheiden konnte, befanden sich Tybon und seine beiden Schreiber in einem munteren Austausch ergreifender Geschichten. Es ging um Grüfte, die von Honig troffen, weil sich Bienen dort eingerichtet hatten, um schlechtgebrannte Beisetzungsgefäße, die beim Einfüllen nicht ganz erkalteter Asche zu Füßen der Trauernden barsten, um Böen, die hehre Asche zum Staubsturm verwandelten, um schwere Steinplatten, die ungeschickten Sklaven aus den Händen glitten und bei der Bestattung des Vaters den Sohn erschlugen – »so hat mancher als Leiche noch ein Kind gemacht.«

Bomilkar wartete auf der Treppe das nächste böige Gelächter ab, ehe er sich zu den Scherzenden gesellte.

»Ah, der Wächter der Lebenden«, sagte Tybon, als er ihn erblickte. »Befragst du noch immer die Toten?«

Von der Türöffnung aus, sechs Schritte entfernt, roch Bomilkar den Wein in Tybons Atem. Und er fragte sich, welche der beiden Überraschungen für ihn die größere sei: der berauschte, witzelnde Tybon oder die Aussicht, in den nächsten Tagen doch wieder mit Hanno dem Großen zu tun zu haben. Der Gedanke ernüchterte ihn.

»Ich befrage sie, wie du angeordnet hast, Herr«, sagte er mit einem etwas mühsamen Lächeln, »und einige antworten sogar.«

»Nun? Was sagen sie?«

Tybon setzte sich auf die Kante des Schreibtischs und verschränkte die Arme. Er mußte gleich von der Bestattung und dem nachfolgenden Mahl hergekommen sein, denn er trug das für die Edlen und Reichen bei solchen Begängnissen vorgesehene Gewand: einen fast knöchellangen Chiton aus hellem Leinen, mit Goldfäden, Purpurstreifen und schwarzen Wollborten, dazu einen spitzen, dunklen Hut. Ein weiter Umhang aus dunklem Wollstoff mit rötlichen Verzierungen lag auf einem Scherenstuhl. Der Hut saß schief, und der teure Leibrock war von Wein und Bratenfett besudelt.

»Einige haben gelacht über Umstände, die einen Neuling im Totenreich betreffen.«

Tybon gluckste. »Wie denn auch nicht!«

Bomilkar sah, daß Yaroah abwechselnd ihn und den Richter beobachtete. Der andere Schreiber hatte sich neben die Fensteröffnung verzogen; er lehnte an der Wand und machte ein ausdrucksloses Gesicht.

»Andere fragen sich«, sagte Bomilkar schnell, mit einem – wie er hoffte – gewinnenden Lächeln, »warum Abdosir das nicht mitbringen konnte, was er zusammen mit Abdschamasch, Jehaumilk und Bodtinnit aus dem Eschmun-Tempel geholt hat.«

Tybon kicherte. »Fragen sie sich das? Ich sehe, du hast wirklich gründlich gegraben.«

»Ist das ein Geheimnis, Herr?«

Tybon hörte endlich auf zu lächeln; Bomilkar war beinahe dankbar dafür.

»Kein Geheimnis.« Plötzlich schien der Richter vollkommen nüchtern. Mit harter Stimme sagte er: »Es geht nur niemanden etwas an.«

»Da ein Mord geschehen ist, geht es mich etwas an.«

Tybons Wangenmuskeln traten hervor. Vielleicht knirschte er mit den Zähnen, aber Bomilkar hörte nichts.

»Bestehst du auf Auskünften?« Der Richter sprach durch zusammengebissene Zähne.

»Ich muß, Herr. Wenn ich meinen Dienst an der Stadt erfüllen will.«

Tybon verdrehte die Augen. »Du machst dich nicht beliebt. Aber wenn es sein muß. – Ihr da, laßt uns ein Weilchen allein.«

Die beiden Schreiber zuckten zusammen und beeilten sich, auf den Gang zu kommen. Tybon winkte Bomilkar zu sich.

»Dein Ohr, Wächter, daß keiner uns hört. Aber sag mir zuerst ganz leise, was du wirklich wissen willst.«

Bomilkar flüsterte: »Vier Edle verlassen den Tempel mit einem langen, umwickelten Gegenstand. Ein Mann kommt aus dem wilden Garten, der dem Tempel des Baal Melqart gehört, ermordet Abdosir, nimmt den Gegenstand an sich und verschwindet im Garten. Als man ihn bald darauf festnimmt, hat er nichts bei sich. Die drei anderen Edlen halten nicht etwa Wache bei dem Ermordeten, sondern gehen fort. Fliehen. Verlassen Abdosir. Sie und ihre insgesamt zwölf Sklaven.«

Tybon kaute auf der Unterlippe. Halblaut sagte er dann: »Es kommt vor, daß Beratungen in einem Tempel stattfinden, nicht im Rat. Es ging darum, einen heiligen Gegenstand aus dem Eschmun-Tempel in den der Tanit zu bringen. Eschmun hat ihn lange gehütet; nun sollte die Göttin dies eine Weile tun. Oder ihre Priester. Abdosir gehörte zu den Nebenpriestern des Eschmun; wie du wahrscheinlich inzwischen weißt, ist sein Onkel Hoher Priester. Deshalb sollte er den Gegenstand die halbe Strecke tragen; danach hätte Jehaumilk ihn übernommen. Nach dem Mordanschlag sind die drei sehr schnell in den Rat gegangen, um die anderen Ratsherren und die Ältesten zu benachrichtigen. Vielleicht hätten sie Totenwache halten sollen ...« Tybon hob die Schultern. »Sie sind alle nicht jung und nicht sehr behende, weißt du; sie haben sich gesagt, daß ein toter Ratsherr genügt. Daran ist nichts Geheimnisvolles; nur ein wenig, nun ja, Feigheit.«

»Dieser Gegenstand«, sagte Bomilkar, »ist verschwunden, nehme ich an; oder weiß man etwas?«

»Er ist fort.« Tybon seufzte. »Früher oder später wird die Stadt es erfahren. Du erfährst es jetzt … aber komm in mein Arbeitszimmer; dort können wir uns setzen und reden, ohne belauscht zu werden. – Ihr Männer«, rief er in den Gang, »geht heim; ich brauche euch heute nicht mehr.«

Bomilkar folgte dem Richter in den Nebenraum. Er war verblüfft über Tybons Gesprächigkeit nach der zunächst schroffen Ablehnung, und er war mehr als gespannt auf die Enthüllung, die gleich kommen mußte. Im Geist ging er alle wichtigen Gegenstände durch, die ihm einfielen, von denen man aber nur wenige eingewickelt auf den Armen tragen könnte: die alten Götterbilder, der eiserne Baal Melqart aus dem Tempel am Tofet, der Schiffsbug im Ratssaal, Hinterlassenschaften früherer Sufeten und Kriegsherren, der in eine Eisenplatte geritzte Bericht des Seefahrers Hanno über die Länder an Libyens ferner Westküste oder das Fell des menschenähnlichen Affen, den er *goril* genannt hatte, der ebenfalls zweihundert Jahre alte, auf Leder geschriebene Bericht eines Himilko über die Fahrt weit nördlich des zinnreichen Britannien zu einer Eisinsel mit Feuerbergen und heißen Springquellen, oder andere Dinge, von Händlern und Seefahrern mitgebracht – Schriftsteine, seltsame Waffen, Statuen fremder Götter …

Als sie sich gesetzt hatten, faltete Tybon die Hände auf der Tischplatte, schloß die Augen und sagte leise, mit einem Unterton von Verdrossenheit oder Trauer: »Sprich nicht darüber, außer mit denen, die dir helfen und verschwiegen sind. Das Schwert von Qart Hadasht wurde geraubt.«

Bomilkar hatte das Schwert nie gesehen, wie die allermeisten Punier. Es war nicht gerade ein Geheimnis, aber es gehörte nicht zu den öffentlich gezeigten Gegenständen. Wer es sehen wollte, konnte es sehen, im Tempel. Fragen, in welchem es aufbewahrt wurde, den zuständigen Priester aufsuchen – so einfach. Vielleicht hatte tatsächlich jemand dies getan, irgendwann; ansonsten gehörte es zu den Dingen, um die sich Priester und Ratsherren kümmerten. Es noch mehr Gegenstände dieser Art: einen Stein des alten Baal-Tempels in Tyros, den Elissa mitgenommen hatte, als sie vor fast sechshundert Jahren von dort aufgebrochen war; einen Vertrag – blasse Zeichen auf brüchigem Leder – der Könige Hiram und Salomon, den angeblich einer aus Elissas Begleitung widerrechtlich aus Tyros entfernt hatte; den alten eisernen Baal Melqart; Gerätschaften wie Kelche und Weihrauchbecken im Besitz des einen oder anderen Tempels.

Und das Schwert. Geschmiedet in Tyros, für die Hand der Fürstin Elissa, wie es hieß. Sie hatte es mitgenommen, zuerst nach Kition auf der Kupferinsel Kypros, dann nach Libyen, wo sie die »Neue Stadt«, Qart Hadasht, gründete. Ein einheimischer Fürst, Libyer oder Numider, hatte den eben gelandeten Chanani erlaubt, so viel Boden zu besetzen, wie sie mit einer Rinderhaut umspannen konnten, und Elissa hatte die Haut zu Fädchen machen lassen, die schließlich ein Stückchen Küste und den Byrsahügel als hauchdünne Grenze umgaben. Sie mußten Tribut zahlen, und der Fürst verlangte Elissa zur Frau. Da sie sich weigerte, forderte er als Zeichen der Abhängigkeit ihr Schwert. Später geriet es in die Hände eines Numiderkönigs, und man sagte, das uralte Orakel des Tempels von Siwah, in der ägyptischen Wüste, habe dem Besitzer des Schwerts die Herrschaft über alle Nachbarlande verheißen. In einem der frühen blutigen Kriege brachten die Kämpfer von Qart Hadasht dem Nachfolger jenes numidischen Königs eine vernichtende Niederlage bei und gewannen das Schwert zurück.

Seither, so sagte man, beherrschte Qart Hadasht das nördliche Libyen von der Syrte an der Grenze zu Ägypten bis zum Großen Meer jenseits der Säulen des Melqart. Und nun war es verschwunden: Symbol der Herrschaft vor allem über die Numider, gestohlen von einem Numider ...

»Natürlich glaubt niemand im Rat an diese alten Geschichten«, sagte Tybon. »Herrschaft hängt an neuen Schwertern und Geld, nicht an alten Orakelsprüchen. Aber du weißt ja, wie die Menschen sind; wenn sie etwas schönes Altes haben, an das sie glauben können, werden sie nicht zu etwas weniger schönem Neuen greifen, das keinen Glauben, sondern Arbeit verlangt.«

Bomilkar zögerte. Ihm gingen zu viele verschiedene Zweifel, Widersprüche und Fragen durch den Kopf. Einige bedurften gründlicher Klärung, andere waren Tybon gegenüber ebenso gründlich zu verschweigen. Eine Frage jedoch wollte er stellen. Sie mochte ihn nicht weiterbringen, nicht jetzt jedenfalls, aber vielleicht trüge ihre Beantwortung zu einer vorläufigen Klärung von Teilproblemen bei. Und zur Ablenkung des Richters.

»Herr«, sagte er, »warum sind die drei anderen Ratsherren geflohen? Ich kann nicht glauben, daß bei einer so wichtigen Sache die Räte von Qart Hadasht ihr Leben und ihre Bequemlichkeit über die Anliegen der Stadt stellen.«

Tybon fuhr sich mit der Hand über die Augen. »Sie werden vom Rat und von den Ältesten getadelt werden«, sagte er dumpf. »Was nichts ändert.«

»Kannst du eine Durchsuchung dieses Gartens anordnen? Der dem Tempel des Melqart gehört?«

Tybon kniff die Augen zu Schlitzen. »Durchsuchung? Wozu?«

»Der Mörder ist mit dem Schwert in den Garten geflüchtet. Als er am unteren Ende des Geländes festgenommen wurde, hatte er nichts mehr bei sich.«

»Das ist fraglich.« Tybon stülpte die Lippen vor. »Ebenso wäre es möglich, daß deine Männer lügen. Vielleicht haben sie das Schwert an sich gebracht, um es zu verkaufen.«

»Ich werde sie gründlich befragen. Dennoch würde ich gern den Garten durchsuchen. Vielleicht finden sich Spuren, vielleicht das Schwert, vielleicht sonst etwas.«

Der Richter seufzte. »Man müßte Hanno fragen.«

»Hanno der Große ist für dich leichter zu erreichen als für mich«, sagte Bomilkar.

Tybon grinste plötzlich. »Außerdem hattet ihr vor einem Jahr Meinungsverschiedenheiten, nicht wahr?«

»So ist es.«

»Ich kann es dir nicht ersparen. Du wirst selbst mit ihm reden müssen.«

Bomilkar zögerte. Nicht nur wegen der unerfreulichen Aussicht, den mächtigsten Mann der Stadt behelligen zu müssen; er fragte sich, ob er es wagen konnte, dem Richter eine weitere Frage zu stellen. Eine, die nicht unmittelbar dessen Zuständigkeiten betraf; aber der Mann war ja nicht nur Richter, sondern auch Ratsherr. Und die Frage, um die es ging, mußte im Rat erörtert worden sein. Außerdem war Tybon offensichtlich guter Laune und gesprächig. Vielleicht wäre es geschickter, die Sache nicht in Form einer Frage vorzubringen.

»Wirst du gestatten«, sagte Bomilkar, »daß ich noch eine Frage stelle und dich um einen Rat bitte?«

»Ich gestatte. Was nicht heißt, daß ich einen Rat erteilen werde. Worum geht es?«

»Die Frage ist diese: Wie sieht das Schwert aus? Es wäre hilfreich, das genau zu wissen, wenn man sucht.«

»Ein schlichtes gerades Schwert«, sagte Tybon. »Vielleicht eine Handbreit länger als das gewöhnliche Kurzschwert. Die Stange unterm Griff endet in kleinen Löwenköpfen, die zur Klinge blicken, und im Knauf sitzt ein blauer Stein.«

»Danke, Herr. Nun zum Rat. Der Sufet Himilko hat mich vor einiger Zeit angewiesen, in einer bestimmten Angelegenheit nichts zu unternehmen. Das ist nicht ganz einfach.«

»Was immer es sein mag – warum fragst du ihn nicht selbst?«

»Das habe ich versucht, aber er ist in den letzten Tagen offenbar nicht in der Stadt gewesen. Jedenfalls nicht hier, wenn ich nach ihm gesucht habe.«

»Er ist viel unterwegs.« Tybon nickte. »Nun gut; sprich weiter.«

Bomilkar räusperte sich. »Wie kann ich Vorgänge mißachten, die in meine Zuständigkeit fallen, wenn ich nicht genau weiß, ob einer dieser Vorgänge zu denen gehört, bei denen ich wegschauen soll?«

»Ah bah, wozu dies umwegige Reden?« Tybon schob den Unterkiefer vor. »Um was geht es?«

»Der Sufet sagte, man bereite Überwachungen und am Ende Festnahmen neuer Spitzel vor. Spitzel für Rom, aber auch für Alexandreia, wenn ich es richtig verstanden habe.«

Tybon nickte knapp. »Ich erinnere mich, daß im Rat darüber gesprochen wurde. Und?«

»Eigentlich wäre dies ja eine der gewöhnlichen Aufgaben der Wächter. Also für mich und meine Leute. Es wurden aber andere Männer damit beauftragt; Männer mit besonderen Fähigkeiten und Kenntnissen, wie ich annehme.«

Tybon hob die Schultern. »Das mag so sein. Es wäre unsinnig, heikle Aufgaben Trotteln zu übertragen.«

»Das trifft sicher zu, Herr. Aber: Wenn es zu Festnahmen kommt, könnte dabei Gewalt angewendet und Blut vergossen werden.«

»Nicht auszuschließen, nicht auszuschließen. Besorgt dies dein Gemüt? Dann wäre es allzu weich für die Aufgabe, die du erfüllst.«

»Es besorgt keineswegs mein Gemüt, Herr. Aber wenn etwas Derartiges geschieht, werden meine Männer einschreiten. Das ist ihre Pflicht. Und es gab in den letzten Tagen einige seltsame Vorkommnisse.«

Tybon lachte. »Seltsame Vorkommnisse? Was wäre eine große Stadt ohne seltsame Vorkommnisse? Öde, Langeweile, ein Sandloch.«

»Weißt du, ob schon etwas in diesem Zusammenhang unternommen wurde? Etwas, was ich nicht weiter verfolgen sollte? Ob vielleicht die Ermordung von Abdosir etwas damit zu tun hat?«

»Nichts.« Tybon klang sehr sicher, sehr entschieden. »Abdosir hat nichts damit zu tun. Und soweit ich weiß, ist noch nichts geschehen. Ich werde aber im Rat darauf dringen, daß man dir eine Mitteilung macht, ehe etwas Handgreifliches unternommen wird.«

# 9

Morgens fand Bomilkar Achiqar und Autolykos in der Wachstube vor. Der Kampanier hatte im Nebenraum geschlafen und blickte noch grauer und zerknitterter als sonst.

»Die Familie«, knurrte er, als Bomilkar fragte, welche Art von Steppenfüchsen seinen Schlaf zernagt habe. »Besuch. Die Mutter meiner Frau, aus diesem Kaff in den Bergen. Und eine Tante. Und eine Tochter der Tante. Und zwei zahnlose Sklavinnen. Da schlafe ich lieber hier schlecht als zu Hause gar nicht.«

»Und du?« Bomilkar musterte Achiqar, der das dunkle Haar frisch geölt hatte und aussah, als wolle er die Sonne durch Leuchtkraft und Heiterkeit beschämen.

»Ich habe gut geruht und harre deiner Anweisungen.«

»Gut. Dann will ich dich mit einer Vorbereitung beschäftigen sowie, wenn alles geordnet ist, mit ihrer Ausführung.«

Achiqar hob die Brauen. »Sprich, Herr, und es soll geschehen.«

Bomilkar berichtete kurz von dem verwilderten Garten, in dem Zabugu sich aufgehalten hatte, und daß dieser zum Tempel des Baal Melqart gehöre. »Ich hoffe, heute von Hanno die Erlaubnis zur Durchsuchung zu erhalten. Wenn, dann sollten wir morgen früh gleich beginnen. Du, Achiqar, bereite alles vor. Sklaven zum Graben und Roden, einen Baumeister und mehrere Sklaven zur schonenden Öffnung der Mauer. Außerdem Karren und Werkzeuge. Und Wasser, Brot, Früchte – was eben gebraucht wird.«

Als der Punier gegangen war, sagte Autolykos: »Und ich? Den üblichen Tagdienst, oder hast du besondere Wünsche?«

»Habe ich. Zabugu hatte Familie – wo? Und was können wir über diesen Gemüsehändler herauskriegen, Bodaschtart den Grünen?«

»Ich sehe schon, du willst zuverlässige Ermittlungen, von denen keiner etwas erfährt, ja?«

»Deswegen schicke ich dich, nicht einen einfachen Büttel.«

Kleinigkeiten wie die Abfassung überfälliger Berichte und das Sichten, Ordnen oder Verwerfen von Meldungen nahmen seine Zeit bis nach dem Mittag in Anspruch. Autolykos war noch nicht zurückgekommen. Bomilkar schrieb Anweisungen für ihn und Mutumbal auf Tafeln, übergab die Wachstube den beiden anwesenden Bütteln und ging zu Artemidoros. Aber der Arzt war nicht in seinen Räumen.

In einer Schänke an der Großen Straße aß Bomilkar Brot und eine dicke Suppe aus Fischteilen und Krebsfleisch. Danach besuchte er zwei Wachstuben in Stadtteilen, die er länger nicht betreten hatte, und sprach mit den Wächtern. Er hielt sich kurz bei Aspasia auf, die in ihrer Werkstatt mit einem hellenischen Händler über Schmuck beriet – ein daumengroßes Krokodil aus goldgefaßten grünen Steinen an einer Silberkette um den Hals zu tragen –, und schlenderte zur Wachstube hinter der Agora.

Aus der Ferne sah er wieder den Mann mit dürrem Hals und vorspringendem Kehlkopf. Ohne sich selbst einen Grund dafür nennen zu können, schickte er einen der Büttel los.

»Siehst du den Mann da hinten? Gut. Sieh zu, ob du etwas über ihn herauskriegen kannst. Und über einen anderen, mit dem er oft zusammen ist. Der andere ist nicht ganz so dürr und trägt meistens teure, bunte Gewänder.«

Als er von einem Rundgang um den Hafen zurückkam, war der Büttel bereits wieder in der Agora-Stube.

»Der Dürre mit dem Kehlkopf«, sagte er, »heißt Adherbal. Er ist Schreiber oder Helfer oder so des angeblich edlen Bodbal, der immer gelbe oder rote oder blaue Kleider trägt.«

»Wieso angeblich edel? Und was tut er?«

Der Büttel hob die Schultern. »Bodbal ist Händler. Fernhändler, hat ein paar Schiffe und Karawanen. Ein Umschlag-Lager draußen in Tynes. Er will in den Rat gewählt werden.«

»Alte Familie?«

»Eben nicht. Er gehört zu denen, die nach dem Krieg hergekommen sind. Niemand weiß genau, woher; vielleicht aus Sikka.«

Inzwischen war es mittlerer Nachmittag. Bomilkar zögerte kurz; dann schob er den unangenehmen Gang, der vor ihm lag, noch einmal auf und ging zum Karrenschuppen. Dort waren nur Vavurro und Patroklos. Er bat sie, in den kommenden Tagen – »irgendwann; es ist nicht eilig« – mehr über Bodbal und Adherbal herauszubekommen, notfalls auch in Tynes. »Vielleicht sollte Zililsan das machen – unauffällig, klar?«

Auf dem Weg zu Hannos Palast versuchte Bomilkar, seinen Geist auf die naheliegenden Fragen zu richten. Und darauf, daß er dem Richter kaum ein Wort glaubte. Andererseits sah er keinen Grund, aus dem Tybon lügen sollte.

Es gelang ihm jedoch nicht. Die Aussicht, Hanno gegenüberzutreten, beschäftigte ihn mehr als alles andere. Unter gewöhnlichen Umständen, sagte er sich, würde er lieber tagelang hungern und Streife gehen, als sich Hanno zu stellen. Und unter diesen Umständen erst recht. ›Wer zwischen den Zähnen eines Krokodils etwas suchen möchte‹, sagte er sich, ›sollte es zuerst gründlich beschwichtigen. Aber wie beschwichtigt man ein Krokodil? Und wer sagt einem, daß es länger als zwei Atemzüge im bewirkten Zustand verweilen wird?‹

Der Stadtpalast Hannos des Großen am östlichen Fuß des Byrsahangs war bewacht und fast eine Festung. Hohe Mauern umgaben das gesamte Gelände. Zwei Wächter, bewaffnete Türhüter, ließen Bomilkar ein, übergaben ihn einem dritten, der ihn durch einen prächtigen Garten zum Haupthaus führte, wo ein vierter – bewaffnet wie die anderen – ihn nach kurzer Beratung mit einem Hausdiener treppauf führte.

Das Seidengewand, das Hanno trug, hatte Bomilkar an ihm schon einmal gesehen: bei einer schwierigen Unterredung im vergangenen Herbst, mit der ein verwickelter Fall abgeschlossen wurde. Das prächtige Kleid war blau, mit roten Rändern und breiten roten Unterteilungen; auf den blauen Feldern sah man furchterregende Drachen, die zu fauchen und zu kämpfen schienen, wenn Hanno sich bewegte. Mit einer gewissen Befriedigung sagte Bomilkar sich, daß auch der reichste und mächtigste Mann der Stadt nicht für jeden einzelnen Tag seines Lebens ein neues Gewand hatte.

Wie beim vorigen Mal bemerkte Bomilkar den Hauch von Salzwasser zwischen den teuren Düften des Zimmers. Sie gingen teils von Hanno selbst aus, der neben dem Fenster lehnte und ihm mit zusammengezogenen Brauen entgegenblickte, teils kamen sie aus Schalen und Schüsseln, in denen Blätter schwammen. Das Salz dagegen befand sich im Wasser des Fischbeckens im Garten; Hanno hielt dort Muränen, und es hieß, gelegentlich füttere er diese mit Gegnern oder tadelnswerten Sklaven.

»Der Herr der Büttel.« Hannos Stimme war belegt; als hätte er sie an rauhem Wein gerieben, dachte Bomilkar. »Laß uns allein.«

Der ältere Sklave – vermutlich Hellene –, der rechts von Hanno an einem langen Tisch gestanden hatte, beschwerte mehrere offene Papyrosrollen mit Gewichten, verneigte sich und ging hinaus.

»Es ist lange her«, sagte Hanno, »daß wir miteinander zu tun hatten. Ich habe dich nicht vermißt.« Er ließ sich in den Scherensessel sinken, der vor dem Tisch stand, und deutete auf einen Schemel.

Während er sich setzte, streifte Bomilkar eines der Papyros-
gewichte – die kleine Bronzeskulptur eines Löwen, der einen
Mann zerfleischte – mit einem Blick, ehe er alle Aufmerksamkeit auf den mächtigsten Mann der Stadt richtete. Irgendwie
erschien ihm die kleine Raubkatze als Darstellung von Hannos
Wesen; aber dann sagte er sich, daß Löwen vergleichsweise
harmlos seien.

»Es ging mir ähnlich, Herr«, sagte Bomilkar. »Und nur
ungern behellige ich dich mit einer Bitte.«

Hanno faltete die Hände vor dem Bauch. Die spitz zuge-
feilten Fingernägel glitzerten, als seien sie mit Farbe überzo-
gen. »Sprich. Sprich schnell; meine Zeit ist teuer.«

»Der Mörder des edlen Abdosir hat diesem, wie du sicher
weißt, das Schwert von Qart Hadasht entrissen und ist in einen
wilden Garten geflohen, der dem Tempel des Baal Melqart
gehört. Als man ihn am anderen Ende des Gartens festnahm,
hatte er nichts mehr bei sich. Eine Durchsuchung des Geländes bedarf der Zustimmung des Hohen Priesters; diese zu
erteilen bitte ich dich.«

Schlangenaugen aus aithiopischem Obsidian ... Bomilkar
fühlte sich von den Blicken zerschnitten, empfand aber lediglich mildes Unbehagen. Auch darüber, daß ihm für den Blick
des Mächtigen immer noch kein anderer Vergleich einfiel als
ebendieser.

»Was versprichst du dir davon?«

»Vielleicht finden wir das Schwert, vielleicht wenigstens
Hinweise – Spuren – etwas, das uns weiterbringt.«

Hanno nickte. »Seltsam, nicht wahr? Daß die drei anderen
einfach geflohen sind.« Ein schräges Lächeln kroch um seinen
Mund und verweilte.

Plötzlich spürte Bomilkar jenes leichte Frösteln. Die Nak-
kenhaare richteten sich auf, und etwas rieselte ihm das Rück-
grat hinab. Wie in den Jahren des Kämpfens in Iberien, unter

Hamilkar Barkas, wenn ein Hinterhalt drohte. Wie in einigen scheinbar harmlosen, tatsächlich jedoch bedrohlichen Lagen, in die er in der Stadt geraten war. Vorwarnung der Götter oder eines Sinnesorgans, das nicht an seinem Körper angebracht war.

»Fürwahr, Herr; es ist sehr seltsam.« Er hörte die eigene, fremde Stimme und fragte sich dabei, wieso das Frösteln nicht beim Geruch des Salzwassers begonnen hatte oder bei Hannos schneidenden Blicken, sondern bei diesem Lächeln. Furcht – wovor? Er war sicher, nichts konnte ihm hier widerfahren; nicht einmal Hanno würde es sich leisten können, den mit amtlichen Pflichten befaßten Herrn der Ordnungshüter zu … vermindern.

»Noch seltsamer allerdings ist, daß du die zuständigen Männer geradezu zwingen mußtest, etwas zu tun, nicht wahr?«

Bomilkar räusperte sich; sein Mund war trocken. »Woher weißt du das?«

»Wäre ich denn, der ich bin, wenn ich nicht wüßte?«

Es klang nicht selbstgefällig, nicht einmal eitel; es war eine schlichte Feststellung.

»Was genau weißt du, Herr? Damit ich weiß, worüber wir reden. Und worüber wir schweigen können.«

Hannos Lächeln wurde offener, beinahe – freundlich? »Tybon wollte den Mörder am Tag der Bestattung des Opfers richten; deshalb hat er ihn dir weggenommen. Du wolltest ihn befragen und hast dafür gesorgt, daß er sich mit einer Schlinge aus den Kleidern eines Betrunkenen erhängen konnte. Ich nehme an, dafür hat er dir noch etwas gesagt. Einen Namen vielleicht. Mit dem Schwert solltest du dich gar nicht befassen; man hat dir nichts gesagt. Ich nehme an, jetzt hast du Tybon gewissermaßen gezwungen, etwas zu unternehmen.«

»So ist es, Herr. Das Tempelgelände, zu dem auch der Garten gehört, unterliegt nicht seiner richterlichen Gewalt. Sagt er.«

»Höre ich Zweifel?«

»Er kann vielleicht keine Büttel in einen Tempel schicken; ein verwilderter Garten ist aber etwas anderes. Er wird Rücksicht auf Hanno den Mächtigen nehmen wollen.«

Hanno schloß einen Atemzug lang die Augen. »Anders als du im vorigen Jahr.«

Bomilkar schwieg und wartete.

Wieder, wie damals, hatte er das Gefühl, sich eines übermächtigen Schwertkämpfers erwehren zu müssen. Er erinnerte sich an die körperliche Erschöpfung, die er nach den Auseinandersetzungen mit Hanno empfunden hatte. Dessen Kenntnisse ihn nicht weiter verblüfften; ohne Quellen und Zuträger überall hätte er seine Macht niemals so hegen und wahren können.

»Nun ja«, sagte Hanno schließlich. Er öffnete die Augen wieder. »Wir werden einen Schreiber brauchen. Geduld.« Er klatschte in die Hände.

»Wozu brauchen wir den Schreiber?«

»Geduld, Herr der Büttel. Du wirst schon sehen.« Hanno lächelte.

Wieder lief es Bomilkar eisig den Rücken hinab. Dann dachte er an den einzigen Mann, der jemals Hanno hatte die Stirn bieten können: Hamilkar Barkas. Zwei gewaltige Gestalten, Todfeinde seit zweieinhalb Jahrzehnten. Beide waren einundfünfzig Jahre alt, und beide hatten versucht, im Großen Römischen Krieg die Geschicke der Stadt gemäß ihren Vorstellungen zu beeinflussen: Hanno für die »Alten«, die Handel mit abhängigen Gebieten wollten und im Hinterland die großen Güter mit rechtlosen Pächtern und Sklaven; Hamilkar für die »Neuen«, inzwischen längst nach seinem Beinamen »Barkiden« genannt, die bessere Erzeugnisse wollten, um mit der ganzen Welt Handel zu treiben, und dafür in der Stadt und im Hinterland Neuerungen, neue Freiheiten für nötig hielten.

Aber der wirkliche Gegensatz zwischen ihnen war die Einschätzung Roms. Hanno hielt die Römer für Gegner wie alle anderen, mit denen die Punier Krieg geführt hatten; früher oder später würde man mit ihnen zu einem Ausgleich kommen, und bis dahin war es nur wichtig, die Herrschaft über das Hinterland nicht zu verlieren. Hamilkar, jahrelang als Stratege auf Sizilien ins blutige Ringen unmittelbar verwickelt, hielt Rom für einen neuartigen Gegner: einen, der keinen Ausgleich hinnehmen würde, für den es nur Sieg oder Niederlage gab. Hanno sorgte dafür, daß der Rat die siegreiche Flotte von Qart Hadasht verfallen ließ, und als das Heer auf Sizilien hätte verstärkt werden müssen, warb er Truppen an, mit denen er im Hinterland die libyschen Bauern niedermetzelte. So ging der Krieg verloren; die Punier mußten den Römern Sizilien abtreten und riesige Mengen Silber zahlen.

Nach dem Krieg war es wieder Hanno, der sich im Rat durchsetzte, als die Kämpfer, von Sizilien nach Qart Hadasht gebracht, den rückständigen Sold vieler Jahre forderten. Der Rat lehnte ab, und es begann der grauenhafte Söldnerkrieg, in dem schließlich Hamilkar gegen seine eigenen alten Krieger siegte und die Stadt vor dem Untergang bewahrte. Die Stadt, die so geschwächt war, daß sie anschließend der römischen Erpressung nachgeben, noch mehr Silber zahlen und nach Sizilien auch noch Sardinien und Korsika abtreten mußte.

Es war Hamilkars bitterer Triumph gewesen, sich in dieser düsteren Stunde gegen Hanno durchsetzen zu können und das vom Rat unabhängige Amt eines »Strategen von Libyen und Iberien« zu schaffen. Er sah einen neuen Krieg gegen Rom als unabwendbar an und wollte die Stadt dafür vorbereiten, indem er in Iberien neue Quellen an Reichtum und Kriegern erschloß. Hanno, immer noch überzeugt davon, daß man auf Dauer einen Frieden zwischen Gleichrangigen mit den Römern erreichen könne, beteiligte sich an den iberischen Gewinnen, versuchte aber gleichzeitig, in Qart Hadasht die alten Zustände und Machtverhältnisse zu bewahren.

»Ihr seid einander sehr ähnlich, Herr.«

Fast gegen seinen Willen hatte Bomilkar dies gesagt, und als die Worte verhallten, war er erstaunt über seine Kühnheit. Dann erstaunte ihn Hanno, der immer noch lächelte und sagte:

»Ich nehme an, du sprichst von Hamilkar. Ohne einen guten Feind kann man nicht wachsen; aber irgendwann sollte das Wachstum enden.«

Ehe Bomilkar sich dazu aufraffen konnte, nach dem Sinn dieser Rede zu fragen, betrat der zuvor weggeschickte Sklave den Raum.

»Dein Begehr, Herr?« sagte er.

»Schreib.« Hanno deutete auf den Tisch. »Hanno, Ratsherr von Qart Hadasht, Mitglied der Fünf-Herren für die Gelder, Hoher Priester des Baal Melqart, gestattet den Hütern der Ordnung eine Durchsuchung des Gartens unterhalb des Eschmun-Tempels.«

»Darf es eine gründliche Untersuchung sein?« sagte Bomilkar.

»Von mir aus könnt ihr den Garten umgraben.«

»Ich danke für dein Verständnis und Entgegenkommen, Herr.«

Hanno wartete, bis der Sklave Wachs auf den Papyros geträufelt hatte; dann rollte er sein Siegel darüber und entließ den Schreiber mit einem Wink.

»Nimm es als Zeichen meiner Treue zur Stadt, ihrer Ordnung und Sicherheit«, sagte Hanno. »Und laß mich wissen, was bei deinen Untersuchungen herauskommt.«

Bomilkar rollte den Papyrosabriß zusammen und schob ihn in den Ausschnitt seiner Tunika. »Hättest du einen Hinweis für mich, Herr?« sagte er. »Das Schwert betreffend?«

Hanno runzelte die Stirn. »Nur das, was immer zu erwägen

ist«, sagte er langsam. »Wer hat einen Nutzen, wem wird geschadet, derlei.«

»Du weißt sonst wirklich nichts? Da du doch fast alles weißt, was in der Stadt vorgeht?«

»Ich weiß vieles.« Wieder lächelte Hanno, und wieder fröstelte Bomilkar. »Nicht alles. Ich weiß, daß eine römische Gesandtschaft etwa zu dieser Stunde den Hafen erreicht. Ich weiß, daß spätestens morgen der Rat eine wunderbare Nachricht erhalten wird. Ich weiß, daß dies mich in gute Stimmung versetzt, so daß ich dich länger ertragen habe als nötig. Nun geh.«

Bomilkar neigte den Kopf. »Deine Tage und Nächte seien ersprießlich, Herr.« Er ging zur Tür.

»Eines noch«, sagte Hanno; plötzlich war die eben noch beinahe freundliche Stimme beißend. »Das Ergebnis deiner Suche will ich lesen, nicht von dir hören. Es wäre besser, wenn du mir nie wieder unter die Augen kämest.«

Er sprach nicht weiter, aber Bomilkar hörte die unausgesprochenen Drohungen. Der mächtigste Mann von Qart Hadasht würde ihn, den kleinen Büttel, nicht an die Muränen verfüttern; er kannte zweifellos andere Möglichkeiten, sich einer lästigen Schmeißfliege zu erledigen. Möglichkeiten, die langwieriger und schmerzhafter wären.

Freundliche Überlegungen dieser Art und Unheilserwartungen rudelweise plagten Bomilkar, als er zum Tor in der östlichen Byrsamauer ging. Hannos Lächeln. Seine Bereitschaft zur Zusammenarbeit. Die wunderbare Nachricht. Die römische Gesandtschaft. ›Mögen die gelben Götzen der Gehässigkeit in seinen Gedärmen hecken‹, dachte er.

Aber dann verschob er Erwägungen und Verwünschungen auf später. Die Dämmerung hatte bereits begonnen; bald würde es dunkel sein. Den Papyros, bestimmt für die Unterlagen des Richters, konnte er Tybon am nächsten Tag aushändigen.

Und es wäre eine Übung in erlesener Sinnlosigkeit, in der Nacht, wiewohl mit Fackeln, den verwilderten Garten zu durchsuchen. Wenn es dort überhaupt etwas zu finden gab. Falls Zabugu das Schwert dort versteckt hatte, konnten seitdem zahllose Mitwisser es entfernt haben.

›Morgen wird ein weiterer langer Tag‹, dachte Bomilkar müde. Eigentlich hatte er ja noch mit Artemidoros sprechen wollen und Messer auf eine Zielscheibe werfen, Anweisungen zu erteilen, bestimmte Leute zu überwachen und, mit etwas Glück, ein paar Sklaven unauffällig zu befragen. Nichts davon; er sehnte sich nur noch nach Ruhe, um seine Gedanken zu ordnen, nach etwas zu essen, ein wenig Wein und Aspasias Lächeln.

In der Wachstube hinter der Agora erteilte er die nötigen Befehle: den wilden Garten bewachen und Achiqar mitteilen, er solle mit Hannos Erlaubnis am Morgen zu wühlen beginnen.

Auf dem Weg zu Aspasia befiel ihn wieder jenes Frösteln, als er Hannos Äußerungen abermals erwog, im Geist wendete, zu entschlüsseln versuchte. Sinnlos, sagte er sich schließlich; er mußte mehr wissen, ehe er auch nur feststellen konnte, ob die Äußerungen rätselhaft oder schlicht waren. Andererseits war von Hanno alles mögliche zu erwarten, aber gewiß nichts Schlichtes.

Die Hitze des Tages hatte Straßen und Plätze getrocknet; vom Regen des Vortags blieb nur, was die Zisternen bewahrten. Im Innenhof des Blocks brannten mehrere Feuer; es roch nach Braten und Wein und frischem Brot. Sein Magen knurrte so laut, daß Bomilkar beinahe erwartete, die Leute an den Feuern müßten sich zu ihm umdrehen. Jemand rief seinen Namen.

Er ging zum zweiten Feuer. Aspasia war da, kam ihm ein paar Schritte entgegen und nahm seine Hand.

»Besuch«, sagte sie, mit einem schrägen Lächeln.

»Wer ist es?«

»Laß dich überraschen.« Sie zog ihn mit sich, dorthin, wo jenseits des Feuers ein paar leichte Bänke und Tische standen. Ein Hauch von Sesamöl war in der Luft, von Bier, vom Blut geschlachteter Hühner, von Fett, das ins Feuer tropfte. Die Gerüche bargen Erinnerungen: vor allem an einen anderen Sommerabend, vor einem Jahr, als in diesem Hof ein Fest gefeiert worden war. Mit Aspasia und Tazirat, mit dem Maler Amidi, dem dicken Perser Bagayash, mit dem Spötter Daniel, Verwalter der großen Güter Hamilkars im fernen Südosten, mit Titus Laetilius Mucro, dem römischen Krieger, Freundfeind, Bundesgegner, Hinderhelfer bei der Aufklärung eines Mordes und der verwickelten Dinge, die damit zusammenhingen.

Duush tauchte plötzlich vor ihm auf. Der Numider hatte ein ähnlich seltsames Lächeln aufgesetzt wie Aspasia. Noch ehe Bomilkar »Was machst du denn hier?« gesagt hatte, erschien neben ihm der Libyer Zililsan, dann ein weiterer der Männer aus dem Karrenschuppen.

»Wir sind gekommen, um dich zu stützen, falls du taumelst«, sagte Zililsan.

»Macht es doch nicht so spannend. Warum sollte ich taumeln?«

»Deshalb.« Aspasia wies auf die Schultern eines Mannes, der von der Bank aufstand und sich langsam umdrehte.

»Ave Bomilkar«, sagte Titus Laetilius Mucro.

# 10

»Bist du die römische Gesandtschaft?« sagte Bomilkar, als er sich von der Überraschung erholt hatte.

Der Römer überraschte ihn ein zweites Mal, indem er den Griff um Bomilkars rechten Unterarm löste, ihn an den Schultern faßte und kurz seine Wange an die des Puniers legte.

»Nicht ganz«, sagte er dabei. »Ich gehöre zur Begleitung. Du weißt schon, wegen guter Ortskenntnisse. Außerdem ist, wie du hörst, mein Punisch inzwischen ganz gut.«

Zililsan räusperte sich. »Nachdem das erledigt ist, könntet ihr euch eigentlich setzen. He, Römer, wie sollen wir dich anreden?«

»›He, Römer‹ ist schon ganz gut; wieso?«

»Voriges Jahr haben wir dich immer Laetilius genannt. Inzwischen weiß sogar ich dummer Libyer, daß das falsch ist. Mucro, oder?«

»Bleib ruhig bei Laetilius.«

Bomilkar ging mit Aspasia zum Feuer. Er hörte den Beginn der Erklärungen – »Titus aus der Familie mit Beinamen Mucro, Teil der großen Sippe namens Laetilius« –, während er Huhn und Hirse auf eine Holzplatte lud und Aspasia ihm einen Becher mit Wein und Wasser füllte.

»Er ist zum Karrenschuppen gegangen«, sagte sie, »und mit den anderen hergekommen. Ich nehme an, sie wollten bei mir auf dich warten. Wußtest du wirklich nicht, daß er hierher unterwegs war?«

Bomilkar schüttelte den Kopf. »Ich weiß erst seit heute, daß man eine römische Gesandtschaft erwartet.«

»Weißt du, was sie wollen?«

»Nein. Hat Laetilius etwas gesagt?«

Sie seufzte. »Nichts; und schon sind wir wieder mitten in eurem alten Spiel der Ränke und Geheimnisse.«

»Fragen wir ihn doch.«

Sie setzten sich zu den anderen an den Tisch. Laetilius hob den Becher, um ihnen zuzutrinken. Bevor Bomilkar fragen konnte, sagte er:

»Und damit du nicht lange herumrätseln mußt: Der Senat schickt Gesandtschaften an alle, die sich betroffen fühlen könnten, um mitzuteilen, daß Rom und die Königin Teuta von Illyrien sich im Kriegszustand befinden. Das ist alles.«

»Und du begleitest die Boten?«

Der Römer lächelte. »Sie sollen natürlich noch über dies und das mit eurem Rat sprechen. Und vielleicht brauchen sie zwischendurch jemanden, der ihnen etwas übersetzt oder ihnen besondere Winkel der Stadt zeigt.«

Bomilkar runzelte die Stirn, sagte aber nichts; er begann zu essen, um das Dröhnen seines Magens zum Verstummen zu bringen.

»Du siehst aus wie die Verkörperung aller Zweifel«, sagte Duush.

Bomilkar kaute, schluckte und hob den Becher. »Ich hatte heute eine Unterredung mit Hanno dem Großen. Das allein kann schon Zweifel an der Welt bewirken.« Er trank.

»Uh.« Laetilius verzog das Gesicht. »Das stimmt. Ich erinnere mich ungern an ihn. Lieber mit Skorpionen schmusen. Worum ging es?«

»Erzähle ich dir später. Er wußte schon, daß eine römische Gesandtschaft ankommen sollte. Wann seid ihr eingetroffen?«

»Kurz vor Sonnenuntergang.« Laetilius setzte ein breites Lächeln auf. »Vielleicht ist Hanno sehr scharfsichtig.«

»Oder der Rat wußte es schon länger, oder unsere Schiffe

haben es durch Signale gemeldet.« Bomilkar bezweifelte, daß alles so einfach zu erklären sei, wollte aber keine Erörterung von Hannos Verbindungen beginnen. »Außerdem hat er gesagt, morgen würde eine wunderbare Nachricht eintreffen. Und wenn Hanno sich über etwas freut, was er ›wunderbar‹ nennt, wird mir kalt.«

Das Lächeln auf dem Gesicht des Römers gefror. »Kalt?« murmelte er.

Aspasia beugte sich vor. »Du scheinst etwas zu wissen.«

»Wollen wir damit bis morgen warten? Ich will euch nicht den Abend verderben.« Mit einem sehr bemühten Lächeln setzte er hinzu: »Sonst heißt es wieder, die Römer verfinstern nicht nur die Sonne, sondern auch die Sterne von Qart … Karthago.«

»Meinst du, wir könnten jetzt den Rest der Nacht etwas anderes tun, als an deinen dunklen Reden herumzurätseln?« Bomilkar leerte seinen Becher. »Sag lieber gleich, was es zu sagen gibt, damit wir es hinter uns haben.«

Laetilius langte nach dem Krug mit verdünntem Wein. »Laß mich dir nachschenken; du wirst es brauchen.«

Bomilkar schob ihm den Becher hin. Verwundert sagte er: »Deine Hände zittern ja. Spuck es endlich aus.«

Laetilius betrachtete seine Finger; dann verschränkte er die Arme, als wolle er die eigenen Hände nicht mehr sehen. »Unterwegs haben wir ein Botenschiff getroffen«, sagte er leise. »Einen Segler. Danach zwei Tage Windstille – unsere beiden Trieren konnten rudern, der Bote wird wohl morgen hier eintreffen.«

»Red weiter, Mann!«

»Du weißt, daß Feindschaft keineswegs die Achtung mindern muß, nicht wahr?« sagte er eindringlich.

Bomilkar nickte. Er begann wieder zu frösteln, und als Laetilius weitersprach, kam die Stimme wie aus finsteren Fernen.

»In Iberien hat es eine Schlacht gegeben, an einem Fluß namens Tagus? Tagos? Taggo? Euer Bundesgenosse, der Fürst der Vakkäer, ist abgefallen und hat das Heer in einen Hinterhalt gelockt. Am Ende habt ihr noch gesiegt. Aber Hamilkar Barkas ist gefallen.«

Einen Teil der Nacht verbrachte Bomilkar mit stummer Anrufung der Götter. Und mit Erinnerungen an *Baraq*, den Blitz. An die schnellen, überraschenden Züge, die ihm schon im Großen Römischen Krieg den Beinamen eingetragen hatten, aus dem im Völker- und Sprachengemenge des Heeres »Barkas« geworden war. Nächte im Lager, im Freien, am Feuer; Nachtmärsche, tagelange Märsche, Angriffe im Morgengrauen oder blitzartig aus dem Marsch heraus; die grellen Siege, fremdes und eigenes Blut, aber auch Aufbau und Gründung von Städten, Anlegen von Straßen und Brunnen – das, was Hamilkars Schwiegersohn und Stellvertreter, Hasdrubal der Schöne, »die wüsten Kriege des Friedens« genannt hatte –, das Zusammenwachsen von Männern aus allen Landen zu einem großen Körper, einer Kämpferfamilie, deren Vater der »Blitz« war. Er versuchte sich an Empfindungen beim frühen Tod seines Vaters zu erinnern und konnte es nicht, weil Hamilkars Tod alles überlagerte.

Er fühlte sich inwendig wund; als hätte man ihm mit einer jener langen Bürsten, die zum Reinigen enger Gefäße verwendet wurden, die Seele ausgeschabt. Dabei war er ihm nie wirklich nah gewesen. Und dennoch – wenn er nicht vor vier Jahren von Iberien nach Qart Hadasht gegangen wäre, hätte Bomilkar an diesem Fluß, irgendwo in der Mitte Iberiens, den Strategen mit dem eigenen Leib schützen können. Den Mann, dessen Schwert die Stadt geschützt hatte, als die Söldner sie bedrängten; der vielleicht im Großen Krieg Rom hätte niederringen können, wenn nicht Hanno den Nachschub …

Hannos Verbindungen. Woher hatte er es schon gewußt?

Bomilkar zweifelte keinen halben Atemzug lang daran, daß Hamilkars Tod die »wunderbare Nachricht« war. Im Bett, neben dem warmen Körper der schlafenden Aspasia, wurde ihm wieder kalt, und er verbrachte lange Zeit damit, kalte Dinge zu denken. Er war sehr sicher, nicht schlafen zu können; bis Aspasia ihn wachrüttelte.

»Wie fühlst du dich?« sagte sie, nachdem sie schweigend ein wenig heißen Kräutersud und schales Brot zu sich genommen hatten.

»Verwaist.« Er hob die Schultern. Mit einem schwachen Lächeln setzte er hinzu: »Das wird heute vielen so gehen.«

»Viele andere werden jubeln; vergiß das nicht.« Sie legte eine Hand auf sein Knie. »Wir könnten einander ja trösten. Später; heute abend. Falls du dann noch Trost brauchst.«

»Wie meinst du das? Falls?«

Sie streichelte seine Wange. »Dumme Handwerker wie ich wissen nicht viel über Staatsgeschäfte …«

»Pah.«

»… aber immerhin wissen wir, daß nach ein paar Stunden jede Wunde zu verheilen beginnt.«

»Du hast recht.« Er nahm ihr Gesicht in beide Hände und küßte sie. »Danke fürs Erinnern. Und was immer wir später miteinander machen, braucht ja nicht nur Trost zu sein.«

Aspasia lachte. »Trostloser Knabe – ich sehe das Glitzern in deinen Augen und sage dir: jetzt nicht. Ich muß arbeiten. Du auch.«

Auf der Treppe hinab zum Innenhof ging sie voraus; plötzlich legte er die Hand auf ihre Schulter. »Ah, ehe ich's vergesse – hast du etwas über diesen Mann erfahren, den sie den Grünen nennen?«

»Nicht viel. Zwei oder drei von den anderen haben schon mal mit ihm kleinere Geschäfte gemacht. Ein Stückchen Schmuck, ein Ring, so etwas. Er bezahlt immer sofort. Und er heißt Bodaschtart. Offenbar gehört er zu den größten Gemüsehändlern draußen, auf dem Markt vor dem Tor.«

Den kurzen Weg zur Einmündung der Straße der Stempelschneider in die Große Straße legten sie schweigend zurück. Wenige Schritte weiter nach Osten, neben einer fast immer überfüllten Garküche, lagen unterhalb der Straßenhöhe die Räume von Aspasias Werkstatt. Vor den sieben Stufen, die zum Eingang hinabführten, hielt Bomilkar die Hellenin fest und nahm sie in die Arme.

»Ich danke dir«, sagte er in ihren Schopf.

»Wofür, trefflicher Mann?« Er spürte ihr unterdrücktes Kichern.

»Dafür, daß du bist, wie du bist. Und ich bitte dich um zweierlei. Erstens, daß du dich nicht änderst.«

»Ah«, sagte sie. »Zählst du meine grauen Haare? Ich kann sie nicht abwehren oder wegbeten. Die Gottheiten der Zeit …«

»Die meine ich nicht. Und zweitens: Sieh dich vor.«

Sie schob ihn von sich. »Ich? Nicht vielleicht eher du?«

»Ich bin immer von Bewaffneten umgeben. Aber wenn ich an Dinge rühre, die bestimmten Leuten unangenehm sind, könnte es sein, daß sie …« Er zögerte.

Aspasia vollendete den Satz für ihn. »Daß sie mich kratzen, weil sie dich als Juckreiz betrachten.«

»So ähnlich.«

»Und wie sollte ich mich dagegen schützen?«

»Wenn du das Gefühl hast, jemand beobachtet deinen Laden und dich, sag mir sofort Bescheid, damit ich einen abstellen kann, der aufpaßt.«

»Ich werde die Augen offenhalten.«

Bomilkar winkte ihr zu; dann ging er schnell weiter Richtung Hafen, bog nach rechts und suchte den Karrenschuppen auf. Es waren nur zwei Männer dort: Patroklos schmierte Fett in eine Radnabe, und Duush stand am großen Schleifstein, neben sich auf einem Handkarren eine Sammlung von Dolchen, Schwertern, Lanzen und Pfeilen.

»Dich suche ich«, sagte Bomilkar.

»Mich hast du gefunden. Was liegt an?«

»Ich wollte es schon gestern abend mit dir bereden, aber die Nachricht …«

Duush nickte. »Das Wichtigere verdrängt das Wichtige, wie wir wissen. Worum geht es?«

»Drei Numider. Und ihre Stammesbrüder schweigen.« Er setzte Duush die Dinge auseinander, die er sah oder zu sehen glaubte, und sagte schließlich:

»Vorsicht ist angebracht. Aber du kriegst vielleicht mehr raus als andere.«

Duush rümpfte die Nase. »Die haben wahrscheinlich irgendwelche Blutschwüre getan. Bist du mit Masgabaz einverstanden?«

Es handelte sich um einen jungen, munteren Numider, von dem Bomilkar nicht viel wußte. »Wie lang ist er schon bei uns?«

»Ein halbes Jahr.«

»Gut; macht das zusammen, aber wie gesagt: Vorsicht. Und sag Bescheid, sobald du etwas weißt. – Ah, noch etwas; gib das an Zililsan und die anderen weiter.«

»Was denn?«

»Die Anweisung von neulich, euch fernzuhalten von den bekannten Spitzeln, gilt weiter.«

»Etwas Neues?« Duush rieb den Rücken an einem der Griffe des Handkarrens. »Juckt es den Rat? Oder wen sonst?«

»Ich weiß nicht, was sie vorhaben; aber was es auch ist, wir sollten nicht verwickelt werden. Es hängen zu viele andere Dinge daran.«

Duush nickte. »Erstens sowieso«, sagte er mit einem flüchtigen Grinsen, »und zweitens jetzt besonders. Mit den Römern in der Stadt und der Katastrophe in Iberien.«

»Sieh zu, bitte, daß alle sich daran halten. Und gib Zililsan einen Auftrag weiter. Noch einen: Sag ihm, das ist wichtiger als die Frage nach diesem Bodbal.«

»Gern, soll er schwitzen. Was ist es?«

Bomilkar nannte ihm die Namen der drei Ratsherren, die mit Abdosir beim Tempel gewesen waren.

»Sie alle hatten Sklaven dabei. Nur die von Abdosir haben versucht, den Mörder zu verfolgen. Die anderen haben nichts getan.«

»Wie viele waren es?«

»Sechzehn. Zwölf Sklaven und ihre drei Herren tun nichts. Das kann ich mir erklären, was die Sklaven angeht – warum sollten sie ihr Leben für einen fremden Herrn wagen? Aber ...«

Duush hob die Hand. »Du meinst wahrscheinlich, der Platz vor dem Tempel ist ein bißchen eng, was? Wie kommt ein einzelner Mörder an sechzehn Sklaven vorbei und wieder weg?«

»So ist es, mein Freund. Ich kann, zur Zeit jedenfalls, nicht losgehen, um Sklaven amtlich zu befragen. Dazu brauchte ich eine weitere Erlaubnis des Richters. Man behelligt nicht einfach Ratsherren und ihren Besitz. Aber vielleicht treibt sich ja einer der Sklaven mal irgendwo herum und plaudert. Wenn man ihm einen Wein ausgibt, oder so.«

Auf dem Weg zum verwilderten Garten fragte sich Bomilkar, ob seine Stimmung ihn Dinge wahrnehmen ließ, die nur in ihm vorhanden waren, oder ob tatsächlich die Stadt wie unter einer Schicht von Trübsinn lag. Überall standen Leute und redeten leise miteinander; alles wirkte weniger lebhaft, gedämpfter als sonst. Selbst wenn das Botenschiff noch nicht angekommen war, sagte er sich, genügten die paar Worte von Laetilius, die inzwischen die ganze Stadt erreicht haben würden. Vielleicht hatten ja auch andere Römer abends noch geredet.

116

Am Garten fand er Achiqar vor, der sich mit einem der Baumeister der Festung beriet. Es ging um die schonendste Möglichkeit, ein zwei Schritte breites Tor in die Mauer zu brechen und später wieder zu schließen. Sklaven hatten bereits mit dem Abtragen der oberen Ziegelschichten begonnen. Im Inneren des Geländes waren Stimmen zu hören, Sägen und der dumpfe Ton von Hacken.

»Weißt du es schon?« sagte Achiqar.

Bomilkar nickte. »Wie die ganze Stadt. Ist das Botenschiff angekommen, oder haben die Römer die Nachricht verbreitet?«

»Beides.«

»Wer ist in der Festung?«

»Mutumbal. Er hat mich hergeschickt. Autolykos ist unterwegs, um die üblichen Stellen zu überwachen.«

Wenn in der riesigen Stadt etwas geschah, was alle betraf, alle Bereiche des Lebens berühren konnte, mußten Vorsichtsmaßnahmen ergriffen werden. Die Pläne dazu hatte einer von Bomilkars Vorgängern ausgearbeitet; Bomilkar und seine Vertreter Autolykos, Achiqar und Mutumbal hatten sie mit den zuständigen Richtern und den wechselnden Sufeten immer neu abgestimmt.

»Gut.« Bomilkar deutete auf den Garten. »Habt ihr schon etwas gefunden?«

»Das Tuch hier; vielleicht Zabugus verlorene Maske. Oben, im Gestrüpp.« Achiqar reichte ihm den Fetzen. »Sonst nicht einmal Spuren. War aber nicht anders zu erwarten, nach dem Regen. Der hat alles verwaschen.«

»Seid vorsichtig.« Bomilkar kratzte sich die Bartstoppeln. »Wühlen und räumen, ja, aber möglichst nichts zerstören. Und – gib mir Bescheid, wenn ihr etwas entdeckt. Habt ihr einen Wagen hier?«

Der Baumeister wies nach Westen, zur nächsten Ecke.

»Ich schicke ihn zurück«, sagte Bomilkar.

»Schick lieber zwei, und ein paar Pferde außerdem. Für Boten.« Achiqar grinste. »Man weiß ja nie.«

Auf dem letzten Straßenstück vor dem Tynes-Tor herrschte einiges Gedränge. Vielleicht täuschte Bomilkar sich, aber es kam ihm so vor, als seien mehr Leute als sonst unterwegs zwischen der Stadt und dem großen Markt außerhalb. ›Wenn etwas geschieht‹, sagte er sich, ›kauft man zuerst Vorräte. Es könnte ja etwas geschehen.‹

Er sprang vom Wagen und wies den Fahrer an, zum wilden Garten zurückzukehren. Auf dem kleinen Platz südlich des Tors, vor der Wächterstube, fegten städtische Sklaven Abfall zusammen und luden alles auf einen Karren. Die beiden vorgespannten Ochsen achteten nicht auf Bomilkar, der sich an ihnen vorbeidrängte; der linke hörte kurz mit Wiederkäuen auf und rülpste. Aus der Ferne, wahrscheinlich aus den Ställen nördlich des Tors, klangen wie aufmunternde Fanfarenstöße die Bekundungen mindestens zweier Elefanten. Es war fast so, als wollten sie die über der Stadt liegende Decke der Trübheit lupfen.

»Bisher keine besonderen Ereignisse, Herr des Morgens.« Mutumbal lehnte am Schreibtisch und ritzte etwas in eine Wachstafel, die er einem von zwei wartenden Bütteln aushändigte. Als die Männer gegangen waren, sagte er:

»Autolykos meldet, daß alles ruhig ist. Keine Balgereien zwischen Trauernden und Feiernden.«

»Gibt es Jubelzüge?«

Mutumbal hob die Schultern. »Die ›Alten‹ werden sicher nicht laut weinen, weil ihr großer Gegner gestorben ist. Aber wahrscheinlich erledigen sie ihren Jubel nicht gerade auf der Straße. Immerhin haben sie ja genug Geld in die iberischen Bergwerke und Ländereien gesteckt.« Er wandte sich halb um und ergriff einen Becher, der auf dem Tisch stand.

Bomilkar nahm ihm das Gefäß aus der Hand, roch daran und trank einen Schluck: Fruchtsaft mit ein wenig Wein. »Wenn ich hier nicht gebraucht werde«, sagte er, »gehe ich kurz zu Artemidoros hinüber. Und ein bißchen Messer werfen. Du weißt, wo du mich findest. Danach komme ich wieder her.«

»Üben?« Mutumbal grinste. »Stell dir vor, du hättest Hanno als Zielscheibe.«

## 11

**Der Arzt kaute.** Mit der brotbeladenen Rechten deutete er auf einen Schemel oder die Bank dahinter; dabei grunzte er. In der Linken hielt er einen flachen Napf.

Bomilkar schnupperte, roch aber nichts. »Hast du dich faden Genüssen ergeben?«

Artemidoros schluckte. »An bitteren Tagen«, sagte er dann, »brauche ich Süßes.«

»Was ist es?«

»Sahne, Honig, Sesamkörner. Ahhh.« Er tunkte das Brot in den Napf, biß ab und kaute heftig. »Mbhhn«, sagte er dabei.

»Zweifellos richtig, aber wieso?«

Der Arzt lagerte Napf und Brot auf dem Tisch ab. »Masauchan«, sagte er. »Ich nehme an, während ich um den größten aller Punier trauere, willst du mehr über einen kleinen toten Numider wissen, oder?«

»Was meine Trauer um Hamilkar nicht mindert, aber der Blitz gehört nicht zu meinen Amtspflichten.«

»Ich verkneife mir den Donner.«

Gegen seinen Willen mußte Bomilkar lachen, als der Arzt bei diesen Worten beinahe aufreizend das Gesäß bewegte.

»Also«, sagte er. Vom Tisch nahm er einen Papyrosfetzen. »Name, Alter und so weiter. Narben. Ein Dutzend Bienenstiche.«

»Bienenstiche?«

»Ah bah, vielleicht auch Wespen. Jedenfalls Stiche. Schwellungen von Stößen, einige Blutergüsse. Unter anderem an den Handgelenken und an den Fußknöcheln. Zwei Speerstiche in

Herz und Hals; beide hätten allein gereicht. Wie ich dir gestern schon sagte: Mehrere Männer haben ihn festgehalten, während zwei andere ihn mit Speeren getötet haben. Vielleicht auch einer, der zweimal zugestoßen hat.«

»Also eine Art Hinrichtung unter Kriegern?«

»Sieht so aus. Da ist aber noch etwas.«

»Laß mich an deiner Weisheit teilhaben.«

Artemidoros nickte. »So ist es recht. Du könntest auch noch ›bitte‹ sagen.«

»Könnte ich; ich will es aber jetzt unterlassen, damit du schneller zum Rest der Sache kommst.«

»Abschürfungen am Mund – geknebelt, nehme ich an, und den Knebel mit einem Tuch festgebunden.«

»Damit er nicht schreit, klar. Meine Leute sagen, sie seien ziemlich sicher, daß er dort getötet wurde, wo man ihn gefunden hat, in den Unterkünften.«

Der Arzt wackelte mit dem Kopf. »Kann sein. Ich habe mir die Stelle angeschaut. Die Blutlache war nicht so groß, wie sie bei den Verletzungen hätte sein sollen. Aber das heißt nichts. Entweder hat man ihn woanders umgebracht und dann dorthin geschleppt, oder jemand hat den größten Teil des Bluts beseitigt. Aufgewischt. Was auch immer. Jedenfalls weist der Körper keine Zeichen auf, die auf langes Schleifen oder derlei deuten. – Aber da ist noch etwas.«

»Du klingst ein wenig triumphierend«, sagte Bomilkar. »Laß mich raten – du hast etwas im Magen gefunden.«

Artemidoros lächelte. »Er hat Hanf gegessen.«

»Ah.«

»Halb verdaut. Wer nicht daran gewöhnt ist, müßte eigentlich in tiefen Schlaf versinken. Aber wozu dann knebeln und festhalten?«

Bomilkar breitete die Arme aus. »Du siehst mich ratlos. Und du bist sicher, daß die Zeit des Todes nicht so weit vom

Zeitpunkt des Hanfessens entfernt ist, daß er wieder aufgewacht war?«

»Ausgeschlossen.« Der Arzt holte tief Luft und stürzte sich in eine lange Abhandlung über Mengen, Verdauung, Verdauungsdauer, Restinhalt des Magens, bis Bomilkar die Hände hob.

»Hilfe! Ich ertrinke in deinen Worten. Also, ganz einfach gesagt für kleine dumme Büttel wie mich: Entweder ist er benommen, dann muß man ihn nicht knebeln und festhalten. Oder er ist so sehr an Hanf gewöhnt, daß auch eine größere Menge ihn nicht umwirft.«

Artemidoros schob die Unterlippe vor. »Es gibt noch eine Möglichkeit; aber dazu kann ich mich eigentlich nicht äußern, weil mir die Kenntnisse fehlen.«

»Ich bin begeistert«, sagte Bomilkar. »Von dir zu hören, daß dir bestimmte Kenntnisse fehlen!«

»Schweig, schwachsinniger Jüngling. Drittens: Hanf könnte Teil einer Zeremonie sein.«

»Du meinst, ein paar Leute beten einen Gott an, wobei sie Hanf essen?«

»Oder sie opfern ihm einen Widder oder einen Menschen, der Hanf gegessen haben muß, um das richtige Opfer zu sein.«

Der kleine Lederköcher, den Bomilkar im Nacken, unter dem *kitun* trug, enthielt fünf feine Wurfmesser. Auf dem von Bäumen beschatteten Platz nördlich der Stallungen übten einige mit Holzschwertern und stumpfen Lanzen ausgerüstete Libyer und Iberer den Nahkampf; das Gebrüll des Ausbilders störte Bomilkar nicht weiter. Da keine Bogenschützen zugange waren, konnte er eines der gewöhnlichen mannsgroßen Ziele benutzen.

»Hanno«, murmelte er. Aber das half ihm nicht weiter. Er war mit den Gedanken woanders, er hatte zu lange nicht geübt, die Bewegungen – im besten Fall geschmeidiges Fließen – waren eckig. Zwei von fünf Würfen verfehlten das Ziel oder berührten allenfalls den Rand. Hand, Arm und Schulter verkrampften sich.

Dennoch warf er, bis alles schmerzte. Von den letzten fünf Würfen ging keiner fehl, aber nur einer traf so, daß er den Gegner kampfunfähig gemacht hätte. Hanno. Und einer für Hamilkar. Und einer für Zabugu. Numider, die Hanf aßen. Die aus dem Bütteldienst verschwanden, wenn man Fragen stellte. Verwilderte Gärten – ob dort Hanf wuchs? Bodaschtart der Grüne – handelte er mit Hanf? Brauchte jemand das Schwert von Qart Hadasht, um Hanfstengel zu zerkleinern oder Hanfsamen zu spalten? Wie wäre es, Hanfsamen auf einen heißen Stein zu legen, den Rauch einzuatmen und danach mit Aspasia auf eine lange Nachtreise zu gehen?

»Bewunderung erfüllt mich ob deines Eifers«, sagte jemand hinter ihm irgendwann.

Titus Laetilius Mucro hatte die Arme vor der Brust verschränkt. Das schräge Lächeln wirkte nicht eben bewundernd. Der Römer trug Sandalen, eine kurze helle Tunika und am Gürtel ein Messer.

»Hat man dich für überflüssig erklärt?« Beinahe erleichtert darüber, daß er einen Grund hatte, mit dem Üben aufzuhören, sammelte Bomilkar die Messer ein und steckte sie in den Nackenköcher.

»Heute sind alle Römer in Karthago überflüssig; die edlen Chanani des Rats haben die Nachrichten aus Iberien zu erörtern.«

»Und was machen deine Leute so lange?«

»Sie ruhen sich aus und besuchen ein paar Tempel, mit vornehmen Führern.« Laetilius hob die Schultern. »Da dachte ich, es wäre vielleicht anregend für mich, deine Ermittlungen zu behindern.«

Bomilkar lachte. »Netter Einfall.« Er sah nach dem Stand der Sonne. »Halber Vormittag – sollte man schon essen? Oder hast du noch keinen Hunger?«

»Krieger sollten immer essen, wenn sie etwas kriegen können. Man weiß ja nie, wann das nächste Mahl vorbeikommt.«

»Wie wahr. Komm. Ich glaube, diese Schänke kennst du noch nicht.«

Sie gingen in die Mauerfestung, zu der Garküche, in der Bomilkar am Vortag gegessen hatte. Diesmal war der große Speiseraum gut gefüllt; mindestens hundert Krieger verschiedener Einheiten und unterschiedlicher Herkunft saßen an den langen Tischen oder standen vor der Essensausgabe.

Laetilius sah sich um. »Lauter gute Punier?« sagte er leise. »Vor allem die da, oder?«

Bomilkar folgte seinen Blicken; er gluckste. »Soll ich dich ihnen vorstellen?«

Zwischen den Numidern, Iberern und Libyern hatte der Römer drei Illyrer entdeckt, kenntlich an struppigen Knebelbärten und blaugefärbten Stammesnarben über den Backenknochen. Einer von ihnen trug auch beim Essen seine Kappe aus Wieselfell, die anderen hatten ihre Kopfbedeckungen auf den Tisch gelegt.

»Wenn du mich so schnell loswerden willst …«

Bomilkar klatschte in die Hände. »Ruhe! Herhören!«

Ein Unterführer mit ehernen Lungen brüllte: »Ruhe für den Herrn der Wächter!«

»Was wird das?« Der Römer atmete scharf durch die Zähne ein.

Bomilkar wartete, bis sich der Lärm im Raum ein wenig gelegt hatte; dann rief er: »Hört zu, Männer. In der Stadt sind Gäste. Was tun wir mit Gästen?«

Jemand in der Schlange vor der Essensausgabe sagte laut: »Essen? Bewirten?«

»Sie sind zäh und ungenießbar. Wir sollten höflich zu ihnen sein und sie bewirten. Vor allem hier, in der Festung. Ihr solltet ihnen auch keine schlechten Witze erzählen. Sie könnten sich sonst nach der Heimkehr über uns beklagen. Und wir wollen doch nicht, daß man in Rom über uns weint.«

Hier und da wurde gelacht. Andere Männer starrten Laetilius mit Mienen an, die gleichgültig, ablehnend und feindselig waren.

»Dürfen Römer in die Festung?« sagte jemand in der Schlange.

»Natürlich«, sagte Bomilkar laut. »Damit sie wissen, daß es hier für sie nichts zu holen gibt. Nicht einmal gutes Essen. Oder ist es heute besser als sonst?«

»Zu Ehren der Gäste«, sagte ein riesiger Küchenaufseher laut, »gibt es heute Hirse. Und geschabtes Fleisch, von toten Römern. Sind denn nicht alle Römer Karnickel?«

Einer der Illyrer war aufgestanden. Aus dem Gürtel zog er ein langes Messer, das er in die Tischplatte rammte, wo es federnd steckenblieb. Mit der anderen Hand griff er nach seinem Blechbecher.

»He, Römer«, rief er, »du trinken auf Königin, mit wir.«

Bomilkar sah sich um; er entdeckte drei seiner Männer und winkte. Sie kamen unauffällig näher, bereit, notfalls einzugreifen. Anders als die meisten Kämpfer waren sie bewaffnet.

Laetilius seufzte leise; mit kleinen Schritten ging er zum Tisch der Illyrer. Bomilkar folgte.

»Eure Königin?« sagte der Römer, als er den Tisch erreicht hatte.

»Teuta, wo ihr Krieg anfangen.«

Kaum überraschend, sagte sich Bomilkar, daß auch diese Nachricht sich bereits herumgesprochen hatte.

Laetilius beugte sich vor und deutete auf einen Becher, der auf dem Tisch stand. Ein Iberer nickte und schob ihn ihm zu.

»Wir brauchen gute Feinde.« Laetilius hob den Becher. »Ohne gute Feinde können wir nicht stark werden. Deshalb laßt uns trinken. Auf eure Königin Teuta und ihre tapferen Krieger. Sie werden Rom stark machen, und wir werden sie ehren. Und auf den besten Feind, den Rom je hatte; einen Mann, mit dem ich vor einem Jahr Wein trinken durfte. Auf den Ruhm und das Andenken von Hamilkar Barkas.«

Er trank. Der Illyrer grinste breit und leerte seinen Becher. Aus allen Ecken hörte man beifälliges Murmeln; viele Männer tranken mit, und einige kamen zum Tisch, um Laetilius auf die Schulter zu klopfen.

»Gute Rede«, sagte der Küchenaufseher mit dröhnender Stimme. »Dafür kriegst du besonders viel Schabefleisch. Komm her, kleiner Römer.«

Es dauerte noch einige Zeit, bis sie sich setzen und essen konnten. Zunächst taten sie dies schweigend, da immer noch ein paar Leute um sie herumstanden, redeten oder Bemerkungen absonderten. Als endlich niemand sie mehr belauschen konnte, legte Laetilius den Holzlöffel auf den kaum verminderten Hirsehügel und sagte leise:

»Mußte das sein?«

Mit einem Schluck aus seinem Becher, der verdünntes laues Bier enthielt, spülte Bomilkar Fleischfetzen, Hirse und zweifelhafte Tunke hinunter. »Unbedingt«, sagte er dann. »In solchen Fällen ist es besser, zu antworten, ehe jemand Fragen stellt. Außerdem waren genug von meinen Leuten in der Nähe.«

»Und wenn ich etwas Falsches gesagt hätte?«

»Du bist ein guter Feind. Ich habe mich darauf verlassen, daß du das Richtige sagst.«

Laetilius runzelte die Stirn und aß weiter.

»Wie lange werdet ihr bleiben?«

»Ich weiß es nicht. Vier, fünf Tage. So lange wie nötig.«

»Und danach?«

»Alexandreia.«

Bomilkar kaute eine Weile, auf der Mitteilung und dem Essen. »Habt ihr mit Ptolemaios wichtige Dinge zu verhandeln?«

»Ich bin nur ein unwichtiger Begleiter.« Laetilius lächelte. »Was die wichtigen Herren zu tun beabsichtigen, sagen sie mir vorher nicht. Aber sag du mir etwas.«

»Was willst du wissen?«

»Zweierlei. Erstens: Was wird der Rat machen, mit der Meldung aus Iberien? Und zweitens: In welche seltsamen Dinge bist du verwickelt, daß du verwilderte Gärten aufräumen mußt?«

»Das ist eine längere Geschichte. Was die erste Frage angeht – ich nehme an, sie werden heute kurz vor Sonnenuntergang auf der Agora eine Trauerfeier abhalten.«

»Nur da oder auch in einem Tempel?«

»Wahrscheinlich machen die meisten Tempel in den nächsten Tagen besondere Feiern. Und heute abend sind sicher die wichtigsten Hohen Priester dabei. Warum fragst du? Willst du hin?«

»Ich habe das noch nie gesehen.«

Bomilkar seufzte. »Sie werden die üblichen Reden halten. Ein großer Mann, Verdienste, unersetzlicher Verlust, derlei. Wahrscheinlich werden sie einen unschuldigen Hammel opfern. Eigentlich reden bei solchen Feiern die Sufeten; ich fürchte aber, daß Hanno es sich nicht nehmen lassen wird, etwas zu sagen.«

»Und davor möchtest du deine empfindsamen Ohren bewahren? Ich kann es beinahe verstehen. Was ist jetzt mit diesem Garten?«

Die Vermengung von Essen und Erzählen nahm einige Zeit in Anspruch. Als sie die Eßbretter geleert hatten, war Bomilkar bis zum augenblicklichen Stand der Dinge gediehen.

»Merkwürdig.« Laetilius wischte sich den Mund mit dem Handrücken und legte die verschränkten Arme auf den Tisch. »Und zwar alles. Diese Numider, das Verhalten der Ratsherren, der Richter. Nicht zu vergessen Hanno.« Er schüttelte den Kopf. »Das Schwert von Kart Hadasht …«

Da der Römer den richtigen, tief in der Kehle gebildeten k-Laut auch sonst durch das helle *kappa* ersetzte, verzichtete Bomilkar darauf, ihn zu verbessern. »Ich glaube nicht«, sagte er, »daß im Garten viel zu finden ist. Oder daß die Wächter im Hafen und bei den Karawanen dieses Schwert finden.«

»Wer immer es hat, braucht es nur offen am Gürtel zu tragen, um es zu verbergen. Vielleicht hat jemand es unter tausend anderen Schwertern hier in der Festung versteckt, in einer Waffenkammer.«

Bomilkar nickte. »Ein altes Schwert mit einem blauen Stein im Griff … Dabei hat es für uns eigentlich keine große Bedeutung.«

»Für wen denn? Die Numider?«

»Als Symbol. Wenn die Massyler oder die Masaesyler es hätten, könnten sie sagen, die punische Herrschaft sei beendet. Was nichts am Verhältnis der Kräfte ändern würde. Sobald wir schwach sind, werden sie sich gegen uns stellen – Schwert oder nicht Schwert.«

»Wie lang ist der letzte Numideraufstand her?«

»Du hast recht. Vier Jahre – nicht sehr lang.«

»Und wenn das Schwert in römische Hände geriete?« Laetilius lächelte.

»Müßtet ihr die Numider genau wie wir zur Treue zwingen. Oder ihre Treue erkaufen.« Bomilkar stand auf. »Komm, laß uns gehen. Ich habe zu tun.«

»Wie lange?«

»Eine Stunde vielleicht, vielleicht ein wenig mehr. Warum?«

»Danach zurück zum Garten?«

»Wahrscheinlich. Wenn nichts Dringenderes geschieht.«

»Ich würde dann gern mitfahren. Und bis dahin ...« Laetilius beschrieb mit dem Finger einen Kreis in der Luft.

»Ah. Willst du dich noch ein wenig in der Isthmos-Mauer umsehen?«

»Eine alte Bekanntschaft erneuern.«

Bomilkar sah sich um und entdeckte einen seiner Leute; der Mann – Punier – wollte offenbar gerade gehen. Er rief ihn herbei.

»Wenn du nichts anderes zu tun hast«, sagte er, »könntest du den Römer begleiten?«

»Dein Befehl, Herr!«

»Die Festung, vielleicht ein Blick auf den großen Markt vor dem Tor, dann in einer Stunde zur Wachstube.«

Der Büttel zögerte und blickte zwischen Bomilkar und Laetilius hin und her. »Darf er denn? Ein Römer und die Festung?«

»Er hat sie voriges Jahr schon gesehen, mit Erlaubnis des Rats.«

Als er die Große Straße erreichte, mußte Bomilkar ein paar Lidschläge lang warten. Eine Truppe von Gauklern und Musikern zog in die Stadt, mit Karren und Tieren. Kamele waren dabei, ein Löwe und ein Bär in rollenden Käfigen, zwei zugleich hochnäsig und mißmutig dreinblickende Strauße, und zwei oder drei Männer, die große Schlangen um Hals und Schulter trugen. Auf einem Karren saßen eine Frau mit Doppelflöte, ein Trommler und ein Kitharist, die den Einzug mit schrillen Klängen begleiteten. Tanzmädchen liefen neben den Wagen her, hüpften und drehten sich im Rhythmus, und neben einem hochgewachsenen Mann, der einen nachtschwarzen Umhang und eine Komödienmaske trug, ging ein Schwertschlucker. Natürlich deutete dieser im Gehen seine Kunststücke nur an, aber er lenkte Bomilkars Gedanken wieder zurück zu den Pflichten und Rätseln.

Während er sich an seinem Schreibtisch mit den eingegangenen und abzufassenden Meldungen und Berichten plagte, schmuggelte er im Kopf heilige Schwerter aus der Stadt: in der Speiseröhre eines Schwertschluckers, im Ziegenbalg eines Wasserverkäufers, im Schrotthaufen auf dem Handkarren eines Altmetallsammlers, in der Packladung eines wandernden Schmieds. Er versteckte Schwerter in Gärten und Häusern, als Querstrebe in einem mit Weinlaub überwucherten Spalier, als Stütze in einer Mauer aus Lehmziegeln, oder einfach so, ohne Zweck, in einer Amphore, in einem hohlen Götterbild, zwischen den Dachbalken eines Tempels. Albernes lautloses Lachen füllte ihn beim Gedanken daran, das Schwert zum Schürhaken zu verbiegen und in den Dreck unter dem Herd einer Garküche zu legen oder, unverbogen, das schwankende Lager einer teuren Dirne damit zu festigen; namenlose schwarze Trauer quoll in ihm auf, als er es nach Iberien brachte und im Grabmal des größten aller Punier verbarg. Aber Hamilkar war irgendwo weit im Inneren des Landes gefallen; ob man den Leichnam überhaupt geziemend bestatten konnte?

Vielleicht hatte ja Laetilius recht, vielleicht steckte das Schwert in einer Waffenkammer der Großen Festung. Die der Römer jetzt durchstreifte – um es zu finden? Um seinen Leuten zu berichten, daß Qart Hadasht unangreifbar sei? Von außen – auch von innen? Statt sich mit bekritzelten Papyrosabrissen und Wachstafeln zu beschäftigen, könnte er mit Laetilius die Festung von innen und außen betrachten, durchwandern, über dies und jenes reden, sich vielleicht der Sicherheit der Stadt versichern. Oder sich ob ihrer Unsicherheit verunsichern?

Man hatte die Stadt, für deren innere Sicherheit er zuständig war, mit einem an der Küste verankerten Schiff verglichen,

das nur vom Land her bedroht werden konnte. Diese Land-
stelle war der Isthmos, kaum breiter als fünftausend Schritte,
zwischen dem See von Tynes im Süden und der seichten Bucht
im Nordwesten. Im Norden gab es Durchgänge zur Hügel-
landschaft der Megara mit ihren Feldern, Hainen und reichen
Häusern; wo die Südmauer am Tynes-See durch ein System
von Türmen, Vorsprüngen und Winkeln mit der Isthmos-
Mauer verbunden war, lag das Tynes-Tor. Die Große Straße
führte hier durch die Befestigungen, über die Brücken und
Gräben, zum Marktgelände und den Vororten. In seiner
Schreibstube konnte er jederzeit die Schritte von Menschen
und Tieren, quietschende Räder, das Stimmengewirr und das
Knirschen der Karren hören.

Der ganze Rest des Isthmos war von der gewaltigsten Mauer
der bekannten Welt gesichert. Agathokles war vor achtzig Jahren daran gescheitert, und man sagte, Alexanders Heere wären
dort verblutet, aber zu ihrem Glück sei ja der große Makedone
in Babylon gestorben, ehe er den Westfeldzug beginnen konnte. Die Römer hatten im Großen Krieg einen Angriff gar nicht
erst versucht; im Söldnerkrieg waren alle Belagerungsversuche
zerbrochen.

Der zweiundzwanzig Schritte breite, in der Mitte fünf Männer tiefe äußere Graben konnte notfalls schnell geflutet werden, indem man die dünnen Dämme an der nördlichen Bucht
und am Tynes-See zerstörte. In den Graben waren zudem
Sicheln, Speere, Haken und Dornen eingelassen. Es folgten
eine glatte Schräge, bewehrt mit engstehenden Eisenstacheln,
und die erste Mauer, zwei Männer hoch und sieben Schritte
breit. Dahinter ein Graben mit einem Wald aufrechter Speere,
eine weitere bewehrte Schräge und die zweite Mauer, fünf
Männer hoch und sieben Schritte breit, mit Brustwehr und
Scharten für Bogenschützen und Schleuderer. Der letzte, innere Graben konnte ebenfalls geflutet werden, und dann blieb

der Große Wall: acht Männer hoch, fünfzehn Schritte breit, mit abwärts gerichteten Eisenstacheln an der Brustwehr, mit scharfen Steinen, Metallsplittern und Glasscherben im Mörtel; mit viergeschossigen Türmen in Abständen von achtzig Schritten; mit Katapulten, Pechöfen, Pyramiden von Steinkugeln, Kammern voller Waffen und Kisten voller Metalltrümmer.

Wo die dreifache, uneinnehmbare Festung endete, begann die nach Norden, später immer der Küste folgend nach Osten führende Seemauer. Solange punische Kampfschiffe das Meer beherrschten, war sie nicht angreifbar; sie zog sich von Kap Kamart im Nordwesten über Kap Qart Hadasht im Nordosten bis hinab zum Hafen. Die von Werkstätten, Werften, Schuppen und Marktgärten eingenommene Landzunge zwischen dem Meer und dem See von Tynes im Süden war zu schmal für Belagerungsheere.

Aber. Ein großes Aber. Die Legionen des Regulus waren vor fünfundzwanzig Jahren weit im Osten besiegt worden, von dem Spartaner Xanthippos und den Reitern unter dem Befehl des jungen Hamilkar, den sie damals noch nicht Barkas nannten. Hamilkar war es, der vor acht Jahren das gräßliche Gemetzel des Söldnerkriegs siegreich beendet hatte. Wie uneinnehmbar war die Mauer, wie sicher die Stadt wirklich ohne einen wie Hamilkar? Wer sollte seinen Platz einnehmen? Konnte eine Mauer halten, wenn nicht die richtigen Männer auf ihr kämpften?

Und konnte die Stadt lange überleben ohne das Hinterland – die Arbeit der libyschen Bauern, die Kampfkraft der numidischen Reiter? Was, wenn ein die Götter und Orakel fürchtender Fürst der Massyler oder der Masaesyler dieses Schwert in die Hände bekam, an dem angeblich die Herrschaft der Chanani hing?

Wenn er dann beschlösse, der Stadt nicht länger gegen Silber oder Gold seine Reiter verfügbar zu machen, sie auch aus

Iberien zurückzurufen und die Stadt … ah nein, er würde die Stadt nicht angreifen, nicht an der Mauer verbluten, aber die Numider könnten das Hinterland verwüsten, die Stadt von allem abschneiden, bis nur noch die Schiffe und das Meer blieben.

Warum hatten die anderen Ratsherren nicht versucht, den Mörder Zabugu aufzuhalten, ihm das Schwert zu entreißen? Warum hatte Bomilkar den Richter und den Sufeten beinahe zwingen müssen, sich überhaupt mit der Sache befassen zu können? Ratsherren!? Warum …

»Herr?«

Bomilkar hob den Blick von den Tafeln, die er viele Atemzüge lang gar nicht mehr gesehen hatte. Im Eingang stand einer der Wächter, die sich vor der Wachstube auf dem kleinen Platz aufgehalten hatten.

»Was gibt es?«

»Da ist ein Bettler, der dich unbedingt sprechen will.«

»Was soll ich mit einem Bettler?«

Der Wächter hob die Schultern. »Er sagt, er hat wichtige Mitteilungen für dich.«

Bomilkar knurrte leise. »Na gut, schick ihn rein«, sagte er dann.

Der Mann, den der Wächter in den Raum schob, war zerlumpt und verdreckt. Ein schmieriges Tuch, eher ein Putzlappen, bedeckte sein Haupt; ein Zipfel hing über das rechte Auge hinab. Die erdfarbenen Fetzen, mit denen er bekleidet war, mochten einmal eine weiße Tunika gewesen sein; das Gesicht war überkrustet mit Staub und Dreck, und die verhornten Füße waren fast schwarz.

»Was willst du?« sagte Bomilkar.

Der Bettler kam näher zum Tisch, beugte sich vor und sagte mit kaum hörbarer, rauher Stimme: »Eine milde Gabe, Herr, gegen einige Nachrichten.«

»Laß mich die Nachrichten hören, danach will ich die Milde meiner Gaben erwägen.«

»Gut«, flüsterte der Mann. »Die draußen haben mich auch nicht erkannt, Herr.« Er zwinkerte.

Bomilkar kniff die Augen zusammen. Etwas in dem Gesicht kam ihm bekannt vor. Als er endlich begriff und den Mund öffnen wollte, um den Namen zu sagen, legte der vermeintliche Bettler einen Finger auf den Mund.

»Barako«, hauchte Bomilkar. Es war der Wächter, der ihn begleitet und gefahren hatte – wann? Gestern? »Wozu die Verkleidung?« Dann schüttelte er den Kopf, sog Luft durch die Schneidezähne und deutete auf einen Schemel. »Setz dich. Weshalb läufst du *so* herum?«

Barako ließ sich auf den Schemel sinken. »Ich habe mich umgehört«, sagte er. »Da ich heute für die Spätschicht eingeteilt bin ...«

»Du mußt dich bei mir nicht dafür entschuldigen, daß du mehr als deine Pflicht tust. Was hast du gesucht, was hast du erfahren?«

»Ich will dich nicht mit Einzelheiten langweilen. Ich habe mich draußen auf dem Markt herumgetrieben« – mit einer ruckenden Bewegung des Hinterkopfs wies er allgemein nach Westen – »und Numider gesucht.«

»Es gibt da einige. Und?«

»Im Norden, zwischen der Straße nach Ityke und der Küste ...«

»Wo die Tiere der Festung weiden?«

»Ja. Hinter den Weideplätzen gibt es Gärten und Pflanzungen. Und ein paar Schänken. Eine gehört einem Numider, der Bienen züchtet. Er liefert Honig und Wachs auf den Markt. Bei ihm treffen sich – angeblich – manchmal Numider von der Truppe.«

Bomilkar dachte an tote Numider. An Bienen. Und an

Schwellungen, die laut Artemidoros Insektenstiche sein konnten. »Wie heißt der Mann?«

Barako lächelte. »Das weiß keiner. Er nennt sich Dabar.«

»Die Biene? Wie schön. – Hör zu. Du hast gut gearbeitet; ich werde es nicht vergessen. Ich weiß nicht, was aus all dem wird, aber du solltest vorsichtig sein.«

Barako kniff die Augen zusammen. »Wem gegenüber?«

»Sprich darüber nicht. Nur mit mir und Autolykos.«

»Mutumbal? Achiqar?«

»Zunächst nicht. Wenn du … ah, kennst du den Karrenschuppen?«

»In der Gasse der Lastträger? Natürlich.«

»Sprich dort mit Duush oder Zililsan, wenn du mich nicht finden kannst. Du wirst in den nächsten Tagen keinen gewöhnlichen Dienst tun.«

»Was denn?«

»Mach weiter als Bettler. Ich streiche dich von der Liste. Und – sieh dich vor!«

Barako nickte. »Danke, Herr.«

»Wofür? Daß ich dich in Gefahr bringe?«

»Für das Vertrauen.« Er lächelte. »Ich habe aber noch etwas für dich.«

»Sprich.«

»Auf dem Markt.« Er räusperte sich. »Du suchst doch Kenntnisse über Bodaschtart den Grünen. Der mit Gemüse handelt. Handeln läßt.«

»Ja. Und?«

»Ich habe einige seiner Leute belauscht, draußen. Dabei ist nicht viel Wissenswertes herausgekommen.«

Barako machte eine Pause, als ob er nach Worten oder Erinnerungen suchen müßte.

»Nicht viel?« sagte Bomilkar. »Vielleicht ein wenig?«

»Sehr wenig, und ich weiß nicht, ob es hilft. Es waren ein

paar Numider da, von Dabars Schänke. Zum Einkaufen. Die haben über einen anderen Bodaschtart gesprochen, und darüber, daß dieser auch ›Der Grüne‹ genannt wird.«

»Zwei grüne Bodaschtarts?« Bomilkar verschränkte die Arme vor der Brust. »Ah. Wer ist der zweite?«

»Angeblich einer, der für die ›Neuen‹ in den Rat gewählt werden will.«

Bomilkar schwieg einen Lidschlag lang. »Ich glaube«, sagte er dann leise, »du solltest demnächst mehr Sold erhalten.«

# 12

Bis Laetilius eintraf, gelang es Bomilkar, den größten Teil der nötigen Arbeiten zu erledigen. Dienstpläne und andere Kleinigkeiten nahmen ihm Autolykos und die anderen Stellvertreter ab, so daß er sich mit den üblichen Unüblichkeiten befassen konnte. Vorfälle auf dem Markt vor dem Tor, auf den Märkten in den einzelnen Vierteln, die gewöhnlichen Auseinandersetzungen um Waren und Geld; im vor allem von Metöken und anderen Fremden bewohnten Viertel am Ufer des Tynes-Sees sollte abends ein Trauerzug für Hamilkar stattfinden, zu dessen Regelung einige Büttel abzustellen waren. Im Theater des gleichen Viertels war eine andere Trauerfeier vorgesehen – und vom Rat bereits gebilligt –, und zwar Musik, Vorträge alter Hymnen und Auftritte einiger Dichter mit neuen Versen zum Heimgang des großen Mannes; auch dabei mußten Wächter für Ordnung sorgen. Die Betreiber der Rennbahn am Seeufer wollten am nächsten Tag Pferde-, Kamel- und Elefantenrennen veranstalten; ein Teil der Wetterlöse sollte für die Errichtung eines Denkmals verwendet werden – aber zunächst mußten Wächter den ordentlichen Ablauf der Rennen überwachen.

Ferner gab es die üblichen Meldungen über Diebstähle und Gewalttätigkeiten. Ein Waffenschmied beklagte das Verschwinden von Speerspitzen, und von den Weiden der Festung waren angeblich Pferde gestohlen worden. Bomilkar kritzelte einen Hinweis an den Herrn der Festung auf eine Tafel – »kümmert euch selbst darum«. Am Hafen hatten sich punische und kretische Matrosen geprügelt und dabei Eigentum eines Schankwirts beschädigt, der eine Schadensliste beglaubigt haben wollte. Ein Fischer – Binnenfischer; der Mann fuhr mit seinem Kahn auf dem Tynes-See herum – hatte im Streit einen anderen gestoßen, dieser hatte sich beim Sturz das Genick gebrochen, und der zuständige Richter verlangte genaue Auskünfte. Es gab ein paar Einbrüche, einige Raubüberfälle auf Händler – nichts, was nicht jeden Tag vorkäme.

Erheiternd und ungewöhnlich war lediglich die Klage eines Tempels im Westen des Metökenviertels; dort hielt ein Nachbar zwei Kameloparden, seltene Tiere aus dem Süden mit zweifach mannshohen Hälsen, und diese Ungetüme, hieß es, fräßen die Kronen der Bäume des Heiligen Tempelhains kahl.

Etwas störte ihn. Er hatte das Gefühl, etwas Naheliegendes übersehen zu haben. Tempel. Priester. Hohe Priester. Hanno, Hoher Priester des Melqart. Abdosir, Priester des Eschmun und Ratsherr. Ratsherren. Er kaute auf dem Schreibhalm herum.

Ratsherren und Richter. Bewerber für die Wahlen zum Rat. Hundert schieden aus oder wollten wiedergewählt werden, einige traten zum ersten Mal an. Bodaschtart der zweite Grüne. Der unerfreuliche Bodbal im gelben Gewand. Und manche Ratsherren waren zugleich Richter. Gehörten den Hundert Richtern an und wollten vielleicht zu den erhabenen Hundertvier aufsteigen. Was war mit Tybon? Stand er zur Wiederwahl an? Wollte er ein höheres Amt? Woher kam er? Ein weiteres Versäumnis: Abdosir, Abdschamasch, Jehaumilk, Bodtinnit – welcher Partei gehören sie an? Waren sie, alt und fett und reich, nur Ratsherren, oder gehörte einer von ihnen vielleicht sogar zu den Dreißig, den Ältesten? Abdosir war Richter gewesen – einer der Hundert? Einer der Hundertvier? Und noch etwas: Gewöhnlich teilten die Richter, wie er wußte, die wichtigen Fälle untereinander auf, in längeren Beratungen. Wer hatte innerhalb eines Tages – nein, weniger – dafür gesorgt, daß Tybon sich mit Abdosir und Zabugu befaßte? Wen könnte man fragen?

Mit dem breitgekauten Schreibhalm kritzelte er auf Papyros herum, füllte das abgerissene Stück mit kleinen Menschen und viermal so großen Kameloparden und dachte nach. Hannibal fiel ihm ein, der Schreiber des Richters Budun, mit dem er vor einem Jahr soviel zu tun gehabt hatte. Ob er sich an Hannibal wenden konnte?

Etwas anderes. Er nahm einen neuen Halm, einen frischen Bogen Papyros und schrieb an den Herrn der Festung, Giskon. Dabei sagte er sich, daß es besser wäre, mit diesem unter vier Augen zu sprechen; wozu er aber frühestens am nächsten Tag Zeit haben würde.

Er hatte den Brief eben erst gerollt und versiegelt, als Laetilius eintraf. Bomilkar überflog noch einmal die Anweisungen, die er für Autolykos hinterlassen hatte – bestimmte Streifen zu verstärken, andere neu einzuteilen, jemanden die Fischer am Seeufer befragen zu lassen. Den Brief gab er einem der Wächter, die Bereitschaftsdienst hatten und auf dem Platz im Schatten hockten.

»Gib das dem Herrn der Festung. Wenn er nicht da ist, sorg dafür, daß der Brief ungeöffnet auf seinen Tisch gelangt. – Komm, wir fahren zurück zum Garten.«

Unterwegs sprach Laetilius von der Vielfalt der Früchte auf dem Markt und vom schlechten Zustand der Gräben zwischen den drei Mauern. »Ehe wir euch hier belagern, müßt ihr noch ein bißchen Unkraut entfernen, sonst macht es keinen Spaß.«

Bomilkar lachte. Plötzlich reizte es ihn, einen kleinen Umweg zu machen.

»Ich hätte noch einen anderen Spaß für dich. Riesengroßes Unkraut.«

»Also nicht eßbar?«

»Ich weiß es nicht; ich stelle mir die Zubereitung aber schwierig vor.« Bomilkar wies den Fahrer an, von der Großen Straße nach Süden abzubiegen.

Der Tempel des Dagon lag am Rande des Metökenviertels, wo von einem kleinen Platz eine Straße zur Mauer und zum Seeufer führte. Bomilkar und Laetilius sprangen vom Wagen und betraten den Tempel. Der Priester, der den Klagebrief geschrieben hatte, war nicht anwesend, nur ein alter Tempeldiener, der mit einem breiten Pinsel und roter Farbe einen abgeblätterten Säulenfuß verschönerte.

»Die Ungeheuer?« Er lachte meckernd. »Komm, Herr, ich will sie dir zeigen.«

Sie folgten ihm in den Hain an der Südseite des Tempels. Dort gab es kleineres Gesträuch, Obstbäume, einen Kräutergarten – »wir sind ein armer kleiner Tempel eines armen kleinen Gottes, aber hin und wieder müssen sogar wir essen« – und dahinter, in munterer Wirrnis, einige Palmen, Zypressen und aus Iberien oder noch weiter aus dem Norden stammende Laubbäume. Ihre Kronen waren größtenteils kahl, abgefressen. Über einer mannshohen Mauer aus Ziegeln ragte etwas auf, was Bomilkar zunächst für den schattenfleckigen Leib einer Riesenschlange hielt. Der seltsame Kopf mit den beweglichen Ohren und den Hörnerstummeln wühlte hoch oben in den Zweigen, wo kaum noch ein Blatt verblieben war.

»Ich dachte, es sind zwei«, sagte Bomilkar.

»Was ist das für ein Tier?« sagte Laetilius. »Oder ist es ein neuer Gott?«

»Der zweite verdaut gerade oder hält einen Schönheitsschlaf.« Der Diener legte den Kopf in den Nacken und starrte in die Höhe. »Ob das bei dieser Häßlichkeit aber nützt?«

»Dieses Tier ist ein Kamelopard«, sagte Bomilkar. »Weil sein Rumpf so groß ist wie der eines Kamels ohne Höcker und gefleckt wie der eines Leoparden. Manche nennen es auch einfach Langhals. Es kommt aus den Steppen, tief im Süden Libyens. Und es frißt Blätter. Darüber hat sich der Priester beschwert.«

»Warum? Will er die Blätter selbst essen?«

Der Diener verzog den Mund. »Diese Bäume sind selten. Vor mehr als hundert Jahren hat ein Reisender sie aus dem Land nördlich von Massalia mitgebracht, als winzige Pflanzen. Er hat sie dem Gott geschenkt, als Dank für eine gute Weizenernte. Deshalb sind es Dagons Bäume und also heilig.«

»Seit wann sind diese Tiere da?«

»Seit dem frühen Frühjahr.«

Laetilius schnalzte leise. »Warum, bei allen Göttern, hält jemand solche Ungeheuer? Und dann auch noch in der Stadt?«

»Das Haus – nun ja, der bewohnbare Stall nebenan gehört einer sehr hellen Frau«, sagte der Diener. »Vielleicht braucht sie Kot oder Harn seltener Tiere, um ihre Haut zu bleichen.«

»Weißt du, wie sie heißt?« sagte Bomilkar.

»Tigalit.«

»Das ist nicht wahr!« Laetilius grinste.

»Die Fürstin der Unterwelt?« sagte Bomilkar.

Der Diener nickte. »Man nennt sie auch die Große Made, wegen ihrer Gestalt und Farbe. Aber sie wohnt nicht da.«

»Ich weiß, wo sie wohnt; ich werde mit ihr sprechen. Sag das dem Priester.«

Sie gingen zurück zum Wagen. Bomilkar befahl dem Fahrer, auf schnellstem Weg den verwilderten Garten anzusteuern.

Laetilius grinste immer noch. »Tigalit«, murmelte er in den Fahrtwind. »Was macht sie jetzt?«

Im vorigen Jahr hatten sie mehrmals mit der ungeheuren Frau zu tun gehabt. Sie war groß und weißhäutig, hatte aber keine roten Augen, und an ihrem gewaltigen Leib gab es kein Fett. Als Lebensgefährtin eines kranken Herrn der Unterwelt hatte sie dessen verzweigte Geschäfte geleitet und nach seinem Tod übernommen.

»Das gleiche wie immer«, sagte Bomilkar. »Soweit ich weiß; ich habe sie seitdem nicht gesehen.«

»Was will sie nur mit diesen Tieren?«

»Mästen? Bei einem Rennen auf sie wetten? Sie streicheln und ihnen anmutige Tänze beibringen?«

»Ihr wäre alles zuzutrauen. Wobei mir einfällt – wie geht es Daniel?«

»Ob er sich immer noch zwischen ihren Schenkeln ergötzt, wenn er in der Stadt ist, weiß ich nicht. Ich nehme an, er wird demnächst auftauchen. Der Nachlaß ...«

»Meinst du, er weiß es schon?«

Bomilkar hob die Schultern. »Hamilkars Ländereien sind weit weg, aber vielleicht hat man von Iberien aus einen besonderen Boten geschickt; als Verwalter muß Daniel natürlich Bescheid wissen. Wahrscheinlich kommt er bald her, um mit den Herren der Bank zu beraten, was nun geschehen soll.«

Laetilius schwieg und betrachtete die Häuser und Menschen. Bomilkar nahm an, daß er an Hamilkars ältesten Sohn dachte – Hannibal, den der Römer bewunderte und der nun das Erbe des Vaters verwalten und verwenden mußte.

»Ich habe hier noch zu tun«, sagte Bomilkar, als sie den Garten erreicht hatten. »Willst du hierbleiben? Jäten? Oder zu deinen Leuten?«

»Zu meinen Leuten.« Laetilius kratzte sich den Kopf. »Ich weiß nicht, ob sie mich brauchen, aber ich sollte mich sehen lassen.«

»Bring ihn zur Agora. Danach fahr zurück zur Festung; ich brauche dich heute nicht mehr.«

»Ja, Herr«, sagte der Fahrer.

Bomilkar sprang vom Wagen. »Wenn du morgen früh nichts zu tun hast ... Ich werde zuerst eine kleine Weile im Karrenschuppen sein.«

»Ich nehme an, wir sehen uns dort.« Laetilius legte einen Augenblick lang die Hand auf die Brust.

Der Baumeister der Festung hatte ein schmales Tor in die Mauer brechen lassen; danach waren er und seine Arbeitssklaven verschwunden und hatten alles andere den Wächtern und von ihnen beaufsichtigten städtischen Sklaven übergeben. Neben dem Durchbruch lagen sauber gestapelt die alten Ziegel, zu erneuter Verwendung, und über dem Garten stiegen drei dünne Rauchsäulen in den Nachmittagshimmel, von den Feuern, in denen Zweige und Gesträuch verbrannt wurden.

Bomilkar steckte zwei Finger in den Mund und pfiff. In der Mitte des Gevierts, wo nun deutlich eine gemauerte Erhebung zu sehen war, tauchte Achiqars Kopf scheinbar aus dem Boden auf.

»Sofort, Herr!«

Die Sklaven, die ebenfalls aufgeblickt hatten, arbeiteten weiter. Achiqar stieg aus dem Loch, in dem er gesteckt hatte; auf dem Weg hinab zu Bomilkar schaute er nach rechts und links, gab Anweisungen, schien einmal jemanden zu tadeln. Bomilkar betrachtete den Garten insgesamt: ein ehemaliges Dickicht, das sich nun einer Art Ordnung unterwerfen mußte. Einer Ordnung, die er langweilig fand. Hohe Bäume, bis vor kurzem von Strauchwerk umgeben, schienen in erhabener Einsamkeit zu frösteln; von Stauden und Büschen, in denen er wie zwischen den Wogen eines aufgewühlten Meers nach Luft geschnappt hatte, waren nur gestutzte Strünke geblieben.

›Hanno wird sich freuen‹, dachte er, ›falls er das alles überhaupt je zur Kenntnis nimmt. Aber wozu soll ich dafür sorgen, daß Hanno sich freut?‹

Er hatte es von Anfang an für unwahrscheinlich gehalten, daß jemand in diesem Garten ein Schwert verstecken könnte; und selbst wenn, wie sollte man es finden? Inzwischen war er so gut wie sicher, daß man nichts finden würde. Und daß man die Suche abbrechen sollte.

»Na, habt ihr was gefunden?« sagte er, als Achiqar durch das behelfsmäßige Tor kam.

»Wir haben. Aber nicht das, was wir gesucht hatten.« Achiqar deutete mit dem rechten Daumen hinter sich. »Irgendwann hat auf dieser Terrasse mal ein kleiner Tempel gestanden. Oder jedenfalls ein kleines Gebäude. Man sieht noch Mauerreste, und überall liegen Ziegel und morsche Balken.«

»Ist das alles?«

»Beinahe.« Achiqar versuchte, die mit Lehm und Pflanzenstückchen überkrusteten Hände zu säubern, indem er sie aneinander rieb. »Es mag für wen auch immer erregend sein zu hören, daß von diesem Sockel ein unterirdischer Gang nach Osten führt. Aber er ist zugemauert.«

»Schon lange?«

»Sehr lange. Du kannst es dir ja ansehen; da ist in den letzten hundert Jahren niemand eingedrungen.«

Von rechts näherten sich zwei Männer, die Pferde führten. Achiqar streifte sie mit einem Blick; dann runzelte er die Stirn.

»Fast hätte ich's vergessen«, sagte er. »Wir haben ein paar Münzen und einen Götterkopf gefunden. Warte; ich hole sie.« Er wandte sich um, bückte sich und kramte auf der anderen Seite der Mauer, wo vermutlich noch Büsche standen.

Die beiden Männer mit den Pferden kamen heran. Der erste zog das Tier hinter sich her, so daß es zwischen Bomilkar und das Tor geriet; der zweite ging hinter Bomilkar vorbei.

›Numider‹, dachte er. ›Was …‹

Aus den Augenwinkeln sah er die Bewegung, mit der der Mann hinter ihm nach etwas griff, was in einer Tasche oder einem Köcher am Hals des Pferdes steckte. Zugleich tauchte der andere Numider vor ihm unter dem Pferd durch, grinste ihn mit weißen Zähnen an und riß ein langes Messer aus dem Gürtel.

Bomilkar ließ sich nach hinten fallen, rollte unter dem Pferd durch und prallte gegen die Beine des ersten Mannes, der zurücktaumelte und einen Fluch ausstieß, als er bei der schnellen Bewegung die noch nicht sicher gehaltene Lanze verlor. Bomilkar kam auf die Beine – gerade noch rechtzeitig, um einem abwärts geführten Messerstich des zweiten Numiders zu entgehen. Der Mann tänzelte auf der Stelle, immer noch grinsend, und streckte sich in einen wuchtigen Stich, dessen Ziel die Leber war. Bomilkar bog den Oberkörper nach rechts, fühlte die Klinge seitlich über den Rippen und rammte dem Angreifer die Faust in den Kehlkopf. Durch das in seinen Ohren rauschende Blut hörte er Achiqar etwas schreien, griff sich in den Nacken, wirbelte herum und warf. Der Flug des Messers endete im Hals des anderen Numiders, der die zum Stoß erhobene Lanze fallen ließ und gurgelnd zusammenbrach.

Der mit dem langen Messer hatte die linke Hand an die Kehle gehoben und trat auf der Stelle, wobei er sich krümmte und würgte. Hinter dem Pferd erschien Achiqar, mit dem Kopf eines Götterbildes in den Händen; weitere Rufe und Schreie waren zu hören, als sich die anderen Büttel näherten. Achiqar schleuderte den Götterkopf nach dem Numider, verfehlte ihn jedoch. Der Mann ließ das Messer fallen, schlang einen Arm um den Hals des nächsten Pferds neben ihm und glitt in einer anmutigen, geschmeidigen Bewegung auf den Rücken des Tiers. Bomilkar warf ein Messer nach ihm, das ihn aber nicht traf; zugleich bückte sich Achiqar nach der Lanze. Bis er sie aufgehoben hatte, waren Roß und Reiter für einen gezielten Wurf schon zu weit weg; er versuchte es trotzdem, aber die Lanze streifte nur noch das Hinterteil des Pferds.

»Bist du verletzt, Herr?« stieß der erste der ankommenden Wächter hervor; er deutete auf den Leibrock.

Bomilkar erinnerte sich an die Liebkosung der kalten Klinge und sah an sich hinab. Erst jetzt, als er den zerschlitzten, blutgetränkten Stoff erblickte, bemerkte er den Schmerz: Er schloß die Augen, schwankte ein wenig und atmete durch die zusammengebissenen Zähne.

»Also, noch einmal alles gründlich durchwühlen und dann die Arbeit einstellen?« sagte Achiqar. »Vernünftig, wenn du mich fragst. Aber sieh erst mal zu, daß sie dich zusammenflicken.«

Bomilkar versuchte zu lächeln. »Wird schon werden. Wir sehen uns morgen.«

Er hatte nicht die Kraft zu stehen, deshalb saß er im Korb des Wagens, den sie von den Ratsställen geholt hatten, und klammerte sich mit der rechten Hand an die Wagenkante. Der Weg zur Festung kam ihm sehr viel länger vor als sonst; immerhin gab es ihm genug Zeit zum Denken – an Numider, an Schwerter, an Wunden.

Artemidoros klatschte in die Hände, als Bomilkar mit langsamen Schritten den Behandlungsraum betrat. »Hat's dich endlich mal erwischt?« sagte er. »Das habe ich mir schon lange gewünscht – die Kunstfertigkeit, die du an mir so rühmst, einmal auf dich zu verwenden. Leg dich da hin. Und du warte draußen.«

Der Fahrer nickte und ging hinaus; Bomilkar konnte nicht sehen, ob er grinste.

»Dein *kitun* war ohnehin nicht viel wert, schätze ich.« Der Arzt schnitt mit einem scharfen Messer die besudelten Fetzen von Bomilkars Tunika auseinander, bis er den Oberkörper freigelegt hatte. »Nett«, sagte er dann. »Es wird jetzt ein wenig weh tun; danach kannst du dich rächen, indem du mir erzählst, was du angestellt hast.«

Er drückte und tastete am Brustkorb herum, und Bomilkar mußte die Zähne sehr fest zusammenbeißen, um nicht zu jaulen.

»Irgendwie erscheint es mir bedauerlich«, sagte Artemidoros schließlich. »Alle Rippen sind heil. Du hast Blut verloren, und zur Belohnung, vielleicht zur Ergötzung deiner Gespielin, wirst du eine hübsche lange Narbe behalten. Mehr ist nicht zu erwähnen. Ich werde das jetzt säubern, ein bißchen nähen und verbinden. Beim Nähen könntest du ja erzählen, damit du nicht schreist.«

Die Sonne ging eben unter, als der Wagen die Straße der Stempelschneider erreichte. Vor Aspasias Laden standen einige Leute; Bomilkar glaubte, Zililsan und Nymar zu sehen.

»Halt hier«, sagte er.

Der Fahrer knurrte etwas und ließ die beiden Pferde rückwärts zurück zur Großen Straße tänzeln. »Brauchst du mich noch, Herr?«

»Warte ein paar Augenblicke.«

Vorsichtig ließ er sich vom Wagen gleiten. ›Seltsam, so zu gehen‹, dachte er, ›ohne den linken Arm bewegen zu können.‹ Artemidoros hatte ihn am Oberkörper festgebunden, damit nicht durch jähe Bewegungen die vernähte Wunde beeinträchtigt wurde.

Neben den beiden Männern aus dem Karrenschuppen standen zwei Büttel und ein paar Schaulustige. Und Aspasia. Die Stufen, die zu ihrer Werkstatt hinunterführten, waren mit allerlei zerbrochenen Teilen von Tischen, Bänken und Werkzeug bedeckt; in der Hand hielt Aspasia einen Korb, in den sie Reste von Schmuckstücken gesammelt hatte.

»Was ist geschehen?« sagte Bomilkar.

»Vier Männer haben mich besucht, alle Punier.« Aspasias Stimme klang belegt, und ihre Augen waren trübe. »Alles zerstört, zerschlagen; sie haben gesagt, wenn du weiter Schwerter und Numider suchst und aus den ersten beiden Warnungen nichts lernst, sterben wir beide. Was …« Dann bemerkte sie Bomilkars Haltung, den festgebundenen Arm und die blutigen Fetzen der Tunika.

»Wann war das?«

Da Aspasia nicht antwortete, sagte Zililsan: »Halbe Stunde

vielleicht. Zwei haben sie festgehalten und ihr noch ein paar andere Dinge angedroht, während die beiden anderen alles zerbrochen und zertrampelt haben.«

Aspasia stellte den Korb ab und kam zu Bomilkar. Sie deutete auf die Verbände und die Fetzen. »Dann war das die erste Warnung?«

»Ziemlich nachdrücklich.«

»Ach, Bomilkar.« Sanft berührte sie seine Wange. »Und was machen wir jetzt?«

# 13

Aspasia neben ihm schlief unruhig, Bomilkar fast gar nicht. Bei der kleinsten Bewegung schmerzte die Seite – nicht unerträglich, aber nicht zu überschlafen. Es gab ihm reichlich Zeit zum Denken – an Hanf, zum Beispiel, und den davon bewirkten Schlaf; an hanfessende Numider; an Überfälle und Gegenmaßnahmen. Aspasia hatte gesagt, die Männer in ihrer Werkstatt seien Punier gewesen; zwar hätten alle vier Tuchmasken getragen, aber Kleidung, Sprechweise und Gebärden seien punisch gewesen.

Es gab eigentlich nur eine mögliche Lösung. Für die absehbare Zukunft würde er mit Aspasia in die Festung ziehen. Genauer: den einen Nebenraum der Wachstube. Tagsüber mußte Aspasia bewacht, geschützt werden. Die andere Lösung, die Ermittlungen einzustellen, erwog er gar nicht erst. Außerdem: selbst wenn, gäbe es dadurch keinerlei Sicherheit für sie oder ihn. Wie sollte er denen, die sie bedrohten, etwas mitteilen? Und wahrscheinlich gingen sie ohnehin davon aus, daß er bereits zuviel wußte.

Zuviel, aber nicht genug. In den langen Stunden bis zum Morgen, unterbrochen lediglich durch ein paar Fetzen unechten Schlafs, zählte er Aspasias Seufzer und überlegte seine nächsten Schritte. Es gab mehr Schlummerseufzer als mögliche wache Schritte.

Als Aspasia ihn weckte und ihm einen Napf mit Kräutersud reichte, war er ein wenig überrascht, daß er doch noch geschlafen hatte. Und daß er hungrig war. Abends hatte er kaum etwas zu sich nehmen mögen.

»Komm«, sagte er. »Laß uns in die Garküche gehen und etwas essen. Dabei können wir deinen Ladeneingang betrachten; das wird uns erheitern.«

»Dich vielleicht.« Sie schüttelte den Kopf; dann lächelte sie und fuhr ihm mit den Fingerspitzen durchs Haar.

Sie aßen kaltes Fleisch, Brot und Obst; dazu tranken sie warmes verdünntes Bier und erhielten viele nutzlose Ratschläge vom Schankdiener, der auf der Terrasse eine Weile neben ihrem Tisch stand und laut darüber nachdachte, wie man halbzerstörte Werkstätten völlig vernichten und aus betrüblicher Unordnung ein befriedigendes Chaos machen könne.

Als er sie endlich in Frieden essen und reden ließ, erörterten sie, was zu tun sei. Bomilkar machte einige jener Vorschläge, die er sich nachts überlegt hatte. Aspasia weigerte sich jedoch, tagelang in Dörfern des Hinterlandes Freunden, die eher Bekannte waren, zur Last zu fallen. Sie wollte aufräumen, neue Kunden gewinnen und alte Aufträge erledigen.

Irgendwann kratzte sich Bomilkar den Kopf und sagte: »Und wenn ich auch die Stadt verlasse?«

»Reden wir jetzt von Erholung zu zweit?«

»Würde dir das besser gefallen?«

Aspasia verdrehte die Augen. »Und wovon leben wir, wenn wir beide nicht arbeiten?«

»Von Luft und Liebe.« Bomilkar lachte. »Sobald ich mich wieder bewegen kann jedenfalls. Außerdem habe ich noch ein wenig übrig von meinem üppigen Sold.«

»Wenn du mich damit bestechen willst, bezahl doch zuerst dieses Frühstück.«

Langsam, weil Bomilkar immer noch jede heftigere Bewegung schmerzte, gingen sie zur Gasse der Lastträger. Im Karrenschuppen arbeiteten Zililsan, Nymar und weitere drei Männer. Duush und Masgabaz waren seit dem vorigen Morgen nicht gesehen worden, und auch von Barako hatte keiner etwas gehört. Bomilkar und Zililsan berieten sich leise im hintersten Winkel des Schuppens, während Aspasia sich mit den anderen über Geheimnisse der Metallverarbeitung unterhielt.

»Nichts Neues, was das Schwert angeht«, sagte Zililsan.

»Auch nicht über diesen Bodbal. Und an die Sklaven der edlen Herren bin ich noch nicht herangekommen.«

»Fällt dir etwas zu Numidern ein?«

Der Libyer hob die Brauen. »Reiten? Pferde zureiten? Karawanen überfallen?«

»Ich sehe schon, es war richtig, Duush damit zu beauftragen.«

Auch aus der Unterwelt der Stadt gab es keine wesentlichen Neuigkeiten. Zililsan sagte, die schlimmen Nachrichten aus Iberien hätten am Vortag beinahe alles erstickt, sogar die Unternehmungslust der Fürsten des Zwielichts.

»Bodaschtart der Grüne?«

»Nichts, Herr.«

Plötzlich erschien Laetilius. Er begrüßte Aspasia, nickte den anderen zu und bat Bomilkar, ihn einige Augenblicke auf die Gasse zu begleiten.

Draußen lehnte Bomilkar sich an eine Hauswand. Laetilius betrachtete die Verbände und den stillgelegten Arm.

»Hast du versucht, dich mit einem Messer zu kratzen?«

Bomilkar beobachtete die Vorübergehenden; dabei berichtete er, beinahe flüsternd, von den Vorfällen am verwilderten Garten und in Aspasias Werkstatt.

»Offenbar kann man dich nicht allein lassen«, sagte der Römer. »Und Aspasia auch nicht.«

»Das klingt, als wolltest du gleich Hilfsangebote oder ähnliche Drohungen ausstoßen.«

»Wie man's nimmt.«

»Was soll ich wie nehmen?«

»Du sollst eine Anfrage nehmen, und zwar zu Herzen.«

»Ich lausche angstvoll.«

»Kein Grund für Angst – eher Überraschung, nehme ich an.« Laetilius musterte ihn aufmerksam; dann zwinkerte er. »Ich dachte, du könntest vielleicht jemanden gebrauchen, der zwischendurch auf deinen Rücken achtet. Das war, ehe ich von deinem gestrigen Zeitvertreib wußte.«

»Sprich dich nur aus.«

Laetilius sagte, er habe mit den edlen Herren gesprochen – den Senatoren, die die Gesandtschaft leiteten – und sie gebeten, ihn vorübergehend aus dem Dienst zu entlassen.

Bomilkar war einen Moment lang sprachlos. Dann sagte er: »Warum? Nur wegen der Schönheit meines Rückens? Und was haben sie gesagt?«

»Sie sind einverstanden. Sie meinen, ich sei weitestgehend überflüssig.«

»Selten und ungern stimme ich mit eurem Senat überein … Aber was versprecht ihr euch davon?«

»Bei der Gesandtschaft gibt es genug Leute, die mich ersetzen können. Wirre Ermittlungen sind viel fesselnder; außerdem kann es Rom nicht schaden, seltsame Vorgänge im Lager des Gegners gründlich zu beobachten.«

Bomilkar hatte sich noch immer nicht von seiner Überraschung erholt. Schließlich sagte er:

»Na gut. Ich bin einverstanden, aber nur unter mehreren Bedingungen.

»Welche Bedingungen?«

»Erstens möchte ich sicher sein dürfen, daß du die Aufsicht über meinen Rücken nicht dazu ausnutzt, dort Löcher anzubringen.«

Laetilius schüttelte den Kopf und blickte traurig drein. »Traust du mir so etwas zu?«

Bomilkar grinste. »Und zweitens: Wenn es mir … wenn es uns gelingt, dieses Schwert zu finden, wirst du nicht versuchen, es nach Rom zu bringen.«

»Ich verspreche, daß ich ohne deine Einwilligung weder Gegenstände noch Lebewesen entwende. Nur Kenntnisse.«

»Dann sollte ich jetzt wohl sagen, daß ich dein Angebot in geziemender Dankbarkeit annehme, oder?«

»Ich nehme das einfach als erwähnt hin. – Aber ich habe noch etwas zu erörtern«, sagte Laetilius. »Voriges Jahr war ich ein beinahe mittelloser Römer, angewiesen auf deine Führung ...«

»Aha.«

»... und Gastfreundschaft. Diesmal habe ich ein wenig mehr Geld dabei. Ich möchte dich und Aspasia und – tja, Tazirat? Ich weiß nicht, ob sie mag ... Jedenfalls will ich euch zu einem guten Essen einladen.«

»Was versteht ein Römer unter gutem Essen?«

»Getreidekörner, die einen halben Tag in Wasser gequollen sind; dazu einen Schluck Essig aus der Lederflasche.« Laetilius grinste. »Es darf aber auch etwas anderes sein. Such du das aus.«

Bomilkar überlegte kurz. »Es kann sein, daß heute oder morgen ein größeres Nachtmahl unausweichlich ist«, sagte er dann.

»Unausweichlich? Klingt nach Arbeit.«

»Sagen wir, ein Ermittlungsessen. Falls sich kein anderer bereit findet, es zu bezahlen, müßte ich das tun; du könntest dich, als Mit-Ermittler, natürlich daran beteiligen. Sonst müssen wir dein Essen ein paar Tage aufschieben.«

»Was hast du vor? Von wegen Essen?«

»Ich weiß nicht, wie die nächsten Schritte aussehen. Ich will versuchen, mehrere Dinge zusammenzubringen.«

»Zwei Löwen mit einem Speer? Zwei Flöhe mit einem Furz?«

Bomilkar klopfte ihm auf die Schulter. »Deine Kenntnis punischer Redewendungen macht Fortschritte.«

»Willst du mich nicht endlich weitergehend einweihen?«

153

»Später; wir haben den Tag über genug Zeit. Laß uns in den Schuppen gehen und zuerst die dringlichen Dinge erledigen.«

Drinnen machten die Männer eben eine kleine Pause. Durch ein Saugröhrchen tranken sie aus einem Gefäß, das sie reihum reichten; Aspasia genoß den Vorzug eines eigenen kleinen Kruges und Halms. Bomilkar beteiligte sich an ihrem Trank, Laetilius an dem der anderen. »Obwohl man ja nicht weiß, welches Gift ein Römer absondert«, sagte Nymar.

»Kräutersud«, sagte Laetilius, »Obstsaft und ein wenig Wein? Dagegen käme keines meiner Gifte an. Ein guter Morgentrunk, ihr Herren.«

Die Männer lachten. »Herren? Laß das nicht unsere Edlen hören«, sagte einer. »Wir werden sonst hingerichtet, weil wir von ihren Vorrechten etwas für uns abzweigen.«

Bomilkar nahm Zililsan beiseite. »Weißt du, wo die unvergleichliche Tigalit wohnt?«

Zililsan nickte. Seine Züge zeigten etwas wie Vorfreude. »Willst du zum Angriff übergehen?«

»Was für ein Angriff?« Aspasia deutete mit dem Trinkhalm auf Bomilkar. »Du wirst dich ein paar Tage lang schonen, hörst du?«

»Natürlich, Holdeste der Holden. Aber zur wirklichen Schonung bedarf ich pfleglicher Hilfe.«

»Tigalit«, sagte Zililsan.

»Geh zu ihr … Halt, nein. Geh zuerst zur Sandbank; das liegt am Weg. Entbiete dem edlen Bostar meine Grüße und sag ihm, ich bäte ihn heute oder morgen zu einem Abendmahl. Lieber morgen, aber es kommt darauf an, wann er Zeit hat. Danach Tigalit; die kann sich leichter Zeit machen, nehme ich an.«

»Geht es um ein Mahl oder um zwei?«

»Eines. An dem beide teilnehmen mögen.«

»Gut. Und wo?«

Bomilkar blickte Aspasia an. »Hast du vielleicht einen Vorschlag?«

»Mago?« sagte sie.

Ein Teil der seltsamen und blutigen Vorgänge, mit denen Bomilkar und Laetilius im vergangenen Jahr beschäftigt gewesen waren, hatte sich in der edlen und entsprechend teuren Gaststätte eines Puniers namens Mago zugetragen. Sie lag ein paar Blocks westlich der Agora in einer fast nur von wohlhabenden Chanani bewohnten Gegend; zu den häufig dort Speisenden gehörten viele Ratsherren und große Händler.

»Ist immer gut«, sagte Bomilkar, »aber ich will dabei nicht unbedingt wieder vom halben Rat gesehen werden.«

Zililsan räusperte sich. »Wenn ich etwas vorschlagen darf? Nicht weit von hier, übrigens, also für alle gut zu erreichen: ein Iberer, Tuzillu. Nicht ganz billig, ist aber sehr gut.«

»Wo genau?«

»Im Metökenviertel.« Zililsan nannte ein paar Tempel und andere Gebäude, in deren Nähe sich die Schänke befand.

»Gut. Dann sieh bitte zu, daß du Bostar und Tigalit zur Zustimmung bewegst und Tu- was? Tuzillu? Daß Tuzillu Platz für uns hat.«

»Platz für wie viele?«

»Ungefähr zehn.«

Auf dem Weg zur Agora versuchte Bomilkar, Aspasia noch einmal zu überreden: die Werkstatt ein paar Tage zu meiden, sich zu Freunden zu begeben, in ein anderes Viertel, in eine Vorstadt, aufs Land. Aspasia weigerte sich. Solange er in der Stadt bleibe, werde sie ebenfalls nicht gehen. Schließlich willigte er widerstrebend ein. »Unter der Bedingung, daß ich dich bewachen lasse und du nicht versuchst, den Wächtern zu entkommen.«

»Ja, Gebieter. Und du« – sie wandte sich an Laetilius – »paß auf ihn auf. Er sollte sich schonen.«

»Wir leben in verblüffenden Zeiten.« Laetilius lächelte. »Eine Hellenin bittet einen Römer, auf einen Punier aufzupassen?«

»Ich bitte nicht«, sagte Aspasia. »Ich verlange. Sonst streue ich dir Glasstaub ins nächste Essen und sehe lachend zu, wie du unter Qualen stirbst.«

Bomilkar begab sich zur Wachstube hinter der Agora und wies zwei Büttel an, sich den ganzen Tag in Sichtweite von Aspasias Laden aufzuhalten und sie zu schützen.

Zusammen mit dem Römer betrat er das Ratsgebäude. Zunächst suchte er den Fünf-Herrn für Recht und Ordnung, aber in dessen Räumen hielten sich nur zwei Schreiber auf. Der edle Balhanno, sagten sie, habe sich mit einigen anderen Herren der »Neuen« zu einer Beratung begeben. Nach dem beklagenswerten Hinscheiden des großen Hamilkar seien viele Dinge zu erörtern.

»Sind sie in der Megara, auf Hamilkars Landgut?«

»So ist es, Herr.«

»Bis wann?«

»Wir wissen es nicht. Morgen abend hat er eine Verabredung mit einem Händler in der Stadt; spätestens dann wird er zurückgekommen sein.«

Bomilkar kratzte sich den Kopf und machte ein, wie er hoffte, überzeugend betrübtes Gesicht.

»Ein Jammer«, sagte er. »Ist der Sufet Himilko bei ihnen?«

»Ja, Herr.«


Also mußte Bomilkar sich mit den »Alten« auseinandersetzen: Richter Tybon und Sufet Germiskar. Beide befanden sich, wie Tybons Schreiber Yaroah sagte, in einer Beratung mit dem Fünf-Herrn für Fremdlande, Arish.

»Dann werden wir warten müssen.«

Yaroah blinzelte. »Ist nicht das halbe Leben erfüllt mit dem

Warten auf etwas, was sich hinterher als überflüssig oder gar schädlich herausstellt?«

Der Raum, in dem die edlen Herren berieten, lag an einem langen Gang, an dessen Ende Bomilkar und Laetilius sich auf den Sims einer Fensteröffnung setzten.

»Arish, wie?« sagte der Römer. »Ist er immer noch so, wie er vor einem Jahr war?«

»Vermindert und Hanno gegenüber äußerst gefügig.« Bomilkar lachte leise; dann setzte er hinzu: »Aber du hast vom Schluß nichts mitbekommen.«

»Du hättest mir schreiben können.«

»Ich könnte auch in deine Familie einheiraten, oder?«

»Laß uns keinen alten Groll aufwärmen. Ich habe damals getan, was für Rom gut war, ohne dir zu schaden.«

Bomilkar nickte. »Du hast darauf verzichtet, mich umzubringen, das stimmt. Aber … Nun ja. Was willst du wissen?«

»Das Ende. Du hast doch sicher noch ein längeres freundschaftliches Gespräch mit Hanno geführt, nicht wahr?«

Während sie auf das Ende der Beratung warteten, berichtete Bomilkar vom Ende des verwickelten Falls.

»Nett«, sagte Laetilius schließlich. »Ungefähr so, wie ich es mir gedacht hatte.«

Bomilkar schnitt eine Grimasse. »Hör zu, alter Feind«, sagte er. »Wie auch immer das jetzt ausgeht, wollen wir etwas vereinbaren?«

»Was denn?«

»Daß wir, falls einem von uns Fragen bleiben, ein paar Briefe schreiben?«

Laetilius kicherte. »Soll ich jetzt in *deine* Familie einheiraten? Aber gut. Ja, ich bin einverstanden.«

Bomilkar ließ sich vom Sims gleiten. »Ich höre etwas. Komm.«

Die schwere dunkle Holztür des Raums, in dem die hohen

Herren beraten hatten, öffnete sich langsam, fast widerstrebend. Arish trat als erster heraus. Er wollte vorbeigehen, stutzte und blieb stehen.

»Unerwartete Anblicke«, sagte er. »Sucht ihr mich?«

Laetilius deutete eine kleine Verneigung an, sagte aber nichts. Bomilkar blickte an Arish vorbei auf Tybon und Germiskar.

»Nicht, daß ein wie vor einem Jahr eingeübtes freundschaftliches Gespräch mit dir unwillkommen wäre, Herr«, sagte er, »aber zu meinem Bedauern drängt die Pflicht, und sie zwingt mich, den Sufeten und den Richter zu belästigen.«

Tybon grinste flüchtig, Germiskar verdrehte die Augen, und Arish verzog keine Miene.

»Wohlan denn, belästige sie. Wenn bei dem, was ihr beiden wieder ausheckt, etwas Greifbares zustande kommt, solltet ihr mich in Kenntnis setzen. Alles, was zwischen Rom und Qart Hadasht geschieht, hat mich zu berühren, auch, wenn es an mir vorbeigeht.«

Er wandte sich ab und ging schnell den Gang hinunter.

»Ei«, sagte Tybon. »Hat er alte Wunden zu lecken? Und wer ist der da?«

»Titus Laetilius Mucro. Rom hatte ihn im vorigen Jahr hergeschickt, als ein toter Händler zu verschiffen war und Arish …«

»Wissen wir, wissen wir.« Germiskar nickte dem Römer zu. »Und jetzt ist er mit den Senatoren gekommen? Ah ja. Was wollt ihr?«

»Und was ist mit deinem Arm?« Tybon deutete auf Bomilkars Verbände und Wickelungen.

»Er ist nur mitgekommen, um seine Neugier zu befriedigen«, sagte Bomilkar mit einem Blick auf Laetilius, der sein Gesicht vollkommen ausdruckslos hielt. »Da er mit römischen Senatoren reist, wollte er sich davon überzeugen, daß die Ratsherren von Qart Hadasht diesen in Kenntnissen und Höflichkeit ebenbürtig sind.«

Tybon machte klackende Zungengeräusche, sagte aber nichts. Germiskar seufzte kaum hörbar.

»Es ist nicht unsere Aufgabe, römische Offiziere zu zerstreuen«, sagte er. »Komm zur Sache.«

Bomilkar neigte den Kopf. »Wie du befiehlst, Herr. Gestern abend, als ich bei dem verwilderten Garten nach Fortschritten schaute, wurde ich von zwei Numidern angegriffen. Wie ihr wißt, spielen Numider eine gewisse Rolle bei den wirren Ereignissen der letzten Tage.«

»Der Mord an Abdosir?« sagte Germiskar. »Was noch?«

Tybon räusperte sich. »Ich will es dir später auseinandersetzen. Angegriffen und verletzt, nehme ich an?«

»So ist es, Herr. Ich werde in den nächsten Tagen meiner Pflicht nur begrenzt nachkommen können. Zugleich wurde die Werkstatt meiner Gefährtin zerstört, von Puniern, nicht von Numidern, und man sagte ihr, wenn ich die Nachforschungen nach Numidern und dem Schwert nicht einstellte, werde man sie und mich töten.«

Germiskar kaute auf der Unterlippe. »Die hellenische Goldschmiedin, ja? Hm.«

»Was willst du nun tun?« sagte Tybon.

»Um einen Rat bitten. Um Anweisungen. Wenn ihr nichts anderes anordnet, werde ich weitermachen wie bisher.«

»Das Schwert suchen und Numider jagen?« Germiskar blickte Tybon an. »Was meinst du?«

Der Richter lächelte – übertrieben freundlich, wie Bomilkar fand. »Das wäre sinnvoll; andererseits können wir nicht so einfach dein Leben aufs Spiel setzen, auch nicht das deiner Gemahlin. Ah, Gefährtin.«

Germiskar klopfte mit einer Schriftrolle, die er in der Rechten hielt, auf seinen linken Unterarm. »Ich glaube, es wäre nicht sehr sinnvoll. Vielleicht sogar töricht. Balhanno ist zuständig, nicht wahr? Als Fünf-Herr für Ordnung?«

»Ja. Und Himilko. Aber beide sind nicht in der Stadt.«

»Draußen.« Tybon deutete ungefähr nach Norden. Jedenfalls nahm Bomilkar an, daß es Norden sein sollte. »Die Barkiden beraten auf Hamilkars Landsitz. Also müssen wir entscheiden.«

»Was wir ungern tun.« Germiskar runzelte die Stirn. »Ich glaube, die Leute, die gerade gewisse Sonderaufgaben erfüllen, hm« – er streifte Laetilius mit einem Blick –, »können sich ein paar Tage auch um diese Schwertsache kümmern. Für die Sicherheit der Stadt ist es wichtig, daß der Herr der Wächter schnelle Genesung findet und danach mit ganzer Kraft weiterarbeitet.«

Bomilkar bewunderte Laetilius, der noch immer keine Miene verzog. Der Wortwechsel zwischen Richter und Sufet klang wie ein schlecht vorbereiteter Dialog aus einer drittrangigen Komödie. Am liebsten hätte er laut gelacht; was natürlich ganz ausgeschlossen war.

»Was soll ich also tun?« sagte er.

Tybon tat, als komme er nach schwieriger Beratung mit einem inwendigen Gesprächspartner zu einem unerfreulichen Beschluß. »Du wirst dich pflegen. Vielleicht solltest du dazu aufs Land reisen. Wollen wir sagen, daß in der Zeit deiner Genesung dein Sold weitergezahlt wird?«

Germiskar hob die Schultern. »Von mir aus.«

»Dann sei es so. Übergib die Leitung der Wächter und erhole dich mit deiner Gefährtin. Am besten, bis alles geklärt ist und wir dir einen Boten schicken können, der dir sagt, daß keine Gefahr mehr besteht.«

Irgendwie ungläubig angesichts der schlechten Aufführung sagte Bomilkar: »Wenn aber Balhanno und Himilko nicht einverstanden sind?«

»Dafür sorgen wir schon. Wem soll er die Leitung übergeben?« Germiskar blickte Tybon fragend an.

»Du hast einige Metöken dabei, nicht wahr?«

Bomilkar nickte.

»Für die Leitung kommt natürlich nur ein Punier in Frage.
Am besten« – Tybon lächelte herablassend – »gehst du gleich
heute fort. Oder hast du noch dringende Dinge zu tun?«

»Kleinigkeiten, Herr.«

»Erledige die Kleinigkeiten. Bis, sagen wir, Mitternacht.
Danach die Genesung. In sicherer Entfernung von der Stadt.«

»Und hinterlasse, wo man dich finden kann – für den
Boten, wie gesagt, und für alle Fälle.«

Als sie vor dem Ratsgebäude auf der Agora standen, berührte
Laetilius Bomilkars Arm.

»Habe ich das alles geträumt?«

»Wenn das hier Rom wäre«, sagte Bomilkar, »wie würdest
du es dann auffassen?«

»Daß du im Begriff warst, etwas zu finden, was den Herren
unangenehm ist. Daß sie dir die Dinge aus der Hand nehmen
wollten und sehr fröhlich darüber waren, deine Verwundung
als Vorwand nehmen zu können.«

Bomilkar klopfte ihm auf die Schulter. »Ich sehe, Rom und
Qart Hadasht sind einander ähnlicher, als für alle gut ist.«

# 14

Bomilkar beschaffte einen Wagen aus den Stallungen des Ratsgebäudes. Auf der Fahrt zur Festung mußten sie sich ein wenig zurückhalten, mit Rücksicht auf die Ohren des Fahrers; in vorsichtigen Wendungen erörterten sie dennoch die Beweggründe der hohen Herren.

»Es ist ganz klar«, sagte Laetilius schließlich, als sie vor der Wachstube vom Wagen gestiegen waren und den Fahrer zur Agora zurückgeschickt hatten, »daß sie dich aus dem Weg haben wollen. Wie voriges Jahr, scheint mir. Aber was mag der Grund dafür sein?«

»Man nennt es, glaube ich, allgemein Wahnsinn«, sagte Bomilkar. »Und in dieser besonderen Form heißt der Wahnsinn Politik.«

»Ich bin ja nur ein dummer Krieger, deshalb verstehe ich nichts davon.« Laetilius schnalzte. »Ob das bei uns wirklich auch so ist? In allen unglaubwürdigen Einzelheiten?«

»Es ist überall so. Die Hellenen haben ein paar besonders gute Beispiele geliefert. Denk einfach an Demosthenes.«

»Was ist mit ihm?«

»Er hat jederzeit das getan, was für ihn vorteilhaft war. Nicht unbedingt zum Vorteil Athens.«

»Ob ich später in die Politik gehen sollte?«

Bomilkar lachte. »Wenn ich dann noch lebe und wir nicht gerade den nächsten Krieg miteinander führen, sag mir Bescheid. Ich werde dann gern kommen und zusehen, wie du zwischen den Schlangengruben der römischen Politik herumirrst.«

In der Wachstube fanden sie Autolykos, der an der Tischkante lehnte und Wachstäfelchen glättete.

»Keine besonderen Vorkommnisse«, sagte er, ohne aufzublicken. »Ich entferne gerade nutzlose und erledigte Berichte.«

»Tugendhafte Tätigkeit«, sagte Laetilius.

»Ah, der Römer.« Autolykos legte die Täfelchen beiseite, streckte die rechte Hand aus und umfaßte Laetilius' Unterarm. »Ich habe schon gehört, daß du in der Stadt bist. Du hast dich nicht verändert.«

»Er wird ein wenig helfen«, sagte Bomilkar. »Voriges Jahr ist es ihm prächtig gelungen, punische Wirrnis zu mehren; vielleicht schafft er es diesmal auch.«

»Erzähl Autolykos lieber von den neuesten Wirren im Rat, ehe du mir Absichten unterstellst, die ich nicht hege.«

»Was für Wirren? Ah, und wie geht es deiner Wunde? Achiqar hat mir alles erzählt.«

»Artemidoros hat mich so fest eingewickelt, daß ich mich kaum bewegen kann. Es wird hoffentlich schnell heilen, aber nach dem Willen von Richter Tybon und Germiskar, dem Sufeten, soll die Heilung außerhalb der Stadt geschehen.«

Der grauhaarige Kampanier kniff die Augen zusammen. »Verstehe ich das richtig?«

»Du verstehst es richtig, mein Freund. Offenbar trampeln wir auf der Suche nach dem Schwert und den Numidern auf gewissen Empfindsamkeiten herum. Deshalb bin ich angewiesen worden, ab Mitternacht alles hier zu übergeben. Und zwar einem Punier.«

Autolykos schnaubte. »Na schön. Wer soll's machen, Mutumbal oder Achiqar?«

»Mutumbal. Aber mit dir. Ich werde heute noch mit den beiden reden.«

»Was willst du bis Mitternacht noch erledigen?«

»Kleinigkeiten.« Bomilkar grinste. »Du kennst mich doch. Barako ...«

»Der Büttel?«

»Ja. Er macht gute Arbeit; er sollte in nächster Zeit mehr für den Karrenschuppen arbeiten als für uns hier. Er hat mir etwas berichtet.«

Autolykos lauschte aufmerksam, während Bomilkar ihm von der Numiderschänke bei den Pferdeweiden erzählte.

»Ich rechne mit einem weiteren Bericht irgendwann heute mittag. Wenn alles so ist, wie ich erwarte, werden wir vielleicht noch heute eine Kleinigkeit unternehmen, mit Kriegern der Festung.«

»Ist das nicht eine etwas große Kleinigkeit? Die Herren Tybon und Germiskar könnten übelnehmen«, sagte Autolykos.

»Wir werden nur beobachten, was eine Kleinigkeit ist. Die große Arbeit machen die Krieger. Bleib hier erreichbar, hörst du?«

»Ich höre und gehorche. Ah, es gibt doch etwas für dich.« Er zog einen Papyrosabriß aus dem Gürtel und reichte ihn Bomilkar. »Der Weg zu Zabugus Frau. Uh, Witwe.«

»Danke, mein Freund. Ich kümmere mich darum.« Bomilkar nickte Laetilius zu und wandte sich zum Ausgang; dann drehte er sich noch einmal zu Autolykos um. »Noch etwas, ehe ich's vergesse. Hat sich jemand mit diesem Nislakh befaßt?«

»Selbstverständlich.«

»Und?«

»Nichts.« Autolykos ließ die Mundwinkel hängen. »Er ist verschwunden. Seine Frau auch; niemand weiß was. Und wenn es etwas gäbe, hätte ich es dir gesagt.«

»Vergib mir.«

»Ich werde darüber nachdenken, ob sich das lohnt, wegen solcher Kleinigkeiten.«

Artemidoros erkundigte sich nach Laetilius' Wohlergehen und dem seiner Familie, sonderte ein paar Spitzen gegen Römer allgemein ab und untersuchte dabei nicht eben sanft Bomilkars Wunde. Er befand den Heilungsvorgang für zufriedenstellend und machte einen neuen Verband, diesmal allerdings ohne den Arm zu fesseln.

»Wir packen ihn in eine Schlinge. Du kannst ihn bewegen, aber die Schlinge wird dich daran erinnern, daß du ihn vorsichtig bewegen solltest.«

»Wird sie das?«

»Bei Menschen von gewöhnlichem Verstand tut sie das. Deinen Verstand kann ich aber nicht auch noch verbinden. Ich weiß nicht, wo er sich aufhält. Falls es ihn gibt. Was wollt ihr eigentlich diesmal für ein Spiel spielen?«

»Haust du meinen Numider, hau ich deinen Numider.«

»Das klingt wie ein ersprießlicher Zeitvertreib. Ich habe Hunger. Wollt ihr mich zum Essen begleiten und mir mehr davon erzählen?«

»Wo? Hier, in der Garküche?«

Artemidoros hob beide Hände. »Erbarmen! Ich werde schlecht bezahlt für meine Künste, aber so schlecht doch nicht, daß ich mich quälen müßte.«

»Wo denn?«

Der Arzt nannte eine Schänke am Seeufer vor dem Tynes-Tor. Bomilkar bat um ein paar Atemzüge Geduld, da er noch ein paar Worte mit dem Herrn der Festung wechseln wollte.

»Der ißt dort auch gelegentlich«, sagte Artemidoros. Er schickte seinen Sklaven los, um Giskon fragen zu lassen.

Nach kurzer Zeit kam der Sklave zurück. »Der edle Herr Giskon wird sich mit Vergnügen anschließen. Ihr möget vorausgehen; sobald er zwei Kleinigkeiten erledigt hat, wird er sich zu euch gesellen.«

»Dann laßt mich auch vorausgehen.« Bomilkar stand auf.

»Es gibt dort draußen noch etwas, das ich vor dem Essen betrachten sollte.«

Die Gemahlin, die Zabugu hinterlassen hatte, wohnte westlich des Markts in einer Hütte. Als Bomilkar eintrat, schaute sie ihn an, seufzte und schickte zwei kleine Kinder hinaus.

»Geht, spielt mit den Hühnern, bis ich euch rufe.« Dann, als die beiden gegangen waren, sagte sie: »Was denn noch, edler Herr? Willst du das Geld zurück? Dann gebt mir meinen Mann wieder.«

Bomilkar betrachtete das Gesicht der einfachen Numiderin. Es zeigte keine Trauer, wohl aber etwas wie Zorn und Abwehr. Ihre Kleidung war schlicht und von Hausarbeit besudelt, die Hütte nicht einmal karg, sondern schäbig.

»Du kannst das Geld behalten«, sagte er. »Ich habe nichts zu tun mit denen, die es dir gegeben haben.«

Ihre Augen verengten sich; mit harter Stimme sagte sie: »Was willst du denn? Wenn du nicht zu ihnen gehörst ...«

»Ich will wissen, ob du ihn vermissen wirst.«

»Vermissen?« Eine Mischung aus Hohn und Ekel kroch über ihre Züge. »Wer bist du, daß du solche Fragen stellst?«

»Der Herr der Wächter.« Er wartete ein paar Atemzüge und sah, wie sich ihr Gesicht veränderte. Hohn und Ekel wichen und machten kaum zu unterdrückender Angst Platz.

»Du brauchst mich nicht zu fürchten«, sagte er. »Dafür, daß ich einen Betrunkenen in seiner Nähe untergebracht habe, hat er mir einen Namen genannt. Den keiner von mir erfahren wird; du bist sicher.«

Ihre Augen flackerten, aber sie schwieg immer noch.

»Weißt du ihn? Den Namen?«

Sie schüttelte langsam den Kopf. »Er hat mir nichts gesagt. Nur, daß er etwas tun muß und ich ... wir dafür Geld bekommen. So viel, daß ich mit den Kindern leben kann.«

»Und? Ist es genug?«

»Mehr, als ich je gesehen habe.«

»Weißt du sonst etwas? Hat er etwas gesagt? Angedeutet?«

Sie stieß ein rauhes Gelächter aus, das nach Überdruß und Bitternis klang. »Wir haben nicht über die Arbeit geredet, Herr.«

»Nichts, was helfen könnte, dich wirklich sicher zu machen? Vor denen, die vielleicht eines Tages wiederkommen werden, um das Geld und die Kinder und dein Leben zu holen?«

»Einer aus der Festung«, sagte sie leise, »hat das Geld gebracht und gefragt, wofür ich so viel Silber von edlen Puniern bekomme.« Sie runzelte die Stirn und schien nachzudenken; dann setzte sie hinzu: »Irgendwann, einen Mond oder länger ist es wohl her, gab es Geschichten. Geschichten von daheim, von den Fürsten und von Verrat und Ränken. Jemand hat einen anderen getötet, um dessen Platz einzunehmen, so etwa. Da hat Zabugu gelacht und gesagt, das ist genau wie hier in der Stadt.«

»Mehr weißt du nicht?«

»Nur eines. Es ist gut, wie es ist.«

Die Schänke stand auf Pfosten am Seeufer. Das umgebende Schilf wurde immer wieder abgebrannt, um die Belästigung durch Fliegen und Mücken zu vermindern. Es gab dort vorzügliche frische Fische in verschiedenen Tunken, dazu eingelegte Gemüse und Obst.

»Im vorigen Jahr«, sagte Laetilius, »habe ich eine besondere punische Köstlichkeit genossen. Gibt es die hier nicht?«

Bomilkar grinste stumm.

»Was denn?« sagte Artemidoros.

»Hund. Gemästeten Hund, gebraten und mit einer Schicht aus Teig, Honig und Sesam angerichtet.«

»Ah, nein, das gibt es hier nicht. Aber ich könnte dir eine

Besonderheit empfehlen, die es nur hier gibt. Oder vielleicht noch weiter im Inneren, an besonders feuchten Stellen.«

»Nämlich?«

»Sarap-suqa«, sagte Artemidoros, mit ausdruckslosem Gesicht. »Ein Gericht aus enthäuteten und gedünsteten Jungschlangen.«

»Uh. Grr wau wau«, machte Laetilius. »Dann lieber Hund. Und viel lieber Fisch.«

Giskon kam, als sie eben bestellt hatten. Die Anwesenheit des Römers machte ihn zunächst mißtrauisch. Er habe, sagte er dann, in den Jahren des Großen Kriegs auf Sizilien mehr Römer gesehen, als für die Welt insgesamt zuträglich sei; daher wolle er diesen anwesenden Römer nun einfach als Mensch betrachten.

»Sind Römer Menschen?« sagte Artemidoros.

»Tun wir einfach so.«

Bomilkar fragte nach seinem versiegelten Brief vom Vortag. Giskon sagte, er habe ihn erhalten; ehe er aber Auskünfte gebe, begehre er mehr zu wissen.

»Das hast du mit diesem Römer gemein«, sagte Laetilius.

Bomilkar redete schnell und leise, um nicht von Leuten an anderen Tischen belauscht zu werden. Er sprach von Zabugu, vom Schwert, vom seltsamen Verhalten einiger Ratsherren, von der Suche, dem Verschwinden einiger Numider, von den Überfällen.

»Nun zu deiner Frage«, sagte Giskon. »Wer Wache bei den Weiden und Pferchen hält, liegt nicht bei mir; das regeln die Unterführer. Es gibt da auch keine Liste, auf der so etwas verzeichnet wäre. Ich habe aber durch unauffälliges Bohren herausbekommen, daß in den letzten Monden immer Männer einer bestimmten Einheit dazu abgestellt wurden. Dieser Einheit gehören fast nur Leute aus dem massylischen Tadhira-Stamm an. Darunter Masauchan. Der jetzt tot ist.«

»Auch Zabugu gehörte zu dieser Sippe.« Bomilkar zögerte. »Bei dem Büttel Nislakh, der verschwunden ist, bin ich nicht sicher.«

Bei der Nachspeise – Obst und Frischkäse mit Süßwein – erschien plötzlich Barako. Er wirkte erschöpft, übernächtigt und abgerissen. Als er Bomilkar beiseite nehmen wollte, sagte dieser: »Sprich. Wir bereden ohnehin gerade alles, was damit zusammenhängt.«

»Duush und Masgabaz sind gefangen, draußen, bei dieser Numiderschänke. Es hat ein Handgemenge gegeben. Beide sind verletzt, vielleicht tot.«

Dabars Schänke. Wo sich Numider aus der Festung trafen. Ein harmloser Ort bei den Pferdeweiden. Vielleicht wurde dort Hanf gegessen, hatte er gedacht, und vielleicht sollte man sich gelegentlich darum kümmern. Und nun das. Plötzlich war aus dem harmlosen Platz etwas anderes geworden. Ein Schlangennest.

Bomilkar dachte schnell und gründlich nach. Er spürte die Blicke der anderen.

»Es trifft sich gut, daß ich heute noch im Dienst bin.« Bomilkar wandte sich an Giskon. »Ich brauche Männer. Wie viele, Barako?«

Nach kurzem Zögern sagte der Punier: »Zwei Dutzend müßten genügen.«

Giskon nickte. »Keine Numider, nehme ich an?«

»Kannst du mir Iberer geben? Vielleicht ein paar Hellenen?« »Wann?«

»Wir brauchen zwei Stunden dorthin, nicht wahr? Ist der Weg einsehbar? Gut; dann müssen wir in kleinen Gruppen gehen oder reiten. Am besten sofort; wir sollten uns kurz vor der Schänke treffen.«

Giskon erhob sich. »Ich gebe gleich die Befehle. Ein Unterführer kommt hierher, um alles weitere mit dir zu besprechen.«

Bomilkar dachte gerade noch rechtzeitig daran, daß er Zililsan mit Essensvorbereitungen betraut hatte.

»Schick den Unterführer lieber zur Wachstube. Es gibt noch einiges zu erledigen.«

Zusammen mit Laetilius begab er sich dorthin, um die letzten Vorbereitungen zu treffen. Aus den ihm verfügbaren Beständen der Festung ließ er einen Karren bringen, der mit alten Satteldecken, zerrissenem Zaumzeug und anderen Abfällen beladen wurde; und er schickte einen berittenen Wächter los, um vom Karrenschuppen Zililsan und einen weiteren Mann zu holen. Er dachte zunächst an Vavurro, den Elymer, der besonnen war und auch kleine Ziele mit dem Speer treffen konnte, dann an Patroklos, den Hellenen, einen guten Schwertkämpfer. Schließlich entschied er sich für Nymar. Der Mann kam aus dem Osten, aus dem Stamm der Maken an der ägyptischen Grenze, und war ein guter Bogenschütze – vielleicht ließ sich vom Karren aus etwas erledigen. Vavurro sollte weiterhin Aspasia bewachen und schützen. Allerdings nicht allein.

Achiqar war eben erst eingetroffen. Morgens hatte er noch die letzten Aufräumarbeiten im nicht mehr verwilderten Garten beaufsichtigt und dafür gesorgt, daß die Mauer wieder verschlossen wurde. Danach war er zu »eiliger Speisung, gewissermaßen auf einem Bein stehend«, wie er sagte, in der Festung gewesen.

»Geh zur Wache an der Agora«, sagte Bomilkar. »Oder nimm ein Pferd; das läuft schneller, als du gehst.«

»Was soll ich dort erledigen?«

»Halt mir den Rücken frei, falls jemand vom Rat etwas will. Du weißt schon – ablenken, dumme Fragen stellen. Außerdem kannst du den Hafen und die Gegend nördlich davon beobachten.«

»Das Labyrinth?« Achiqar stöhnte leicht. »Ob die Herren des Zwielichts unsere Leute willkommen heißen?«

Laetilius pfiff leise. »Ich erinnere mich an unsere Wanderungen, im vorigen Jahr«, sagte er. »Man sollte mindestens zu viert sein, oder?«

Es handelte sich um den ältesten Teil der Stadt, mit verwinkelten Gassen und befestigten Häusern – das Viertel, in dem die Fürsten der Unterwelt lebten und herrschten.

»Ich glaube nicht, daß in der Stadt etwas Lohnendes geschieht, ohne daß man dort beteiligt ist.«

»Man wird es aber kaum laut sagen, wenn zufällig einer von uns vorbeikommt, oder?« Achiqar schüttelte den Kopf. »Reine Vorsicht?«

»Für alle Fälle; man weiß nie – vielleicht hört einer unserer Leute zufällig etwas. Und sorg dafür, daß immer jemand auf Aspasia achtet. Einer der Männer vom Schuppen ist auch da, aber ein zweiter kann nicht schaden.«

Als Achiqar verschwunden war, sagte Laetilius: »Du sollst aber doch nur noch Kleinigkeiten erledigen. Es wird immer größer. In Rom wäre das ein böser Verstoß.«

Bomilkar zuckte mit den Schultern. »Hier auch. Ich werde damit leben müssen.«

»Und Beobachten von Maßnahmen, die Krieger der Festung ausführen, ist kein Verstoß gegen die Anweisungen?«

»Es ist eine Kleinigkeit, die zu meinen Pflichten gehört.«

Von einem Boten erfolgreich gesucht, erschien ein nicht ganz ausgeschlafener Mutumbal, der zuletzt öfter die Nachtschichten geleitet hatte; fast gleichzeitig mit ihm kam der schnelle Wagen, der Zililsan und Nymar brachte.

Bomilkar übergab Mutumbal die Wachstube und wies ihn ein; zuletzt erwähnte er, daß er bis auf weiteres beurlaubt sei.

»Du hast den Befehl, solange ich weg bin. Sprich dich mit Autolykos ab. Du weißt, daß er mehr weiß als du.«

»Ich weiß es.«

»Das zeichnet dich gegenüber Achiqar aus; der will das nämlich nicht wissen.«

Mutumbal nahm es grinsend zur Kenntnis. »Wie lange gedenkst du dich der Erholung zu widmen?«

»Das kommt darauf an, was mir zur Erholung einfällt.«

»Und wenn dringende Dinge anliegen?«

»Halt dich an Autolykos. Notfalls an Giskon. Und wenn es ganz schlimm wird, könnt ihr mir ja schreiben.«

»Aha. Wohin?«

»Das schreibe ich euch vielleicht. Sobald ich es weiß.«

Zililsan berichtete über seine Essensbotschaften; Bostar habe an diesem Abend dringliche Geschäfte, werde sich aber morgen bei dem Iberer einstellen.

»Ohne Begeisterung allerdings.« Der Libyer lächelte und streifte Laetilius mit einem Seitenblick. »Der Herr der Sandbank sagt, nach der römischen übertreffe die iberische Kocherei alle anderen an unverdaulicher Geschmacklosigkeit.«

»Bah«, sagte Laetilius.

Bomilkar blinzelte schnell. »Und Tigalit?«

»Sie hat gesagt, sie werde es genießen, mit gebildeten Menschen zu speisen. Sie kommt aber nicht allein.«

»Wen bringt sie mit?«

Zililsan spitzte den Mund. »Eine … Freundin? Beischläferin? Waffengefährtin? Ich weiß es nicht. Sie ist schlank und dunkelhäutig und heißt Penthesileia.«

»Ei.« Bomilkar nickte. »Ich habe von ihr gehört. Im Labyrinth sagt man, sie sei der einzige Kämpfer, der Hamilkar Barkas herausfordern könnte.«

»Dazu wird es leider nicht mehr kommen. Ich hätte es aber gern gesehen.« Zililsan rieb den Rücken an der Kante des Eingangs und seufzte wohlig. Dann sagte er: »Und jetzt, Häuptling, erzähl endlich, was los ist.«

»Unterwegs. Los, kommt, auf den Karren.«

# 15

Draußen machten sich ein paar iberische Reiter aus der Festung
bereit. Die Fußkämpfer waren schon aufgebrochen; ein Unterführer teilte Bomilkar mit, wann und wo man sich treffen
sollte.

»Giskon sagt, du hast den Befehl, Herr.«

»Ich werde die Gewalt nicht mißbrauchen.«

Der Unterführer lächelte. »Da gibt es keine Besorgnis. Wir
wissen, daß du in Iberien gekämpft hast. Und daß du gut
gekämpft hast.«

Endlich fuhr der Karren los. Autolykos lenkte die beiden
Pferde; Bomilkar saß neben ihm, während Barako, Zililsan,
Nymar und Laetilius es sich so gut wie möglich in der Abfall-
Ladung bequem machten. Sie durchquerten das erste Tor,
fuhren über die Brücke des großen Grabens; das zweite Tor,
die zweite Brücke. Als sie den äußeren Teil der Befestigung
hinter sich gelassen hatten und auf den Markt hinausrollten,
sagte der Römer:

»Punische Hast, sagt man, gleicht der Hurtigkeit, mit welcher italische Kühe wiederkäuen. Die Pferde schreiten wacker;
wollt ihr sie nicht ein wenig laufen lassen?«

»Wir werden ihnen etwas versprechen«, sagte Autolykos.

»Was denn?«

»Gehäckselten Römer im Abendfutter. Vielleicht ermuntert
sie das.«

Zwischen den Marktständen, dann den Häusern der Vorstadt herrschte wie immer dichtes Gedränge, so daß sie die
Pferde nur im Schritt gehen lassen konnten. Erst als die Häu-

ser immer schäbiger wurden und schließlich Hütten und Zelte sie ablösten, trieb Autolykos die Tiere an. Die berittenen Krieger der Festung, die sich bis dahin in ihrer Nähe gehalten hatten, winkten und galoppierten los, zu einem Weg, der zwischen Getreidefeldern nach Nordwesten führte.

Sie folgten ihnen. Bomilkar mußte immer wieder seine Sitzhaltung ändern, um weder vom Karren zu fallen noch seine Wunde zu beanspruchen. Als er sich an das Gerumpel auf dem unebenen Feldweg gewöhnt hatte, sagte er:

»Es gibt einiges zu bereden. Barako, wie sieht es bei der Schänke dieses Numiders aus?«

Der junge Punier, der bis jetzt geschwiegen hatte, beschrieb sehr genau die Lage, die Zäune, Wege und Absperrungen. Bomilkar und Laetilius entwarfen einen kleinen Schlachtplan, zu dem Autolykos und Zililsan gelegentlich etwas beitrugen. Als sie über das Vorgehen einig waren, sagte Bomilkar:

»Das Wichtigste ist, Duush und Masgabaz heil herauszuholen. Falls sie noch leben.«

»Ich fürchte, zumindest einer von ihnen hat den Weg ins Schattenreich angetreten.« Barako klang traurig, vielleicht aber auch nur müde. »Es gab einen Schrei – einen Todesschrei, wenn ich mich nicht irre.«

»Vielleicht haben sie ja einen Numider vorausgeschickt«, sagte Zililsan. »Ins Schattenreich, meine ich.«

»Und zweitens?« sagte Laetilius. »Was ist danach wichtig?«

»Alle Wege sperren, auf denen jemand entkommen könnte. Wir werden vermutlich nicht alle erwischen. Wir können ja nicht auch noch die Felder und Weiden sperren; dazu brauchten wir ein paar hundert Mann.«

Nymar hob den Bogen und zupfte an der lose herabhängenden Sehne. »Ich werde ein paar Pfeile vergeuden«, sagte er. »Vielleicht vermindert das die Anzahl derjenigen, die über die Weiden fliehen wollen.«

»Auf welchen Weiden wirst du dich in der nächsten Zeit tummeln, Herr?« sagte Barako. »Und wie lange?«

Bomilkar hätte am liebsten gewiehert. Noch bevor er sich sagen konnte, daß dies albern wäre, ließ ihn ein besonders großes Loch, dessen Härte der Karren an seine Wunde weitergab, unterdrückt stöhnen.

»Um Vergebung«, sagte Autolykos mit einem Seitenblick, »aber ich habe es versäumt, den Weg beizeiten zu glätten. Soll ich langsamer fahren?«

Bomilkar biß auf die Zähne. »Weiter; keine Zeit.« Er atmete mehrmals tief durch; dann sagte er: »Ich weiß noch nicht, wie lange ich fort sein werde. Nicht mal, wo ich mich verkriechen soll. Vielleicht in einem Dorf am See oder in einer Schilfhütte auf der Zunge. Mal sehen. Vielleicht bin ich aber auch weiter weg.«

»Kannst du denn inzwischen schon etwas mehr sagen?«

»Über all das? Hintergründe, Anlässe und derlei?«

Zililsan nickte. »Man könnte besser weitersuchen, wenn man wüßte, wonach wir eigentlich zu suchen haben.«

Bomilkar seufzte. »Es tut mir leid, mein Freund, aber ich weiß wirklich nichts. Oder jedenfalls nicht genug. Und mit finsteren Vermutungen will ich dich nicht behelligen.«

»O behellige mich doch, Herr.«

»Es könnte dich verwirren. Am Ende irre ich mich, und weil du mir glaubst, suchst du in der falschen Gegend.«

»Die überzähligen Sklaven, fällt mir dabei ein, habe ich noch nicht vereinzeln können.«

»Wolle dich weiter strebend bemühen.«

»Wie lange wollt ihr diese Sorte Unsinn reden?« sagte Laetilius.

»Bis uns römischer Sinn aufgeht, wahrscheinlich.« Bomilkar rümpfte die Nase. »Oder doch lieber nicht.«

»Herr«, sagte Barako, »was ist mit mir, wenn du nicht da bist?«

Bomilkar stieß Autolykos an. »Der da«, sagte er, »ist zu schade für den gewöhnlichen Bütteldienst. Wie ich dir schon gesagt habe.«

Autolykos nickte. »Soll ich ihn, wenn er in den Karrenschuppen geht, auf den Dienstlisten streichen? Oder schreiben: mit besonderen Aufgaben betraut?«

»Streich ihn zuerst mal. Vorsichtshalber. Man weiß ja nie, wer die Listen durchsieht. Bist du einverstanden damit, daß er zu euch kommt, Zililsan?«

Der Libyer streifte Barako mit einem Blick. »Natürlich. Wenn du ihn für geeignet hältst ... Aber geeignet wofür?«

»Für die üblichen Dinge.«

Zililsan nickte. »Gut.«

»Was sind die üblichen Dinge, Herr?« sagte Barako.

»Das wird Zililsan dir sagen. Und Nymar und die anderen auch. Sieh zu, Autolykos, daß Mutumbal und Achiqar ihn nicht vermissen.«

Wie im Süden der Großen Mauer das Tynes-Tor, wo die Große Straße sich zum Markt weitete und dann durch Vororte nach Tynes und weiter ins Land führte, gab es im Norden der Festung ein kleineres, das Ityke-Tor. Die Straße, die dort begann, streunte eine Weile zwischen Feldern und dem Ufer der Bucht umher, streifte die Weiden der Festung und wurde erst weiter westlich wirklich zur Straße: dort, wo der Weg in sie mündete, der von Süden kam und sie mit der Tynes-Straße verband. Sie führte nach Nordwesten, der Küste folgend, zur alten Stadt Ityke, die fast zweihundert Jahre älter war als Qart Hadasht, gegründet von Händlern und Auswanderern aus Sidon. Wenige Meilen weiter zweigte von ihr genau nach Westen eine Handelsstraße ab, die das nördliche Binnenland durchzog.

Die Schänke des Numiders, der auch Bienen züchtete und

nur als Dabar bekannt war, lag auf halber Strecke zwischen dem Verbindungsweg nach Tynes und dieser Abzweigung.

»Wieso nennt er sich eigentlich Dabar, als Numider?« sagte Laetilius »Das ist doch ein punisches Wort, Biene, oder?«

»Wahrscheinlich heißt er ganz anders. Dabar ist ein guter Name für einen Bienenzüchter, der Honig verkauft.«

Laetilius schaute nach rechts, wo zwischen der Straße und dem Meer etwa zwei Dutzend Elefanten zu sehen waren – Kampfelefanten der Festung. Halboffene Stallgebäude und Schuppen für Futter und andere Vorräte standen in einer Senke.

»Du meinst, er nennt sich nur so, wie in Rom jemand, der große Tiere hütet, sich vielleicht Elephas nennen würde?«

»Obwohl er Laetilius heißt; ja.«

Zililsan schmatzte. »Eigentlich sind die Weiden am Meer zu schade für Pferde und Elefanten«, sagte er. »Lämmer – keine Milchlämmer; solche, die erst wenige Monde auf den Salzwiesen gestanden haben. Hmm. Auf einen Spieß, liebevoll über dem Feuer drehen und dabei mit Wein begießen …«

Dichte Hecken trennten die Elefantenweide von der nächsten, auf der große Mengen von Pferden grasten. Zur Straße hin hatte man Zäune errichtet.

Weiter links, südlich der Straße, lagen Getreidefelder, unterbrochen von Obsthainen und dann wieder langen Reihen von Ölbäumen. Ein schmaler, unebener Weg führte zu einem größeren Gutshaus, das aber in der Ferne allenfalls zu ahnen war. Eine Baumgruppe begann kaum vierzig Schritte südlich der Straße.

»Halt mal an«, sagte Bomilkar.

Autolykos gehorchte; als die Pferde standen, sagte er: »Hier?«

»Ja. Ich bin gleich wieder da.« Bomilkar stieß Laetilius an. »Kommst du mit?«

»Meinst du, das ließe ich mir entgehen?«

Sie glitten vom Wagen und gingen zu den Bäumen. Dort erwartete sie der Unterführer. Als sie in den kleinen Wald eindrangen, fanden sie die übrigen Reiter und Fußkämpfer, die alle von der Straße aus nicht zu sehen waren.

»Wie sollen wir vorgehen, Herr?« sagte der Unterführer.

»Hört zu.« Bomilkar sprach so laut, daß alle ihn hören konnten, aber nicht so laut, daß es bis zur Straße dringen würde. »Kennt ihr Dabars Schänke?«

Einige der Kämpfer nickten.

»Gut; ihr erklärt es denen, die sie nicht kennen. In der Schänke und den Nebengebäuden halten sich ein paar Numider auf. Kämpfer, wie ihr, aus der Festung, und vielleicht noch ein paar zusätzliche. Sie haben etwas aus einem Tempel der Stadt gestohlen, ein besonderes Schwert, das ihnen wichtig ist. Wir brauchen dieses Schwert.«

Einer der iberischen Fußkämpfer klopfte an sein kurzes Stichschwert. »So etwa?«

»Nein, keine seelenfressende *falkata*, mein Freund; ein gerades Schwert mit einem Stein, einem blauen Stein im Griff. Die Stange hat Löwenköpfe an den Enden. Und es ist alt; wahrscheinlich nicht sehr scharf.«

»Die Numider – was die etwa wollen?« sagte ein anderer Iberer.

»Ihren König Gya absetzen, der Verbündeter der Stadt ist. Viele seiner Männer sind in Iberien, mit dem Fürsten Naravas; auch den werden sie stürzen wollen. Und wenn es ihnen gelingt, werden sie dort ein Blutbad anrichten. Bei euren Verwandten.«

»Ah.« Mehrere Männer zogen ihre Stichschwerter und rammten sie wieder in die Scheiden.

»Außerdem sind zwei meiner Männer da drin – auch Numider, aber tapfer und zuverlässig. Vielleicht sind sie verwundet, auf jeden Fall gefesselt. Die brauchen wir – lebendig.«

»Wie sollen wir vorgehen?« sagte der Unterführer.

»Es gibt mehrere Wege, die Schänke zu verlassen. Die Straße, ein Weg nach Süden zwischen Weiden und Feldern, ein Weg zum Strand.«

Die Aufteilung war schnell besprochen. Bomilkar und die übrigen auf dem Karren, dazu fünf Iberer, würden die Straße sperren; die anderen sollten auf den anderen Wegen verteilt zu den Gebäuden gelangen. Ein Mann mit einem Bronzehorn würde das Zeichen zum Angriff blasen, sobald er von einer bestimmten Stelle aus die anderen sehen konnte.

»Und denkt daran«, sagte Bomilkar. »Ein paar Gefangene wären nicht schlecht. Gefangene, die noch etwas sagen können.«

Als sie zum Karren zurückgingen, hüstelte Laetilius halblaut. »Die Sache mit den Verwandten in Iberien«, sagte er. »Ist dir das eben passend eingefallen?«

»Meinst du, sinnvolle Lügen müßte man sich lange vorher zurechtlegen?« Bomilkar lachte. »Es ist ja nicht einmal eine Lüge. Was meinst du denn, was sie tun werden, wenn sie den König gestürzt haben und ihre Leute in Iberien aufstacheln?«

»Vielleicht haben sie aber mit dem Schwert etwas anderes vor.«

»Was denn?«

»Ich weiß nicht.« Laetilius half ihm auf den Karrenbock. »Was auch immer. Ich kann mir nicht so recht vorstellen, daß sie einen großen Aufstand in Gang bringen können.«

Autolykos knurrte etwas, räusperte sich und spuckte aus. »Weiter, ihr Rösser der Rache! Hopp, hopp. Du, Römer, hast du nicht von der letzten Runde gehört?«

»Welcher letzten Runde?«

»Nach dem Libyschen Krieg …«

»Du meinst euren Söldnerkrieg?«

»Genau den. Drei Jahre danach, also vor fünf Jahren, gab es eine Erhebung. Ein paar Fürsten der Masaesyler haben sich

179

mit einigen Massylerfürsten zusammengetan. Damals mußte Hamilkar Krieger aus Iberien schicken, um die Sache niederzuschlagen.«

Laetilius berührte Bomilkars rechte Schulter. »Warst du dabei? Du warst doch in Iberien, zu der Zeit.«

»Ich war bei Hamilkar, in den Schwarzen Bergen«, sagte Bomilkar. »Er hat Hasdrubal geschickt, und Naravas, der damals in Numidien war, hat ihm geholfen.«

»Die beiden Schwiegersöhne des Blitzes gemeinsam?« Laetilius pfiff leise. »Wohl dem, der in der Not eine ausreichend verzweigte Familie hat. Naravas ist doch jetzt in Iberien, nicht wahr?«

»Haben wir darüber geredet? Oder weißt du das aus Rom?«

»Würde es dich verblüffen?«

Bomilkar schnaubte. »Es würde mich verblüffen, wenn eure Spitzel so schlecht wären, daß sie es nicht gemeldet hätten. Aber es verblüfft mich, daß du dich so gut auf deinen Besuch hier vorbereitet hast.«

»Nett, alten Freunden bei solchen Gesprächen zuzuhören.« Zililsan keckerte.

»So gut vorbereitet«, sagte Laetilius, »daß ich sogar weiß, daß Salambua, die Frau von Naravas, in Numidien Nachrichten für ihren Vater den Blitz gesammelt hat. Und daß Hasdrubal nach dem Tod der zweiten Tochter, Sapanibal, eine Ibererin zur Frau genommen hat.«

»Gib nicht so an«, sagte Bomilkar. »Weißt du am Ende sogar, wie die Ibererin heißt?«

»Tituye.« Der Römer gluckste. »Ich weiß aber nicht, wie das bei euch mit Verwandtschaftsgraden ist.«

»Was meinst du?«

»Ist Hasdrubal immer noch Hamilkars Schwiegersohn, auch wenn Hamilkars Tochter gestorben ist? Bleibt er Hamilkars Schwiegersohn, nachdem Hamilkar gefallen ist?«

Autolykos lachte. »Du kannst ja jetzt in deinem vortrefflichen Punisch neue Verwandtschaftsbezeichnungen erfinden, die das alles berücksichtigen. Jedenfalls ist Hasdrubal der Schöne, ob Schwiegersohn oder nicht, vom Heer zum neuen Strategen von Libyen und Iberien bestimmt worden.«

»Ah«, sagte Laetilius. Er schien überrascht zu sein. »Das wußte ich nicht. Das wird aber Hanno besonders glücklich machen, oder?«

»Hanno glücklich zu machen ist jederzeit ein Hauptanliegen aller Punier.« Bomilkar machte Würgegeräusche.

Sie hielten an einer Biegung der Straße. Die Hecke, die zur Küste hin zwei Weiden voneinander trennte, endete hier in einem dichten Gesträuch, das den Karren und seine Insassen davor schützte, von Dabars Schänke aus gesehen zu werden. Die zunächst noch leise geführten Gespräche versickerten im Sumpf des Wartens wie Rinnsale in der Wüste.

Die Sonne begann bereits zu sinken, als endlich das verabredete Signal ertönte. Von den Gebäuden – Schänke und Stallungen – her waren bald Geschrei zu hören und das Klirren von Waffen. Niemand entkam zu Fuß; einigen Reitern gelang es, querfeldein zu fliehen. Zwei Numider zu Pferd wollten in Richtung Stadt fliehen; einen holte Nymar mit einem Pfeil vom Pferd, der zweite ergab sich. Es gab elf Gefangene und sechs Tote. Der mutmaßliche Kopf der mutmaßlichen Verschwörung, Dabar, gehörte zu den entkommenen Reitern.

Bomilkar und die anderen durchsuchten die Gebäude, suchten sogar unter Bienenkörben, fanden aber im Tausch gegen etliche Stiche weder das Schwert noch sonst etwas Verwertbares. Bomilkar stieß hinter dem Haupthaus auf eine Art Altar, einen flachen weißen Stein, den Holzklötze trugen. Er war in der Mitte ein wenig ausgehöhlt. Die kleine Delle war dunkel verfärbt; ob Blutopfer oder zu Ehren der Götter vergossener

Wein dies bewirkt hatten, ließ sich nicht so schnell ermitteln. In einem kleinen Schuppen, wenige Schritte von dem Altar entfernt, fanden sich Waffen und Vorräte, darunter auch ein mit Wachstuch ausgeschlagener Kasten, der Hanfsamen und Mohn enthielt.

Aus einem anderen, verriegelten Schuppen befreiten die Iberer Duush. Er war verletzt. Stiche in Schenkel und Oberarm rührten von einem Kampf her, und bei der gründlichen Befragung hatte man die Wunden vertieft und vergrößert.

Nachdem sie seine Fesseln durchtrennt hatten, trugen sie ihn zu einem Tisch in der Schänke, um ihn notdürftig zu verbinden.

»War ganz leicht rauszukriegen, zuerst«, sagte er, mit mühsam beherrschter Stimme, während Zililsan die Wunden umwickelte.

»Dann kann es ja nicht schwer gewesen sein.«

»Halt den Mund, dummer Libyer. Leicht war es für *uns* – Numider, meine ich. Ahhh. Bißchen sanfter da, Junge!«

»Das war für den dummen Libyer.«

»Um Vergebung, Herrlicher!«

»Besser.«

Duush ächzte. »Jedenfalls kein Geheimnis, daß ein paar von denen sich hier treffen. Beten zu Godogma …«

»Wer ist Godogma?« sagte Bomilkar.

»Hab ich nicht ganz verstanden.« Duush biß sich auf die Lippen und schwieg, bis Zililsan fertig war. »Danke, Mann«, sagte er dann leise.

»Godogma«, wiederholte Bomilkar.

»Ein neuer Gott. Oder die Vermischung von mehreren alten. Wie in Ägypten, diese Kreuzung aus Osiris und Apis.«

»Sarapis? Ah ja.«

»Godogma trinkt Blut, und ihm sind Dreschflegel und das Rad heilig.«

Bomilkar grinste. »Dreschflegel? Vielleicht ein alter Weizengott. Oder der Herr der Hirse?«

»Aber das Rad«, sagte Laetilius. »Numider, Pferde – wieso Rad? Wieso nicht, ach, was weiß ich, Peitsche und Zaumzeug?«

»Ein senkrechtes Rad«, sagte Duush. »Es dreht sich durch alle Zeiten. Jetzt ist Qart Hadasht oben; mit Godogmas Hilfe wollen sie es weiterdrehen und die Numider nach oben bringen. Dann essen sie Hanfsamen oder streuen sie auf einen erhitzten Stein und atmen das ein. Manche haben auch seltsame Tongefäße – eine Art hohlen Stiel oder Halm mit einem kleinen Topf am Ende. Den füllen sie mit Kräutern – Minzeblättern und so – und mit Hanf, stecken das in Brand und atmen den Rauch.«

Bomilkar nickte stumm. Er dachte an einen Toten, einen Ratsschreiber, der gelegentlich übelriechendes Zeug eingeatmet und dazu ähnliche Behältnisse verwendet hatte. Einmal war Bomilkar dabeigewesen und hatte jede Wiederholung gescheut.

»Weißt du, wer diesen neuen Gott erfunden hat?« sagte er.

»Daß keiner ihn erfunden hat, sondern daß es ihn vielleicht gibt, kommt dir nicht in den Sinn?« Laetilius versuchte, vorwurfsvoll dreinzuschauen.

»Morgens«, sagte Duush, »haben wir angefangen zu suchen. Nachts haben wir uns hierher aufgemacht, bei Sonnenaufgang haben wir sie um den Altar versammelt gesehen, und dann ...« Er schluckte, schloß die Augen und sagte leise: »Sie haben uns entdeckt. Masgabaz haben sie geopfert. Langsam. Er war sehr tapfer, aber ... Und dann haben sie mich gefoltert.« Er öffnete die Augen wieder. Sie waren dunkel vor Schmerz. Dunkel von der Erinnerung an Schmerzen. Und dunkel von Haß, dachte Bomilkar.

Er legte die rechte Hand auf Duushs Stirn. »Dabar und ein paar andere sind entkommen«, sagte er. »Die übrigen foltern niemanden mehr.«

»Dabar war sehr einfallsreich. Wenn …« Er verstummte.

»Wenn wir ihn erwischen, kannst du ihn befragen.«

Duush versuchte zu lächeln. »Danke, Häuptling. – Es gibt aber noch etwas. Heute vormittag war ein Punier da. Ich habe ihn nicht gesehen, nur Stimmen gehört.«

»Bist du sicher, daß es ein Punier war? Oder hat er nur Punisch gesprochen?«

»Ich bin sicher. Einer aus den besseren Kreisen, weißt du – die besonders feine Aussprache, gewählte Wendungen, all das. Und sie haben ihn mit ›Herr‹ angeredet.«

»Würdest du die Stimme wiedererkennen?«

»Immer und überall.«

»Gut. Was hast du gehört?«

»Nichts über den Gott, wenn du darüber mehr wissen willst. Aber über das Schwert.«

»Schwerter sind wichtiger als Götter«, knurrte Zililsan.

»Er hat gesagt, daß es sich nicht mehr im Land befindet. Es ist auf einem Schiff. Jemand hat es einem Kapitän ausgehändigt, der Mandrokles heißt. Zusammen mit einem Gesandten wird er es nach Alexandreia bringen und, sobald dort alles Nötige getan ist, weiter nach Iberien. Nach Mastia.«

Sie betteten ihn auf den Karren und fuhren zurück zur Stadt. Unterwegs rätselten sie über die Gründe.

Laetilius sagte am Ende der Reden und Gegenreden: »Ich nehme an, sie wollen für den Fall, daß ihnen die große Umwälzung gelingt, mit den Ptolemaiern so etwas wie Stillhalten und Fortdauer der Handelsbeziehungen vereinbaren. Und sobald das geregelt ist, die numidischen Truppen in Iberien aufwiegeln. Wahrscheinlich auch die Iberer selbst.«

»Wer mag dieser Punier sein?« sagte Autolykos. »Auch noch einer von den Edlen? Und was verspricht er sich von diesem beispiellosen Verrat?«

Sie brachten Duush zu Artemidoros, der in einem geräumigen Haus in der Nähe des Marktes wohnte: vor der Stadt, in der große Häuser viel zu teuer waren.

»Sieht nach gründlicher Arbeit aus«, sagte der Arzt, nachdem er den Numider oberflächlich untersucht hatte. Er wandte den Kopf und brüllte in den Gang, der zum Innenhof führte: »Weib! Heißes Wasser und Binden, bitte sehr!«

»Kannst du ihn über Nacht hierbehalten?«

Artemidoros grinste und stupste Duush mit dem Zeigefinger an. »Du da, wolltest du noch größere Vergnügungen veranstalten, in dieser Nacht?«

»Mit Wonne schlafen.«

»Mit sonst keiner. Dazu bist du zu schwach.«

Barako blieb ebenfalls bei Artemidoros, um für alle Fälle zu wachen. Bomilkar schickte die übrigen voraus; er nahm sich viel Zeit, um langsam die wenigen Schritte zur Wachstube zurückzulegen. Zeit, die er brauchte, um Enttäuschung und Niedergeschlagenheit nicht zu überwinden, aber wenigstens zu bedenken und in einen hinteren Winkel seines Geistes zu verdrängen. Dabars Schänke, ein harmloser Ort, dann Schlangennest – mit einigem Aufwand angegriffen, einige Schlangen getötet, andere verjagt – und nichts als die Rettung von Duush. Duush verwundet, Masgabaz tot. Als Ergebnis gab es nur Gerüchte über einen edlen Punier und den Namen eines Kapitäns. Nichts, was den Einsatz rechtfertigte. Masgabaz' Tod gar nicht zu erwähnen.

Mutumbal unterhielt sich offenbar gut mit Aspasia und den anderen; sie tranken Wein und lachten über irgend etwas, als Bomilkar die Wachstube erreichte.

»Die Büttel haben mich hergefahren«, sagte Aspasia, »damit ich deinen Leichnam in Empfang nehmen kann, wenn etwas schiefgeht. Wo habt ihr gesteckt?«

»Später.« Bomilkar legte die rechte Hand auf ihre Wange. »Gibt es hier noch etwas Dringendes?«

Mutumbal schüttelte den Kopf; er deutete auf Tafeln und Papyrosfetzen. »Nur das Übliche. Was habt ihr vor?«

»Den Hunger bekämpfen. Wer kommt mit?«

Aber Autolykos wollte heimgehen zu seiner Frau, und Zililsan und Nymar murmelten undeutliche Sätze, in denen ebenfalls Frauen und Betten vorkamen. Bomilkar befahl einem der wachenden Büttel, einen Wagen für sie zu beschaffen.

»Und du?«

Laetilius gähnte. »Ich beteilige mich am Wagen«, sagte er, »und hoffe, am Hafen noch etwas zu essen zu finden.«

»Zililsan wird dir sagen, wohin du am besten deinen Hunger trägst. Wir sehen uns morgen.«

Als alle verschwunden waren, wandte Bomilkar sich an Mutumbal. »Wir beide« – er blickte Aspasia an – »werden hier übernachten, mein Freund. Irgendwo liegt oder steht noch die Tür herum, mit der man den Nebenraum verschließen kann.«

»Ich werde sie einsetzen lassen, bis ihr gegessen habt.«

In einer nahe Schänke, die vor allem von Schauspielern, Musikern, Dieben und Kriegern besucht wurde, fanden sie noch ein karges Nachtmahl: Fisch, Brot und Wein. Aspasia lauschte einem leisen, verkürzten Bericht über die Ereignisse des Tages und lobte Bomilkar dafür, daß er sich aus dem Getümmel herausgehalten habe.

Sie gingen zurück zur Wachstube. Mutumbal hatte die Tür einsetzen lassen und für die Lagerstatt Decken besorgt, dazu zwei Tücher, eine Schüssel und einen Krug mit Wasser. Aspasia zog die Tür halb zu, um sich zu erfrischen.

»Waschen?« sagte Bomilkar.

»Frauen werden nicht schmutzig«, sagte sie. »Sie reinigen sich unausgesetzt durch Gedanken.«

Mutumbal wollte noch kurz von den Vorgängen hören; Bomilkar gab ihm eine knappe Zusammenfassung. »Alles andere«, sagte er zum Schluß, »erfährst du morgen von Autolykos. Ich erfahre jetzt das Neueste von meiner Müdigkeit.«

Mutumbal lachte. »Lausche ihr gut und aufmerksam, daß deine Müdigkeit nicht ihre Worte verschwende.«

Bomilkar fühlte sich schmutzig und erschöpft; notdürftig reinigte er sich vor einer Schüssel stehend.

»Du bist furchtbar nackt«, sagte Aspasia. »Komm her.«

Er blieb neben der Liege stehen und betrachtete, was im kargen Licht der Öllampe unter der von Aspasia angehobenen Decke zu sehen war. »Ein Jammer«, sagte er, »daß ich mich nicht bewegen kann.«

Sie fuhr sich mit der Zunge über die Lippen. »Überlaß das einfach mir.«

# 16

Mutumbal hatte die Nacht teils wachend, teils auf der unbequemen Bank schlummernd verbracht. Morgens schickte er einen Festungssklaven los, um aus der großen Garküche warmes Dünnbier, Brot und Käse zu holen.

Sie hatten eben mit dem Frühstück begonnen, als Achiqar erschien, um Mutumbal abzulösen; wenige Augenblicke später kam auch Autolykos.

»Was willst du denn?« sagte Achiqar. »Du bist doch gar nicht dran.«

»Es ist ein besonderer Tag.« Autolykos verneigte sich übertrieben vor Aspasia. »Nicht nur, weil eine schöne Frau unsere kargen Bissen teilt. Wir haben noch einiges zu klären.«

Bomilkar wiederholte für Achiqar, was er den anderen am Vortag schon auseinandergesetzt hatte: Enthebung vom Dienst, verordnete Genesung, die Übergabe der Lenkung an Mutumbal.

Achiqar blickte nicht eben begeistert drein.

»Eigentlich kommt die Leitung, wie in früheren Fällen, Autolykos zu; er hat die größte Erfahrung. Sufet und Richter haben aber auf einem Punier bestanden, und Mutumbal ist länger im Dienst als du«, sagte Bomilkar.

»Dann soll es so sein.« Achiqar legte die Hand auf die Brust und neigte den Kopf vor Mutumbal.

»Ich erwarte, daß nichts ohne Wissen und Billigung von Autolykos geschieht und daß ihr euch so benehmt, als käme ich zwei Atemzüge später um die nächste Ecke.«

»Du kannst dich auf uns verlassen.« Mutumbal rieb sich die

Augen. »Wolltest du uns nicht noch ein paar Anweisungen erteilen?«

Aspasia griff nach dem letzten Stück Käse. »Wenn keiner will …? Und ehe ihr jetzt Dinge beredet, die mich langweilen und nichts angehen – wo treffen wir uns?«

»Magst du dich eine Weile mit Artemidoros unterhalten?« sagte Bomilkar. »Ich hole dich dann da ab.«

Es verging einige Zeit, bis sie alles, was zu klären war, besprochen hatten. Schließlich sagte Bomilkar:

»Gut. Was noch bleibt – Pferde. Morgen früh werde ich ein paar Pferde brauchen.«

»Wie viele, wo und wann?« sagte Mutumbal.

»Das teile ich noch einem von euch mit, sobald ich es weiß.«

Mit Autolykos verließ er die Wachstube, um zur Festung zu gehen und mit Giskon zu sprechen. Von diesem erfuhren sie, daß die Verhöre der überlebenden Numider im Kern die Auskünfte von Duush bestätigten.

»Habt ihr denn etwas über die Hintergründe herausgekriegt?«

»Noch nicht.«

Autolykos räusperte sich. »Wenn der Herr der Festung keine Einwände hat, werde ich den Gefangenen ein paar Fragen stellen. Mit einem gewissen Nachdruck.«

»Einverstanden, Bomilkar?« sagte Giskon.

»Natürlich; Autolykos weiß, was er zu tun hat. Was geschieht mit den Männern danach?«

»Sie werden zu ihrem Volk gebracht, unter Bewachung. Ihr König hat ihnen erlaubt, für die Stadt zu kämpfen; sie haben sich also nicht nur gegen uns, sondern auch gegen ihn gestellt.«

Bomilkar nickte langsam. Er dachte mit einigem Unbehagen an gewisse Strafen, die numidische Herrscher für Verrat zu verhängen pflegten. Schinden gehörte dazu; man hatte auch schon

189

Männer gezwungen, ihr Lieblingspferd zu schlachten, und sie danach in dessen frische Haut genäht, von der sie, da sie sich beim Trocknen zusammenzog, langsam erstickt wurden.

»Sie tun mir beinahe leid«, sagte er.

Aspasia wartete bei Artemidoros, mit dem sie sich munter unterhielt; beide schienen es zu genießen, hemmungslos Hellenisch zu plaudern.

»Duush habe ich im Krankenlager der Festung untergebracht«, sagte der Arzt.

»Allein?«

»Hältst du mich für einen Trottel? Nein, es sind immer ein paar zuverlässige Leute in der Nähe. Falls irgendein Numider etwas von ihm will.« Er zwinkerte. »Vielleicht hört er ja dabei noch etwas.«

Mit Aspasia und Autolykos begab sich Bomilkar zu Duush. Der Numider sagte, er fühle sich schwach, aber ansonsten schon wieder ganz wohl. Leise beredeten sie, was in den nächsten Tagen zu geschehen habe; Bomilkar gab Duush und Autolykos ein paar Sonderaufgaben und wies Duush an, sich wie Zililsan um Barako zu kümmern. Dann bat er Autolykos und Aspasia, draußen auf ihn zu warten.

»Soll Barako alles machen?« sagte Duush, als er und Bomilkar allein waren.

»Nicht alles. Nur was die nähere Umgebung betrifft.«

»Etwas Besonderes?« sagte Duush.

Bomilkar beugte sich vor und flüsterte ihm etwas ins Ohr.

Duush grunzte und sagte: »Es würde mich nicht wundern.«

In der Wächterstube schrieb Bomilkar zwei Briefe. Den ersten gab er Autolykos – »für Hannibal, den Schreiber des Richters Budun, erinnerst du dich? Gib ihm das Schreiben, ohne daß der Richter oder sonst jemand es sieht, und sag ihm, wenn er Antworten weiß, soll er sie dir geben, falls ich nicht zurück bin.« Den zweiten rollte er zusammen, steckte ihn unter seine Tunika und fuhr dann mit Aspasia zur Agora. Unterwegs besprachen sie nur das Nötigste, in Andeutungen, um den Fahrer nicht zu verwirren.

Gegenüber von Aspasias Werkstatt, auf der anderen Seite der Großen Straße, gab es einige Läden. Dort, wo die Gerüche eines Fischverkäufers und eines Duftmischers miteinander stritten, lehnte Patroklos an einem verkrüppelten Baum. Bomilkar fragte sich, ob der beklagenswerte Zustand des Baums am harten, trockenen Stadtboden lag oder an zermürbenden Ausdünstungen.

»Aspasia wird noch ein wenig räumen«, sagte er. »Danach begleitest du sie zu ihrer Wohnung und bleibst bis heute abend bei ihr. Gegen Sonnenuntergang erwarte ich euch beide in der Schänke von Tuzillu.«

»Soll ich mitessen?« sagte Patroklos; er klang verblüfft.

»Wenn du magst – als Belohnung für besonders aushungernde Verdienste. Ich weiß nicht, ob es Fisch gibt, aber ich hoffe, es riecht dort besser als hier.«

Im Karrenschuppen wartete Laetilius; er hatte sein Gepäck bei sich: einen Beutel. Unter dem daraufgebundenen Reiseumhang lugte der Griff des Schwerts hervor.

»Karge Ausrüstung für eine längere Reise«, sagte Bomilkar. »Und wenn es nicht regnet oder friert, ist sogar der Umhang überflüssig.«

»Soll ich deshalb auf Regen hoffen?« Laetilius bleckte die Zähne.

»Wieso längere Reise?« Zililsan blickte zwischen beiden hin und her. »Hat sich inzwischen etwas geklärt?«

»Ich habe Gedanken gewogen und von einer Seite zur anderen geschoben«, sagte Bomilkar. »Ich nehme an, ich werde mindestens einen Mond lang fortbleiben, vielleicht länger.«

»Ah. Wovon hängt es ab, ob vielleicht länger?«

»Wind und Wellen.« Bomilkar grinste. »Außerdem Sonne und Mond.«

»Und der Römer da?«

Laetilius hob die Brauen.

»Der Römer kommt mit. Er kommt vielleicht sogar mit mir zurück, wenn er mag. Offenbar hat er sich ja schon zum ersten Teil entschlossen und sein Bündel geschnürt.«

Sie besprachen einige Kleinigkeiten; schließlich sagte Bomilkar: »Komm zu Tuzillu, heute abend. Ich weiß nicht, ob sich bis dahin noch etwas ergibt, aber jedenfalls können wir dort noch einmal reden. Und du kannst dir den Bauch vollschlagen.«

»Was macht ihr bis dahin?«

Bomilkar betrachtete Laetilius, der mit einem schrägen Lächeln zurückblickte.

»Ich glaube, wir sollten außerhalb der Reichweite von Ratsherren, Richtern und Sufeten bleiben. Du hast uns nicht gesehen, mein Freund – falls einer von denen nach uns fragt.«

»Und falls einer von uns fragt?«

Bomilkar wandte sich an den Römer. »Hast du besondere Vorlieben?«

Laetilius zögerte. »Ich würde gern noch einmal Hamilkars Garten sehen. Aber die Megara ist wahrscheinlich voll von edlen Puniern, oder?«

Bomilkar dachte mit Bedauern und Trauer an das besonders gehegte Stück Land bei Hamilkars Gut – das Heiligtum, wo der große Stratege seine Frau bestattet hatte und sicher selbst hätte ruhen wollen. Am Fuß eines Hügels, von breiten Laubbäumen beschattet, entsprang dort eine Quelle; sie war mit dunklen Steinen eingefaßt und speiste ein helles Becken, in dem bunte Wasserpflanzen wuchsen. Auf der anderen Seite stand etwas wie ein kleiner Tempel: vier schlichte, feine Säulen aus fleischfarbenem Marmor trugen ein Giebeldach, unter dem nichts war als eine bequeme Liege aus kostbarem schwarzen Holz. Zu beiden Seiten des Bauwerks hatten sich damals – vor einem Jahr, einer Ewigkeit – tausendfarbene Blumenbeete erstreckt, die von Bienen wimmelten. Der Duft, der von den Pflanzen ausging, war leicht und süß gewesen. An der Kopfseite des Gebäudes lag ein zweites, kleineres Becken. Von der Liege aus sah man einen gemaserten Stein, mit blutroten Adern und verwirrenden Mustern aus Quarzkristallen. Eine Steinplatte, nicht viel größer als der Oberkörper eines Mannes. Dort hatten sie lange gestanden: Bomilkar, Laetilius und Daniel, der Verwalter des großen Guts in der fernen Byssatis, zufällig auf dem kleinen Landgut, als dort seltsame Dinge geschahen. Daniel, den Bomilkar nun aufzusuchen gedachte und dessen Stimme er beinahe hören konnte, wie sie von der lieblichen Herrin, der Löwengebärenden sprach, deren Asche in diesem Garten in einem goldenen Becher vergraben ruhte. Damals hatte Laetilius ihn überrascht – und gerührt, was Bomilkar aber weder sich selbst noch gar dem Römer gegenüber zugegeben hätte – mit einem bemerkenswerten Ausspruch: Es gibt Orte, an denen man eine *Anwesenheit* spürt. Hierhin kommen die Götter, wenn sie der Menschen überdrüssig sind.

Mit Trauer und Bedauern dachte Bomilkar an den Strategen, den größten aller Punier, in Iberien gefallen und dort sicherlich verbrannt, so fern von dem stillen Garten.

Es kostete ihn ein wenig Mühe, sich von den Erinnerungen und Empfindungen loszureißen.

»Hamilkars Garten? Das wird nicht gehen«, sagte er. »Es ist schade, aber … Ich kenne den neuen Verwalter da nicht, und außerdem ist zu befürchten, daß sich dort Ratsherren der ›Neuen‹ aufhalten. Denen ich zur Zeit nicht begegnen möchte.«

»Dann schlag du etwas vor.«

Bomilkar kratzte sich den Kopf. »Nampamo«, sagte er plötzlich.

»Ist das eine Krankheit?«

Zililsan lachte. »Ein Name. Gut, dann weiß ich Bescheid. Bis heute abend also.«

Nampamos Schänke lag auf der »Zunge«, dem schmalen Landstück, das den Tynes-See von der Meeresbucht trennte. Es gab zwei Öffnungen, um Lastkähnen und Fischerbooten die Durchfahrt zu ermöglichen: einen unmittelbar südlich des Hafens von Qart Hadasht, einen zweiten etwa in der Mitte, beide mit kleinen Brücken versehen. Dazwischen lagen Schuppen, Werkstätten, Werften und vor allem Gärten von Obst- und Gemüsebauern. In einem dieser Gärten wäre im vorigen Jahr ein wichtiges Stück Papyros zu finden gewesen, wenn Bomilkar ein paar Stunden früher daran gedacht hätte …

»Übrigens ein guter Platz, um ungesehen zu verschwinden«, sagte Bomilkar. »Gut, daß ich rechtzeitig auf diesen Gedanken komme.«

»Du wirst mir deine verwickelten Überlegungen sicherlich darlegen«, sagte Laetilius. »Das könnte mir helfen, zu begreifen, worauf ich mich einlassen soll.«

Bomilkar lachte. »Komm«, sagte er. »Wir gehen zu Aspasias Wohnung, meine Sachen holen. Beutel, Münzen, derlei. Unterwegs sage ich dir, was es zu sagen gibt.«


Durch das Tor westlich des Handelshafens führte eine schmale Straße auf die Zunge hinaus. Bomilkar wechselte ein paar Worte mit einem seiner Wächter, der dort saß und auf den See starrte. Sie überquerten die erste Brücke und gingen zwischen Handwerksschuppen und Gärten nach Süden; dabei erörterten sie die Pläne für die nächsten Tage. Etwas weniger als eine Stunde nachdem sie die Zunge betreten hatten, kamen sie zur zweiten Brücke und bald darauf zur Hütte des alten

Mannes mit dem Namen, den der Römer für eine Krankheit gehalten hatte.

Nampamo mußte über fünfzig sein; das Gesicht war von Schründen und Falten eher zerschlitzt denn durchzogen. Als er Bomilkar begrüßt und Laetilius mit einem Knurren zur Kenntnis genommen hatte, brachte er ihnen Wasser und Wein und verzog sich an die Feuerstelle in der Hütte, um ein Mittagsmahl zu bereiten.

Laetilius ließ sich auf einem Holzklotz nieder. »Dieses Gesicht«, sagte er, »sagen wir: Dieses Antlitz hat er zweifellos irgendwo entwendet.«

Bomilkar grinste leicht. »Wo ungefähr?«

»Wahrscheinlich hat es einmal einem Daimonen gehört, der wegen des Absonderns schlechter Träume in einen unterirdischen Tempel verbannt wurde und jetzt bis zu Nampamos Tod gesichtslos durch die Finsternis des Jenseits schweifen muß. Vielleicht haben ihn die Götter in der Unterwelt versteinert.«

Bomilkar lachte. »Für einen Römer hast du erstaunlich üppige Einfälle.«

»Das muß daran liegen, daß ich zuviel mit wirren Puniern zusammen bin.«

»Ich stelle es mir aber schwierig vor, versteinert zu schweifen; wie soll das gehen?«

»Schwieriger und weit fesselnder erscheint mir jedoch«, sagte Laetilius geziert, »welche Götter für die Versteinerung zuständig sind und welche dafür, daß bei Nampamos Tod das Gesicht dem alten Besitzer zurückgegeben wird.«

»Was macht Nampamo dann? Ohne Gesicht im Reich der Schatten?«

»Er hat bestimmt noch eines, das er uns im Lauf des Tages enthüllen wird.«

Da beide entweder alberner Stimmung waren oder nicht weiter über das reden wollten, was vor ihnen lag, ergaben sie sich einer längeren Erörterung über schweifende Steine und sandigen Wind, die sie auf Hellenisch führen mußten, weil irgendwann dem Römer die punischen Wörter ausgingen.

»Erzähl mir etwas über ihn«, sagte Laetilius später, vom Kichern erschöpft. »Wer ist er, und woher kommt er?«

»Ein alter Krieger.« Bomilkar blickte zur Hütte aus Brettern und Schilf, aus der Geknister, Zischen und Flüche drangen. »Einer von Hamilkars Unterführern im Großen Krieg. Vater Libyer, Mutter Punierin. Ein paar Jahre vor Kriegsende ist er von einem deiner Landsleute schwer verwundet worden und heimgekehrt. Er hat die Werkstatt und zwei Boote seines Vaters übernommen, hier, an dieser Stelle. Im Krieg gegen die Söldner wurde alles zerstört; ein Trupp Numider hat die Zunge bis zur Brücke geplündert. Ihn haben sie an ein Kreuz gebunden und ihm die Unterschenkel gebrochen; deshalb hinkt er. Dann haben sie vor seinen Augen seine Frau geschändet und getötet und seine beiden Kinder lebendig geröstet. Und sind weggeritten, ohne sich weiter um ihn zu kümmern. Er hat zwei Tage am Kreuz gehangen, bis Nachbarn, die rechtzeitig hatten fliehen können, zurückgekommen sind.«

Laetilius schwieg eine Weile; dann murmelte er: »Gute Geschichte, um wieder ernst zu werden. Hat er Familie?«

»Er lebt mit einer schwarzen Frau aus dem tiefen Süden. Ich glaube, sie ist eine entsprungene Sklavin; aber wer soll sie hier suchen?«

»Sklavin aus Karthago?«

»Nein; aus einer der alten Städte. Ityke oder Hipu. Sie kümmert sich wahrscheinlich um die Ziegen, in den Hügeln am Südende der Zunge.«

Nampamo hatte ein köstliches Mahl aus Muscheln, Krebsen und Fisch bereitet, mit Lauch und Wein und Kräutern, dazu frisches heißes Brot. Er setzte sich zu ihnen an den Tisch – ein mit Brettern belegtes Karrenrad auf einem Baumstumpf – und aß ebenfalls etwas aus einem Napf.

»Was macht die Frau?« sagte Bomilkar.

»Sie ist bei den Ziegen. Am Abend wird sie mit frischem Ziegenkäse heimkommen.«

»Der Käse, mußt du wissen, ist bei meinen Wächtern und bei den Kriegern aus der Festung besonders beliebt.«

»Kommen die oft her?« sagte Laetilius.

»Wenn einer von ihnen nicht zu finden ist, sagt bestimmt ein anderer: ›Habt ihr schon auf der Zunge gesucht?‹«

Nampamo knurrte leise. »Was führt euch her? Ein Römer und ein Chanani?«

»Verspürst du Unbehagen bei Römern, wegen deiner Verwundung?« sagte Laetilius.

»Das war im Krieg. Ich habe Römer getötet, Römer haben unsere Männer getötet. Das ist, wie die Götter es vorgesehen haben und die Menschen es tun.«

»Bomilkar hat mir von den Numidern erzählt …«

Der Alte hob die Schultern. »Gute Krieger auf unserer Seite, gute Feinde, wenn es gegen sie geht«, sagte er. »Und einige waren später keine Menschen mehr. Oder vielleicht … vielleicht waren sie zu sehr Menschen. Ich weiß nicht, auch nach all den Jahren, ob in Blutrausch und Grausamkeit der Mensch, der wir sind, sich verliert oder erst zum Vorschein kommt. Vielleicht ist es besser, dies nicht zu wissen.«

»Weißt du, was aus ihnen geworden ist?«

»Einen habe ich wiedergesehen.« Nampamo starrte aufs Wasser des Sees hinaus. »Im Tal der Säge.«

Laetilius beugte sich vor. »Warst du dabei? Ich dachte …«

»Alter Mann, verwundet, gebrochene Knochen? Ah, Römer, es gibt Dinge, die sind größer als Wunden und Gebein. Haß. Die Gier nach Rache. Und Hamilkar brauchte Männer.«

Bomilkar schloß ein paar Augenblicke die Augen. Das Tal der Säge. Er hatte viele Gestalten des Todes gesehen und viele Formen des Sterbens, lang und grausam, schnell und gnädig. Im Krieg, in Scharmützeln, im Kampf gegen Verbrecher in der Stadt. Manches war ihm ehrenvoll und heldenhaft erschienen, anderes bloß unvermeidlich, vieles entsetzlich. Aber wenn die zweifelhaften Götter jemals das vollkommene, ungemilderte Grauen zugelassen oder bewirkt hatten, dann in jenem Tal. Die bloße Erwähnung genügte, um harte Krieger fahl werden zu lassen; und selbst jene, die wie er oder, natürlich, Laetilius nur davon gehört hatten, fühlten sich krank, wenn der Name genannt wurde.

Ein steiniges Tal im steinigen Hochland. Mit klugen Zügen hatten Hamilkar und sein numidischer Bundesgenosse, der spätere Schwiegersohn Naravas, vor achteinhalb Jahren das Heer der Söldner in diese Enge gelockt und getrieben. Elefanten und schweres Fußvolk sperrten den Ausgang, Reiter und schweres Fußvolk sperrten den Eingang, Fußkämpfer besetzten die Felswände ringsum. Es war die vollkommene Falle, noch vollkommener dadurch, daß Hamilkar mit Elefanten, Hacken und Hebeln riesige Blöcke bewegen ließ und jeden nur denkbaren Ausweg befestigte. Auch an den Seiten wurden die steilen Wände noch unzugänglicher gemacht; Tag und Nacht wachten Hamilkars Kämpfer.

Fünfzigtausend Libyer, Iberer, Kelten, Sikelioten, Italier, mit vielleicht tausend Gefangenen und an die zehntausend Sklaven, mit etlichen hundert Pferden und zahlreichen Karrenochsen. Für die ersten Tage hatten sie Nahrung und Wasser.

Sie gruben nach Wasser, fanden aber nur karge Rinnsale. Und im Tal waren Steine. Kein Baum, kein Strauch, kein Gras. Zuerst verzehrten sie die Vorräte. Dann schlachteten sie die Tiere. Außer Karren hatten sie nichts, um Feuer zu machen; sie mußten alles schnell essen, roh, bevor es in der Tageshitze verfaulte.

Dann die Gefangenen. Danach die Sklaven. Geschlachtet und gefressen. Roh, ohne Feuer. Und zuletzt würfelten die einfachen Krieger. Die Führer natürlich nicht. Sie tranken Blut, verdünnt mit dem wenigen Wasser aus dem Brunnen.

Mit der Ermordung von Gesandten und Geiseln hatten sie zu Beginn des Kriegs die Götter und alle Übereinkünfte der Menschen gelästert. Mit dem, was im Tal der Säge geschah, kündigten sie die letzten Gemeinsamkeiten mit Menschen auf und wurden Gefäße des Grauens, Abschaum der Erde.

Sie konnten sich nicht ergeben, und keiner konnte ihre Übergabe annehmen. Wer von ihnen hätte denn in sein Dorf oder seine Stadt zurückkehren, Menschen ansehen, mit Frauen schlafen, zu Göttern beten können? Es hieß, Hamilkar habe gesagt, sie hätten alles geschändet, was zwischen den Menschen und dem Schwarzen Nichts steht – ob er sie nun von seinen Männern füttern und tränken, das Böse in die Welt ziehen lassen solle, damit es alles verseuchte?

Schließlich kamen die Anführer der Söldner aus dem Tal, um trotz allem zu verhandeln. Hamilkar verlangte Geiseln; dann könnten alle anderen einzeln, unbewaffnet, die Schlucht verlassen. Als die Anführer zustimmten, nahm er sie und ihre Begleiter als Geiseln.

Die Eingeschlossenen sahen nur, daß ihre Führer gefesselt wurden. Sie fühlten sich im Verrat verraten, in der Ruchlosigkeit entehrt. Sie schrien, tobten, griffen zu den Waffen, stürzten sich zwischen die Felsen.

»Ein Wall von Leichen«, sagte Nampamo tonlos, »über den die anderen, wie über eine Rampe, immer wieder angegriffen haben. Töne, für die es keine Wörter gibt. Mord Mord Mord, ein hörbarer Teppich aus klumpigem Blut, das schwarze Malmen des Hades. Tausende haben versucht, die Ausgänge freizukämpfen. Andere wollten die steilen Felswände ersteigen; oben warteten Speere und Schwerter. Am Ende, nach dem Ende, die Elefanten, hundert Elefanten mit langen Messern auf den Stoßzähnen, mit breiten weichen schweren Füßen, durchs Tal getrieben und wieder zurück. Danach die Geier.«

Sie schwiegen eine Weile. Bomilkar trank einen Schluck; der mit Wasser verdünnte Wein schmeckte, als habe man blutige Klingen darin gereinigt.

Irgendwann sagte Nampamo: »Einen, wie gesagt, habe ich gesehen, am Ende. Er gehörte zu den letzten. Ich habe ihn aus dem Haufen herausgeholt und befragt. Er sagte, die anderen seien alle tot, bis auf den Führer des Trupps. Von dem er aber nichts wußte. Vielleicht tot, vielleicht entkommen, aber nicht im Tal.« Er verstummte.

»Und?« sagte Laetilius leise. »Hast du ihn gesucht?«

Nampamo nickte. »Vergeblich. Auch unter denen, die nach dem Krieg aus anderen Städten nach Qart Hadasht gekommen sind. Er hatte zu viele Namen, wißt ihr. Oder keinen. Ich weiß nicht, wie die Zeit sein Gesicht verändert hat, falls er noch lebt. Aber als er ... als er auf meiner Frau lag und lachte, weil sie schrie, da habe ich auf seinem Gesäß die Narbe gesehen. Oberhalb der linken Backe beginnt sie und zieht sich wie ein Blitz, wie eine eckige Sichel abwärts. Viele Nächte habe ich davon geträumt, alle Numider des entsprechenden Alters mit nacktem Hintern antreten zu lassen. Aber der Anblick war so lächerlich, daß ich immer kichernd aufgewacht bin, bevor ich ihn gefunden hatte.«

»Und der andere? Im Tal der Säge?«

Nampamo betrachtete seine Hände; er krümmte die Finger, als wolle er sie um einen Hals legen und zudrücken. »Als er geredet hatte, habe ich ihn getötet. Langsam.«

Laetilius nickte. »Die Götter waren mit dir und haben es zweifellos gebilligt.«

Bomilkar kniff die Augen zu Schlitzen. Er kannte die Geschichte, hatte aber den alten Mann noch nie so ausgiebig darüber reden hören.

»Und?« sagte er. »Hat es dir … genützt?«

Nampamo sah ihn an, ein wenig verwundert, wie es schien. »Kluger Mann«, sagte er leise. »Nein, es hat nicht genützt. Seitdem fühle ich mich wie einer von ihnen.«

Nach längerem Schweigen setzte er hinzu: »Reden wir von euch. Was habt ihr vor?«

»Es gibt noch mehr Numider«, sagte Bomilkar.

»Ah. Erzähl.«

Ohne allzu sehr in Einzelheiten zu gehen, berichtete Bomilkar von den Vorgängen der letzten Tage.

»Dann wollt ihr diese Nacht oder morgen früh reiten?« sagte Nampamo schließlich. Er wackelte mit dem Kopf.

»Was mißfällt dir?« sagte Laetilius.

»Zu viele Menschen in der Stadt«, knurrte Nampamo. »Wenn du dieser Dabar wärst, Römer, wo würdest du dich verstecken? Im Freien, auf dem Land, wo jeder dich von weitem sieht, oder unter fünfhunderttausend anderen? Einer seiner Leute könnte in der Schänke dieses Iberers arbeiten. Vielleicht befällt einen Handlanger eines Ratsherrn die gleiche Art Hunger wie euch, und er ißt heute abend dort und sieht euch, und ihm fällt ein, daß ein Richter noch ein paar Fragen hat.«

»Was schlägst du vor?«

»Am besten solltet ihr nicht mehr in die Stadt gehen. Aber wenn es sein muß …« Nampamo deutete auf seine Hütte. »Kommt her, wenn ihr gegessen habt. Sorgt dafür, daß morgen früh ein paar Pferde am Südende der Zunge auf euch warten, bei meinen Ziegen. Reitet von hier aus los. Unbeobachtet.«

# 17

**Tuzillus Schänke hatte etwas von einer Festung.** Das zweigeschossige Gebäude lag mitten im Innenhof eines Wohnblocks. Das Geviert im Geviert mochte hundert Jahre alt sein oder mehr; es bedeckte eine Fläche von etwa dreißig mal dreißig Schritten. Ebenfalls im Innenhof gab es Stallgebäude; Tuzillu konnte offenbar nicht nur Hungrige nähren, sondern im Obergeschoß auch Weitgereiste und in den Nebengebäuden deren Tiere unterbringen.

Der Wirt war nicht besonders groß; sein Alter schätzte Bomilkar auf Mitte dreißig. Tuzillu selbst empfing Aspasia, Laetilius, Patroklos und Bomilkar, die sich vor dem Eingang zum Innenhof getroffen hatten.

»Große Ehre, Herr der Wächter«, sagte er. »Bitte hier. Die Schankräume bleiben heute leer; bei gutem Wetter nutzen wir den Innenhof.«

»Ein Innenhof im Geviert im Innenhof des Blocks.« Bomilkar schüttelte erstaunt den Kopf, als sie durch die Schankräume des Erdgeschosses gingen und wieder ins Freie traten. In der Mitte des Hofs stand ein gemauerter Brunnen; Löwenköpfe spuckten Wasser in ein flaches, hoch angebrachtes Bekken, aus dem es in immer tiefere rieselte.

»Wie geht das?« sagte Laetilius. »Hast du irgendwo eine Pumpe, an der Sklaven arbeiten?«

Tuzillu strahlte. »Gut, nicht wahr? Kommt, ich zeige es euch.«

Sie gingen vorbei an Tischen, die noch unbesetzt waren; hinter dem Brunnen stand eine mit gemalten Blumen und

Zweigen verzierte Holzkiste. Da sie etwas mehr als mannshoch war, überlegte Bomilkar, ob man sie nicht eher als Schuppen bezeichnen sollte.

»Seht ihr?« Tuzillu öffnete in der Kiste eine Klappe, eine Art Tür. Er winkte einem Schanksklaven, der eben Lampen und Fackeln entzündete. »Leuchte uns, hier!«

Im Fackellicht sahen sie, daß die Kiste innen noch etwa zwei Armlängen unter die Ebene des Hofbodens reichte. Ganz unten war ein großes Becken voller Wasser; darin standen zwei Gestelle. Sie waren durch ineinandergreifende Zahnräder verbunden. Aus den kleinen, turmartig angeordneten Brunnenbecken auf der anderen Seite führten Röhren schräg abwärts; überschüssiges Wasser geriet so in eine Ausflußtülle. Aus dieser fiel es in große Bronzebehälter, die übereinander an einer dünnen Kette hingen.

Wenn einer der Behälter gefüllt war, sank er, zog die über ein Zahnrad laufende Kette nach unten und entleerte sich dort im Becken. Das erste Zahnrad übertrug die Bewegung auf ein zweites, das sich in Gegenrichtung drehte. Dessen Zähne griffen dabei in Schlaufen an einer leiterähnlichen Lederknüpfung und zogen diese abwärts. Oben lief das Lederband über eine Rolle; auf der anderen Seite der Rolle zogen die Schlaufen ein weiteres Lederband hoch, an dem mit Haken befestigte Wachstuchbeutel hingen. Sie waren leicht, nur halb so groß wie die Bronzebehälter des ersten Systems, und sie trugen Wasser aus dem unteren Becken zu einem hoch angebrachten Tongefäß, aus dem sich die Flüssigkeit in die Rachen der Löwen ergoß.

»Sehr einfallsreich.« Laetilius pfiff durch die Zähne.

»Wer hat das gebaut?« sagte Bomilkar.

»Ein wandernder ägyptischer Handwerker.« Tuzillu grinste. »Er hat seine gesamte Habe vertrunken und mußte bei mir Schulden abarbeiten.«

Sie setzten sich an einen langen Tisch neben dem Brunnen. Tuzillu ließ mehrere Krüge mit Wein, gekühltem Wasser und Säften bringen, dazu schlichte Tonbecher.

»Mit dem Essen warten wir, bis die anderen kommen«, sagte Bomilkar. »Ich hoffe, es gibt gute Dinge.«

Tuzillu richtete sich auf. »Ich habe mir im Verlauf eines Jahres einen guten Ruf erworben. Wenn es euch nicht mundet, werde ich die Schänke verkaufen!« Er klang aufrichtig empört.

Bei Sonnenuntergang hatte sich der Innenhof gefüllt. Bomilkar beobachtete unauffällig die anderen Gäste. Autolykos und Zililsan, die als nächste eintrafen, sagten leise, sie sähen niemanden, der ihnen Mißtrauen einflöße. Die meisten Gäste waren ansässige Iberer oder andere Metöken, es gab keinen Numider unter ihnen – zumindest nicht sichtbar oder an der Sprache zu erkennen – und nur zwei ältere Punier.

Tigalit erschien mit der Frau, die Penthesileia hieß, und zwei Leibwächtern. ›Viel zu bewachen, bei diesem Leib‹, dachte Bomilkar; ›eigentlich müßte unter ihrem Schritt der Boden einsinken.‹ Die mächtige Frau, die einen Kopf größer war als er und etwa eineinhalbmal so umfangreich, hatte den sahneweißen Leib in einen langen grünen Chiton gehüllt, der bis auf die Knöchel fiel und dessen Ärmel die Handgelenke bedeckten. Das Haupt war mit einer grellroten Schärpe umwickelt; die hervorlugenden Ohrläppchen – eher Ohrlappen –, von denen Silberschmuck mit grünen Steinen baumelte, waren ebenfalls weiß. Wie das Gesicht; und wieder sagte er sich, daß es das Antlitz der schönsten Frau war, die er je gesehen hatte. Schön und erdrückend.

»Der Wächter der Stadt«, sagte sie; mit einem breiten Lächeln kam sie näher und umarmte ihn. Während er sich von straffen Muskeln an den festen Leib gepreßt fühlte, fragte er sich, womit er, Hüter der Ordnung, die Zuneigung dieser Fürstin der Unterwelt verdient – und warum er sie überhaupt hergebeten hatte. Ratlosigkeit? Hoffnung auf hilfreiche Einflüsterungen aus dem Reich des Zwielichts?

Ähnlich umschlingend begrüßte Tigalit Aspasia – »die Herrin besten Schmucks; kennst du meine Ohrgehänge noch?« – und Laetilius: »Der kleine Römer ist auch wieder da? Langweilst du dich zu Hause?«

Penthesileia war ebenso groß wie Tigalit, aber schlank: ein Bündel von Sehnen, gebändigte Kraft in dunkler Lederkleidung. Ihre Haut war fast oliv und spannte sich über den Wangenknochen; die schmalen schwarzen Augen schienen Bomilkar zu durchbohren. Er nahm an, daß sie aus Asien stammte, aus den östlichen Steppen noch weit jenseits der skythischen Länder. Sie mochte fünfundzwanzig Jahre alt sein – falls die Menschen in ihrer Heimat nicht schneller oder langsamer alterten als andere. Ein Nicken, ein karges Lächeln, das hochmütig, aber auch scheu sein konnte, dann wandte sie sich den übrigen zu.

Die beiden Leibwächter setzten sich an einen kleinen Tisch neben dem Durchgang vom bogengesäumten Innenhof zur Schankstube, und irgendwie gelang es ihnen, wie Bomilkar später bemerkte, auch beim Essen und Trinken immer eine Hand nah am Griff ihrer langen Messer zu halten. Wie die meisten anderen trugen sie Sandalen und helle Tuniken.

Die Wucht von Tigalits Grün und Rot und dem dunklen Braun von Penthesileias Leder wurde schließlich ein wenig gemildert durch Bostars Kleidung. Der Punier kam als letzter, und er kam allein. Sein knielanger Chiton bestand aus senkrechten Streifen: schwarze Seide, weißes Leinen, feine purpurgefärbte Wolle, getrennt jeweils durch kaum sichtbare Goldfäden. Auf seinen dunklen krausen Haaren trug er eine Kappe aus grün-, purpur- und goldgefärbten Lederstückchen.

Der Miteigner der Sandbank, einer der reichsten Männer von Qart Hadasht, bewegte sich auch in dieser für ihn sicher ungewohnten Umgebung gewandt und zugleich unauffällig. Nachdem er alle begrüßt hatte, ging er wie selbstverständlich zum Platz am Kopfende des Tischs, ohne daß dies irgendwie anmaßend gewirkt hätte. Dort blieb er stehen.

»Ich habe schon gehört, daß du wieder in der Stadt bist, Römer«, sagte er.

»Schwache Männer können sich eben nicht von schlechten Gewohnheiten befreien«, sagte Laetilius.

»Beim Essen werden wir über gute und schlechte Gewohnheiten reden. Laßt uns zuerst bestellen. Wer hat eingeladen?«

»Edler Herr Bostar«, sagte Bomilkar, »der Römer wollte unbedingt die Gastfreundschaft, die ihm vor einem Jahr zuteil wurde, erwidern.«

Bostar klopfte Laetilius auf die Schulter. »Das ehrt dich, aber das kannst du irgendwann einmal in Rom tun. Wenn niemand Einwände hat, übernimmt die Sandbank.«

Keiner widersprach; nach und nach ließen sich alle an dem langen Tisch nieder. Links von Bostar saßen Aspasia, Bomilkar, Patroklos und Zililsan, rechts Tigalit, Laetilius, Penthesileia und Autolykos.

»Tazirat läßt grüßen«, sagte Aspasia. »Sie wird sich demnächst mit ihrem Gespielen Idnibal vermählen und hielt es für besser, deiner Einladung nicht zu folgen.«

Laetilius nickte. »Sag ihr, ich bedaure, sie nicht zu sehen, aber ich verstehe ihre Gründe und wünsche ihr und dem Mann Glück und die Gunst der Götter.«

Bostar und Tuzillu (diese hohen Gäste bediente er zumindest anfangs selber, statt alles den Schanksklaven und Mägden zu überlassen) berieten über die Einzelheiten des Mahls. Sie einigten sich auf Hirse mit Sesamöl, Muscheln, Krebsfleisch und schwarzen Bohnen, danach Platten mit gedünsteten Fischen, Zwiebeln, Lauch und einer Weintunke, danach gebratene Kaninchen, zerschnittene Früchte mit Saft und Sahne und zum Schluß Frischkäse, vermengt mit Honig und Nüssen. Als alles geklärt war und Tuzillu weiteren guten Wein aus der Byssatis bringen ließ, wandte sich Bomilkar an Bostar.

»Weißt du mehr aus Iberien, Herr? Wir haben nur vom Tod des unersetzlichen Hamilkar gehört.«

Bostar fuhr sich mit der Hand über die Augen. »Ein furchtbarer Verlust«, sagte er dumpf. »Die Stadt sollte tagelang weinen.«

»Was ist mit den anderen? Den Söhnen, Hasdrubal – und Antigonos, der, wie ich hörte, zufällig in Iberien weilte.«

»Viele gute Männer sind gefallen. Das Heer hat noch am Abend der Schlacht, in der Hamilkar starb, Hasdrubal zum neuen Strategen bestimmt. Hamilkars Söhne leben, ebenso Antigonos.« Bostar verzog den Mund zu einer spöttischen Grimasse. »Obwohl ich mich frage, womit er das verdient hat. Antigonos, meine ich. Wenn er schon immer dabeisein muß, wenn große Dinge geschehen, ist nicht einzusehen, daß er unverletzt davonkommt.«

»Hat er dir geschrieben? Oder woher weißt du so gut Bescheid?«

»Die Sandbank hat viel Geld in iberische Geschäfte gesteckt; deshalb gibt es viele, die Nachrichten übermitteln. Und vergiß nicht: Es gibt die Übermittlung von Nachrichten mit Hilfe der Feuertürme an den Küsten, außerdem das schnelle Meldeschiff. Aber nicht alle Einzelheiten, die der Rat und andere erfahren, sickern ins Ohr des Volks.«

Tuzillu und zwei Schanksklaven brachten die ersten Platten und Schüsseln. Am Tisch verwickelten sich sechs oder sieben Gesprächsfäden; Bomilkar konnte nicht allen folgen, stellte aber fest, daß die rätselhafte Frau aus den Steppen Asiens gründlich aß und abgründig schwieg. Laetilius versuchte offenbar mehrmals, mit ihr zu reden, kam aber nicht über Zeichen, Gebärden und einzelne Wörter hinaus. Bis zur Mitte des

Mahls sprach man über Belangloses, tauschte Klatsch und Gerüchte aus oder lobte das Essen.

»Nun zu dir«, sagte Bostar schließlich, als die Fische vertilgt waren und auf großen Platten Kaninchen gebracht wurden. »Was liegt an?«

»Es hängt, fürchte ich, alles irgendwie zusammen«, sagte Bomilkar. »Numider, Iberer, was du willst.«

»Meinst du das Schwert?«

»Woher weißt du davon? Es sollte angeblich geheim sein.«

Tigalit kicherte. »Ich weiß es. Die Herren der Unterwelt wissen es auch und suchen danach.«

»Woher weißt du, woher wissen sie?«

»Nichts bleibt geheim«, sagte Bostar. »Jeder kennt irgendwen, der zufällig etwas hört oder sieht und es weitergibt, und wer ausreichende Kenntnisse besitzt, kann aus entstellten Bruchstücken die Amphore des Entsetzens wieder zusammenfügen. Ist es so, Gewaltige?«

»So ist es, Herr der Schätze. Oder muß ich schon Ratsherr sagen – Rab Bostar?«

Der Punier lächelte flüchtig. »Ich weiß nicht, woher du *das* nun wieder weißt; ich habe mich noch nicht entschieden. Aber es wird wohl darauf hinauslaufen.«

»Ein guter Mann im Rat kann nicht schaden«, sagte Laetilius. »Das sage ich als guter Feind.«

»Wir danken dir.« Bostar verneigte sich spöttisch. »Obwohl die Billigung eines Römers mich zaudern läßt. Was Rom billigt, kann Qart Hadasht nur schaden.«

»Es gibt zu viele Trottel im Rat«, sagte Tigalit. »Und zu viele Männer, die bei jeder Entscheidung zuerst fragen, was Hanno dazu sagt. Ein Mann wie du, Bostar, der weiß, woher das Geld kommt, was Macht ist und daß die Welt jenseits des Meeres weitergeht ... ist eine Bereicherung für den Rat und die Stadt. Für uns alle.«

»Ich kenne einen, der das nicht so sehen wird. Ah nein, zwei.«

»Wer sind diese zwei?«

»Einer ist Hanno.« Bostar rümpfte die Nase. »Seit zwanzig Jahren behindert ihn das Geld der Sandbank, behindert ihn Antigonos.«

»Möge die Behinderung noch lange währen«, sagte Bomilkar. »Und wer ist der andere?«

»Antigonos.« Bostar lachte. »Er reist gern. Aber wenn ich mich nicht mehr nur um die Bank kümmern kann, sondern hin und wieder auch um die Stadt, wird er öfter hierbleiben müssen.«

Bomilkar berichtete von den seltsamen Vorgängen um Schwert, Tempel, Garten, Ratsherren und Numider. Schließlich sagte er:

»Einer meiner Leute, von den Numidern gefangen, hat gehört, wie sich deren Führer mit einem wahrscheinlich edlen Punier unterhielt. Sie sprachen vom Schwert, das nach Alexandreia befördert wird und danach nach Iberien.«

Bostar schloß einen Atemzug lang die Augen, öffnete sie wieder und sagte: »Das heißt, sie planen einen Umsturz im Hinterland, der auch die Stadt erfassen könnte; sie wollen vorab in Ägypten um Stillhalten oder gar Hilfe ersuchen und dann die numidischen Krieger in Iberien aufwiegeln. Oder gleich die Iberer mit.«

»Wer könnte dahinterstecken?« sagte Tigalit; sie starrte Laetilius an. »Wer – außer Rom?«

»Ich weiß von nichts.« Er hob beide Hände. »Und ich bin sicher, die Senatoren, mit denen ich gekommen bin, wußten auch nichts. Natürlich hätten sie … hätten wir gern das Schwert; das will ich gar nicht leugnen. Aber soviel ich weiß, haben wir nichts damit zu tun.«

»Tsa tsa tsa«, sagte Tigalit. »Und außer Rom?«

Bostar stützte das Kinn auf die gefalteten Hände. »Wenn es nicht so völlig sinnlos wäre«, knurrte er, »würde ich sagen: Hanno.«

Tigalit sog Luft durch die Zähne, sagte aber nichts.

»Ich habe mit ihm gesprochen«, sagte Bomilkar. »Ungern.«

»Das glaube ich.« Bostar zwinkerte. »Man fühlt sich wie ... wie einer, der durch einen Wald geht und weiß, hinter jedem Baum, jedem Wort Hannos, könnte ein Bogenschütze stehen, der auf einen zielt.«

»Ich dachte eher, ich müßte durch einen Teich voller Krokodile schwimmen«, sagte Bomilkar.

Tigalit lachte. »Ich hatte das Vergnügen noch nicht, aber ihr macht mich neugierig.«

»Jedenfalls«, sagte Bomilkar, »war er gut gelaunt; ich nehme an, er wußte schon vom Tod des Barkas. Er sagte, er fände alles, diese beim Tod des einen weglaufenden Ratsherrn, das Schwert und überhaupt – also, er sagte, er fände es seltsam, und er hat mir anstandslos gestattet, im Garten zu wühlen. Der Garten gehört zum Tempel des Baal Melqart.«

Bostar preßte die Lippen zu einem schmalen Strich. »Trotzdem. Hanno hat nur ein Anliegen, das ist seine eigene Größe und Macht. Dafür nimmt er Leichenberge hin. Aber irgendwie kriege ich ihn und diese Vorgänge nicht zusammen.«

»Ich auch nicht«, sagte Tigalit. »Er kann nur groß und mächtig sein, wenn die Stadt groß und mächtig ist, in der er lebt. Sie ist der Baum, auf dem er sein Nest hat. Diese Schwertgeschichte ... wenn alles so ist, wie es scheint, kann er nichts gewinnen.«

Laetilius hob seinen Becher. »Laßt uns in diesem Fall auf das Wohl Hannos des Großen trinken«, sagte er, »seine Macht und seinen Reichtum. Ich mag deinen Vergleich mit dem Baum und dem Nest, gewaltige Frau. Er würde, wenn alles so ist, den Baum fällen, auf dem er wohnt.«

Tigalit trank; sie schaute ihn über den Becherrand an. »Wie haben dir eigentlich meine hübschen Schoßtiere gefallen, kleiner Römer?«

»In dieser Stadt bleibt dir wirklich nichts verborgen, scheint es. Feine Tiere, aber …« Laetilius grinste. »Wenn sie Halsschmerzen haben, brüllen sie wahrscheinlich sehr lange.«

»Worum geht es?« sagte Bostar.

»Sie hält neben einem Dagon-Tempel zwei Kameloparden.« Bomilkar hüstelte. »Fürstin der Unterwelt, diese Tiere fressen das Laub der Bäume ab, die dem Priester heilig sind. Er hat sich beschwert.«

»Soll er. Vor Jahren hat er mich beleidigt. Als ich noch Lasten auf dem Markt getragen habe, hat er sich von mir für ein Fest allerlei Früchte und Fleisch bringen lassen, und als ich darauf beharrt habe, dafür bezahlt zu werden, statt alles dem Gott zu schenken, hat er mich ›widerwärtige Warzenwanze‹ genannt.«

»Und jetzt kaufst du das Haus neben dem Tempel und läßt dir aus dem tiefsten Süden Libyens riesige Tiere liefern, nur um ihn zu ärgern?« sagte Laetilius. »O punische Abgründe!« Dabei strahlte er.

»Das Haus gehörte Gulussa; nach seinem Tod habe ich es übernommen, wie alles andere. Und mit den Tieren will ich mich an Wettrennen beteiligen.«

Bomilkar lachte. »Das möchte ich sehen! Tu mir einen Gefallen, Tigalit, und warte mit dem Rennen, bis ich wieder in der Stadt bin. Rennkameloparden! Hast du sie vielleicht auch noch entsprechend genannt – ›hurtiges Schoßtier‹ oder ›kleiner Schmuser‹ oder so?«

»Die Leute, von denen ich sie gekauft habe, nennen sie in ihrer Sprache *zuraf* oder *ziraf*. So habe ich sie genannt: den Hengst *zirafa*, die Stute *zirafat*. Mal sehen, vielleicht können sie ja nicht nur rennen, sondern auch Nachwuchs zeugen.«

Bostar wischte sich ein Grinsen aus dem Gesicht. »Lassen wir deine *zirafīm* beiseite, wenn du gestattest. Ihr wollt also verschwinden?«

»Da Richter und Sufet offenbar Wert darauf legen, daß ich nicht weiter an der Sache arbeite, sondern langwierige Genesung betreibe ...«

Tigalit schüttelte den Kopf. »Das ist doch alles unsinnig. Als ob sie etwas wüßten. Oder beteiligt wären.«

»Oder befürchten, ich könnte etwas herausbekommen, was schlimmer ist als das Verschwinden des Schwerts.«

»Das Schwert hat keine Bedeutung – für uns«, sagte Bostar. »Nicht einmal als Symbol. Daran glaubt doch kaum jemand. Aber für die Numider wäre es ungeheuer wichtig. Was könnten die edlen Herren ...« Er rieb sich die Nase. »Ich will sehen, ob einer unserer Parteigänger etwas weiß. Oder ahnt. Oder herausfinden kann. Aber bleiben wir bei euch. Wenn ich das richtig sehe, willst du weitermachen, ja?«

»Gründlich.«

Tigalit legte ihm die rechte Hand auf den Unterarm. »Ich lobe dich, Söhnchen. Wo und wie?«

»Das Schwert reist nach Alexandreia«, sagte Bomilkar. »Und dann nach Iberien. Vielleicht können wir es in Alexandreia abfangen. Und wenn nicht?« Er hob die Schultern.

»Längere Seereisen sind gut für die Gesundheit.« Bostar gluckste. »Sagt man. Ich halte nichts davon; ich bin seßhaft, aber vielleicht findet ihr ja etwas. Ihr – heißt das, Laetilius, du machst mit?«

»Man hat mich freigestellt«, sagte der Römer. »Die Herren sind der Meinung, es wäre sinnvoll, über wahnsinnige Vorgänge bei den Puniern möglichst gut Bescheid zu wissen.«

»Und wenn ihr das Schwert findet, was dann?« Bostar blickte Bomilkar an. »Wie willst du sicher sein, daß er es nicht nach

Rom verschleppt, um es von dort aus gegen uns zu verwenden, bei den Numidern?«

»Er hat einen Eid abgelegt.«

»Hmf.« Tigalit schnitt eine Grimasse. »Glauben Römer an etwas, worauf sie einem Punier gegenüber Eide ablegen können?«

»Tun sie. Aber sag du mir etwas, Gewaltige: Im Verlauf dieser Geschichte wurde der Name Bodaschtart der Grüne erwähnt.«

»Er will sich zum Herrn des Marktes machen«, sagte Tigalit. »Aber das wollen viele.«

»Du kennst ihn also.«

»Seit vielen Jahren. Seit meiner Zeit als Trägerin.«

»Kannst du dir etwas denken, was ihn mit dem Schwert und den Numidern verbindet?«

Sie starrte auf ihr geleertes Eßbrett. »Nein«, sagte sie nach kurzem Zögern. »Aber das heißt nichts. Ich werde mich umhören.«

Bostar faltete die Hände hinter dem Kopf. »Tigalit, es macht mich mißtrauisch. Du, eine der Fürsten der Finsternis – warum willst du Bomilkar helfen?«

»Es geht mir da wie Hanno.« Sie zeigte die Zähne. »Ich kann nur gedeihen, wenn die Stadt gedeiht. Und ich finde die beiden hier, den Chananibüttel und seinen römischen Freund, einfach niedlich.«

Bomilkar blickte Laetilius an. »Freund?« sagte er. »Nun ja. Laß uns noch etwas anderes regeln, Bostar.«

»Was?«

Bomilkar legte die Hand auf die Brust; unter dem *kitun* knirschte der Papyros. »Falls das Schwert Alexandreia schon verlassen hat, muß jemand in Iberien Bescheid wissen. Ich habe einen Brief geschrieben.«

Bostar streckte die Hand aus. »Gib ihn mir.«

»Was wirst du tun?«

»Ich lasse ihn abschreiben und schreibe selbst noch etwas dazu. Du weißt ja, die Sandbank hat iberische Geschäfte und Anliegen. Es fahren zur Zeit, eben wegen der wirren Zeiten, unausgesetzt Schiffe von uns hin und her.«

Bomilkar reichte ihm die Rolle. »Falls wir«, sagte er dann, »nach Mastia fahren, von Alexandreia aus: Kannst du mir einen Namen nennen?«

»Dein Ohr.«

Als Bomilkar sein Ohr vor Bostars Mund brachte, flüsterte der Bankherr:

»Grüß von mir in Alexandreia den Bankherrn Leonnatos. In Mastia Mandunis, den Fürsten der Kontestaner. Aber vielleicht ist bis dahin Hasdrubal dort.«

»Was will er in Mastia?«

»Ach, er hat gewisse Vorhaben. Falls bis dahin die Dinge im Inneren des Landes geregelt sind.«

»Noch etwas, Herr der Sandbank.« Bomilkar flüsterte immer noch. »Ich hörte, es gebe bei den ›Neuen‹ auch einen Bodaschtart, den man den Grünen nennt.«

»Ich weiß nichts von ihm.«

»Es heißt, er will gewählt werden, in den Rat.«

Bostar schien zu überlegen. »Ich werde mich darum kümmern«, sagte er. »Aber ich habe bis jetzt nie von ihm gehört.«

»Darf ich dich mit weiteren Forschungen behelligen?«

»Worum geht es?«

Bomilkar nannte ihm leise die Namen der Richter und Ratsherren, deren Zugehörigkeit, Rang und Vorgeschichte er gern gewußt hätte; Bostar versprach, sich auch darum zu kümmern, sagte aber, er wisse nicht, ob alle Fragen beantwortet werden könnten.

Tigalit sah Bomilkar an, dann Aspasia. »Deine hübsche Geliebte mit den geschickten Fingern ist zu schade für dich«, sagte sie. »Demnächst hätte ich gern ein wenig neuen Schmuck von dir. Vielleicht etwas Passendes für Penthesileia?«

Die Asiatin blickte auf, als ihr Name genannt wurde, schüttelte den Kopf und sagte: »Nicht Schmuck für Jägerinnen, nur Waffe. Und Blut.«

»Ei.« Tigalit grinste und wandte sich wieder an Aspasia. »Was willst du tun, während die beiden Knaben reisen? Ich könnte dir eine sichere Behausung bieten. Sagen wir, gegen zwei Ringe?«

»Ein guter Vorschlag.« Bomilkar nickte. »Was meinst du, Treffliche?«

Aspasia lächelte ihn an, dann Tigalit. »Ich danke dir, Fürstin. Aber da ich noch nie weit aus Qart Hadasht hinausgekommen bin, werde ich mir diese Reise nicht entgehen lassen.«

Bomilkar sprach mit Autolykos über vier Pferde und wechselte noch ein paar Worte mit Zililsan, der etwas über Schatten in der Nacht murmelte; dann gingen er, Laetilius und Aspasia mit ihrem kargen Gepäck zum Hafen und von dort zur Zunge. Zunächst redeten sie über die Gespräche des Abends, dann brachte jeder Mutmaßungen über Penthesileia vor. Einige Zeit sprachen sie gar nicht; irgendwann seufzte Bomilkar und sagte:

»Gespielin – muß es denn sein?«

»Es muß«, sagte Aspasia. »Ich wollte immer schon mal nach Alexandreia.«

»Aber …«

»Seid still«, sagte Laetilius. »Ich glaube, ich habe eben etwas gehört.«

»O scharfohriger Römer«, murrte Bomilkar.

Aber er schwieg. Sie gingen weiter. Als der Weg nur noch vereinzelte Schuppen streifte und ansonsten durch kleine Felder und Gärten führte, bedeutete Laetilius den beiden, möglichst lautlos aufzutreten – nicht auf dem hier und da knirschenden Weg, sondern auf dem Gras am Rand.

Dann hörte auch Bomilkar etwas. Schritte, die schneller wurden und näher kamen. Er spürte, wie der Römer zum Schwertgriff langte.

Beide drehten sich gleichzeitig um und zogen die Waffen. Hinter ihnen, gut zu sehen im Zwielicht der Sterne und des unvollständigen Mondes, erschienen vier Männer mit verhüllten Gesichtern und Lanzen.

»Laß dich fallen«, sagte Bomilkar, als die Angreifer zu zögern schienen. Er hörte hinter sich etwas, das klang, als ob Aspasia der Aufforderung nachkäme. ›Ausnahmsweise‹, dachte er.

Die vier Männer stürzten sich auf Laetilius und ihn. Der Römer tauchte unter einem Lanzenstich durch und schlug mit dem Schwert den Schaft zur Seite. Bomilkar wich aus, als der zweite nach ihm stieß; dabei verfluchte er die Wunde, die wie ein Feuerbrand schmerzte und ihn behinderte.

Der dritte Angreifer ließ plötzlich die Lanze fallen, hob die Hände und stürzte vornüber. Der Vierte stutzte sichtlich, drehte sich halb um und wurde von einem Pfeil aus dem dunklen Teil des Zwielichts in die Brust getroffen. Die beiden ersten Angreifer flohen zur Seite, zum Seeufer hin.

Bomilkar kniete neben dem Mann, der als erster gefallen war. Er bewegte schwach die Hände, die über den Weg strichen, als suchten sie dort etwas; dann endete die Bewegung in einem Zucken.

Aus dem Dunkel erschienen Zililsan und Patroklos, beide mit Schwertern in der Hand. Bomilkar deutete zum Seeufer.

»Vorsicht, vielleicht warten sie darauf.«

Zililsan schnaubte; geduckt liefen er und Patroklos dorthin, wo die beiden überlebenden Angreifer verschwunden waren.

Laetilius folgte ihnen, während Bomilkar sich um den anderen Getroffenen kümmerte. Auch dieser Mann würde keine Auskünfte mehr erteilen.

»Ist das immer so bei dir, wenn du nicht nachts neben mir liegst?« sagte Aspasia. Sie saß zwischen Schilfbüscheln am Wegrand; ihr Gesicht, dem halben Mond zugewandt, schien fast weiß.

»Nicht immer, aber es häuft sich.« Bomilkar ging zu ihr und zog sie auf die Füße, ohne dabei die Umgebung aus den Augen zu lassen.

Laetilius kam zu ihnen. »Weg«, sagte er, »mit einem Boot.«

Hinter ihm erschien Nymar. Der Make löste eben die Sehne seines Bogens. Mit ausdruckslosem Gesicht blickte er auf die beiden Toten.

»Häuptling«, sagte er dann, »ich habe noch ein paar Pfeile hinter dem Boot hergeschickt, aber …« Er hob die Schultern.

»Danke für die Lebensrettung, Freund.«

Nymar grinste. »Zur Belohnung«, sagte er, »darfst du mir noch etwas zu trinken ausgeben. Ich nehme an, wir sollten alle bei Nampamo übernachten und umschichtig wachen, oder?«

»Hast du das gewußt?« sagte Aspasia.

»Befürchtet«, sagte Bomilkar. »Deshalb habe ich Zililsan gebeten, uns mit Abstand zu folgen. Wenn ich es gewußt hätte, hätte ich dich nicht dieser Gefahr ausgesetzt.«

»Ah«, sagte Aspasia. »Soll ich das glauben?«

»Besser nicht.« Laetilius hob sein Bündel auf. »Ich habe dich bis jetzt für eine kluge Frau gehalten, nicht für leichtgläubig.«

Am nächsten Morgen wartete Barako bei den Ziegen, mit drei Reittieren und einem Packpferd.

Zililsan gähnte. »Na schön«, sagte er. »Erst nicht viel schlafen, und jetzt auch noch den ganzen Weg zurück zu Fuß gehen und tote Numider beseitigen. Kommt, Männer.«

»Danke«, sagte Bomilkar. »Noch einmal: danke an alle, Freunde. Aber wollt ihr uns keine gute Reise wünschen?«

Zililsan keckerte schrill. »Kommt nicht zu bald zurück. Erst, wenn wir ausgeschlafen haben.«

# 18

**Sieben Tage benötigten sie,** um das große Gut der Barkiden-familie in der südlichen Byssatis zu erreichen. Eine Nacht verbrachten sie in der Scheune eines gastlichen Bauern, zwei in Raststätten für Händler und Karawanen an der Küstenstraße, die von Hadrymes nach Süden führte, die übrigen unter freiem Himmel. In den ersten Tagen kamen sie nicht so gut voran, denn es gab einige Beschwerlichkeiten zu überwinden: wunde Schenkel und Gesäße. Bis sie sich an langes Reiten gewöhnt hatten, war auch Bomilkars Verletzung so weit verheilt, daß sie ihn unterwegs nicht allzu sehr behelligte.

Vor allem Aspasia genoß die Anblicke und Gerüche: die Weite des nicht ummauerten Landes, die Wogen der mit wachsendem Getreide bedeckten Ebenen und Hügel, die unendlichen Reihen von Ölbäumen und Weinstöcken. Dörfer und kleine Städte, dann wieder befestigte Landgüter, auf deren Feldern Sklaven arbeiteten, wechselten sich ab mit den Feldern und Obsthainen libyscher Bauern. Salziger Seewind wühlte die Düfte wilder Blumen auf und vermengte sie mit dem Morgendunst der Gräser und dem Geruch der Pferde.

»Man müßte immer nur reisen«, sagte Aspasia irgendwann. »Wozu sind Städte gut und die Seßhaftigkeit? Allmählich verstehe ich meinen Sohn, der immer bei den Tieren und den Karawanen bleiben will.«

Die Gespräche drehten sich nur anfangs um die Vorgänge, die die Reise ausgelöst hatten. Plötzlich begann der Römer von daheim zu erzählen, von den Gebäuden und Gerüchen seiner Stadt und des umgebenden Landes, von Bauern und

Fischern und den reichen Männern der alten Familien, die alle wichtigen Entscheidungen fällten. Aspasia sprach von ihrer Kindheit in den Vororten und vom Leben mit dem Goldschmied Laomedon, vom Heranwachsen der Kinder und von der Krankheit, die den Mann zerfraß.

Bomilkar hörte meistens zu, wie die beiden sich unterhielten. Er war zufrieden damit, seine Wunde heilen zu spüren, den Wind und die Weite zu schmecken, für einige Zeit befreit zu sein von der Enge der Stadt und den Pflichten. Er freute sich, daß die Frau, die er liebte, die Reise genoß und sich unausgesetzt veränderte und dabei doch die gleiche blieb.

Und wie vor einem Jahr stellte er fest, daß Laetilius, der Römer, der vertraute Feind, ein angenehmer Reisegefährte war. Aspasia schien es ähnlich zu gehen. An einem Abend hatten Bomilkar und Aspasia sich hinter ein Gesträuch zurückgezogen, um die Veränderungen abzugleichen und den Wandel zu festigen. Später, neben Laetilius wieder am Feuer, sagte Aspasia plötzlich:

»Ein Jammer, daß ich keine Hetäre bin.«

Bomilkar gluckste leise; Laetilius riß den Blick von den sterbenden Flammen los und sagte: »Wie meinst du das?«

»Dann könnte ich, ohne mein Gemüt oder das von Bomilkar zu beschweren, auch dir die Reise behaglicher gestalten, Titus. Und du mir.«

Laetilius breitete die Arme aus. »Fürwahr. Aber laß uns nichts heraufbeschwören, was später stören könnte.«

»Außerdem wollen wir die Verständigung zwischen Römern, Hellenen und Puniern nicht übertreiben«, sagte Bomilkar. »Und könnte es sein, daß du nicht so sehr an die Familie denkst, wie es einem Römer geziemt, sondern hin und wieder auch an eine schlanke Jägerin aus Asien?«

»Ah«, sagte Aspasia; sie lächelte. »Man müßte es dir nachsehen, wenn es so wäre. Schade, daß sie nicht mehr geredet hat.«

An einem heißen späten Vormittag erreichten sie das alte Landgut der Familie des Barkas. Über den tiefblauen Himmel liefen dünne Streifen von der Farbe geronnener Sahne. Sie zügelten ratlos die Pferde, als der Weg sich dreiteilte. An der Nordseite des Hügels, umstanden von Zypressen und kleinen Palmen, lehnte ein Schuppen an einem großen gemauerten Wasserbehälter. Die Wege und die Bewässerungsgräben lösten sich in der Ferne zu wabernden Schichten auf, über denen Ölbäume kopfunter aus dem Himmel hingen. Die wellige Ebene mochte sich bis zum Ende der Welt erstrecken, mit den Reihen der Ölbäume, weißflaumigem Knoblauch, Wein, Weizen, Artischocken.

Ein Mann, der weiter links zwischen Weinstöcken arbeitete, rief etwas und deutete nach rechts.

»Wahrscheinlich ist das der Weg zum Haus«, sagte Bomilkar.

»Wenn er ein echter Punier ist, kann es auch der Weg zu einer Schlangengrube sein.« Laetilius schnaubte leise. »Aber Punier arbeiten hier sicher nicht auf den Feldern, oder?«

Der Weg wand sich zwischen Öl und Wein, Hügeln, unter denen Zisternen lagen, und Gräben hindurch, überquerte mehrere kleine Steinbrücken, stieg ein wenig an und fiel dann in ein weites grünes Tal, in dem Rinder und Pferde weideten. Eine dreimal mannshohe Mauer umgab in der Talmitte eine Gruppe alter hoher Laubbäume; durch das satte Grün schimmerten weiße Wände. Außerhalb des umwallten Bereichs lagen Nebengebäude und Stallungen.

Sie ritten zum offenen Tor, dann in den Hof. Dort gab es eine zweite Mauer, kaum niedriger als die äußere. Ein paar Kinder liefen herum, warfen ihnen neugierige Blicke zu und riefen irgend etwas.

Aus dem Tor der zweiten Mauer erschien ein Mann in einem weiten weißen Gewand. Er trat einen Schritt vor, verschränkte die Arme, trat einen Schritt zurück, lehnte sich mit der Schulter an die Wand und sagte:

»Ein punischer Lehmkopf, ein römischer Lehmkopf, eine geschmeidige hellenische Kunstwerkerin! Wie komme ich zu diesem ehrlosen Vergnügen?«

Bomilkar ließ sich vom Pferd gleiten und warf die Zügel einem der Kinder zu, die sich inzwischen genähert hatten.

»Herr Daniel – ein paar von der Unbill des Geschicks gegeißelte Wanderer begehren Zuflucht, Unterkunft und Rat.« Während er dies sagte, schaute er sich gewissermaßen im Geiste über die Schulter und staunte, daß er sich so schnell der eher undeutlich erinnerten Redeweise von Hamilkars Verwalter anpaßte. ›Schluß damit‹, sagte er sich; ›es reicht, wenn *er* so redet.‹

Daniel breitete die Arme aus. »Kommt herein, ihr Armen, und bringt eure Beutel mit; für die Pferde wird gesorgt.«

Sie gingen unter den Bäumen hindurch zur zweiten Mauer, an deren Innenseite sich weitere Schuppen und Ställe befanden. Der Boden zwischen Mauer und Haus war mit Ziegeln bedeckt; Bomilkar sah drei Brunnen. Das Haus selbst stand auf einer Grundfläche von vielleicht fünfzig mal fünfzig Schritten; das untere der drei Geschosse hatte keine Fenster. Die Tür war mit Eisenplatten verstärkt. Unter den Fenstern des ersten Stockwerks zogen sich wie ein Fransensaum Eisenstacheln um das ganze Haus.

»Die Bewohner des Hauses«, sagte Laetilius, »scheinen nicht unbedingt in Frieden mit der Umgebung zu leben.«

»Deine Leute sind nicht bis hierher gekommen.« Daniel grinste den Römer an. »Unter Regulus; du weißt schon, vor, uh, sechsundzwanzig Jahren. Im Söldnerkrieg sind wir ein paar Tage belagert worden. Aber kommt erst mal rein.«

In der jetzigen Gestalt, erzählte er später bei einem ausgiebigen Rundgang, stammte die kleine Festung von Baalyaton, dem Vater des Hannibal, des Vaters von Hamilkar dem Blitz. Die Vorfahren hatten sich oft gegen plündernde Numider oder Libyer verteidigen müssen. Teile der Einrichtung waren weit älter als die Mauern. Es gab schwere mehrhundertjährige Truhen, ägyptische Glasgefäße aus der Zeit vor der persischen Herrschaft am Nil, einen bronzenen Brustschutz, der einem Krieger des Kroisos gehört hatte, geschnitzte Jadefiguren aus China, einen nach unbekannten Vorschriften behandelten Kopf eines großen Affen – ein Vorfahr namens Mago hatte an der langen Libyenfahrt des Seefahrers Hanno auf dem Okeanos teilgenommen. Irgendwo stand eine goldene Platte, groß wie ein Wagenrad, mit getriebenen Darstellungen der alten indischen Götter, daneben, auf einer weiteren Truhe, ein schillerndes schlichtes Gefäß aus glattem Zedernholz zur Aufbewahrung von Weihrauch, das der Steuermann des Schiffs der Fürstin Elissa aus Tyros mitgebracht hatte. In den Räumen verteilt oder verstreut sahen sie tausend Tierfiguren aus Walknochen, Elefantenzähnen, Schildpatt, Onyx, Karneol.

In einem Raum des Obergeschosses stand Aspasia sprachlos vor Schmuckstücken aus Gold, Silber, grünem Kupfer, hundert verschiedenen Edelsteinen; und bestaunte eine Kette aus leuchtendgrünen Steinen, die sich mit kleineren blutroten abwechselten, aufgereiht auf dünnstem Golddraht, mit zwei handtellergroßen, von Goldstreben gehaltenen Goldscheiben, auf denen sich phantastische Vögel spreizten: ins Gold eingelassene, mit einer dünnen Schicht von rauchfarbenem Glas überzogene Edelsteinsplitter.

»Die liebliche Herrin«, sagte Daniel, »die Löwengebärende, die im geheimen Garten in der Megara bestattet ist, hat diese Kette zu besonderen Anlässen getragen.« Er fuhr sich mit der Hand über die Augen. »Hamilkar sollte auch dort liegen. Aber kommt; die Frau wird inzwischen karge Erfrischungen bereitet haben.«

223

»Die Frau?« sagte Aspasia. »Du wirktest im vorigen Jahr eher – na ja, sagen wir: unvermählt.«

Daniel zwinkerte. »Muß daran liegen, daß der Gott meiner Ahnen mir vorschreibt, nur eine Jüdin zur Frau zu nehmen. Sie ist aber Libyerin.«

»Bist du also vom Glauben deiner Ahnen abgefallen?« sagte Laetilius.

»Ach nein; ich habe ihn durch Gleichgültigkeit und Nichtverwendung schal werden lassen.«

Bomilkar kniff die Augen zusammen. »Wenn ich mich nicht irre, hast du damals gesagt, wir sollten dich später einmal fragen; es könnte sein, daß du bis dahin einen Gott gefunden hast, an den zu glauben sich lohnt, oder so ähnlich.«

»Frag mich später.« Daniel grinste. »Man muß nicht zu eifrig suchen; am Ende könnte man ja etwas Unangenehmes finden.«

Die Gänge der beiden oberen Geschosse führten zu Galerien am Innenhof; von dort führten hölzerne Treppen hinab. An der Innenseite des Erdgeschosses trugen schlichte Säulen aus grünem Marmor die Ziegelbögen mit den Bohlen der Galerie. Blumen in tausend Farben und mit zehntausend Düften, in Kübeln und Beeten, erfüllten den Innenhof, in dessen Mitte ein Brunnen aus schwarzem Marmor stand. Daneben, auf einem von Holzbänken umgebenen Tisch, gab es die verheißenen Erfrischungen: kalten Braten, Fisch, Brot, Artischocken, gedünsteten Lauch, Honig, Käse, Früchte, Wein und Wasser.

Die stille, freundliche Frau, die sie dort erwartete, hatte den punischen Namen Arishat angenommen. Daniel redete sie mehrmals mit »O du der man gehorchen muß« an, sie nannte ihn einmal »Gebieter«, zweimal »du da« und ansonsten »Daniel«.

»Fünf Kinder«, sagte sie, »und die Hälfte davon so unhandlich wie der da. Wollt mich deshalb entschuldigen; ich muß sie immer wieder ordnen und verräumen.«

»Wieviel, Herrin der Heimstatt, ist die Hälfte von fünf?« sagte Bomilkar.

»Zuviel.« Sie lächelte und verschwand in den Tiefen des Hauses.

Beim Essen berichtete Bomilkar, mit Ergänzungen von Laetilius und Einwänden von Aspasia, über die Gründe für die Reise. Daniel stellte ein paar scharfsinnige Fragen, lehnte sich schließlich auf der Bank zurück und faltete die Hände hinter dem Kopf.

»Punischer Mischmasch, wie üblich«, sagte er. »Keine Ahnung, was das soll. Wenn ihr gekommen seid, damit ich eure Schwierigkeiten fortzaubere, muß ich euch enttäuschen.«

»Wir sind gekommen, um dich zu besuchen.« Aspasia hob den Silberbecher und trank ihm zu. »Und um eine Nacht nicht unter Bäumen zu schlafen.«

»Baden?« sagte Daniel. »Danach ein wenig waagerechte Lust, ehe abends die senkrechten Gespräche weitergehen? Recht so, meine Kinder. Aber du da, Römer, allein in der Fremde, was wirst du so lange machen?«

»Baden und weinen.« Laetilius rümpfte die Nase. »Wie Römer das in der Fremde immer tun.«

»Ach, weinen.« Daniel löste die gefalteten Hände, beugte sich vor und stützte die Ellenbogen auf die Tischplatte. »Anlaß genug gibt es ja. Aber ich habe das ohne Zeugen erledigt und keine Tränen mehr übrig; nicht einmal für eure Fährnisse.«

»Was wirst du jetzt machen?« sagte Bomilkar. »Was geschieht mit dem Gut und dem Vermögen? Gibt es schon Anweisungen?«

»Wie denn? Es gab einen kurzen Brief.« Daniel seufzte. »Keiner mehr, der schreibt: ›Alter Trottel, tu dies und unterlaß jenes.‹ Nur die Mitteilung, daß der Blitz tot ist. Wißt ihr mehr?«

Bomilkar berichtete, was er von Bostar gehört hatte.

»Nun ja«, sagte Daniel. »Die jungen Löwen haben andere Sorgen als Landgüter und Bankguthaben. Ich nehme an, dieser hellenische Ziegenschänder, der Metöke Antigonos, und sein punischer Handlanger Bostar werden mir sagen, daß alles weitergehen soll wie bisher. Vorläufig.«

Dann klickte er mit der Zunge. »Bodaschtart der Grüne«, knurrte er dabei. »In etwa einem Mond werde ich in die Hauptstadt reisen, um mit Bostar und, wenn er bis dahin zurück ist, Antigonos diese Dinge zu bereden. Ich könnte mich umhören; ich kenne ja aus alten Zeiten noch ein paar Leute.«

»Ich sehe schon«, sagte Aspasia, »du wirst diesen Knaben am Ende doch noch helfen, alles aufzuklären. Ohne dich schaffen sie es sowieso nicht.«

»Wie lange wollt ihr bleiben?«

Bomilkar und Laetilius wechselten zweifelnde Blicke; der Römer murmelte:

»Je länger, desto lieber; aber Kürze ist die Seele von fast allem.«

»Morgen reiten wir weiter.« Bomilkar klopfte auf den Tisch. »Leider; aber es muß sein. Wie sieht es im Hafen aus? Ruspy, meine ich.«

»Um diese Zeit müßten reichlich Schiffe von dort nach Alexandreia gehen.« Daniel summte etwas; dann lachte er. »Ich habe Geschäfte zu erledigen, in Ruspy. Warum nicht morgen? Wenn wir früh aufbrechen, sind wir gegen Mittag dort; genügend Zeit, um zu sehen, welcher Kapitän, der mir etwas schuldet, nach Ägypten fährt. – Wollt ihr noch ein wenig vom Haus sehen? Ist unter euch am Ende jemand, der sich für Schriften begeistert?«

Sie durchwanderten das weitläufige Gebäude, geleitet von Daniel, belehrt durch seine Auskünfte und unterhalten durch seine Abschweifungen. Fast alle Räume waren mit tiefen Teppichen ausgelegt, geknüpft vor allem in Qart Hadasht, aber auch in Ägypten oder Indien; überall hingen bunte Wandbehänge neben alten Schwertern; aus allen Wänden ragten eiserne oder bronzene Arme und Fäuste, die Fackeln tragen konnten. Alle Räume, auch die des nach außen fensterlosen Erdgeschosses, waren hell und kühl; die weißen Wände nahmen das Licht des Innenhofs auf, Schächte und Durchbrüche sorgten für bewegte Luft. In den oberen Stockwerken waren die Fenster nach Süden mit Läden verschlossen; für alle Fenster des Hauses gab es bewegliche Holzrahmen, bespannt mit durchscheinender Schweinsblase.

Die Gasträume, in denen sie ihre Beutel unterbrachten, verfügten sämtlich über breite lederbespannte Liegen, Tische, Sessel und Zugänge zu einem großen Bad mit Wannen und Bottichen, auf denen man, wie Daniel sagte, »ohne Zermürbung des Gesäßes weilen und sich entleeren kann, während man über den Verfall der Dinge grübelt. Falls man dies mag.« Er schmatzte. »Hin und wieder haben wir weitgereiste Gäste, die sich mit derlei ergötzen.«

In anderen Räumen – denen des Hausherrn und der Familie, zuletzt vor vielen Jahren benutzt – standen schwere Betten aus Ebenholz, mit geschnitzten Menschenköpfen und Elfenbeinplättchen, weißen Leinenlaken auf straffem narbigen Leder, darüber Decken aus purpurgetränkter Seide mit Goldborten oder aus schwerem Goldbrokat.

In der Bibliothek – drei ineinandergehende Räume an der Westseite – lagen in schwarzen Regalen Tausende mit Wachs verschlossener Tonzylinder. Sie enthielten Papyrosrollen, Abschriften oder Einzelstücke unersetzlicher, unbezahlbarer und zum Teil unglaublicher Werke.

»Ich vergnüge mich seit Jahren damit, ein Verzeichnis anzulegen«, sagte Daniel. Er fuchtelte mit einer dicken Rolle; im Nachmittagslicht, das durch die Laubkronen und die Fensteröffnungen sickerte, wirkten die Zeichen, die er darauf angebracht hatte, wie Fußstapfen berauschter Krähen. »Aber es wird nie fertig, und immer wieder finde ich Neues.«

Dann ging er die Gestelle entlang, zog Rollen heraus, las Überschriften und Anfänge vor; wenn einer danach verlangte, wurde eine Rolle auf einem der großen Tische ausgebreitet: der Reisebericht des Steuermanns Mago, hundertmal ausführlicher als Hannos Bericht im Tempel; eine frühe hellenische Niederschrift der Odysseus-Verse des blinden Homeros, samt einer frühen phönikischen Übersetzung; Abschriften der Königschroniken der Stadt Tyros; Chroniken aus Gadir, Tarshish, Liksh, Kalpe, Kerne, Qart Hanno an der Mündung des Gyr; die Chroniken von Qart Hadasht, die Berichte der Festungsmeister auf Sizilien und Sardinien, die Berichte der Hafenherren auf den Glücklichen Inseln; die Aufzeichnungen von Kapitänen, die am Okeanos Handel getrieben hatten; eine verbotene Niederlegung der heiligen Bücher der Ägypter in Volksschrift; Manethos ägyptische Vorlagen; eine ägyptische Tempelschrift-Fassung der sumerischen Geschichten von Gilgamesch und Engiddu; eine vollständige Abschrift der Bücher der Sibylle, einschließlich jener, die die weise Frau vernichtet hatte, als die Römer den Preis nicht bezahlen wollten (die zeigte Daniel Aspasia und Bomilkar, als Laetilius hinausgegangen war, um sich zu erleichtern – »wir wollen doch nicht, daß die Römer davon erfahren, nicht wahr?«); die Sternbeobachtungen der Ägypter und Babylonier; die Schriften der hellenischen Strategen, Taktiker und Belagerungsmeister; Aristoteles, Platon, Euripides, Sophokles, Aischylos, Aristophanes und zahlreiche andere hellenische Schriftsteller; die Erinnerungen des Themistokles, geschrieben am persischen Königshof; die wirren und witzigen Lügengeschichten des Mutumbal, der vor vierhundert Jahren in Qart Hadasht gelebt hatte; der knappe und bisweilen gehässige Bericht eines phönikischen Händlers namens Zaqarbal über die tatsächlichen Begebenheiten bei Ilion; Tempelschriften; Handelslisten, Versicherungslisten, Ladelisten von Schiffen, die irgendwann einmal der Familie gehört hatten; der Bericht eines punischen Seefahrers über seine Reise von Ägypten zum Weihrauchland, nach Indien und Taprobane, zu den Inseln weit im Osten, auf denen es Tiger, Elefanten, Nashörner, seltsame Rieseneidechsen und feuerspeiende Berge gab, weiter nach China, dann zurück durch Wüsten und Steppen, über Berge und reißende Ströme, zum Euxeinischen Meer; die wildwehmütigen Liebeslieder (Aspasia las sie laut und weinte dabei in ihren Silberbecher) einer namenlosen punischen Dichterin aus der Zeit kurz nach der Stadtgründung; die Händler- und Kriegerepen von Bityas dem Itykaier, Gylimat aus Qart Hadasht, Mago dem Frevler, Boschmun dem Halbherzigen; die Verträge zwischen Qart Hadasht und Tarschisch, die Verträge mit Etruskern, Sikelioten, Italioten, Athenern, Korinthern, Lakedaimoniern, Ägyptern, Persern, Arabern, Kuschiten, Massalioten, Römern, Makedonen, Gätuliern …

»O die Kostbarkeiten und das Köstliche!« Bomilkar setzte sich auf die Kante des Betts und vergrub die Zehen in dem dicken Teppich. Er blickte zu den beiden kleinen Öllichtern, die auf einer Truhe standen und im Lufthauch von den Fenstern flackerten; dann drehte er sich halb um und berührte Aspasias Schulter mit den Fingerspitzen.

Sie rollte sich auf den Bauch und stützte das Kinn auf die Hände. »Ich stimme dir zweifellos zu. Aber was genau meinst du?«

»Warmes Wasser, Öl und Salben nach langem Ritt. Und der allerhöchste Genuß, das Lager mit dir zu teilen.« Er lachte.

»Ob je einer der großen Denker erwogen hat, daß dies vielleicht das ganze Leben ist – Schweiß beseitigen, um neuen zu
bewirken? Reinigen, um zu besudeln?«

»Du bist keiner der großen Denker.« Sie blickte ein wenig
streng – versuchsweise, wie Bomilkar fand. »Ich fühle mich
nicht besudelt und freue mich, daß deine Wunde heilt. Ich
könnte dir aber eher zustimmen, wenn du nicht von Zweck
redetest. Schweiß beseitigen, *um* neuen zu bewirken – sag lieber Schweiß beseitigen *und* neuen bewirken.«

»Selbstverständlich hast du recht.« Bomilkar rutschte von
der Kante des Lagers, kniete und neigte lächelnd den Kopf.
»Ich beknirsche mich. Einfache Büttel sollten sich nicht er-
dreisten, klügeren Menschen etwas vordenken zu wollen. Es
war unziemlich, Schönste.«

»Setz dich, du ... Wie sagt Daniel – punischer Lehmkopf.
Und sag etwas Kluges über die Schriften.«

»Inwiefern klug?«

»So ähnlich wie eben mit deinen verschwitzten Köstlichkei-
ten; ich will dich nämlich etwas fragen.«

Bomilkar setzte sich und legte die flache Hand auf Aspasias
Rücken. »Lieber möchte ich dich streicheln«, sagte er. »Hier,
zum Beispiel, oder da. Oder, aber dazu müßtest du dich umdrehen, dort.«

Sie drehte sich um und kicherte. »Nicht ablenken.«

»Die Schriften? Schatzkammer vergessener Wahrheiten?«

»Gut«, sagte sie, und einen Augenblick lang wußte er nicht,
ob sie seine Hände oder seine Wörter meinte. »Wahrheiten,
Bomilkar – Wahrheiten bestaunen, um besser zu lügen?«

»Wann löge ich denn, Treffliche?«

Sie setzte sich auf. »Immer, wenn ihr über die Vorgänge in
der Stadt sprecht. Du weißt doch mehr, als du sagst. Oder jedenfalls ahnst du mehr.«

Bomilkar blähte die Wangen auf und ließ die Luft langsam

entweichen. »Du hast recht«, sagte er dann. »Ich bilde mir ein, gewisse Zusammenhänge zu sehen. Aber bis ich nicht sicher bin, mag ich nicht darüber reden.«

»Reden könnte zu Sicherheit verhelfen.«

»Kluge Frau. Aber es geht nicht.«

»Warum?«

»Laetilius.«

Sie seufzte. »Ihr Männer!«

»Das spielt keine Rolle. Er ist Römer, und einiges von dem, was ich zu sehen glaube, hat mit der Sicherheit von Qart Hadasht zu tun. Mit … mit den Sammlern und Übermittlern geheimer Nachrichten.«

»Deshalb sage ich doch ›ihr Männer‹. Er spielt das gleiche Spiel wie du.«

»Wie meinst du das?«

»Das Haus hier«, sagte sie. »Die Festung der Barkiden. ›Hin und wieder haben wir weitgereiste Gäste‹, ja? Jemand sammelt Nachrichten für Hamilkar. Ach, jetzt für Hasdrubal. Sicher nicht nur in Iberien und Italien, sondern auch in der Wüste, in Ägypten, bei den Hellenen, im Hinterland. Gibt es einen besseren Ort als diesen hier, um sie zu sammeln, zu bündeln? Um hin und wieder Zusammenkünfte von Sammlern der Nachrichten abzuhalten, Besprechungen, oder neue Anweisungen zu erteilen? Ohne vom Rat oder von römischen Spitzeln beobachtet zu werden? Und wer könnte besser bündeln und verteilen als ein harmloser Gutsverwalter, der aus alten Tagen auch die Unterseite von Qart Hadasht kennt und hin und wieder die Stadt besucht?«

»Ich fürchte, Laetilius sieht das so ähnlich.« Bomilkar stand auf und ging zu einen Stuhl, auf dem frische Kleidungsstücke lagen. »Deshalb kann ich hier, in der Nähe seiner großen Ohren, nicht so mit Daniel reden, wie ich möchte. Aber das werden wir nachholen.«

»So groß sind die Ohren von Titus nicht.« Sie lachte und stand ebenfalls auf. »Also lügst du, weil du ihm mißtraust?«

»Ah, nein.«

»Sondern?«

»Weil ich ihm vertraue. Vertrauensvoll bin ich sicher, daß er alles, was ihm nützlich erscheint, zum Nutzen Roms verwenden wird.«

»Aber er hat dir doch etwas versprochen. Daß er dir nicht schaden wird.«

»Hat er.« Bomilkar nickte. »Dir wird er nicht weh tun, und in meinem Bauch wird er kein Messer vergessen. Vielleicht nicht einmal in meinem Rücken. Aber mir nicht schaden und Qart Hadasht nicht schaden sind zweierlei.«

»Magst du denn mit mir über deine Vermutungen oder Ahnungen sprechen?«

»Das wäre vielleicht hilfreich, aber …« Er zögerte; dann sagte er halblaut: »Es könnte sein, daß wir vor dem Ende der Reise in ein paar Klemmen geraten, in denen es besser ist, nicht zuviel zu wissen.«

Sie seufzte. »Wahrscheinlich hast du recht. Und jetzt?«

»Komm. Anziehen, essen, reden.«


Sie redeten bis tief in die Nacht hinein; zuerst im Hof, dann am Feuer in einem der großen Wohnräume des ersten Stocks. Es gab heißen verdünnten Wein mit Honig und Pfeffer, es gab die knackenden Hölzer und jene seltsame Mischung aus Weihrauch und anderen Kräutern, die aus den Kohlenbecken aufstieg wie frisches Hafenwasser; die Nachtlieder einer alten Libyerin draußen bei den Ställen, Daniels witzige, zuweilen gehässige Geschichten über die Jugend in Qart Hadasht während des Großen Römischen Kriegs, die Streiche und Unternehmungen mit den Freunden Bostar, Antigonos und Itubal, einem Punier, der eine große Gerberei betrieb; Schreie von

Nachtvögeln, nach deren Verklingen die Zikaden immer lauter wurden; und Wein und Worte und Worte und Wein.

Am Morgen war der Innenhof ein Labyrinth aus grauen und grünen Linien und Feldern, durchtränkt vom Rieseln des Wassers und dem Gurren erwachender Tauben. Fahles Rot kroch über den Himmel. Die von der Nacht verkapselten Düfte der Blumen befreiten sich, erfrischt und befeuchtet.

Als sie sich von Arishat verabschiedeten, sagte die Libyerin, wobei sie mit einer Armbewegung das ganze Haus zu umfangen schien:

»Ein guter Ort, um wiederzukommen. Kommt wieder.«

Aspasia umarmte sie; Daniel klatschte in die Hände und sagte:

»Die Pferde zappeln. Es ist dies hier auch ein guter Ort, um abzureisen. Gedenke meiner, o du der man gehorchen muß, bis ich wiederkehre in unverminderter Schäbigkeit.«

Mittags erreichten sie Ruspy. Es gab dort mehrere Schiffe, die am folgenden Morgen mit dem Frühwind auslaufen wollten, nach Osten. Kyrene war eines der Ziele, Kreta ein anderes.

Nur ein Kapitän wollte nach Alexandreia, und zwar unmittelbar, ohne jede Nacht an Land anzulegen: ein kretischer Händler, der Gefäße gebracht und dafür Getreide, Öl und Handwerkserzeugnisse eingetauscht hatte. Daniel hatte mit ihm keine offenen Rechnungen; dennoch nahm er sie mit, da sie bereit waren, den verlangten Preis zu zahlen. Jedenfalls fast. Der Kreter verlangte einen halben Schekel für jeden Fahrgast für jeden Tag; unter mildem Gezeter handelte Bomilkar ihn auf einen Schekel für alle drei herunter.

»Brauchen wir Vorräte? Decken?«

»Keine Besorgnis«, sagte der Kapitän. »Decken gibt es genug, und für eure Verpflegung ist gesorgt.«

Sie nahmen Abschied von Daniel, der versprach, die Pferde im nächsten Mond nach Qart Hadasht zu bringen. Bomilkar sprang noch einmal auf den Kai, um ein paar leise Worte mit Daniel zu wechseln.

Als er wieder auf dem Schiff war, musterte Laetilius ihn mit schmalen Augen.

»Na, hat er dir die Namen eurer Spitzel in Alexandreia nennen können?«

Aspasia runzelte die Stirn; Bomilkar lachte.

»Hat er. Aber was noch besser ist: auch die Namen von Roms Spitzeln.«

# 19

**Die Fahrt war nicht besonders erfreulich.** Bomilkar und Laetilius fanden sie noch unangenehmer als die meisten, die sie mitgemacht hatten; Aspasia, zum ersten Mal auf dem Meer unterwegs, fand die Reise entsetzlich. Der breite, bauchige Frachter rumpelte über das Wasser wie ein überladener Karren über unebene Straßen. Die Besatzung hielt nicht viel von Sauberkeit, wenig von einer Frau an Bord und noch weniger von schmackhaftem Essen. Es gab Salzfisch, Ölfrüchte und eingelegte Pilze, dazu mit Meerwasser verdünnten Wein, der eher Essig war, oder Wasser aus Amphoren, die – wie Laetilius vermutete – kurz vor der Gründung Roms zum letzten Mal gereinigt worden waren. Bereits nach einem Tag roch und schmeckte das in Ruspy frisch aufgenommene Wasser faulig. Am zweiten Tag gab es eingelegte Pilze, Salzfisch und Ölfrüchte; am dritten Ölfrüchte, eingelegte Pilze und Salzfisch; am vierten bereicherte der Kapitän die Kost erheblich, indem er greises Brot ausgab.

Laetilius und Bomilkar nahmen nachts Aspasia zwischen sich, um sie vor den Seeleuten zu schützen. Am zweiten Abend auf See hockte einer der Männer, ein verdreckter, von Narben und Pusteln entstellter syrischer Hellene mit schwarzen Zahnstummeln, sich an den Fuß des Masts.

»He, Tochter der Freude«, sagte er.

Aspasia, zwischen Laetilius und Bomilkar an der Bordwand sitzend, blickte auf.

Der Seemann grinste, streifte seinen schmierigen Leibschurz ab und begann, sein schwellendes Glied zu reiben.

»Willst du damit Mücken begatten?« Aspasia lachte. »Vorsicht, sonst bricht dein Halm ab.«

Der Mann knurrte etwas, unterbrach seine Bemühungen jedoch nicht.

Bomilkar murmelte: »Dein Schwert, Römer.«

Laetilius nickte und schob die Hand in sein Reisebündel.

Bomilkar faßte sich in den Nacken. Das Messer bohrte sich zwei Fingerbreiten über dem Kopf des Seemanns in den Mast. »Das nächste wird dich von allen Gelüsten befreien«, sagte Bomilkar.

Mit ein paar kotigen Flüchen zog der Mann seinen Schurz wieder hoch und ging zum Bug.

»Es wäre aber nicht nötig gewesen«, sagte Aspasia. »So leicht bin ich nicht zu beeindrucken. Trotzdem danke.«

»Er hat bestimmt auch an sich gedacht.« Laetilius gluckste. »Wie soll Bomilkar dir sonst jemals wieder nahen, ohne sich an Ekel zu erinnern, der jede Lust tötet?«

»Ich werde mich noch an ganz andere Dinge erinnern«, sagte Bomilkar.

»Zum Beispiel?«

»Zum Beispiel daran, daß wir ab jetzt nicht mehr gleichzeitig schlafen können und du dich bereit erklärt hast, die erste Wache zu übernehmen.«

Der Römer nickte. »Es sind schon viele wegen geringerer Anlässe von Seeleuten an die Fische verfüttert worden.«

Acht Tage und sieben Nächte dauerte die unersprießliche Reise. Als sie an einem späten Nachmittag in den östlichen Hafen von Alexandreia einliefen, hatten sie keinen bewundernden Blick übrig für den mächtigen Leuchtturm auf der Pharos-Insel, die kühnen Bauten auf dem sieben Stadien langen Verbindungsdamm, die prachtvollen Marmorfronten der großen Handelshäuser – sie wollten nur möglichst schnell das Schiff verlassen.

»Zehn *sigloi* schuldet ihr mir«, sagte der Kapitän, als sie sich bereit machten, auf den Kai zu klettern.

»Zehn?« sagte Bomilkar. »Einen für jeden Tag, das macht acht.«

»Und zwei als Bekundung eures Danks dafür, daß wir euch heil nach Alexandreia bei Ägypten gebracht haben.«

Laetilius zog das Schwert. »Sag es ihm, Bomilkar.«

Der Kreter schaute auf die Schwertspitze, die kaum einen Unterarm von seiner Kehle entfernt in der Luft schwebte, dann in Bomilkars Gesicht. »Was sollst du mir sagen, Punier?« Das letzte Wort spuckte er beinahe.

»Acht *shiqlu* für acht Tage«, sagte Bomilkar. »Einen ziehe ich ab, weil er nicht dir, sondern den Göttern zusteht, die darauf verzichtet haben, deinen Kahn zu versenken. Einen weiteren dafür, daß wir viel Geld in Badehäusern lassen müssen, um den Dreck und Gestank dieses Schiffs abzuwaschen. Noch einen dafür, daß wir Kameldung essen und Hundekotze trinken mußten. Und einen für die Behauptung, bei den mühsam von Läusen zusammengehaltenen Fetzen handle es sich um Decken. Macht vier. Ich gebe dir fünf, aus Dankbarkeit dafür, dein Gesicht nicht mehr sehen zu müssen.«

In einer Herberge nicht weit vom Eunostos-Hafen fanden sie zwei erschwingliche Räume, die schlicht und sauber waren. Nach den Tagen und Nächten an Bord erschienen sie ihnen jedoch als üppige Schwelgerei: lederbespannte Gestelle statt klebriger Planken, Decken ohne Getier statt der Fetzen, dazu jeweils ein kleiner Tisch und eine Schüssel samt Wasserkrug. Als sie ihre Sachen untergebracht und für drei Nächte bezahlt hatten, war die Sonne bereits gesunken.

»Was wollen wir anstellen?« sagte Laetilius; sie standen auf der von Fackeln beleuchteten Straße.

»Hier gibt es doch sicher ein für alle zugängliches Bad.«

Aspasia rümpfte die Nase und schnüffelte an der eigenen Achselhöhle.

»Gibt es; ich habe schon gefragt.« Bomilkar deutete nach rechts. »Zwei Blocks, dann einen nach links. Ein Haus an einem kleinen Platz.«

»Nichts wie hin.« Laetilius ging los; dann blieb er wieder stehen. »Gibt es dort auch Kleidung?«

»Sie werden unsere Lumpen wegwerfen und uns frische Sachen geben; es kostet nicht sehr viel. Es sei denn, du wolltest purpurgefärbte Bärenfelle haben.«

»Nach dem Bad«, sagte der Römer, »verlasse ich euch. Für ein kleines Weilchen. Es gibt gewisse Bedürfnisse, die nichts mit Bärenfellen zu tun haben.«

Aspasia berührte seinen Arm. »Mögest du vor Wonne kreischen, und Priapos gebe dir den langen Atem des Wiederholens.«

»Du bist eigentlich viel zu schade für den da«, sagte Laetilius.

»Hat man mir schon mal gesagt.« Sie lachte. »Aber man sagt viel, und viel sagt man so daher.«

»Es gibt andere Bedürfnisse.« Bomilkar schob die beiden vor sich her, da sie immer noch dort standen und einander anlächelten. »Morgen, zum Beispiel. Wie wollen wir damit umgehen?«

»Ah.« Aspasia seufzte. »Kommen jetzt eure albernen Versteckspielereien?«

»Nur halb albern.« Laetilius spitzte den Mund. »Hast du einen Vorschlag?«

»Habe ich. Wir sollten Aspasia in dieser Stadt nicht allein lassen. Wenn immer einer von uns sie begleitet, während der andere Erkundigungen einzieht, sind wir außerdem sicher, daß wir einander nicht bespitzeln.«

Nach dem Bad kehrten Bomilkar und Aspasia zurück zur Herberge. »Nach der Reinigung könnte man sich stärken«, sagte Bomilkar; er blickte in den Durchgang zum Schankraum, aus dem Lärm und hungerweckende Gerüche drangen; dann schaute er zur Treppe, die zu den Gastzimmern des Obergeschosses führte. »Oder schwächen, um sich später desto gründlicher zu stärken.«

Aspasia ergriff seine Hand und zog ihn zur Treppe. »Wir haben lange keine neuen Worte gesucht.«

Er schnalzte. »Du hast recht. Und da wir an einem Ort sind, wo wir nie zuvor waren, laß uns ihn nutzen. Du weißt doch, wie der östliche Hafen hier heißt.«

»Eunostos.« Sie lachte und wechselte aus dem Hellenischen ins Punische. »Das ist ›Glückliche Wiederkehr‹. Meinst du das?«

»Mich verlangt nach deinem Eunostos, Geliebte.«

»Dann«, sagte sie, »will ich sehen, ob dein Pharos-Turm prangt.«

Am nächsten Morgen übernahm ein etwas zerknautscht wirkender Laetilius (»sie war, ah, gewaltig«) die, wie er sagte, überaus angenehme Pflicht, sich bis zum Mittag in Aspasias Gesellschaft zu ergehen.

Bomilkar begab sich zuerst in die staatliche Bank, um den Mann zu treffen, dessen Namen ihm Bostar genannt hatte. Leonnatos, einer der für Westhandel zuständigen Männer, war ein etwa vierzigjähriger Makedone mit scharfer Nase, scharfen Augen und scharfen Kerben von den Mundwinkeln bis zum Kinn. Er sorgte dafür, daß Bomilkar zwanzig punische Schekel gegen sechsunddreißig Drachmen mit dem Abbild des dritten Ptolemaios eintauschen konnte, ohne überzogene Wechselgebühren zahlen zu müssen. Hilfreiche Auskünfte hatte er allerdings nicht zu geben; er bestätigte lediglich, daß einige Männer, nach denen Bomilkar fragte, immer noch in der Stadt seien.

»Aber von diesem Schiff des, wie sagtest du, Mandrokles? Nein, davon habe ich nichts gehört. Auch nichts über punische oder numidische Gesandte.« Er spielte mit einem vergoldeten Stift, der zu schade schien, um damit bloße Zahlen auf eine bloße Wachstafel zu kritzeln. ›Mindestens ein Gebet an einer Tempelwand hinterlassen‹, dachte Bomilkar, ›oder auf Papyros ein paar Verse mit Wortspielen und Zoten.‹

»Aber komm doch morgen abend noch einmal her«, sagte Leonnatos schließlich. »Kurz vor Sonnenuntergang, ehe wir schließen. Vielleicht höre ich bis dahin etwas.« Dann beugte er sich vor. »Im übrigen sei vorsichtig. Die langen Ohren des Herrschers sind überall.«

»Ich danke für die Warnung, aber ich hatte nicht vor, etwas gegen Ptolemaios zu unternehmen.«

Leonnatos schüttelte den Kopf. »Ein Witz reicht.«

»Auch ein schlechter?«

»Je schlechter, desto besser.« Leonnatos grinste matt. »Ein guter Witz über den Herrscher oder einen seiner hohen Berater genügt für ein paar Jahre Steinbruch. Einen schlechten überhört man vielleicht.«

Auch bei drei Männern, mit denen er im Lauf des Vormittags sprach, konnte er keine Auskünfte über das Schiff des Mandrokles erhalten. Eigentlich kaum verwunderlich, sagte er sich, bei der großen Menge von Schiffen aus der ganzen Welt, die jeden Tag einen der Häfen von Alexandreia anliefen. Den befestigten östlichen Haupthafen durfte er getrost vernachlässigen; dorthin würde kein Schiff aus Qart Hadasht gelangen. Aber der Eunostos allein war groß, und im Ostteil des Westhafens gab es das gesicherte, künstlich angelegte Kibotos-Becken, von dem aus ein Kanal durch die Stadt nach Süden führte, zum Binnensee. Dort, so hatte ihm Leonnatos gesagt, wurden die meisten Waren umgeschlagen. Alles, was nicht unmittelbar für Alexandreia bestimmt war oder hier hergestellt wurde, sondern aus dem Land kam oder weiter ins Land befördert werden sollte, ging zum Mareotis-See, in eines der gewaltigen Lagerhäuser. Oder es wurde gleich auf kleinere Schiffe umgeladen, die durch den nach Südosten führenden Kanal zum Nil und dann stromaufwärts fuhren. Mandrokles mochte Gründe gehabt haben, zu diesem Binnensee zu fahren; aber wie sollte ein einzelner Mann tausend Hafenarbeiter und zweitausend Sklaven in den Lagerhäusern befragen?

Mittags traf er Laetilius und Aspasia an der vereinbarten Stelle, einer dem Begründer des Herrscherhauses geweihten Säule am Ostrand des Kibotos-Beckens. Er hatte eben erst versucht, in den Zügen des ersten Ptolemaios etwas zu lesen – Herrschsucht sah er, Machtbewußtsein, aber nichts von den ungeheuerlichen Erlebnissen, die der Jugendfreund, Kampfgefährte und Diadochos des großen Alexander in seinen Zügen hätte bergen sollen –, als er hinter sich die Stimme des Römers hörte.

»Gib dir keine Mühe, Punier; er redet nicht mit jedem.«

Sie aßen eine Kleinigkeit. Aspasia berichtete, sie seien in den Gärten des Palasts gewesen und am Grab Alexanders. »Ich würde aber mit dir ein zweites Mal hingehen, wenn du willst. Es ist sehr schön. Und sehr tot.«

»Das Grab? Oder die Gärten?«

»Die Gärten sind lebendig, aber … zu ordentlich. Die Gräser und Blumen und Bäume, alles gestutzt und ausgerichtet, wie Krieger, die gleich vom Feldherrn besucht und geprüft werden sollen.«

Das Grab des großen Makedonen war für den Punier nichts als Gold, Marmor, Bildtafeln heldenhafter Gestalten, kalte Pracht. Bomilkar und Aspasia schlenderten durch die breiten Straßen, sahen mehr und immer noch mehr kalte Pracht, hohe

Häuser, abweisende Giebel, stolze Sklaven. Und Büttel, überall Büttel, die umhergingen, die Menschen beobachteten, Bettler aus den Straßen der Reichen verjagten.

»Kaum Ägypter«, sagte Bomilkar plötzlich. »Hier, in diesem Teil jedenfalls.«

»Du hast recht. Aber mir als punischer Hellenin ist es noch gar nicht aufgefallen.«

Ein Sklave, der neben ihnen die Stufen zum Portal eines der prunkvollen Häuser fegte, hatte es gehört.

»Ihr fremd?« sagte er. »Hier auch *romet* – ah, Ägypter, aber nur wenige was reich. Gewöhnlich *romet* drüben, Rhakotis.« Er deutete nach Südwesten.

»Wir sollten vorsichtig sein«, sagte Bomilkar leise, als sie weitergingen. »Laß uns Punisch sprechen. Ich nehme an, das verstehen die Wächter der Worte und Gedanken nicht.«

Mehrere Stunden verbrachten sie im Museion und, vor allem, in der zugehörigen Großen Bibliothek. Bomilkar machte sich ein Vergnügen daraus, nach einigen Schriften zu fragen, die er in der Bibliothek der Barkiden vor wenigen Tagen erst in der Hand gehalten hatte. Zweimal überraschten ihn die Hüter der Schriften: Sowohl die Aufzeichnungen des Händlers Zaqarbal über den Trojanischen Krieg als auch eine Übersetzung von Hannos Bericht über die Fahrt auf dem Okeanos waren vorhanden. Allerdings sagte der Mann, der die Rollen heraussuchte, seit er in der Bibliothek arbeite, habe man Hanno gelegentlich, Zaqarbal dagegen noch nie verlangt. Die anderen Schriften, die Bomilkar zu suchen bat, gab es jedoch nicht.

»Beeindruckend«, sagte Bomilkar abends, als sie mit Laetilius im Schankraum der Herberge saßen, Flußpferdfleisch aßen und herbes braunes Bier tranken. »Sehr beeindruckend, das gebe ich zu. Sehr prächtig. Aber sehr hochfahrend und sehr kalt.«

Laetilius wackelte mit dem Kopf. »Ich schwanke. Einerseits stimme ich dir zu. Andererseits wünschte ich, von dem, was hier zuviel ist, gäbe es in Rom etwas mehr.«

Aspasia schwieg. Bomilkar ahnte, daß Laetilius mit dem *einerseits* Qart Hadasht meinte, die wimmelnden Gassen der Unterstadt, das Leben an der Großen Straße, die Häuser der Reichen und die Tempel auf dem Byrsahügel, die Landhäuser in der Megara. Alexandreia, gegründet erst, als die Stadt der Punier bereits fünfhundert Jahre gelebt hatte, war wie das protzige Bauwerk eines Neureichen. Aber das konnte Laetilius natürlich nicht sagen, und Bomilkar verzichtete darauf, es auszusprechen. Er nahm an, daß Aspasia ähnliche Gedanken dachte.

»Ihr seid sehr freundlich«, sagte der Römer plötzlich. Dabei lächelte er und hob den Becher. »Mögen eure Ahnen sich noch lange solch trefflicher Nachkommen erfreuen. Ich habe aber eine kleine Bitte.«

»Sprich«, sagte Aspasia. Dann setzte sie, mit einem beinahe liebevollen Lächeln hinzu: »Blöder Römer.«

»Morgen vormittag hoffe ich, einen Mann zu sehen, den ich heute nicht finden konnte. Wir müßten also morgen die Reihenfolge ändern.«

Am frühen Nachmittag fand Bomilkar den Schreiber eines rhodischen Händlers, der Geschäfte mit der Sandbank machte. Der Händler selbst schweifte lustvoll, wie der Schreiber versicherte, an Bord seines Schiffes irgendwo zwischen Asien und Syrien umher.

»Aber wenn ich helfen kann …?« Er blickte Bomilkar mit hochgezogenen Brauen an und murmelte auf Punisch: »Dann tue ich es mit Vergnügen.«

Bomilkar neigte den Kopf. »Laß mich nur eines fragen – das Schiff eines Kapitäns namens Mandrokles.«

»Kam aus Karchedon«, sagte der Schreiber, nun wieder in der gemeinhellenischen *koine*, »hat sich hier ein paar Tage aufgehalten und ist weitergefahren mit Ziel Iberien. Mastia, glaube ich.«

»Habt ihr Geschäfte mit ihm?«

»Wir nicht, aber andere, und von denen hört man dies und das.«

»Wann war er hier, und wie lange ist er fort?«

Der Schreiber überlegte. »Genau weiß ich es nicht, aber … ich glaube, er ist vor zehn Tagen angekommen und vor acht Tagen wieder gefahren.«

Da ihn sein Weg ohnehin an der Bank des Leonnatos vorüberführte, beschloß er, diesen kurz aufzusuchen, obwohl der Sonnenuntergang noch weit war.

»Es trifft sich«, sagte der Makedone, »daß ich gestern abend mit Geschäftsfreunden speiste. Dein Kapitän, Mandrokles, war vor neun Tagen im Palast.«

»Im Palast? Hat er mit dem Herrscher gesprochen?«

Leonnatos hob die Hände mit gespreizten Fingern. »Wo denkst du hin! Als ob der gottgleiche Herrscher Zeit für einen Händler hätte. Aber er hat mit einem der Stellvertreter des wichtigsten Beraters für Westliche Dinge gesprochen.«

Bomilkar erhob sich und deutete eine Verneigung an. »Edler Leonnatos, du hast mir sehr geholfen.«

Der Bankherr legte die Hände auf die Tischplatte und blieb sitzen.

»Nicht ich«, sagte er. »Jemand hat dir etwas gesagt. Ich habe dich beraten, weil du Geld in Alexandreia anlegen willst; war es nicht so? Zu diesen Beratungen gehört noch etwas.« Er blinzelte. »Der Kapitän war nicht allein. Ein Punier war bei ihm – ein Mann namens Adherbal, heißt es, mit besonders langem Hals und hervorragendem Kehlkopf.«

Am Hafen setzte Bomilkar sich auf einen der wuchtigen Vertäu-Steine und dachte nach. Er fand, daß er gut denken könne, wenn er dabei ins Wasser sah oder ins Feuer, wußte aber, daß es hübscher Trug war und die beiden Elemente sein Denken wabern oder in die Ferne schwappen ließen, wo sich alle Gedanken verzweigten, verzwirbelten und verloren.

Plötzlich berührte jemand seine Schulter. »Täusche ich mich, oder ist das wirklich Bomilkar, der Gespiele der gastlichen Aspasia?«

Er blickte auf und schaute in das lächelnde Gesicht des arabischen Händlers Taqur. »Du irrst dich nicht – aber was machst du hier?«

Taqur stellte einen Fuß auf den Poller, auf dem Bomilkar immer noch saß. »Hatte ich dir nicht gesagt, daß ich nach Alexandreia fahren wollte?«

»Doch, hattest du. Hast du Zeit?«

»Ein wenig. Morgen früh, wenn der Wind günstig ist, fahre ich.« Er deutete auf eine Masse dichtgedrängter Frachter, die in der Hafenmitte an einer schwimmenden Insel lagen. »Da drüben ist mein Schiff, aber du kannst es von hier nicht sehen. Zeit wozu?«

»Einen Spaziergang, einen Schluck, zwei Worte?«

Taqur lachte. »Komm«, sagte er. »Aber nicht hier. Hier gibt es zuviel Lärm. Und Ohren.«

Sie gingen am Westufers des Kanals entlang, der vom Kibotos-Becken nach Süden führte, zum Mareotis-See. Taqur hatte keine Eile, die Worte zu hören, die Bomilkar sagen wollte; er machte ihn auf besonders krumme Gassen aufmerksam, die vom Kanalufer wegführten, auf ägyptische Tavernen, auf streunende Hunde, in denen eine Sekte namens »Langohrige Belauscher der Einflüsterungen des Anubis« Wiedergeburten alter Herrscher sah.

»Der beste Teil von Alexandreia«, sagte er irgendwann leise, obwohl niemand in der Nähe war, der hätte lauschen können, »ist Rhakotis.«

»Das Beste an den Makedonen sind die Ägypter?«

Taqur lachte. »Ich sehe, wir verstehen uns.«

Sie begaben sich in eine schäbige Schänke, in der nur Ägypter verkehrten; dort tranken sie Bier und redeten. Dabei tasteten sie einander zunächst vorsichtig ab. Sie sprachen Punisch, nicht nur, weil sie annahmen, daß dies die Wahrscheinlichkeit minderte, belauscht zu werden. Die hundertjährige Herrschaft der Makedonen war zweifellos nicht zu erschüttern; aber ebenso zweifellos war die Liebe der Ägypter zu den fremden Herrschern gering.

Irgendwann sagte Taqur, er wolle am nächsten Tag nach Iberien auslaufen, nach Mastia.

»Hast du Platz für drei Gäste?«

Taqur schwieg eine Weile und starrte durch die Fensteröffnung der Schänke auf den öligen Binnensee. »Du und wer noch?« sagte er schließlich.

»Aspasia. Und ein Römer.«

»Römer?«

»Er hilft.« Bomilkar erklärte dem Kapitän die Zusammenarbeit des vorigen Jahres und diese neue Reise. Dann beschloß er, dem Araber etwas mehr anzuvertrauen.

»Ich hatte gehofft, hier vielleicht ein Schiff zu finden, das Melqarts rotes Auge im Segel führt.«

Taqur nickte langsam. »Spielen wir offen«, sagte er dann. »Die Schiffe der Sandbank ... Ich weiß, daß die Bank und die Barkiden verbunden sind.«

»Kein bedeutendes Geheimnis. Die Bank verwaltet das Vermögen von Hamilkar.«

»Jetzt das Vermögen seiner Söhne. Daß du ein Schiff dieser Bank zu finden hoffst, heißt vielleicht, daß du ...« Er schüttelte den Kopf und verstummte.

»Wenn es dir hilft«, sagte Bomilkar, »will ich nicht verschweigen, daß ich als Herr der Wächter von Qart Hadasht alle Bewohner, alle Chanani zu schützen habe. Angehörige aller Parteien. Als Vollbürger – der ich nicht bin – hätte ich aber, wenn es um Wahlen geht, keine solche Unparteilichkeit zu wahren.«

»Der Herr der Wächter der Stadt ist kein Vollbürger?«

»Von Geburt bin ich Itykaier. Ich könnte wahrscheinlich das Bürgerrecht erhalten, aber …« Er hob die Schultern.

»Wem würdest du dann deine Stimme geben?«

»Den Barkiden. Ich habe in Iberien unter Hamilkar und Hasdrubal, seinem Schwiegersohn und Nachfolger, gekämpft. Ich wäre ein Mann der ›Neuen‹. Im vorigen Jahr – das wird dir der Römer bestätigen, wenn du ihn fragst – hatte ich … hatten wir eine sehr schwierige Auseinandersetzung mit den ›Alten‹.«

»Mit Hanno?«

Bomilkar nickte.

»Kennst du ihn selbst?«

»Kennen?« Bomilkar lachte. »Kann man ein Krokodil kennen? Ein Erdbeben? Einen Schlangendaimon?«

»Ist er so?«

»So. Und mehr. Schlimmer. Schwieriger. Undurchschaubarer.«

Taqur lächelte. »Aus deiner Stimme und deinen Worten schallt nicht unbedingt laute und lautere Liebe zu Hanno.«

»So laut kann ich nicht lügen.«

»Lügen können wir alle, laut oder leise, aber vielleicht sollte man, ehe man sich auf eine lange Seereise begibt, wenigstens teilweise die Wahrheit sagen.«

»Dann sag mir deine Teilwahrheit, Araber.«

»Damit hast du sie schon selbst gesagt.«

Bomilkar hob die Brauen. »Inwiefern?«

»Wenn es nach Hanno und den ›Alten‹ ginge, dürfte ein Araber im Reich der Chanani kaum Geschäfte machen.«

»Nicht ganz. Bis vor, uh, acht Jahren hättest du nur den Hafen der Hauptstadt anlaufen dürfen; die übrigen Häfen waren für fremde Händler verboten. Du hättest also sehr wohl Geschäfte mit Händlern machen können, die zu den ›Alten‹ gehören.«

»Keine guten Geschäfte, Punier. Gute Geschäfte kann man nur mit Leuten machen, die einen von gleich zu gleich behandeln. Für die meisten ›Alten‹ sind Araber und andere minderwertig.«

»Heißt das, du ziehst die ›Neuen‹ vor?«

Taqur lächelte. »Wen denn sonst? Ich habe keine Stimme in Qart Hadasht, wo ich nur ein einziges Mal gewesen bin: als wir uns kennengelernt haben. Insofern könnte es mir gleichgültig sein, wer bei euch die Richtung bestimmt. Wenn ich Bürger wäre, wüßte ich, wem ich meine Stimme gäbe.«

»Dann laß mich noch etwas fragen. In der Nacht in Aspasias Wohnung hast du von heiligen Gegenständen gesprochen.«

»Ich erinnere mich dunkel.«

»Weißt du etwas über das Schwert von Qart Hadasht?«

Der Araber schüttelte den Kopf. »Ich weiß, daß es etwas mit euch und den Numidern zu tun hat, mehr nicht; warum fragst du?«

»Das ist eine längere Geschichte.«

»Dann laß uns noch ein längeres Bier trinken.«

Ohne Dinge zu erwähnen, die er für heikel hielt, berichtete Bomilkar über die Vorgänge, die Anlaß der Reise waren.

Als er geendet hatte, starrte Taqur eine Weile in seinen Becher. »Hmf«, machte er dann. »Dieser Mandrokles, den du jetzt nach Mastia verfolgen willst, könnte es also an Bord haben?«

»Das nehme ich an.«

»Schlimm für euch Punier, wenn er damit nach Iberien kommt, wie? Und schlimm für die Numider, wenn auf dem langen Weg ein Sturm ihn und das Schwert verschlingt.«

Bomilkar nickte. »Schlimm auch für mich, in diesem Fall.«

»Wieso? Du wärest doch von all deinen Sorgen befreit. Oder jedenfalls von den meisten.«

»Ja und nein. Befreit ist man erst, wenn man sicher sein kann. Wer könnte aber sicher sein, ob ein verschwundenes Schiff wirklich untergegangen ist? Vielleicht taucht es eines Tages wieder auf.«

»Vielleicht holt sich ein Schweinsfisch das Schwert aus dem Wrack, um Schwertfisch zu werden.« Taqur lachte. »Ich werde auf dem Schiff schlafen. Später kommt noch ein Mann von der Hafenverwaltung vorbei, um Zollfragen zu erörtern.«

»In der Nacht?«

»Sagen wir, ein Freund von der Hafenverwaltung kommt auf mein Schiff, um besondere Zollfragen zu erörtern. Besser?«

»Zumindest erklärt es die späte Stunde. Und?«

»Ich werde ihn fragen. Vielleicht weiß er etwas über Mandrokles und seine Geschäfte.«

»Wann willst du auslaufen?«

»Seht zu, daß ihr bei Sonnenaufgang an Bord seid.«

»Ich will versuchen, die anderen zeitig zu wecken. Ah, noch etwas. Wir hatten eine unerfreuliche Fahrt hierher; die Decken waren Fetzen voller Läuse, das Essen war entsetzlich, die Seeleute waren Dreck und Abschaum. Ich hoffe, das ist bei dir anders.«

»Ist es.«

»Sollen wir uns mit Vorräten eindecken?«

Taqur hob abwehrend die Hände. »Beleidige mich nicht; es ist für alles gesorgt. Und an Bord ist es eng; je weniger ihr mitbringt, desto besser.«

»Gut. Was ist dein Preis?«

»Kann ich dir noch nicht sagen.«

»Warum nicht?«

»Es hängt von Wind und Strömung ab, wie lange wir nach Iberien brauchen. Wie oft wir an Land gehen müssen, um Wasser und Vorräte zu ergänzen. Wieviel ihr essen und trinken wollt. Laß uns in Mastia abrechnen; vielleicht fällt uns ja noch etwas ein.«

Als sie im Morgengrauen an Bord gingen, begrüßte Taqur Aspasia herzlich und den Römer höflich. Er wies ihnen Plätze im erhöhten Bug des Schiffes zu; dann nahm er Bomilkar beiseite.

»Ich habe noch einen Namen für dich«, sagte er leise. »Mandrokles hat länger mit einem Händler namens Eurylochos geredet. Der war angeblich kurz zuvor aus Qart Hadasht heimgekehrt. Sagt dir das was?«

»Es sagt mir was.« Bomilkar preßte die Lippen zu einem Strich. »Ich weiß nur nicht, was es mir sagt.«

»Du kannst ja einige Zeit darüber nachdenken.«

Bomilkar erinnerte sich ungern an das Gezeter und die schmerzhafte Stimme des Händlers. Und er fragte sich, was für Geschäfte Eurylochos und Mandrokles miteinander zu bereden haben mochten.

Mit dem Frühwind liefen sie aus. Taqur steuerte nach Norden, so gut es ging; er sagte, zu dieser Jahreszeit herrsche in Küstennähe meist westlicher Wind vor. Draußen auf See gebe es jedoch eine leichte Gegenströmung und, bei bestimmten Wetterlagen, hin und wieder hilfreiche Winde aus östlichen Richtungen.

An Bord wurden viele Zungen durcheinander verwendet; meistens sprach man aber die hellenische *koine*, die alle beherrschten. Unter der Besatzung des schnellen Seglers gab es

Araber, Assyrer, Ägypter, asiatische Hellenen, aber auch Leute aus dem Norden. Einer war dabei, ein kleiner dunkelhaariger Mann, der Koch des Schiffs, den sie Germanikos nannten; er sagte, das sei richtig, was die Abstammung angehe, aber sein eigentlicher Name sei Aluluf, oder so ähnlich – »den richtigen Namen könnt ihr sowieso alle nicht aussprechen.«

»Versuch es; vielleicht können wir doch.«

Der Germane lächelte. »Aluluf«, sagte er. »Oder so ähnlich.« Er senkte den Blick, betrachtete seine Hände und seufzte. »Ach, die Arbeit. Ich werde jetzt ein Netz auswerfen. Wenn einer von euch Fische beschwören kann ... Nein? Ich hätte es mir denken können.«

Hin und wieder gab es Salzfisch, meistens aber frisch gefangene, von Aluluf auf dem kleinen Eisenherd unter dem Heck gebratene Tiere. Und es gab frische, später eingelegte Früchte, dunklen luftgetrockneten Schinken, schmackhaften Hartkäse, Nüsse, getrocknete Weinbeeren, nur selten eingelegte Pilze, trinkbaren Wein, jeden dritten Tag frisch gebackenes Brot.

Zur Besatzung gehörte auch ein Etrusker, der die Kithara spielte (mehr schlecht als recht) und dazu derbe Lieder sang. Das rechte Steuer betätigte meistens Taqur selbst; für das linke zuständig war der Steuermann Mandarax, ein Riese aus dem nordwestlichen Gallien. Er sei, sagte er, vor Jahren an Bord eines punischen Schiffs gegangen – »eines mit dem roten Auge im Segel«, unterwegs mit Erz aus Britannien. Er habe Glück gehabt.

»Des einen Glück ist immer des anderen Unheil, nicht wahr? Alles in der Welt muß ausgewogen sein. Für jeden, der wacht, schläft irgendwo einer, und für jeden, der stirbt, wird einer geboren. So wollen es die Götter.«

Taqur hatte die Lenkung übernommen; in der klaren, milden Nacht steuerte er so, daß der Nordstern immer rechts über dem Schiff stand. Bomilkar nahm an, daß es noch andere Sterne gab, die der Kapitän beachtete. Er wollte ihn später danach befragen; in diesen Stunden war er jedoch damit zufrieden, neben Aspasia und Laetilius am Fuß des Masts zu sitzen und dem Etrusker zu lauschen, mitzusingen, das straffe Segel summen und die Hölzer knarren zu hören.

Mandarax erhob sich, ging zur Bordwand, tauchte den Eimer ein und kehrte mit Meerwasser zurück, mit dem er und die meisten anderen den Wein verdünnten.

Als er sich wieder niedergelassen hatte, sagte Aspasia: »Was also war dein Glück, und wessen Unheil war es?«

»Sie waren in einen Sturm geraten, die Punier, und hatten ein paar Leute verloren. Als sie bei uns anlegten, um Schäden zu beheben, haben sie jemanden gesucht, der bereit war, mitzufahren. Sonst …« Er hob die massigen Schultern.

Bomilkar runzelte die Stirn. »Was ist glückhaft an der Möglichkeit, auf dem Wasser zu sterben?«

»Ich war für andere Dinge vorgesehen. Wie mein Name sagt.«

»Was sagt dein Name?«

»Mandarax ist, was die hier« – der Gallier wies auf die anderen Seeleute – »daraus gemacht haben. Eigentlich heiße ich Manduragos, ›der vor dem kleinen Pferd hergeht‹, beim Pflügen. Für große Pferde war mein Vater zu arm.«

»Woher stammst du genau?« sagte Laetilius.

»Kennst du dich aus, in Gallien?«

»Ich habe vieles gehört.«

Mandarax grinste. »Man darf nicht alles glauben, was man so hört. Ich bin aus dem Nordwesten, von da, wo ein paar Reihen großer Steine stehen.«

Laetilius schüttelte den Kopf. »Das sagt mir nichts.«

»Aber mir.« Bomilkar zwinkerte. »Ich habe davon gehört, aber ich glaube es nicht.«

»Kluger Mann. Was weißt du noch von uns?«

»Deine Verwandten weiter im Osten, die Kelten, sollen vor hundert Jahren Alexander dem Großen etwas Wichtiges gesagt haben.«

»Ah, Alexandros!« Mandarax nickte. »Ein großer Mann. Was haben sie ihm gesagt?«

»Nach einem gewaltigen Kampf hat er sie gefragt, ob sie denn vor nichts Angst hätten. Da sollen sie gesagt haben: ›Nur davor, daß uns der Himmel auf den Kopf fällt‹.«

»Feiglinge«, sagte Mandarax. »Was ist denn ein stürzender Himmel? Auch nicht schlimmer als ein schwebendes Meer.«

»Wovor hast du Angst?« sagte Aspasia.

Mandarax verdrehte die Augen. »Nur vor einem, schöne Frau. Kannst du es erraten?«

»Vor fliegenden Frauen?« sagte Laetilius.

Bomilkar lachte. »Vor hüpfenden Steinen, die keine Reihe bilden mögen?«

Aspasia schüttelte den Kopf. »Mandarax hat nur vor einem Angst«, sagte sie. »Vor der Angst.«

# 20

Taqur fand die erhofften Winde und Strömungen, aber es gab Tage der Flaute und längere Seestrecken, auf denen sie rudern mußten, weil die Strömungen abrissen oder zu weit nach Norden führten. Zweimal – in Melite und Ebusos – liefen sie Häfen an, um Wasser und Vorräte zu ergänzen; am dreiunddreißigsten Tag der Fahrt erreichten sie die Bucht von Mastia.

Es war ein früher Vormittag. Die Sonne stand hinter ihnen im Südosten und beleuchtete die Wasserfläche und das umgebende Land. Laetilius stand neben Bomilkar im Bug und starrte mit zusammengekniffenen Augen voraus.

»Das sieht genau so aus«, sagte er, »wie ihr euch das immer vorgestellt habt, nicht wahr?«

»Erhelle mich, Römer – was heißt ›ihr‹ und ›vorstellen‹? Wozu vorstellen?«

Laetilius hob die Hände; mit einem Unterton spöttischer Verzweiflung sagte er: »Ihr, eure Leute, Punier und Phöniker. Ihr habt euch doch immer solche Plätze für Häfen und Stützpunkte ausgesucht.«

»Mag sein.« Bomilkar betrachtete die waldigen Steilhänge rechts und links der schmalen Einfahrt, die winzige Insel fast in der Mitte, dahinter die ausladenden Teilbuchten und den Hügel mit der kleinen Festung, zu deren Füßen sich Hütten und Häuser zu drängen schienen. »Du vergißt, daß dies hier nicht von ›uns‹ ist.«

Links, westlich des Hügels, hatte man einen kleinen Hafen angelegt oder zumindest eine Mole aufgeschüttet, hinter der zahlreiche Masten zu sehen waren. Dorthin lenkte Taqur das

Schiff. Mandarax war an einen der langen Riemen gegangen, mit denen sie gegen den Landwind über das gekräuselte Wasser der Bucht krochen.

»Wir sollten helfen«, sagte Laetilius. »Ich weiß, das hier ist die Hauptstadt der Kontestaner, aber ich frage mich, wie lange noch.«

Bomilkar folgte ihm; sie ruderten stumm. Unendlich langsam näherten sie sich der Mole, umrundeten sie und machten schließlich zwischen zwei anderen Schiffen an einem ins Wasser ragenden Steg fest.

Fünfhundert kontestanische Krieger unter dem Fürstensohn Mandunis hatten in den letzten Jahren des Sizilischen Kriegs für Hamilkar gegen die Römer gekämpft. Und zwar wohl tatsächlich für Hamilkar, nicht für die Stadt. Bostar hatte flüchtige Andeutungen gemacht, und Daniel war in der Nacht in der Byssatis auch nicht viel ausführlicher darauf eingegangen; nach dem wenigen, was er wußte, konnte Bomilkar eher ratend denn schließend annehmen, daß Hamilkar und Antigonos, der Herr der Sandbank, die Kontestaner bezahlt hatten, als der Rat von Qart Hadasht durch die Weigerung, die Kämpfer des Großen Kriegs wie vereinbart zu entlohnen, den Söldnerkrieg auslöste. Offenbar war Mandunis später mit Hilfe der Barkiden (und der Bank?) zum König der Kontestaner geworden, unterstützte seinerseits Hamilkar in Iberien und räumte der Sandbank besondere Handelsbedingungen ein; Daniel zufolge hatten sich einige mit der Bank eng verbundene Handwerker in Mastia angesiedelt.

Und Bostar, zweiter Herr der Sandbank, hatte Bomilkars Schreiben an Hasdrubal und Mandunis geschickt, mit eigenen Zeilen. Oder schicken wollen. Während Taqur und seine Leute das Schiff festmachten, betrachtete Bomilkar die anderen Segler, die im ruhigen Wasser hinter der Mole lagen. Weiter weg, am Strand, gab es etliche Fischerboote, die ihn aber nicht sonderlich bekümmerten.

Die meisten anderen waren Frachter der üblichen Bauweise. Bei einigen ließ sich aus seitlich angebrachten Namen oder Symbolen auf die Herkunft schließen, und insgesamt mochten es um die sechzig Schiffe sein. Punische Händler, ein paar schnelle Segler, wie man sie zur Nachrichtenübermittlung nutzte, Frachter aus Städten an der libyschen Nordküste und aus anderen iberischen Häfen; drei oder vier hatten hellenische Zeichen am Rumpf und konnten aus Massalia, Syrakus oder Alexandreia sein.

»Zwei italische Schiffe«, sagte Laetilius, der wieder neben ihm im Bug stand. »Die beiden da.«

Bomilkar nickte. »In Friedenszeiten ist alles möglich.« Er grinste, wurde aber gleich wieder ernst. »Fällt dir sonst noch was auf?«

Laetilius schaute ihn fragend an, dann drehte er sich einmal um sich selbst und schien dabei die Bucht, das Wasser, die Berge zu mustern. »Vielleicht«, sagte er zögernd. »Was meinst du? Die Türme da oben?«

Bomilkar folgte den Blicken des Römers. »Das auch.« Auf den Gipfeln östlich und westlich der Einfahrt waren Bauwerke aus Stein und Holz zu sehen. »Punische Signaltürme. Aber ich meine etwas anderes. Eine Abwesenheit.«

Aspasia trat zu ihnen; sie schien die letzten Sätze gehört zu haben. »Abwesendes richtet keinen Schaden an«, sagte sie spöttisch. »Ich vermute, dir fehlen Kampfschiffe, oder?«

»Ah«, sagte Laetilius.

»Kluge und holde Frau.« Bomilkar deutete eine Verbeugung an. »Ich bin verwirrt. Wir hatten davon gesprochen, daß dies kein punischer Hafen sei, sondern der Hauptort der Kontestaner. Es gibt punische Türme, aber keine Kriegsruderer.«

»Es gibt noch etwas.« Aspasia deutete auf die Mole, wo sich ein paar Männer näherten. Leute des Hafenmeisters oder der Zollverwaltung, wahrscheinlich – begleitet von zwei Bewaffneten.

»Libysche Fußkämpfer«, knurrte Laetilius. »Ein Hafen der Kontestaner, wie? Mal sehen, was es hier noch an Überraschungen gibt.«

»Was auch immer«, sagte Bomilkar, »wir sollten unsere Sachen nehmen und den Fürsten aufsuchen.«

»Komme ich mit?« Laetilius blinzelte.

»Damit ich dich beaufsichtigen kann, ja. Oder mußt du wieder römische Spitzel besuchen?«

»Das hat Zeit.«

Aspasia stöhnte. »Ein Bad«, sagte sie dann, »Unterkunft. Und eure blöden Spiele später, bitte.«

»Wir haben noch einiges zu klären.« Bomilkar blickte wieder zur Mole, wo Taqur mit den mutmaßlichen Zöllnern redete. »Was später geschieht, zum Beispiel. Was Taqur tun will. Was wir ihm für die lange Fahrt schulden.«

Der Araber kam bald zurück an Bord; er wirkte nachdenklich, vielleicht ein wenig verdrossen, wie Bomilkar fand.

»Alles nicht so einfach«, knurrte er, als er die fragenden Blicke sah. »Schwierige Ladung bedingt schwierige Verfahren, oder so ähnlich.«

»Was hast du denn geladen?« sagte Aspasia. »Da du uns unterwegs immer nur ›dies und das‹ gesagt hast …«

»Schulden.« Taqur grinste. »Dies Schiff ist vollgeladen mit Schulden, die ich in Alexandreia gemacht habe.«

»Und die Herren vom Zoll wissen nicht, wie sie Schulden bewerten sollen?« Laetilius schüttelte den Kopf. »Da muß es doch Hebesätze geben.« Er lachte.

Taqur kratzte sich im Nacken. Er schien mit sich zu ringen. »Auf ein Wort, Bomilkar?«

Sie gingen über den Steg zur Mole; erst jetzt sah Bomilkar, daß dort, wo sie den Kai berührte, eine Art Sperre errichtet war, bewacht von Bewaffneten.

»Ich fürchte, ich brauche deine Hilfe«, sagte Taqur.

»Sprich.«

»Ich habe ägyptisches Gold geladen.« Taqur sprach leise, obwohl niemand in der Nähe war, der sie hätte belauschen können. »Und ein paar andere Kleinigkeiten, mit denen sich hier offenbar der Herrscher selbst befassen muß.«

»Wieso bringst du Gold nach Iberien? Und wieso hast du es unterwegs ...«

Taqur lächelte ein wenig mühsam. »Gold«, sagte er, »könnte Begierden wecken. Meine Leute sind zuverlässig, aber weiß ich denn, auch wenn ich sie seit Jahren kenne, ob nicht der eine oder andere ...«

»... vielleicht auch einer der Fahrgäste?«

»... bei Gold erwägt, den Kapitän, ah, auszutauschen? Gilt auch für Römer, Punier und eine Hellenin, ja.«

»Noch einmal: warum Gold nach Iberien?«

»Du bist kein Händler, deshalb weißt du es nicht. In Ägypten gibt es viel Gold und wenig Silber; in Iberien gibt es viel Silber und wenig Gold. In Qart Hadasht kann man einen goldenen *shiqlu* für zwölf silberne bekommen. In Alexandreia ist Gold etwas billiger – vielleicht elf zu eins, in Iberien dreizehn zu eins, weil es teurer ist. Ungefähr.«

»Gut; das habe ich verstanden. Und die Zöllner sagen, sie können darüber nicht befinden? Hm. Was ist mit den anderen Kleinigkeiten?«

»Ach, dies und das.«

Bomilkar lachte halblaut. »Hör zu, mein Freund. Wenn ich für dich etwas erreichen oder erwirken soll, muß ich es genauer wissen. Und je genauer ich es weiß, desto besser kann ich errechnen, was du durch meine Vermittlung gewinnst.«

»Ei.« Taqur grinste matt. »Zur Berechnung dessen, was ihr mir für die Reise schuldet? Ich hatte dir doch gesagt, wir werden uns freundlich einigen.«

»Eigene Kenntnisse werden uns daran ja nicht hindern. Was hast du sonst noch geladen?«

»Ein rhodischer Händler mit Schulden mußte dem Zoll in Alexandreia ein paar Amphoren mit sehr gutem Wein zurücklassen.«

»Und dein Freund vom Zoll, der dich nachts auf dem Schiff besucht, hat vermittelt?«

»Hat er. Du weißt, Zöllner werden nicht besonders gut bezahlt.«

»Ich denke es mir. Was noch?«

»Blaue Schmucksteine aus den Bergen Asiens – *uqnu* [Lapislazuli]. Ein paar Beutel mit einem Pulver, das, wenn man es mit heißem Wasser und ein paar anderen Dingen verrührt und aufkocht, den wunderbaren blauen Farbton für Gefäße und Gemälde ergibt, den nur die Ägypter kennen.«

Bomilkar nickte. »Kostbar, zweifellos – für Töpfer und Maler, die dem König etwas schenken oder gut verkaufen wollen.«

»Schnitzereien aus Elefantenzähnen«, sagte Taqur, »alte Rollsiegel, feine Handwerksarbeiten jeder Art.«

»Gut. Ich will sehen, was ich tun kann. Wo finde ich dich?«

Taqur breitete die Arme aus. »Wo denn wohl? Auf dem Schiff. Ein paar Leute werden immer mit mir wachen, die anderen wechseln sich in den Schänken und auf den Dirnen ab.«

Für Laetilius, Aspasia und Bomilkar gab es keine Schwierigkeiten, die Mole zu verlassen. Einer der Wächter – libysche Fußkämpfer, wie Laetilius gesagt hatte – warf einen Blick in die Reisebeutel und gab den Weg frei.

»Wo finde ich den Fürsten Mandunis?« sagte Bomilkar auf Punisch.

Der Krieger hob die Schultern. »Er ist nicht in der Stadt – soviel ich weiß. Ich glaube, er ist drüben, an Land.« Er deutete hinter sich zur Stadt, nach Iberien, zum fernen Okeanos.

»Was heißt an Land? Vergib, mein Freund, aber ich bin hier zum ersten Mal.«

»Hinter der Stadt ist ein See, dahinter ist Iberien. Dort hat Hasdrubal sein Lager.«

Bomilkar riß die Augen auf. »Seit wann ist er hier?«

»Zwei Tage.«

Tatsächlich war der Hügel die höchste Erhebung einer Halbinsel, auf der Mastia lag. Im Osten gab es eine schmale Landverbindung, im Westen eine Art Kanal mit gemauerten Seiten und einer Klappbrücke. Hinter der Halbinsel erstreckte sich ein großer flacher Binnensee, eher eine Lagune. Am jenseitigen Ufer, vielleicht zwei Meilen entfernt, waren Gebäude und Zelte zu ahnen.

Wie Bomilkar insgeheim befürchtet hatte, waren wegen der vielen Schiffe und ihrer Besatzungen die meisten Gästehäuser überfüllt; nach einigem Suchen fanden sie eines am Ufer des Kanals, wo es ein kleines Zimmer mit einer breiten Liege und einem zusätzlichen Lager aus Leder und Strohmatten für sie gab. Ein Badehaus, sagte der Wirt, sei nicht weit entfernt.

»Ich werde es erproben.« Laetilius schaute sich in dem Schlafgemach um, schnalzte leise und nahm ein paar Dinge aus seinem Beutel. »Ihr könnt ja nachkommen.«

Bomilkar klopfte ihm auf die Schulter und schloß die Tür hinter ihm. »Lästig«, sagte er, während er sich mit dem Riegel abmühte, »so lange Tage neben dir zu reisen, Holde, und sich zurückhalten zu müssen. Und wie freundlich von diesem Römer ... Wollen wir übereinander herfallen?«

Als er sich zu Aspasia umdrehte, hatte sie sich bereits entkleidet. »Red nicht so viel«, sagte sie. »Komm.«

In einer kleinen offenen Garküche aßen sie mit Schinkenstreifen umwickelte Datteln und leerten Näpfe mit einer Mischung aus Hirse, Saft, frischem Käse und Honig. Laetilius schob sein Gefäß von sich, trank einen Schluck Wasser und stützte die Ellenbogen auf die Tischplatte. Mit dem Kinn wies er über den See, zum fernen Ufer mit den Zelten und Hütten.

»Gereinigt, gesättigt und in frischer Kleidung willst du nun also dem neuen Strategen von Libyen und Iberien gegenübertreten? Um die Bürden, die er als Nachfolger Hamilkars zu tragen hat, nicht durch unerfreuliche Anblicke zu beschweren?«

Bomilkar zog die Mundwinkel nach unten. »Durch Geschwätz minderst du, was zuvor durch rechtzeitiges Verschwinden gemehrt wurde: die Pracht deines Daseins.«

»Oh ach weh«, sagte Aspasia. »Tauscht euch bitte schneller und gradliniger aus; sonst sitzen wir morgen früh noch hier.«

Bomilkar tätschelte ihre linke, Laetilius ihre rechte Hand. »Wir hören und gehorchen«, sagte der Römer. »Du willst allein zu ihm, nehme ich an.«

Bomilkar nickte.

»Ich würde ihn gern sehen«, sagte Aspasia. »Wenigstens von weitem. Aber es ist natürlich besser so.«

»Kenntnisse austauschen, ohne von einem Römer belauscht zu werden?« Laetilius lächelte. »Dem du inzwischen die Herrin deines Herzens anvertraust? Was wöge denn schwerer – dieser oder jener Verlust?«

»Ach, hör auf.« Bomilkar erhob sich. »Ihr könnt ja die Schänken des Orts erkunden und sehen, ob Mandarax wirklich so viel verträgt, wie die anderen behaupten.«

Den langen Marsch um den halben See genoß er gründlich, nach den langen Tagen an Bord des Schiffs, wo es kaum Gelegenheiten gegeben hatte, sich zu bewegen.

Als Bomilkar das Lager aus Zelten und Hütten erreichte, war der halbe Nachmittag bereits vorüber. In den engen Gassen zwischen den Hütten stand die Luft, die eine Mischung aus vielerlei Arten des Gestanks war; kein Windhauch milderte die schwüle Hitze. Die Zelte, weiter weg vom Ufer am Hang eines niedrigen Hügels, standen nicht so eng; hier war die Luft besser.

Libysche Fußkämpfer hielten ihn am Fuß des Hügels an. Unter ihnen war keiner, den er aus seiner Zeit in Iberien noch gekannt hätte.

»Bomilkar, früher Führer einer Hundertschaft unter Hamilkar, heute Herr der Wächter von Qart Hadasht«, sagte er. »Der Stratege erwartet mich nicht, wird mich aber sehen wollen.«

Der Anführer der Posten hob die Brauen. »Der Stratege ist sehr beschäftigt.«

»Schick einen Mann und laß ihn fragen.«

Der Bote kam bald zurück. »Ich soll ihn geleiten«, sagte er, »damit er sich nicht verirrt. Deine Waffen laß hier.«

Bomilkar verzichtete auf Widerspruch; er reichte dem Anführer der Posten Schwert und Messer und folgte dem Krieger. Dabei sagte er sich, daß er an Hasdrubals Stelle ebenso vorsichtig gewesen wäre. Einen Namen und Rang konnte jeder sich zulegen, und zweifellos gab es genug Männer, die alles daran setzen mochten, den neuen Führer der Barkiden zu beseitigen. Iberer, die nicht von Qart Hadasht beherrscht werden wollten; Leute, denen Hasdrubal irgendwann einmal etwas getan oder genommen hatte; Feinde aus den Reihen der politischen Gegner ... Und neben Iberern und Puniern auch Römer – für die maßgeblichen Männer am Tiber wäre jede Schwächung der Punier ein Freudenfest.

Der Krieger führte ihn nicht zum größten Zelt in der Mitte des Hügelhangs, sondern zu einem kleineren, das schräg

262

dahinter stand. Auch dies, sagte er sich, eine Vorsichtsmaß-
nahme; Hasdrubal mußte seine Gründe haben. Wer das Zelt
des Führers suchte, würde zweifellos zunächst das prächtigste
aufsuchen.

Vor dem Eingang standen zwei weitere Posten. Einer zog
das Schwert, setzte die Spitze der Klinge an Bomilkars Hals
und deutete mit dem Kopf ins Innere, in den Schatten.

An einem klappbaren Tisch, auf einem faltbaren Stuhl saß
Hasdrubal der Schöne, bis zum Tod seiner Frau Sapanibal
Schwiegersohn des großen Hamilkar, nach dessen Tod in der
Schlacht vom Heer zum neuen Obersten Strategen bestimmt.
Einige Schreiber waren bei ihm, dazu weitere Bewaffnete und
ein Iberer mit Brustpanzer.

Bomilkar erschrak, als Hasdrubal aufblickte. Der Stratege
war zweiunddreißig Jahre alt und sah aus wie ein alter Mann:
grau, erschöpft, zerfurcht.

»Bomilkar.« Es war eine Art Begrüßung, aber vor allem eine
Bestätigung für den Posten. »Es ist gut. Geh hinaus.«

Die Klinge verließ Bomilkars Hals; der Krieger hob das
Schwert, neigte den Kopf, steckte die Waffe in den Gürtel und
ging.

»Ich hätte dich dagegen kaum erkannt, Stratege«, sagte
Bomilkar.

Der Iberer, der neben Hasdrubal saß, runzelte die Stirn; dabei verrutschte das Silberband, das er wie eine verstümmelte
Krone oder den Rest eines Helms um den Kopf trug.

»Wenn alte Krieger es dir sagen, solltest du vielleicht hören
und eine Nacht schlafen«, sagte er.

Hasdrubal setzte ein gequältes Lächeln auf. »Wenn alles
erledigt ist. Setz dich.«

Einer der Schreiber stand auf und brachte einen Schemel,
den er vor den Tisch stellte. Bomilkar ließ sich darauf nieder.

»Ich habe Briefe erhalten«, sagte Hasdrubal. »Von dir und Bostar. Dies zuallererst, um deine Besorgnis zu mindern.« Er wandte sich an den Iberer. »Mandunis, dieser Mann war ein guter Krieger und ist nun der beste Hüter der Stadt. Bomilkar, dies ist der König der Kontestaner. Er ist mit der Sache befaßt, du kannst offen reden. Ihr anderen« – das galt den Schreibern und den Bewaffneten – »laßt uns allein, bis ich euch rufe.«

Bomilkar wartete, bis die Männer gegangen waren; dabei schaute er von Hasdrubals müdem Gesicht auf die Berge von Papyrosrollen und wieder in die Augen des Strategen.

»Herr«, sagte er schließlich, »da du die Briefe erhalten hast, will ich nur melden, was sich seither ereignet hat.«

Er berichtete knapp, ohne alle Zusätze, über den Ritt zu Daniel und den Aufenthalt in Alexandreia. Zum Schluß sagte er:

»Damit mag ich dich nicht behelligen, aber ich habe es versprochen – der arabische Kapitän, Taqur, hat feine Waren an Bord, darunter Gold aus Ägypten. Die Zöllner sagen, dies sei eine Sache für den Fürsten oder den Strategen.«

Hasdrubal und Mandunis wechselten einen Blick; der Kontestaner hob die Schultern. »Entscheide du.«

Hasdrubal fuhr sich mit der Hand über die Augen. »Übermorgen früh haben wir mit einigen benachbarten Fürsten zu reden, außerdem mit ein paar Gesandten. In der Festung über dem Hafen, drüben. Komm dorthin, zusammen mit diesem Araber. Wir werden es erörtern.«

»Auch das andere? Die Frage des Schwerts von Qart Hadasht?«

Mandunis beugte sich vor. »Als die Briefe kamen, war Hasdrubal noch nicht hier«, sagte er. »Deshalb habe ich mich der Sache angenommen. Das Schiff des Mandrokles liegt im Hafen.«

»Wo ist Mandrokles?«

»Bei seinen Vätern, falls er welche hatte.«

Hasdrubal betrachtete Bomilkars Gesicht, lächelte und sagte: »Du mußt ihm mehr sagen, Mandunis.«

Der König legte die Hände auf den Tisch und musterte sie, als müsse er die Finger zählen. »Wir haben ihn gründlich befragt«, sagte er. »Sehr gründlich. Die letzten Fragen hat Hasdrubal gestellt. Mandrokles hat viel geredet und wenig gesagt. Entweder wissen wir alles, oder er hat die letzten Antworten mitgenommen, in den Tod.« Er blickte auf und setzte mit einer schrägen Grimasse hinzu: »Das glaube ich allerdings nicht; die Befrager waren gewissenhaft.«

»Und die übrigen Leute an Bord?«

»Zwei sind ihm gefolgt; die anderen leben, wissen aber nichts. Nicht genug jedenfalls.«

»Was habt ihr erfahren?«

Hasdrubal übernahm. Mandrokles, sagte er, sei sehr gut dafür bezahlt worden, einen Punier namens Adherbal nach Alexandreia zu bringen. Dieser habe dort Verhandlungen geführt und sei über Land zurückgereist, nach Qart Hadasht; Mandrokles habe von ihm zuvor wiederum Geld erhalten und den Auftrag, einen bestimmten Gegenstand nach Mastia zu befördern und dort einem iberischen Fürsten auszuhändigen.

»Taraqulis«, sagte Mandunis. »Einer meiner Vettern.« Er sah aus, als wolle er sich übergeben.

»Auch er wurde befragt.« Hasdrubal klang grimmig, verzog aber keine Miene. »Es gibt einige ungeklärte Einzelheiten, aber insgesamt ist es so, wie du angenommen hast. Das Schwert von Qart Hadasht sollte benutzt werden, um hier und in Numidien Aufstände anzustacheln; dieser Punier, Adherbal, sollte in Ägypten für – sagen wir, Stillhalten und spätere Fortsetzung der Handelsbeziehungen sorgen.«

»Mit wem?« sagte Bomilkar halblaut.

»Mit denen, die nach dem Aufstand die Macht übernehmen. Punier, die mit Hilfe der Numider die bisherige Führung der Stadt beseitigen. Ist es so?« sagte Mandunis; er blickte Hasdrubal an.

»So ist es.« Der Stratege kniff die Augen zusammen. »Oder siehst du es anders?«

Bomilkar glaubte, einen spöttischen Unterton zu hören, vielleicht aber auch nur Müdigkeit. Oder eine Frage hinter der Frage?

»Herr«, sagte er, »ich glaube, es ist nicht so. Aber ich weiß nicht, wie es ist.«

Hasdrubal kniff die Augen zu schmalen Schlitzen. »Sprich.«

»Numider, die Qart Hadasht stürzen wollen, könnte ich begreifen. Nicht billigen, aber verstehen. Punier, die die Macht von Qart Hadasht mindern, um sie zu übernehmen? Was übernähmen sie dann? Numider, die zum Aufstand angetrieben werden, um später den neuen Mächtigen zu dienen? Chanani, deren Reichtum teilweise in Numidien und Iberien steckt und die all das fortwerfen, um die dann arme und ohnmächtige Stadt zu übernehmen?«

Hasdrubal gähnte. »Dumm, nicht wahr?« sagte er dann.

»Es kann nicht so sein, Herr. Und nichts von alledem erklärt, weshalb drei edle Ratsherren beschließen, das Schwert aus dem einen Tempel in einen anderen zu verbringen. Als einer von ihnen niedergestochen wird, unternehmen die anderen nichts, um den Mörder zu fangen – den Mann, der dieses wichtige Schwert mit sich nimmt. Sie weisen nicht einmal ihre Sklaven an, ihn zu verfolgen. Die mit der Sache befaßten Ratsherren und Richter wollen nicht, daß ich etwas unternehme; ich muß sie beinahe zwingen, mir bestimmte Anweisungen zu geben. Als ich verwundet werde, schicken sie mich frohlockend aus der Stadt. Ratsherren und Richter ... und Numider als Handlanger? Wer« – er beugte sich vor und sprach noch immer halblaut, aber mit mehr Nachdruck – »wer, Stratege von Libyen und Iberien, würde sich denn selbst entmannen?«

Hasdrubal blickte Mandunis von der Seite an. »Habe ich dir nicht gesagt, daß er ein guter Mann ist?«

Mandunis lächelte. »Hast du.« Dann wurde er wieder ernst. »Aber das gibt uns noch keine Antworten. Auf diese und ein paar andere Fragen.«

»Welche Fragen, Herr?«

»Wegen der furchtbaren Ereignisse im Binnenland hier«, sagte Hasdrubal, »mußte ich gewisse andere Dinge zurückstellen. Das Sammeln von Nachrichten und Kenntnissen, wie du weißt.«

Bomilkar nickte. »Ich weiß, Herr, und ich bin stolz darauf, daran mitwirken zu dürfen. Aber …«

Hasdrubal hob die Hand. »Warte. Ich will dir gleich sagen, was ich weiß; es ist nicht viel, aber es weist in eine andere Richtung. Zunächst nur so viel: Demnächst, etwa einen Mond vor der herbstlichen Gleiche von Tag und Nacht, werden in Qart Hadasht hundert Ratsherren gewählt. Neu gewählt oder bestätigt.«

Bomilkars Gedanken begannen einen wilden Tanz. Warum hatte er Schwert und Wahlen nicht eher enger verknüpft? Dreihundert Ratsherren, dachte er. Die dreißig Ältesten, jenseits des Wählens, schieden erst mit dem Tod aus; die übrigen wurden – jährlich ein Drittel von ihnen – gewählt, abgewählt, bestätigt.

»Aber«, sagte er schwach.

»Es gab zuviel anderes zu tun.« Hasdrubal klang nun deutlich verdrossen; um seinen Mund bildeten sich Kerben. »Ich war im Binnenland, am großen Fluß Baits, um eine Stadt zu gründen und den Nachschub für Hamilkar zu ordnen. Vielleicht habe ich bestimmte Dinge nicht erfahren, oder ich habe bestimmten Berichten nicht die Bedeutung zugemessen, die sie verdienen. Danach …« Er hob die Schultern.

In Gedanken ergänzte Bomilkar: ›Danach bist du mit Nachschub zu Hamilkar geritten und kamst gerade rechtzeitig, ihn sterben zu sehen und die Schlacht zu retten, zu wenden.‹ Halblaut sagte er:

»Ich verstehe aber immer noch nicht, wie die Dinge zusammenhängen könnten.«

Hasdrubal stand auf. »Komm«, sagte er, »ich will dir etwas zeigen. Danach werden wir die Fragen von mehreren Seiten prüfen.« Er grinste, und plötzlich sah er sich selbst wieder ähnlich: Hasdrubal der Schöne, listenreicher Verwalter des Friedens und Mehrer der Macht – nicht mehr Hasdrubal der Erschöpfte, von den Bürden Niedergedrückte.

Bomilkar erhob sich ebenfalls und folgte dem Strategen zu einer Truhe, die neben dem kargen Lager stand, nicht weit vom Tisch.

Hasdrubal öffnete den Deckel und nahm etwas heraus. Ein Bündel. »Da«, sagte er. »Sieh, was in dem Tuch ist.«

Bomilkar nahm das Bündel und schlug das Tuch zurück. Mit ein wenig Ehrfurcht, aber ohne Überraschung schaute er auf das alte, schartige Schwert. Die Stange zwischen Griff und Klinge endete in abwärts blickenden Löwenköpfen, und im Knauf war ein großer blauer Stein.

»Das Schwert von Qart Hadasht«, sagte er leise. »Mandrokles hatte es also wirklich.«

Hasdrubal grinste immer noch. Er bückte sich und nahm zwei weitere Bündel aus der Truhe, die er auf den Tisch legte.

»Sieh und staune«, sagte er dabei.

Bomilkar legte das Schwert samt Tuch zurück in die Truhe und öffnete das zweite, dann das dritte Bündel. Sprachlos starrte er auf zwei alte Schwerter, beide schartig, beide mit abwärts blickenden Löwenköpfen, beide mit blauen Steinen im Knauf.

»Setz dich«, sagte Hasdrubal. »Wir haben dies und das zu bereden.«

»Und zu fragen.«

»Dann frag du zuerst.«

Bomilkar nahm den Becher, den Mandunis ihm reichte, dankte dem König und trank. Dann sagte er:

»Woher kommen die beiden anderen Schwerter?«

»Ein paar Tage, ehe Mandrokles eintraf«, sagte Mandunis, »kam ein Schiff aus Qart Hadasht. Das gewöhnliche Botenschiff des Rats mit Mitteilungen, Fragen und derlei. An Hasdrubal, von uns aufzuheben oder weiterzuleiten. Dabei war ein Paket mit den beiden Schwertern, ohne irgendeine schriftliche Beigabe.«

»Wer könnte es an Bord des Schiffs gebracht haben?«

Hasdrubal verzog den Mund. »Jeder Ratsherr. Jeder Schreiber. Jeder Seemann. Laß uns an einer anderen Stelle beginnen. Wir wollen die Namen aller Männer betrachten, die bisher in diese Geschichte verwickelt sind.«

# 21

**Zum Glück gab es auf dem langen Rückweg** immer wieder er-
leuchtete Fischerhütten, Feuer oder Fackeln. Sie trugen dazu
bei, daß Bomilkar nicht in Löcher oder Gräben fiel, ohne
ihn allzu sehr an düsteren Gedanken zu hindern. Von diesen
trug er eine reichliche Menge um den halben See, und als er
den eigentlichen Ort erreichte, war nichts an ihnen heller geworden.

Daß er, jedenfalls zunächst, weder mit Aspasia noch mit
Laetilius über das reden konnte, was er mit Hasdrubal und
Mandunis besprochen hatte, berührte ihn kaum. Unerfreu-
liche Gedanken für sich zu behalten gehörte zu seinem Beruf.
Daß aber zu wenigen hilfreichen Antworten viele neue Fragen
gekommen waren, machte ihn mürrisch.

Es kostete ihn daher einige Mühe, ein heiteres Gesicht zu
machen, als er die beiden in einer Schänke gefunden hatte. Ein
paar Iberer sangen und tanzten zur Kithara des Etruskers aus
Taqurs Besatzung, und Mandarax grölte zwischendurch un-
verständliche Lieder. Wahrscheinlich waren sie aus seiner Heimat, und zwei Ibererinnen, die auf seinen Knien saßen, gossen
ihm abwechselnd Wein in den Schlund.

Es war kaum möglich zu reden. Bomilkar grinste Laetilius
an, küßte Aspasia auf die Stirn und setzte sich mit einem Becher unverdünnten Weins zu ihnen.

Morgens nahmen sie in dem Gasthaus am Kanal Brot, Käse,
Früchte und mit warmem Wasser verlängerten Wein zu sich.

»Hat er sich gut um dich gekümmert?« sagte Bomilkar.

»Zwischendurch ja.« Aspasia lächelte den Römer an. »Wenn

er nicht gerade mit einer Ibererin verschwunden ist oder mit ein paar Männer auf Latein geredet hat. Spitzel, nehme ich an.«

»Italische Seeleute.« Laetilius zwinkerte. »Nach der langen Abwesenheit wollte ich wissen, ob es Neuigkeiten vom illyrischen Krieg gibt. Und du? Warst du erfolgreich?«

»Wie man's nimmt.«

»Kannst du das erläutern?«

»Ein paar Antworten und mehr neue Fragen. Vielleicht gute Nachrichten für Taqur – Mandunis und Hasdrubal werden morgen mit ihm sprechen. Mit euch auch, wenn ihr wollt.«

Aspasia strahlte. »Wirklich? Das ist gut. Nach allem, was ich über ihn gehört habe … Ist er wirklich so schön?«

»Je schöner, desto weniger Mann«, murmelte Laetilius. Dann lachte er. »Voriges Jahr war er ganz ansehnlich.«

»Jetzt nicht. Er ist erschöpft und sieht zehn Jahre älter aus, als er ist.«

»Haben sie von ihren Plänen gesprochen?« sagte Aspasia.

»Welche Pläne? Was habt ihr gehört?«

»Mandunis bleibt der Fürst der Kontestaner und dieser Gegend und ist euer wichtigster Bundesgenosse«, sagte Laetilius. »Und weißt du noch, was ich über die Bucht und die Lage der Stadt gesagt habe?«

»Ja. Und?«

»Hasdrubal wird Mastia zur neuen Hauptstadt ausbauen und sie ›Neue Stadt‹ nennen – Qart Hadasht in Iberien.«

Bomilkar schwieg ein paar Augenblicke lang. »Verblüfft mich nicht«, sagte er dann. »Irgendwie bietet es sich an, nicht wahr?«

»Ich frage mich nur, was meine Leute dazu sagen werden. Nach den alten Verträgen ist das Vorgebirge nicht weit nördlich von hier die Grenze, die wir euch zugestanden haben. Eine neue Hauptstadt könnte alles verschieben.«

271

»Man wird sehen. Habt ihr sonst noch aufregende Dinge gehört?«

Darauf berichteten sie ihm von den Geschichten, die man sich in den Schänken erzählte: vom Kriegszug Hamilkars zu einem Fluß namens Taggo tief im Binnenland, im Norden, vom Verrat des Fürsten Aranginos, der als Verbündeter galt, aber dann das Heer der Feinde verstärkte; vom Hinterhalt, aus dem Hamilkar seine Leute unter großen Verlusten über den Fluß zurückführen konnte; vom Tod des großen Strategen, der von mehreren Pfeilen (oder Speeren, in einer anderen Fassung) durchbohrt wurde; von Hasdrubal, der kühlen Kopf behielt und das zerbrechende Heer aufrichtete; von Hamilkars Söhnen Hannibal, Hasdrubal und Mago, die noch in der Nacht den Gegenstoß anführten und die von Wein und Triumph berauschten Feinde aufrieben … Und wieder erfüllte Bomilkar die überwunden geglaubte schwarze Traurigkeit über den Tod des Unersetzlichen, vermengt mit dem Gefühl von Verrat – als hätte er den Feldherrn schützen können, wenn er nicht vor Jahren nach Qart Hadasht gegangen, sondern in Iberien geblieben wäre.

Nach dem Frühstück trennten sie sich. Laetilius wollte ein paar Leute suchen, »von denen du nichts wissen mußt, Punier«. Bomilkar und Aspasia begaben sich zur Mole, um mit Taqur über das kleine Fest am folgenden Tag zu sprechen.

»Sie wollen mit mir über meine Waren reden?« sagte der Araber. »Gut, gut; ich werde sehen, wie dankbar ich dir zu sein habe, Bomilkar. Aber von dem Fest habe ich schon anderes gehört.«

»Was denn?«

»Es wird eine größere Feier für die Krieger und die Kontestaner sein.« Taqur setzte ein verqueres Lächeln auf. »Dabei werden sie einen Verräter hinrichten. Zur allgemeinen Erheiterung und zur Abschreckung, nehme ich an.«

Den Rest des Tages verbrachten Aspasia und Bomilkar damit, durch den Ort zu schlendern, mit Leuten zu plaudern, hier und da Kleinigkeiten zu essen. Einige Male hatte er das Gefühl, aus den Augenwinkeln jemanden zu sehen, den er kannte, vielleicht einen Kämpfer aus den alten Tagen, aber so oft er sich umdrehte, sah er fremde Gesichter.

Abends, in der Nähe des Kanals, berührte er Aspasias Hand.

»Wolltest du vorschlagen, daß wir uns mit Genuß zur Wonne zurückziehen?« sagte sie.

»Mich dürstet nach deiner Quelle, Liebste.« Er lachte. »Ich weiß, diese Wendung ist nicht neu, aber mir fällt keine feine Fügung ein.«

»Dann laß uns sehen, wie es mit wortlosem Fügen steht.«

Hasdrubal hielt sich im Hintergrund: Dies war die Angelegenheit des Königs Mandunis. Bomilkar, Aspasia und Laetilius blieben zunächst am Rande des Platzes vor dem Festungstor, wo sich die Menschen drängten. Die meisten waren natürlich Kontestaner und andere Iberer, aber es gab auch punische und hellenische Gesichter, dazu viele Leute von den Schiffen. Taqur hatte Mandarax mitgebracht; der riesige Gallier schien die Ausuferungen der vorletzten Nacht mühelos wieder eingedeicht zu haben und trug mehrere Körbe und schwere Säcke, ohne darunter sichtbar zu leiden.

Die Hinrichtung des Verräters Taraqulis nahm einige Zeit in Anspruch. Während Mandunis in einer kurzen, scharfen Rede die Verbrechen des Verräters schilderte – auf Iberisch, von einem seiner Berater für die anderen Zuschauer ins Punische übersetzt –, betrachtete Bomilkar den Vetter des Fürsten. Man hatte den etwa dreißig Jahre alten, kräftigen Mann mit gespreizten Armen und Beinen an ein Kreuz gebunden, das mitten auf dem Torplatz stand. Taraqulis war nackt und am ganzen Körper haarlos. Aus der Ferne war nicht zu sehen, ob der vermutlich nicht eben sanfte Vorgang des Scherens Wunden hinterlassen hatte.

»Der König hat seine Leibwache, iberische Krieger«, sagte Laetilius. »Aber siehst du, daß eure Leute alles andere regeln?«

Tatsächlich bestand die Kette der Bewaffneten, die die Menge zurückhielten und den Eingang zur Festung sicherten, aus libyschen Kämpfern in der einheitlichen Ausrüstung des punischen Heers: schlichter Kesselhelm, mit Metallplättchen verstärkter lederner Brustschutz, rötliche Tunika, Lanze und Kurzschwert. Die vier Unterführer, die hinter der Sperrkette herumgingen, schienen Punier zu sein. Einer kam Bomilkar bekannt vor, aber aus der Entfernung war er nicht sicher.

»Muß das sein?« Aspasias Stimme klang eher beklommen denn angewidert. »Daß wir hier stehen und dabei zusehen?«

Laetilius wirkte verblüfft. »Was mißfällt dir?« sagte er. »Ist es deiner Meinung nach nicht richtig, Verräter zu bestrafen?«

»Doch. Aber ich muß es nicht stundenlang betrachten.«

»Sind all eure Frauen so mild?« Laetilius stieß Bomilkar an.

»Dann sollten wir den nächsten Krieg von Frauen austragen lassen; Römerinnen haben damit keine Schwierigkeiten.«

Bomilkar nahm Aspasias Hand. »Punierinnen auch nicht. Aber ich gestehe, daß es nicht zu meinen liebsten Zerstreuungen gehört, dabei zuzusehen, wie jemand stundenlang zu Tode gequält wird. Kommt mit.«

»Wir auch?« sagte Taqur mit einem Unterton des Bedauerns.

»Ihr auch. Wir wollen in die Festung, um zu verhandeln, dachte ich, nicht, um uns hier zu ergötzen.«

Es bedurfte einigen Drängelns; als sie endlich den Teil der Postenkette erreichten, hinter dem Bomilkar den alten Bekannten zu sehen glaubte, begann der zweite Teil der Hinrichtung. Die beiden Henker hoben einzelne Werkzeuge, so daß alle sie sehen konnten, und ein weiterer Berater des Königs nannte ihre Namen auf Iberisch und Punisch. Einige waren schlicht – »Zehenzange«, »Nagelrupfer« und derlei –, andere hatten üppigere Bezeichnungen. Aspasia machte leise Würgegeräusche, als der Berater sagte: »Bei dem Löffel mit geschliffenen Kanten handelt es sich um einen Wallachmacher, und dieser lange Draht mit Säge und Widerhaken dient der vermindernden Erforschung der Gedärme.«

Aber dann hatten sie die Kette erreicht, und der Unterführer war tatsächlich ein alter Bekannter aus Bomilkars Tagen beim iberischen Heer, der sie ins Innere der Festung brachte.

In den großen, angenehm kühlen Saal drang nichts von der Schwüle und dem Lärm. Hasdrubal war bereits dort und sprach mit drei iberischen Fürsten oder Häuptlingen. Diener liefen hin und her, um den langen Tisch mit Speisen und Getränken zu beladen und jenen, die sich an kleinere Tische setzten oder in Gruppen herumstanden, Becher und Platten zu bringen.

Taqur murmelte etwas über »barbarischen Mangel an Schmuck und Teppichen«, lehnte sich mit dem Gesäß an eine Tischkante und trank vorsichtig aus dem Becher, den man ihm gereicht hatte.

»Immerhin ist der Wein trinkbar«, sagte er. »Nicht so gut wie der rhodische, den wir mitgebracht haben, aber trinkbar.«

Aspasia hatte sich auf den gemauerten Sims einer Fensteröffnung gesetzt. Bomilkar brachte ihr einen Becher, den er zu zwei Dritteln mit Wein und einem Drittel mit Wasser gefüllt hatte.

»Trink, o Gespielin«, sagte er halblaut. »Du bist schön wie immer, nur ein wenig blaß um die Nase.«

Sie lächelte und trank, dann schaute sie an ihm vorbei, öffnete die Augen weit und stand auf.

Hasdrubal hatte sich von den Iberern gelöst und trat zu

ihnen. »Der Römer ist auch wieder dabei?« sagte er. »Wird das zur Gewohnheit?«

Laetilius deutete eine Verneigung an. »Ich mochte nicht darauf verzichten, dir abermals unter die Augen zu treten.«

Hasdrubal lachte und wandte sich Bomilkar zu. »Wen hast du mir noch mitgebracht?«

Der Stratege schien geschlafen zu haben; Bomilkar fand ihn nicht mehr so zerfurcht wie zwei Tage zuvor.

»Gute Wünsche, von denen sich ein Teil, Erholung, schon ein wenig erfüllt zu haben scheint«, sagte er. »Diese ist Aspasia, die in Qart Hadasht Gold- und Silberschmuck anfertigt und dafür sorgt, daß mein Leben nicht nur ein reißender Strom ist, sondern auch gedeihliche Lagunen.«

»Ich bin entzückt.« Hasdrubal lächelte. »Ich hörte, selbst Hanno der Große preise deine Kunstfertigkeit. Magst du etwas für den Hals meiner Gattin erschaffen und mir schicken?«

»Nichts könnte mich mehr begeistern, Herr.« Aspasia zögerte sichtlich, gab sich dann jedoch einen Ruck. »Es mag ungebührlich sein, aber … wie teuer sollte es werden?«

Hasdrubal lachte wieder. »Wie teuer war der Schmuck für Hanno?«

»Hundert *shiqlu*.«

»Dann laß den für den Hals meiner Gemahlin zweihundert kosten. Sie ist zwar viel mehr wert als zwei Hannos, aber es gibt Grenzen.«

»Es wird mir eine Ehre sein und eine Wonne.«

»Gut. Und der da?«

»Taqur, Herr des Schiffs, das uns hergebracht hat. Neben ihm, der Berg von einem Gallier, ist sein Steuermann Mandarax; er trägt einen Teil der Waren, die deinen Zoll … ah, den des Königs Mandunis zagen ließen.«

Hasdrubal nickte; er wies mit dem Kinn auf eine Tür an der Rückseite des Saals. »Geht bitte dort hinein, mit den Kostbarkeiten; ich will sie prüfen. Ich komme sofort nach. Auf ein Wort noch, Bomilkar.«

Er ging zu einer anderen Fensternische. Als Bomilkar neben ihm stand, weit genug von allen anderen im Saal entfernt, sagte Hasdrubal halblaut:

»Einen Tag vor den Wahlen wird eine kleine Feier stattfinden, in Qart Hadasht. Ich kann wahrscheinlich nicht kommen; es gibt hier zuviel zu tun. Hier und im Binnenland. Der Herr der Sandbank …«

»Antigonos?«

»Eben jener. Antigonos wird in ein paar Tagen hier eintreffen und dann etwas nach Qart Hadasht befördern. Für die Feier, die er ausrichten soll. Sieh zu, daß du zeitig wieder in der Stadt bist.«

»Was sollte mich daran hindern? Ich habe vor, sobald wie möglich mit dem Schwert … den Schwertern heimzufahren.«

Hasdrubal grinste; wieder, wie bei ihrem ersten Treffen, wurde er plötzlich zu einem jungen Mann, der über einen Streich nachzudenken schien. »Wir reden gleich noch einmal miteinander«, sagte er. »Ich muß dies und das mit deinem Araber klären; danach.«

Schon nach wenigen Augenblicken kehrte Mandarax aus dem anderen Raum zurück. Im Vorübergehen nahm er zwei Becher von dem langen Tisch; zwei Schritte weiter stellte er einen, geleert, auf einem kleineren Tisch ab und kam zu ihnen.

»Wenn das harte Feilschen beginnt«, sagte er mit einem breiten Grinsen, »sollten dumme Gallier sich hinter Trünken verschanzen.«

»So, wie du vorgestern abend getrunken hast«, sagte Bomilkar, »kannst du doch noch gar keinen Durst haben.«

»Ah.« Mandarax leerte den zweiten Becher, winkte einen Diener herbei und tauschte den leeren gegen einen vollen ein. »Wie mir unser alter Priester zu Hause sehr früh gesagt hat, sollte der wohlberatene Mann im Sommer ein winterfestes Haus errichten.«

»Du trinkst also gegen den künftigen Durst?«

»Den von morgen und übermorgen.«

Aspasia kicherte. »Was hat dein Priester sonst noch geraten?«

»Habt ihr zuviel Zeit? Seine Lehren sind nämlich lang.«

Laetilius seufzte. »Wir haben hier nichts zu tun außer zu warten; da können wir auch anhören, was eure Druiden für wichtig halten.«

Als Taqur und Hasdrubal aus dem anderen Raum zurückkamen, wirkte der Araber ein wenig abwesend. ›Verblüfft?‹ dachte Bomilkar, ›oder vielleicht benommen?‹ Er hatte aber keine Zeit, darüber nachzudenken, denn Hasdrubal winkte ihn abermals beiseite.

»Schnell noch dies«, sagte er, »ehe ich mich wieder um die Politik kümmere. Taqur und ich haben uns auf dies und das geeinigt; er bekommt nachher von einem königlichen Schreiber gewisse Anweisungen. Sie werden gleich gehen – ihr könnt bleiben oder auch gehen, das liegt bei euch.«

Bomilkar nickte.

»Sie entladen ihr Schiff und nehmen neue Güter auf; das wird bis morgen abend abgeschlossen sein. Übermorgen früh, mit dem ersten Wind, wird Taqur auslaufen.«

»Sind wir an Bord?«

»Ihr seid an Bord.« Es war kein Befehl, sondern die schlichte Feststellung einer unabwendbaren Tatsache. »Ich habe in dieser Nacht gut geschlafen und zwischendurch nachgedacht. Es gibt in den gesammelten Nachrichten der letzten Jahre einige Namen und Vorgänge.«

Er schwieg und runzelte die Stirn.

»Welche Namen, Herr?«

»Sie sind aufbewahrt, wo auch deine Berichte liegen – dort, wo bisher die Fäden in meiner Hand zusammenliefen. Qart Iuba. Ich kann mich nicht auf die Namen besinnen, und es würde zu lange dauern, sie zu beschaffen. Aber an die Vorgänge erinnere ich mich.« Er unterbrach sich, schien einen Gedanken zu hegen und dann zu verwerfen. »Nein«, sagte er mißmutig, »es dauert zu lange. Sobald ich die Namen beschafft habe, werde ich ein Schreiben nach Qart Hadasht schicken. An Antigonos.«

»Warum nicht an mich?«

»Du« – er tippte mit dem Zeigefinger leicht gegen Bomilkars Brust – »wirst nicht in Qart Hadasht sein. Vielleicht solltest du den Römer mitnehmen; vier Augen sehen mehr, wie du weißt, vier Ohren hören mehr, und zwei Schwerter sind besser gegen mögliche Feinde. Deine schöne geschickte Gespielin sollte mit Taqur nach Qart Hadasht reisen.«

»Wo werde ich sein, Herr?« Bomilkar fühlte, wie etwas Kaltes über seinen Rücken rann. Die Nackenhaare schienen sich aufzurichten.

»Du und der Römer und noch ein paar Krieger … Ich gebe dir Befehle für einen Festungsherrn mit; du erhältst sie morgen. Ihr werdet in Hipu aussteigen, an der libyschen Nordküste.«

Bomilkar nickte. »Ich kenne die Stadt und den Hafen.«

»Gut. Von dort reitet ihr nach Südosten.« Hasdrubal beschrieb den Weg, nannte einige Orte und Festungen und sagte schließlich: »Danach noch zwei Tage nach Südosten, durch steiniges Land, bis ihr an die Stelle kommt, um die es geht. Dort befassen sich ein paar Männer mit Gebeinen.«

»Gebeine?«

»Es ist ein Tal, Bomilkar. Manche nennen es ›Tal der Finsternis‹, andere den ›Ort ohne Wiederkehr‹ oder ›Heimstatt der Toten‹.«

Bomilkar schluckte. In Gedanken saß er wieder mit dem alten Nampamo auf der Zunge und hörte dessen Erzählung vom Grauen. Schwach, beinahe tonlos sagte er: »Du meinst das Tal der Säge?«

»Dorthin werdet ihr reiten.«

# 22

Es dämmerte noch. Kurz vor Sonnenaufgang schien die halbe Stadt auf den Beinen zu sein. Und fast alle waren gekommen, um von Mandarax Abschied zu nehmen. Bomilkar sah mindestens vier Frauen, die ihn festhalten wollten, und ein paar weitere, die dies nur deshalb nicht taten, weil sie nicht nah genug an ihn herankommen konnten. Zahllose Männer – Iberer, aber auch andere – klopften ihm auf die Schulter, drückten seine Pranken und überhäuften ihn mit Geschenken. Langsam, sehr langsam gelang es dem Riesen, mit kleinen Trippelschritten rückwärts über die Mole zu kommen, dann auf den Steg. Dort blieb er stehen, breitete die Arme aus und grölte etwas auf Gallisch, das sehr wehmütig klang, und danach brüllte er auf Punisch:

»Und jetzt nicht auf den Steg kommen, sonst bricht alles zusammen.«

Taqur stand am rechten Heckruder; das linke, für das Mandarax zuständig wäre, klemmte ohnehin zwischen Bordwand und Steg. Die meisten anderen Männer der Besatzung waren an den langen Riemen, und jene, die nichts zu tun hatten, bildeten eine Schlange, um die Geschenke des Galliers ins Schiff zu reichen.

Mandarax packte eben den Obmann der Fischer, einen älteren Iberer, der mindestens eineinhalbmal so schwer war wie Bomilkar oder Laetilius – oder jeder andere gewöhnliche Mann –, drückte ihm einen schallenden Kuß auf die Stirn und stemmte ihn scheinbar mühelos in die Luft. Dabei schrie er:

»Ich liebe euch alle. Weint euch nicht die Augen aus, sonst

könnt ihr mich nicht sehen, wenn ich wiederkomme. Bald, ihr Lieben, sehr bald!«

Dann drehte er sich um, lief überraschend hurtig über den Steg und sprang an Bord.

»Ablegen«, rief Taqur. »Schnell, ehe sie nachkommen!«

Bomilkar riß sich vom Anblick der quirlenden und winkenden Menschen los. Aspasia war irgendwo zwischen ihnen, aber er konnte sie nicht finden. Er schaute nach vorn, über den Bug. In der Mitte des westlichen Teils der Bucht lag ein anderes Schiff, das vor ihnen abgelegt hatte. Irgend etwas schien dort mit den Riemen oder den Segeltauen nicht in Ordnung zu sein; die Seeleute bemühten sich offenbar, etwas wegzuräumen oder neu zu verstauen. Ein Stück weiter rechts, in der Nähe der Kanalmündung, machte sich ein weiteres Schiff zum Auslaufen fertig.

Laetilius stand am Fuß des Masts. Er legte die Hand an den Schwertgriff. »Was geschieht?«

»Ich weiß es nicht«, knurrte Bomilkar. »Ich habe nur ein paar Befürchtungen. Daß Hasdrubal recht behält und wir vielleicht alles unterschätzt haben.«

Nach etwa zehn Schlägen mit den langen Riemen waren sie weit genug aus dem Windschatten der Gebäude und des Hügels; der frische Morgenwind war auf der Haut zu spüren, und das Segel füllte sich.

Die Männer wollten die Riemen einziehen, aber Taqur rief: »Noch sind wir nicht draußen, bleibt dran, Männer.«

Als Bomilkar sich zum Heck umdrehte, sah er Taqurs angespannte Züge. Ob dem Araber inzwischen Zweifel an dem mit Hasdrubal ausgeheckten Plan gekommen waren?

Vielleicht gab es jemanden in Mastia, der alles beobachtete und nun versuchen würde, das Schwert zu stehlen. Ein Schiff, ein Überfall in der Bucht, Flucht aufs offene Meer. Die eingeweihten Männer waren sicher, den Angriff abschlagen zu können, und Hasdrubals Leute würden eingreifen. Dann zurück zum Hafen, Gefangene verhören, Aspasia wieder an Bord nehmen und mit ergänzten Kenntnissen aufbrechen. Wenn es nun aber zwei gegnerische Boote wären?

Das Schiff, das in der Mitte der westlichen Halbbucht gelegen hatte, schien seine Schwierigkeiten behoben zu haben und nahm ein wenig Fahrt auf. Bomilkar schätzte, daß sie in etwa fünfzehn oder zwanzig Atemzügen wenige Schritte entfernt an dem anderen Schiff vorbeiziehen würden. Er kniff die Augen zusammen und starrte zum Westufer; dort glitten eben ein paar kleine Fischerkähne unter den Uferbäumen hervor. Die Sonne stieg über die Berge der Ostseite; in ihren ersten Strahlen blitzte etwas metallisch in einem der Fischerboote. Das dritte Schiff, das in der Nähe des Kanals abgelegt hatte, kam schnell näher.

Sie hatten das erste Schiff beinahe eingeholt, als dort das Segel zu flappen begann; der Bug bewegte sich nach links, wanderte dorthin, wo Taqurs Schiff gleich sein mußte.

Bomilkar setzte sich auf die mit blinkenden Beschlägen versehene Kiste, die er am Fuß des Masts verstaut hatte.

Mandarax wollte die schmale Treppe zum Heck hinaufsteigen, um seinen Platz am linken Steuerruder einzunehmen. Er drehte sich halb um, sah das trudelnde Schiff, mit dem sie gleich zusammenzustoßen drohten, brüllte: »Was denn ...«, blickte hinauf zu Taqur, dann zur Seite, wo das dritte Schiff näher kam, trat auf die nächste Stufe und rief: »He, ihr da, paßt auf!«

In diesem Augenblick gellte Taqurs Stimme über das Deck. »Riemen loslassen!«

Kaum zwei Lidschläge später schob sich der Bug des dritten Schiffs knirschend über die Riemen der linken Seite. Einer der Männer hatte noch nicht losgelassen: der Assyrer, immer etwas langsamer als die anderen. Das Ende des Riemens wurde mit entsetzlicher Wucht hochgetrieben, als draußen das andere Schiff über das Blatt fuhr; das Holz krachte ans Kinn des Assyrers, der nach hinten geschleudert wurde. Germanikos hatte eben den Eingang zur Heckhütte erreicht, taumelte und ließ sich dann hineinfallen, als der Bug von Taqurs Schiff den des anderen, inzwischen fast quer stehenden Frachters traf.

Das dritte Schiff lag nun längsseits; über die Bordwände kamen Männer mit blanken Schwertern. Eine scheußliche scheppernde Stimme vom dritten Schiff kreischte: »Wir wollen nichts von euch, nur die Kiste.« An Bord des ersten, quer liegenden Schiffs erblickte Bomilkar ein paar Bogenschützen mit aufgelegten Pfeilen, die jederzeit abgeschossen werden konnten; er wurde von der Kiste gestoßen und staunte über den lästerlichen lateinischen Fluch, den Laetilius ausstieß, als ihm jemand das Schwert aus der Hand schlug. Dabei sagte er sich, daß er ein Trottel sei, daß er den Mann mit der Stimme, der scheußlichen Stimme des Händlers Eurylochos, aus den Augenwinkeln im Ort gesehen und nicht erkannt hatte und hätte erkennen müssen.

Dann beugte sich einer der Angreifer über den wie leblos daliegenden Assyrer und stieß ihm das Schwert in den Bauch. Auf dem Achterdeck drangen zwei Männer auf Taqur ein, der das Ruder losgelassen hatte und eben noch sein Schwert ziehen konnte, um sich zu wehren. Einer stach von unten, vom Deck aus nach den Beinen des immer noch auf der Treppe stehenden Mandarax. Pfeile zischten durch die Luft; einer traf die Schulter des Etruskers, der sich zu spät duckte.

Jemand brach über Bomilkar zusammen. Er versuchte, sich unter dem Körper kriechend zu bewegen, zu befreien; der Gestürzte ließ ein Schwert fallen; Bomilkar langte danach, kam mühsam auf die Beine und stieß sein Schwert in die Brust des Mannes, der auf den nur mit einem hölzernen Eimer bewaffneten Laetilius eindrang. Irgendwo brummte und rauschte etwas, vielleicht das Stimmengewirr vom wenige hundert Schritte entfernten Hafen, wo die Leute genug sehen konnten, um zu wissen, daß sie niemals rechtzeitig würden eingreifen können. Vielleicht war es aber auch nur, sagte er sich später, das Brodeln des Bluts in den eigenen Ohren. Er sah Laetilius, der dem gefallenen Gegner die Waffe entriß und sich gegen einen weiteren Angreifer wehrte, und er sah den Panthersatz, mit dem Mandarax sich auf den Mann stürzte, der nach seinen Beinen gestoßen hatte. Germanikos, der Koch, kroch mit einem Bratspieß in der Hand von einer Wassertonne aufs Achterdeck, erhob sich auf ein Knie und durchbohrte einen der Männer, die Taqur bedrängten. Mandarax hatte mit einem Faustschlag den Schädel seines Gegners zertrümmert, packte die Leiche und schleuderte sie gegen zwei andere Angreifer. Männer drangen auf Bomilkar ein, der sich plötzlich Rücken an Rücken mit Laetilius wiederfand. Und während er sich der Angriffe zu erwehren suchte und hinter sich einen Todesschrei hörte, der nicht der des Römers sein konnte, weil dieser immer noch stand, sah er Pfeile fliegen und wunderte sich, daß er Zeit fand, sich darüber zu wundern, daß sie ihn nicht trafen. Mandarax faßte nach dem Waffenarm eines Angreifers und bog ihn zurück. Zwei Pfeile bohrten sich in Rücken und Hals des Riesen. Bomilkar roch Kot und Harn, Blut und feuchtes Eisen, und er hörte den Arm des Mannes brechen, den Mandarax packte und wie einen Schild vor sich hielt. Er sah das Blitzen der Sonne auf den Beschlägen der Kiste, die zwei Männer an Bord des ersten Schiffs brachten. Und auf der Schwertklinge, die Mandarax' Bauch öffnete.

Dann, endlich, hörte er das Knirschen von Holz gegen Holz, als die Fischerkähne längsseits gingen und schwerbewaffnete libysche Krieger in den Kampf eingriffen. Das erste Schiff schien sich zu lösen, glitt von den anderen fort, in die Bucht hinein, hin zur Ausfahrt und zum Meer. Ein paar zurückgebliebene Männer sprangen ins Wasser und versuchten hinterherzuschwimmen.

Auch der dritte Frachter bewegte sich. Libyer waren dort an Bord, aber vermutlich in der Unterzahl. Die Kiste, um die es ging, befand sich an Bord des ersten Schiffs, und das dritte ließ mindestens ein halbes Dutzend Kämpfer auf Taqurs Segler zurück. Ein halbes Dutzend Lebende, die sich nicht ergeben wollten.

Bis auf Germanikos hatten fast alle leichte Verletzungen davongetragen. Der Assyrer und zwei weitere Mitglieder der Besatzung waren tot. Mandarax lebte noch, als sie die Leiche des Mannes mit dem gebrochenen Arm von ihm hoben – ihn hatte der Gallier noch erwürgt, als er bereits zusammengebrochen war.

»Sie sollen auf mich trinken«, flüsterte der Riese. Er bleckte die Zähne. Mit der Linken tastete er nach den Federn des Pfeils, der ihm den Hals durchbohrt hatte; die rechte Hand kroch wie ein ungeheurer Käfer zur klaffenden Bauchwunde, aus der die Gedärme quollen. Dann stöhnte er und lag still.

Aus dem langen Schnitt an Bomilkars rechtem Unterarm sickerte immer noch Blut. Mit den Augen folgte er einem der Tropfen, sah ihn fallen und Teil der unwichtigen kleinen Pfütze auf den Planken werden. Er schluckte mehrmals, ohne die Bitternis mindern zu können, die sich in seinem Mund ausbreitete und verdichtete. Sie hatten alle Männer befragt, alle hatten eingewilligt, und trotzdem …

Ein paar hundert Schritte voraus hatte der dritte Frachter beigedreht; offenbar war es den Libyern gelungen, die anderen an Bord zu überwältigen. Das erste Schiff, das die Kiste trug, näherte sich dagegen bereits der Ausfahrt aus der Bucht. Nichts konnte es noch aufhalten.

Nichts, außer den beiden schweren Trieren, die vom Meer in

die Bucht glitten. Eines der Kriegsschiffe hielt auf den Segler zu, kroch wie ein Tausendfüßler übers Wasser. ›Wie die Hand des sterbenden Mandarax über den Bauch‹, dachte Bomilkar. Die zweite Triere legte sich quer in die Mitte der Einfahrt. Die drei Ruderreihen auf der sichtbaren Seite hoben sich aus dem Wasser, wurden aber nicht eingezogen. Das Schiff konnte jederzeit wieder Fahrt aufnehmen, vorwärts wie rückwärts.

Der Segler hatte keinerlei Aussicht mehr, die offene See zu erreichen. Plötzlich änderten die Männer dort den Kurs; offenbar hofften sie, ans Westufer der Bucht zu gelangen. Dort zogen sich die bewaldeten Hänge bis zum Strand hinab oder, wo es keinen Strand gab, bis auf die Felsen.

Ein weiteres Boot kam knirschend längsseits. Bomilkar achtete nicht darauf. Er starrte weiter hinüber zu dem Segler und fuhr dann zusammen, als jemand ihn am Arm berührte. Es war Aspasia, bleich, aber offensichtlich gefaßt.

»Komm, laß mich deinen Arm verbinden«, sagte sie. In einer Hand hielt sie ein feuchtes Tuch, über die andere Schulter hatte sie eine Binde gehängt. Während sie das Blut, das noch nicht ganz geronnen war, von seinem Unterarm und von der Hand wischte, sagte sie leise:

»War das wirklich nötig?«

»Es mußte sein.« Bomilkar fühlte sich leer und alt; es kostete ihn Mühe, ein paar weitere Worte zu sprechen. »Wir hatten den Verdacht, daß außer Mandrokles und den anderen noch jemand hier war, um die Sache weiter zu betreiben. Wir mußten eine Falle stellen, und wir waren der Köder. Alle freiwillig.«

»Deshalb auch die weithin sichtbare Kiste?«

Er nickte. »Und die Mannschaft gegen Krieger austauschen, das wäre aufgefallen – wir mußten doch damit rechnen, daß wir beobachtet werden.« Er versuchte zu lächeln. »Es war fast schon zu waghalsig, dich an Land zu lassen. Falls wir *so* genau beobachtet werden.«

»Und jetzt? Was, wenn die da an Land fliehen können und die Kiste mitnehmen?«

»In der Kiste sind nutzlose gewöhnliche Schwerter.«

Dann schwiegen sie und schauten nach vorn, dorthin, wo der Frachter, von langen Riemen getrieben, auf den Strand lief. Die Triere folgte, war aber noch zu weit entfernt. Männer sprangen vom Segler, wateten durchs Uferwasser, erreichten den Strand.

Der sich mit Bewaffneten füllte, die unter den Bäumen hervorkamen.

# 23

Die zweite Ausfahrt aus der Bucht von Mastia gelang, und sie war viel stiller als die erste. Ein paar neu angeheuerte Leute mußten eingearbeitet werden, und die alten waren mit ihren Gedanken bei den Ereignissen des vergangenen Tages. Und des Abends, da man den eigenen Toten am Strand ein gewaltiges Feuer geweiht und nach Mitternacht die Asche in die westliche Bucht gestreut hatte.

Tagsüber unterwies Taqur einen Hellenen, der schon lange mit ihm fuhr, in der Handhabung des Steuerruders. Der Wind war günstig, niemand mußte an die Riemen, und so saßen die Männer meistens herum, besserten Segel oder Taue aus, schliffen Messer und Schwertklingen nach und redeten über die Toten. Über den Umgang mit Toten und die Art des Weiterlebens nach dem Sterben, die in der jeweiligen Heimat als wahrscheinlich oder jedenfalls glaubwürdig galt.

Bomilkar brauchte einige Zeit, um das zu verarbeiten, was er als blutigen Fehlschlag ansah. Warum hatten sie nicht mit zwei Schiffen gerechnet? Und warum hatten die Götter dem Händler Eurylochos, der zweifellos vieles hätte erhellen können, den schnellen Tod an Bord des dritten Schiffs beschert?

Ein paar Stunden verbrachte Bomilkar mit Taqur auf dem Achterdeck, wo sie über Hasdrubal zu reden begannen und meistens bei Mandarax endeten. Was auch daran lag, daß Bomilkar nicht wußte, was Hasdrubal mit Taqur vereinbart hatte, aus guten Gründen aber nicht allzu neugierig fragen wollte. Unter anderem deshalb, weil der Araber dann seinerseits einen Anspruch auf Auskünfte gehabt hätte. Die Bomilkar nicht geben wollte, zum Teil – wie er befürchtete – aber auch gar nicht geben konnte.

Eine besondere Auskunft, die er von Taqur erbat, erhielt er jedoch, und sie verblüffte ihn ein wenig. Am zweiten Tag der Fahrt zeigte er dem Araber in der Hütte unter dem Heck die drei Schwerter. Hasdrubal hatte ihn angewiesen, sie Taqur zu übergeben, der sie nach Qart Hadasht bringen und dort dem Sufeten Himilko aushändigen sollte.

»Kostbare alte Schwerter, und gleich dreimal?« sagte Taqur. »Wie viele habt ihr denn noch in euren Tempeln?«

»Keine Ahnung. Aber du kennst dich doch mit Steinen aus.«

»Ein wenig. Und mit Waffen auch. Das bringt das Leben eines Händlers so mit sich.«

»Dann sieh dir die Schwerter an. Was sind das für Steine?«

Taqur nahm das erste Schwert und hielt den Griff ins Licht, das durch die Tür in die Hütte fiel. »Warum willst du es wissen?«

»Erstens sowieso. Und zweitens nehme ich an, daß zwei davon falsch sind. Je mehr ich darüber weiß, desto leichter könnte es später sein, den Schmied zu finden, der die Fälschungen angefertigt hat.«

Der Araber nickte. Er legte das erste Schwert beiseite und nahm das zweite, prüfte die Klinge, die Stange, die Löwenköpfe, den Griff, den Stein.

»Wie kommt es«, sagte Bomilkar, wie nebenher, »daß Hasdrubal dir die Schwerter anvertrauen will, sobald Laetilius und ich von Bord gehen?«

»Er weiß, wo er mich finden kann, um mir den Hals zu zerschlitzen.« Taqur kicherte und prüfte das dritte Schwert. »Außerdem weiß er noch etwas, oder hat es jedenfalls vermutet. Wie er mir sagte.«

»Was denn?«

Der Araber legte die dritte Waffe zu den beiden anderen und blickte Bomilkar in die Augen. »Daß alle drei falsch sind.«

»Bist du sicher?«

»Die blauen Steine sind Glas. Die Löwen sind neu; wenn du Ahnung hättest, könntest du es an der Verarbeitung sehen.« Er zeigte Bomilkar die Spuren frischen Schleifens und Säuberns. »Und die Klingen? Nun ja, sie sind älter, aber erst vor kurzem nachgeschmiedet – neu geschliffen und in die richtige Form gebracht.«

Aspasia, Laetilius und Bomilkar saßen die meiste Zeit am Fuß des Masts, wo sie sich leise über unverfängliche Dinge unterhielten. Irgendwann hob Aspasia die Hände über den Kopf und sagte hörbar gereizt:

»Muß es denn sein, ihr schändlichen Knaben? Alle haben Geheimnisse voreinander, jeder mißtraut dem anderen. Dabei ist doch deutlich zu spüren, daß ihr einander gern vertrauen würdet. O ihr Götter, römische, punische, hellenische und meinetwegen auch noch arabische und assyrische Götter – wen soll ich noch anrufen? Redet doch endlich über das, was euch wirklich wichtig ist!«

»Das wäre schwierig«, sagte Laetilius mit einem Lächeln. »Du wärest bestürzt über die schwärzlichen Finsternisse, die sich vor dir auftäten, und das wollen wir um jeden Preis vermeiden.«

»Was für Finsternisse? Was in der Bucht geschehen ist, war schlimm genug, ich war dabei – welche Bestürzung sollte mich also überkommen?«

»Ich rede nicht von dem, was sich ereignet hat, sondern von den Finsternissen in unseren Geistern.«

»Geister?« Nun klang Aspasia höhnisch. »Zwei schäbige, größtenteils leere Näpfe sollen übervolle Amphoren sein?«

»Du zertrampelst die feinen Blüten unserer Empfindsamkeiten«, sagte der Römer.

»Ha ha ha.«

Bomilkar faltete die Hände hinter dem Kopf und lehnte sich an den Mast. »Ich verstehe deinen Ärger, Geliebte. Und wenn es anders wäre – hör zu, Mucro; das geht dich an – wenn es anders wäre, würde ich um seine Freundschaft werben. Aber es ist unmöglich.«

Laetilius schaute ihm in die Augen. »Du bist ein guter Mann, Punier. Als wir Rücken an Rücken standen, dachte ich, es gäbe vielleicht keinen besseren Gefährten zum Kämpfen und Sterben. Aber.« Er schwieg; fast schien er verlegen.

Bomilkar räusperte sich. »Eben; aber. Es ist, wie es ist, deshalb läßt es sich nicht ändern. Aber ich danke für deine Worte und versichere dir, ich könnte das gleiche sagen. Es wäre aber nur eine Wiederholung – Bruder.«

»Männer!« sagte Aspasia. »Blöde Jungen! Zwei gute Gefährten, die besten Freunde, sitzen hier, würden einander am liebsten umarmen und klammern sich an ihr Mißtrauen wie der Ertrinkende an einen Balken. Der Ertrinkende hat aber noch nicht festgestellt, daß das Wasser, in dem er treibt, nur bis zur Hüfte reichen würde, wenn er den Mut hätte, ein Bein nach unten zu richten, statt zu planschen und zu zappeln.«

Laetilius lachte. Er streckte beide Arme aus, legte einen um Aspasias Schulter und umfaßte mit der anderen Hand Bomilkars Unterarm. »Zappeln mag würdelos erscheinen, aber jede Bewegung ist besser als Starrheit.«

»Muß ich ein breites Lager suchen, auf dem ich euch beide gleichzeitig zu zappelndem Johlen bringen kann?« sagte Aspasia. »Damit sich dies und jenes ändert?«

»Ich würde das sofort annehmen«, sagte Taqur. Er hatte seinen Platz am Ruder verlassen und stand plötzlich hinter ihnen. Bomilkar wußte nicht, wieviel der Araber gehört hatte. »Darf ich mich zu euch setzen, oder wollt ihr zur Tat schreiten? Tätlich liegen?«

»Setz dich.« Aspasia klang immer noch gereizt. »Ich glaube, du bist auch so einer.«

»Wenn das so ist, laßt uns aus einem Becher trinken.« Taqur ließ sich auf den Planken nieder. In der einen Hand hielt er einen Becher, die andere trug einen Krug. Er goß ein und reichte Aspasia als erster das Trinkgefäß.

Sie starrte hinein, schnaubte und trank; dann gab sie den Becher Laetilius. »Die Reihenfolge hat keine Bedeutung«, sagte sie. »Damit ihr euch nicht auch noch darüber Gedanken macht.«

Bomilkar wartete, bis der Römer ihm den Becher weitergegeben hatte. Er trank; dann sagte er: »Was schulden wir dir eigentlich für die Fahrt von Alexandreia nach Mastia? Und nun für diese?«

»Nichts.« Taqur fuhr sich mit der Hand durchs Haar. »Es hat sich so ergeben, daß ihr mir nichts schuldet.«

»Weshalb wir uns in aller Unschuld fragen«, sagte Laetilius, »wie ägyptisches Gold, mit dem nur der Herrscher umgehen darf, in die Hände eines arabischen Schurken gerät. Ebenso die blaue Farbe.«

»Ah«, sagte Aspasia. »Ich sagte es doch – auch so einer.«

»Wir könnten uns jetzt gründlich unterhalten.« Taqur grinste. »Darüber, ob ich geheime Nachrichten für den großen dritten Ptolemaios sammele und deshalb eigentlich nur zur Ausmünzung vorgesehenes Gold befördern durfte. Ob ich es Hasdrubal zur Ausmünzung übergeben habe und dafür, daß er es mir mit gutem Silber vergilt, auch für ihn Nachrichten sammele. Und für wen sonst noch – vielleicht für die illyrische Königin, mit der Rom Krieg führt? Vielleicht auch für Rom? Für den Seleukiden oder Athen oder Makedonien? Wir werden uns aber nicht darüber unterhalten, weil es nutzlos ist, ebenso wie eine Antwort auf die Frage, ob Bomilkar für die Freundschaft des Römers vergessen kann, daß er Punier ist, oder Laetilius für das Lächeln des Puniers die Belange von Senat und Volk hintanstellen mag.« Er seufzte. »Vielleicht wäre das Leben heiterer, wenn all dies geschähe; aber wir sind nicht nur diejenigen, die wir sind, sondern auch Teil von etwas Größerem, das wir nicht aufgeben, verraten oder vergessen dürfen. Laßt uns also« – er richtete sich auf und lächelte sie nacheinander an – »über andere Dinge reden. Zum Beispiel darüber, daß ich Aspasia nach Qart Hadasht bringen soll, wenn ihr in Hipu an Land gegangen seid.«

Mehrere Tage lang weigerte sich Aspasia erbittert, dem Vorhaben zuzustimmen; schließlich sah sich Bomilkar gezwungen, ihr mehr über das eigentliche Ziel zu sagen, als er beabsichtigt hatte. Das Tal der Säge, das Grauen des Söldnerkriegs, die Männer, die sich dort vermutlich nicht nur mit Gebeinen beschäftigten.

»Es wird finster und blutig werden, fürchte ich«, sagte er zum Schluß. »Ich weiß nicht, was uns erwartet, aber da Hasdrubal mich angewiesen hat, Krieger aus einer nahen Festung mitzunehmen, bitte ich dich, mit Taqur heimzureisen. Was auch immer uns erwarten mag – es wird nicht leichter sein, zu überleben, wenn wir uns unausgesetzt um dich sorgen müssen.«

Nach einem, wie Laetilius sagte, »widerruflich kargen Abschied« ritten sie von Hipu auf Pferden der dortigen Festung nach Südosten. Nach fünf Tagen des Reisens verbrachten sie die Nacht in einer kleinen punischen Festung, deren Herr ihnen morgens zwei Dutzend iberische Reiter mitgab.

Zwei Tage später erreichten sie das Ziel, das Tal der Säge, den Ort ohne Wiederkehr.

Am Morgen nach der letzten Rast wollte es nicht richtig hell werden. Rötliche Dunstschleier verhüllten die Sonne; über die steinige Ebene wanderten Staubgeister, bildeten Säulen, brachen zusammen, erstanden wieder. Die vierundzwanzig iberischen Reiter hockten um vier Feuer, die der stößige Wind immer wieder auflodern ließ, und murmelten miteinander.

»Sie sehen nicht besonders fröhlich aus.« Laetilius deutete mit dem Kopf zur nächsten Gruppe.

Einer der beiden Scharführer – Punier – ging zwischen den Gruppen umher und erteilte offenbar Anweisungen für den Aufbruch. Der andere kniete neben Bomilkar am Feuer, um seine Sandalen neu zu binden.

»Das Wetter gefällt ihnen nicht«, sagte er. »Wundert es dich?«

»Können wir uns auf sie verlassen?« Bomilkar leerte die Schale, aus der er mit wenig Wein befestigten Kräutersud geschlürft hatte, ins Feuer und spuckte Sand aus.

»Wie meinst du das?«

»Sie haben doch Windgeister«, sagte Bomilkar. »Windlöwen, Sturmhunde, Wolkengötter. Vielleicht ist das für sie ein Tag, an dem man nichts unternehmen darf.«

Der Scharführer stand auf; er stieß ein trockenes Lachen aus. »Du kennst dich aus, Herr. Aber du warst ja lange genug bei der Truppe in Iberien.«

»Ist es denn so?«

»Nein.« Der Punier blickte zu den Männern hinüber, die nun ebenfalls die Feuer löschten und ihre Beutel und Decken zu den Pferden trugen. »Krieger haben es gern bequem, und sie mögen keine Veränderungen. Sie sind mürrisch, weil der Wind ihnen Sand in den Morgentrank weht.«


Nach und nach verdüsterte sich der Himmel weiter. Die Sicht wurde immer schlechter, und als die unsichtbare Sonne wahrscheinlich genau über ihnen stand, im Mittag, brach der Staubsturm los.

Bomilkar, Laetilius und die beiden Scharführer berieten sich. Sie mußten schreien, um den Sturm zu übertönen, der heulte und sie mit Sand und Staub überschüttete.

Es gab ein paar verstreute Felsbrocken und flache Geröllrinnen: nichts, was wirklich Schutz geboten hätte. Der Weg, dem sie folgten, war von Karrenspuren gezeichnet; sie konnten zwar nicht weit sehen, aber immerhin weit genug, um die nächsten Schritte zwischen den Rillen zu tun.

»Ohne den Sturm«, schrie einer der Scharführer, »könnten wir wahrscheinlich die Zacken der Säge schon sehen. Eine Stunde noch, weiter kann es nicht sein.«

So gut es ging, umwickelten sie sich Mund und Nase mit Tüchern. Aus Lederriemen, nicht dringend benötigtem Zaumzeug, ein paar zum Anbinden der Pferde mitgeführten Seilen und weiteren Tüchern knoteten sie eine lange Leine, an der die Männer sich wie an einer Führstange festhielten, um im Staub und Sand nicht blindlings auseinanderzugeraten.

Plötzlich bogen die Karrenspuren nach links. Geradeaus, vor Bomilkar, der mit an der Spitze ritt, schienen sich die Staubmassen zu verfinstern. Der Scharführer neben ihm hob den Arm, glitt vom Pferd und ging ein paar Schritte; auch die anderen hielten an, weil ihnen die ersten Pferde den Weg versperrten.

»Die Felsen«, sagte der Punier, als er aus dem staubigen Dunkel zurückkehrte. »Der Weg folgt ihnen ein paar hundert Schritte, bis zum Taleingang. Wir sind gleich da.«

»Bist du sicher? Seit du mit Hamilkar hier warst, könnte sich etwas verändert haben. Deine Erinnerung zum Beispiel«, sagte Bomilkar. »Immerhin ist es fast neun Jahre her.«

»Es gibt Dinge, die man nicht vergißt. Das Tal der Säge ist eines davon.«

Sie beschlossen, an der Felswand zu warten; es wäre sinnlos gewesen, blind ins Tal zu reiten. Nach dem, was man in der kleinen Festung wußte, hielten sich etwa dreißig Männer dort auf, Arbeiter und Wächter und gemietete Krieger. Niemand wußte, was sie dort taten. Und weil die Festung zwei Tagereisen entfernt war und keiner je einen Grund gehabt hatte, sich im Tal umzusehen, hielt Bomilkar es für unabdingbar, die wenigen angeblichen Kenntnisse mit Zweifel zu betrachten. Es mochten auch mehr Krieger dort sein – oder gar keine.

Warten. Staub schlucken. Selbst wenn man die Lederflasche in den Mund schob, um Wasser zu trinken, drangen Staub und Sand mit ein. Als nach Bomilkars Schätzung etwa zwei Stunden vergangen waren, wurde es ein wenig heller; der Sturm flaute ab, aber die Schleier blieben undurchsichtig. Mit einem der Scharführer tastete sich Bomilkar die Felswand entlang. Er zählte vierhundertundelf Schritte, bis sie eine Art Postenhütte erreichten, ein wackliges Holzgebäude. Es war leer; offenbar hielt niemand im Tal es für nötig, bei diesem Wetter zu wachen.

Bomilkar blieb bei der Hütte; der Scharführer ging zurück, um die anderen herbeizuholen.

Dann wieder warten. Mit Hilfe der geknüpften Leine schoben sie einen Halbkreis vor den Taleingang – Iberer, jeweils zwei Schritte voneinander entfernt, unsichtbar in Staub und Sand. Sechzehn Männer genügten, dann berührte der Bogen aus auf dem Bauch liegenden Kämpfern die andere Felswand. Auch dort, so der geflüsterte Bericht, gab es eine verlassene Postenhütte.

Plötzlich endete der Sturm; Staubschlieren und Sandsäulen sackten zusammen. Die kränklich rote Nachmittagssonne tauchte das Tal gleichsam in Blut, das nicht gerinnen wollte.

Sie sahen einen gemauerten, mit Holz abgedeckten Brunnen, neben dem ein Schöpfeimer aus dem Sand ragte. Sie sahen ein paar schäbige Hütten, dahinter zwei angebundene Pferde, die Staub ausschnaubten, und drei Esel. Und sie sahen riesige Ungeheuer, fahlrot, die ihre aufgerissenen Rachen mit armlangen Zähnen zum Taleingang wandten.

Es gab zehn bewaffnete Wächter, die sich sofort ergaben. Zwanzig Sklaven, ausgemergelte, elende Gestalten. Zwei Aufseher: einen uralten Blinden und einen stämmigen, muskelbepackten Libyer. In einer der Hütten fanden sie drei verdreckte, verängstigte Sklavinnen; wie die Sklaven wiesen sie Striemen von der Lederpeitsche auf, die der Libyer um den Bauch gewickelt trug.

An diesem Abend im Tal und an den folgenden während des Marschs zur Festung hörten sie die Geschichten, aber eigentlich war es nur eine, mit kleineren Abwandlungen.

Alles hatte vor sieben Jahren begonnen. Jemand kam – »die Stimme eines Reichen, Gebildeten, der zu befehlen gewöhnt ist« – zu dem alten Blinden und fragte ihn, ob er weiter von den kargen Gaben Fremder am Stadtrand von Sikka leben oder etwas anderes tun wolle.

»Fremde?« sagte Laetilius. »Hast du keine Freunde? Verwandte?«

Der Alte ließ ein sprödes Wiehern hören, vermutlich ein Gelächter. »Ich war Sklavenaufseher in einem Steinbruch«, sagte er. »Bevor ich blind wurde. Nichts, was Freunde anzieht oder Frauen.«

Der reiche Mann setzte ihn auf einen Esel und ritt mit ihm tagelang durch die Einöde, bis zum Tal. Zunächst, sagte der Alte, habe er nicht gewußt, welches Tal es sei, und später habe es ihn nicht mehr berührt. Ein anderer Mann sei bereits dort gewesen und bald mit Geld losgeschickt worden, um Kämpfer und Sklaven zu beschaffen. Während er unterwegs war, habe der Reiche dem Blinden Befehle erteilt und sei dann verschwunden.

Bomilkar unterbrach. »Ist er nicht mehr wiedergekommen?«

»Doch. Aber nur selten. Die anderen sagen, er ist immer allein gekommen, mit Tüchern vor dem Gesicht, hat mit keinem gesprochen, hat nur mich mit aus dem Tal genommen und mir Geld gegeben oder neue Anweisungen.«

»Und der andere? Der Sklaven und Krieger beschaffen sollte?«

»Der ist mit ihnen hergekommen. Als sie im Tal waren und alle wichtigen Dinge geklärt waren, kam der Reiche zum ersten Mal wieder her, mit verhülltem Gesicht. Er hat ihn und mich hinausgerufen. Als wir draußen waren, hat er den anderen mit dem Schwert getötet und mir gesagt, wir könnten ihn für die Tiere liegen lassen oder begraben, das sei ihm gleich. Ich sollte nur allen sagen, daß keiner je sein Gesicht sehen und leben würde.«

Alle – Sklaven, Wächter und der Libyer – bestätigten dies. Bei dem Libyer, der der eigentliche Aufseher gewesen war und offenbar ein übler Schinder, hatte Bomilkar gewisse Zweifel. Er sagte sich jedoch, daß er ihn später, in Qart Hadasht, gründlich würde befragen können, und verschob die Zweifel auf eine Zeit, in der es Antworten geben mochte.

Hin und wieder kam der Reiche und brachte Geld; in Abständen, je nach den Bedürfnissen, ritten zwei Wächter mit den Eseln zu einem der nächsten Orte und kauften Vorräte. Und sie kauften die drei Frauen, Nutztiere, die allen verfügbar zu sein hatten, auch den Sklaven. Unvermeidlich war, daß einige Kinder gebaren; diese wurden sofort erstickt oder lebendig begraben.

»Sieben Jahre.« Der Alte stieß ein schepperndes Lachen aus. »Aber dem Ziel sind wir nicht viel näher als zu Beginn.«

Und dies war ihre Aufgabe: Zehntausende waren ins Tal gezogen, in die Falle, eingeschlossen von Hamilkars Kriegern. Sie hatten gehungert, gedurstet, Blut getrunken und schließlich jenes Fleisch gegessen, dessen Verzehr den Göttern vorbehalten ist. Den Göttern, die seit Beginn aller Zeiten Menschen narren und quälen, manchmal erheben und am Schluß immer fressen. Die Schwerter, die Lanzen, später die Elefanten von Hamilkars Heer hatten schließlich alle ausgelöscht. Aber sie waren ja nicht mit leeren Händen ins Tal gezogen. Vieh und Vorräte hatten sie aufgebraucht, anderes war übriggeblieben:

Gold und Silber, die Beute aus drei Jahren der Plünderzüge. Schmuck, Edelsteine, kostbare Gehänge – nichts, was man essen konnte.

Die Waffen hatten Hamilkars Männer eingesammelt, nach dem Untergang. Wahrscheinlich hatten sie auch nach Schätzen gesucht, aber nichts gefunden. Die Anführer, vor der langen Hinrichtung verhört, hatten nichts gesagt, und man nahm an, daß sie alles im Tal vergraben hatten. Dort lagen stinkende Leichenberge, ein Un-Ort, an den sich niemand mehr begeben mochte.

Und so hatten diese Verworfenen, Versklavten, Ausgestoßenen jahrelang gegraben, für einen reichen Mann ohne Gesicht. Gleich zu Anfang stießen sie auf vergrabenes Silber – viel, aber viel zu wenig, gemessen an dem, was die Söldner besessen haben mußten. Dann fanden sie nur noch Tierknochen, Überbleibsel des von den Kriegern mitgeführten Schlachtviehs. Und Menschenknochen.

»Er hat gesagt, wir sollten daraus Altäre machen, für die Götter des Orts.« Wieder keckerte der Alte. »Aber welche Götter kann so ein Ort haben? Nur Ungeheuer. Also haben wir aus den Knochen Ungeheuer gebaut.« Er hob die Hände vor seine blinden Augen. »Ich sehe nur ein wenig hell und dunkel, keine Umrisse, aber fühlen kann ich gut. Schöne Ungeheuer. Irgendwann, am Schluß, kommt vielleicht einer der wirklichen Götter und gibt ihnen Leben. Dann werden sie über das Land fliegen und alles verwüsten.«

Bomilkar ließ sechs Iberer zurück. Sie sollten die Ungeheuer zerstören, das Tal sperren und bewachen, bis Hilfe und Ablösung kam. Sie zogen zur Festung, aus der die Krieger kamen; den Herrn der Festung wies Bomilkar an – im Namen und Auftrag des Strategen Hasdrubal –, Krieger und Maurer zu schicken und das Tal unzugänglich zu machen.

Sklaven und Frauen ließen sie frei; das Geld, das der Alte und der Libyer noch besaßen, wurde unter ihnen aufgeteilt. Die gemieteten Wächter, entwaffnet, wurden dem Herrn der Festung übergeben, der sie eingliedern oder fortschicken mochte.

Am Morgen des ersten Tags fand man den libyschen Schinder tot. Nachts mußten sich mehrere ehemalige Sklaven zu ihm geschlichen haben; sie hatten ihn mit seiner eigenen Peitsche erdrosselt. Bomilkar verzichtete darauf, Täter zu suchen.

Den alten Blinden nahmen Bomilkar und Laetilius mit nach Qart Hadasht. Er sagte, er werde sich zweifellos an die Stimme des Mannes erinnern und an die feine Aussprache.

Viel mehr sagte er nicht. Unterwegs, am fünften Reisetag, stieß er einen krächzenden Seufzer aus und fiel vom Pferd. Sie begruben ihn neben dem Weg. Danach rasteten sie. Laetilius schlummerte im Schatten eines Baums. Bomilkar legte sich unter einen Strauch. Er dachte an den Rat der Stadt, an die Richter und die Edlen, an jene, die gewählt werden wollten, und an ihre Herkunft. Mehrmals ging er die Namen durch, die Ereignisse, die wahrscheinlichen Hintergründe. Und jedes Mal fragte er sich, ob das, was er wußte, die Wahrheit war. Und ob es ausreichen würde, das schlimme Spiel zu beenden.

Als sie Qart Hadasht erreichten, blieben noch drei Tage bis zu den Wahlen – zwei Tage bis zur Feier, die Antigonos, Herr der Sandbank, ausrichten sollte.

# 24

**Sie hatten beschlossen,** daß Laetilius mit einem der Schwerter bis zum übernächsten Nachmittag bei Nampamo bleiben sollte. Der Römer stimmte Bomilkars Mutmaßungen weitestgehend zu; außerdem wollte er nicht als ungebetener Gast das Wiedersehen mit Aspasia behindern.

Es war ein seltsames Gefühl für Bomilkar, die Stadt, deren Ordnung er so lange geschützt hatte, heimlich zu betreten, bei Nacht, durch eines der kleinen Tore in der Nähe des Hafens. Zwei Stunden nach Sonnenuntergang kratzte er an der Tür des Karrenschuppens, aber dort war niemand mehr.

Es war auch ein seltsames Gefühl, sich leise, verstohlen dem Wohnblock zu nähern und nicht zu wissen, was ihn erwartete. Es mochte ein Fest im Gange sein, im Hof; Aspasia mochte beschlossen haben, ihm dauerhaft zu zürnen; vielleicht hatte sie Besuch von Freunden; vielleicht ... diesen Gedanken dachte er ungern, aber er sagte sich, daß »ungern« keine Begründung für oder gegen etwas sei. Sie waren nicht vermählt, hatten keine Schwüre getan. Im vorigen Jahr war er monatelang verschollen gewesen; danach hatte Aspasia von zwei Puniern gesprochen, vielleicht erfunden, vielleicht zutreffend, und er hatte nie weiter gefragt. Auch deshalb, weil er die Erinnerung an eine junge Ibererin keineswegs verdrängen wollte. Aber, sagte er sich, als er über den leeren Innenhof zur Treppe ging, Erwähnung von Vorkommnissen während langer Abwesenheit war etwas ganz anderes als deren unmittelbarer Anblick.

In der Wohnung brannte ein Öllicht. Die beweglichen Läden waren weder vor den Fensteröffnungen noch vor dem Eingang angebracht; die Tonperlenschnüre dort bewegten sich sanft im kaum spürbaren Windhauch.

Plötzlich kam ihm ein anderer Gedanke; seine Hand legte sich wie selbständig an den Griff des Messers. Drohungen. Die Läden vor der Werkstatt an der Großen Straße, die er eben noch betrachtet hatte, waren sorgsam angebracht gewesen, wie immer nachts – keine äußeren Zeichen weiterer Verwüstung. Aber es mochte jemand bei ihr sein. Nicht einer, der bei ihr lag, sondern einer, der ihr ein Messer an den Hals drückte und darauf wartete – diese Nacht, jede Nacht –, daß Bomilkar auftauchte.

Dann kam er sich albern vor. Wer konnte wissen, daß er in dieser Nacht zurückkehrte? Wer würde zahllose Nächte damit verbringen, Aspasia zu bedrohen, und sie morgens zur Arbeit gehen lassen, ohne daß sie Hilfe bei Duush, Zililsan oder Autolykos suchte?

Zu viele Fragen. Die Antworten befanden sich in der Wohnung. Er ließ die Hand am Messergriff und ging hinein.

Aspasia stand kaum zwei Schritte entfernt, offenbar im Begriff, die Läden zu nehmen und anzubringen. Sie starrte ihn einen Atemzug lang an wie einen Geist; dann lächelte sie, kam ihm einen Schritt entgegen, während er einen zu ihr hin tat, legte ihm die Arme um den Hals und küßte ihn.

Es war ein aufwühlender, fragender und bekräftigender Kuß, an dessen Ende beide nach Luft schnappen mußten.

»Bist du lang und hart geritten, Liebster?« sagte sie schließlich.

»Lang und hart, ja. Durch Staub und Sand und Blut. Aber es fehlte der eine weiche Galopp, der mich stöhnen ließe.«

Sie lachte leise. »Auch mir hat dies und das gefehlt. Laß es uns nachholen. Schnell. Jetzt. Danach reden.«

Es hatte keine weiteren Drohungen oder Belästigungen gegeben. Die Männer vom Schuppen, sagte sie, hätten zwischendurch mehrere Augen offengehalten, und auch den einen oder anderen der Büttel habe sie mehrmals gesehen.

»Wen?«

»Autolykos war mehrmals in der Werkstatt. Der Neue, wie heißt er noch, Barako? Und Achiqar.«

»Haben sie Fragen gestellt?«

»Nur, wie es mir geht, ob etwas vorgefallen ist, derlei. Achiqar wollte wissen, was auf der Reise geschehen ist. Natürlich« – sie lachte – »hatte ich keine Ahnung, was in Alexandreia und Iberien gewesen sein könnte. Er hat sich danach noch ein- oder zweimal erkundigt, ob ich etwas Neues von dir gehört hätte.«

»Haben sie etwas erzählt? Ob sie etwas Neues herausgefunden haben?«

Sie schüttelte den Kopf.

»Gut«, sagte er. »Sollten sie auch nicht.«


Morgens begab er sich zuerst zum Karrenschuppen. Duush war da, vollkommen geheilt von den Verletzungen. Der Make Nymar und Vavurro, der Elymer, trafen bald nach Bomilkar ein.

Als die nötigen Begrüßungen erledigt waren, sagte Bomilkar: »Wo sind die anderen – Zililsan, Patroklos? Und gibt es etwas, das ich wissen sollte, ehe ich zu den Richtern gehe?«

»Willst du dich zurückmelden?« Duush grinste. »Sie werden sich freuen, nachdem sie dich so dringend loswerden wollten. Aber – nein, es gibt nichts Neues. Oder jedenfalls nicht viel.«

»Sag mir das wenige.«

»Zililsan hat ein paar Sklaven befragt – du weißt schon, Sklaven der anderen Ratsherren, die nicht eingegriffen haben, als Abdosir …«

»Ich weiß. Und?«

»Sie sagen, ihre Herren hätten ihnen vorher gesagt, sie sollten auf keinen Fall etwas tun, ganz gleich, was geschieht.«

»Ah.«

»Bodaschtart der Grüne, der Gemüsehändler, ist tot.«

»Abermals ah. Wie ist das geschehen?«

Nymar hob die Hand. »Ich war zufällig in der Nähe. Ein Unfall. Einer jener blöden Zufälle, weißt du. Er hat auf dem Markt etwas von einem Wagen abgeladen. Ein schwerbeladener Ochsenkarren. Der Ochse hat einen Schritt gemacht, vielleicht zwei, und Bodaschtart lag unter dem harten Karrenrad. Es war niemand in der Nähe, der geschoben oder gezogen hätte.«

Bomilkar dachte einen Moment lang nach. »Na gut«, sagte er dann. »Eine Figur weniger auf dem Spielbrett. Übermorgen früh gibt es eine kleine Feier, wenn nichts dazwischenkommt, und am Tag danach die Wahlen.«

Duush runzelte die Stirn. »Die Feier beginnt um Mitternacht und endet übermorgen früh. Und bevor sie beginnt, findet noch etwas statt.«

»Was denn?«

»Ein Rennen, auf der Rennstrecke am Tynes-See.«

»Etwas Besonderes?«

Duush nickte. »Unter anderem diese zwei Riesentiere von Tigalit.«

»Wunderbar.« Bomilkar lachte. »Das könnte eine gute Gelegenheit sein – wenn alle da sind, die mitgespielt haben.«

Duush kniff die Augen zusammen. »Was sollen wir tun, Häuptling?«

»Ich hatte etwas anderes vor. Alle in der Festung versammeln. Aber das Rennen wäre eine bessere Möglichkeit. Hör zu. Beginnen wir damit.« Er legte eines der falschen Schwerter auf den Werkzeugtisch.

»Was ist das?« sagte Duush.

»Eine Fälschung. Sieht aus wie das Schwert von Qart Hadasht, aber es ist nachgemacht. Wer könnte so etwas angefertigt haben, und zwar schnell?«

Vavurro beugte sich über die Waffe, nahm sie und wog sie in der Hand. »Ich kenne zwei oder drei Leute, die so etwas können. Und wissen, wer außer ihnen dafür in Frage käme.«

»Gut. Klärt das. Und nun hört zu.«

Zur erörterten Änderung des Plans bedurfte es der Mitwirkung einiger Männer, die Bomilkar selbst kaum würde bewegen können. Er schob daher seinen Besuch im Ratsgebäude auf, gab den Leuten vom Karrenschuppen ein paar Anweisungen, Botschaften zu überbringen, und ging durch Nebengassen, wo er vor schweifenden Ratsherren sicher zu sein hoffte, zur Sandbank, die am Nordende des Hafens lag.

Antigonos war nicht da, wohl aber Bostar, der ihn sofort empfing.

»Ich hörte, du seiest in Iberien in finstere Machenschaften verwickelt gewesen«, sagte er, nachdem Bomilkar sich vor dem wie immer überladenen Schreibtisch auf einen Scherenstuhl gesetzt hatte. »Willst du etwas trinken?«

»So früh am Tag sollte ich einen klaren Kopf behalten; es gibt viel zu tun.«

Bostar klatschte in die Hände; als ein Diener eintrat, befahl er diesem, kühles Wasser und Saft zu bringen.

Aus einem Flechtkorb nahm er eine Papyrosrolle und schob sie über den Tisch. »Ein paar Antworten auf deine Fragen nach Richtern und Ratsherren«, sagte er. »Nicht vollständig, aber immerhin.«

Bomilkar widerstand der Versuchung, sogleich zu lesen; es wäre unziemlich gewesen. »Ich danke dir. Wo hält sich Antigonos auf? Hat er dir Kenntnisse übermittelt?«

»Antigonos hat mir alles gesagt, was er von Hasdrubal erfuhr. Er ist in der Megara, auf Hamilkars Landgut.« Dann schüttelte er den Kopf. »Es wird lange dauern, bis wir uns daran gewöhnt haben, daß er nicht mehr lebt. Das Haus der Barkiden also.«

»Vorbereitungen für übermorgen?«

»Das auch. Und natürlich ist das Vermögen weiter zu betreuen. Ich glaube, Daniel ist bei ihm. Sie beraten und ordnen.«

»Was die Machenschaften angeht und ihre Finsternis«, sagte Bomilkar, »so brauche ich deine Hilfe.«

Bostar wartete, bis der Diener eingeschenkt hatte und wieder gegangen war. Er faltete die Hände auf dem Tisch und beugte sich vor. »Hast du etwas herausbekommen?«

»Dank Hasdrubals Hilfe und einiger Zufälle. Ich bin aber nicht ganz sicher; es fehlen ein paar Beweise.«

»Laß hören.«

Der Mit-Herr der mächtigen Bank lauschte schweigend, während Bomilkar berichtete; erst gegen Ende unterbrach er ihn mehrmals mit Fragen.

»Könnte sein«, sagte er schließlich. Er stützte die Ellenbogen auf den Tisch und machte aus den Fingern eine Art Pyramide unmittelbar vor seiner Nasenspitze. »Laß mich denken.«

Bomilkar wartete geduldig. Es wäre unklug, sagte er sich, wenn der kleine Büttel den großen Bankherrn etwa bedrängte. Bostar würde, wenn er zustimmte, sein wichtigster Verbündeter sein. Außerdem war er klug und gerissen. Und nicht zuletzt gab Bomilkar sich selbst zu, daß er den Mann achtete und mochte.

»Ich glaube, es könnte wirklich so sein«, sagte Bostar plötzlich. Er grinste, aber etwas wie Vorsicht war auch aus seiner Miene zu lesen. »Bei allen Göttern, welch ein Plan! Und … welch ein Irrsinn.«

»Meinst du das, was ich zu tun beabsichtige?«

»Nein, nein, das ist waghalsig, aber nicht wahnsinnig. Ich meine die Schwerter und alles andere. Was soll ich tun?«

»Dabeisein, morgen nachmittag. Und dafür sorgen, daß die anderen, die wichtigen Männer, auch da sind.«

Bostar nickte. »Einige werden ohnehin kommen, glaube ich; sie werden sich so etwas nicht entgehen lassen. Man müßte natürlich dafür sorgen, daß sie dicht beieinander sind. Hm. Ein paar andere kommen von sich aus bestimmt nicht; man müßte sie ködern. Oder zwingen.«

»Wie willst du sie zwingen?«

Bostar hob die Brauen; plötzlich war er ganz anders – eisig, anmaßend, machtbewußt. »Sag mir, was Geld nicht bewirkt, und ich sage dir, wo mein Einfluß endet.«

»Um Vergebung, Herr.«

»Schon gut.« Er lächelte wieder. »Für meine Sicherheit sorge ich selbst; du solltest dich aber um deine eigene kümmern. Viele werden lange Messer bei sich tragen.«

»Es werden andere mit kurzen Schwertern wachen.«

»Gut. Was geschieht als nächstes? Was hast du vor?«

Bomilkar stand auf. »Ich gehe jetzt zu Tigalit. Danach mache ich einen Bogen um das Ratsgebäude und rede mit den anderen in der Festung. Den anderen Wächtern. Und erst dann melde ich mich bei Richter Tybon und den Sufeten zurück.«

Bostar verzog den Mund. »Rechne nicht damit, daß sie dich willkommen heißen.«

Tigalits neues Haus lag in einem der besseren Viertel, westlich der Agora und nördlich der Großen Straße, und glich einer Festung. Hohe Mauern schirmten es ab, und im Garten hielten sich mehrere Bewaffnete auf.

Zu Bomilkars Überraschung wurde er nicht von Dienern,

sondern von der schweigsamen Penthesileia ins Haus geführt. Sie brachte ihn zu Tigalit, die in einem mit dunklen Teppichen ausgelegten Raum voller Truhen und Spiegel auf dem Boden lag und sich mit einem kleinen Leoparden balgte.

»Der Herr der Wächter – wieder in der Stadt?« sagte sie. Dann stand sie auf und übergab die fauchende Katze Penthesileia. »Bring ihn weg – danke. Und du, Knabe, setz dich zu mir auf dieses Schlachtfeld.«

Bomilkar wartete, bis die große Frau sich auf das breite Lager aus Leder, Teppichen und Decken gesetzt hatte; dann nahm er vorsichtig neben ihr Platz. Penthesileia ging mit dem Leoparden hinaus.

»Warten wir, bis sie …?« sagte er.

»Was? Ah. Oh.« Tigalit lachte. »Nein, sie ist nicht meine Gespielin auf dem Lager und nicht meine Gefährtin im Geschäft. Nur die beste Leibwache, die ich je hatte. Sprich. Ich nehme an, du willst etwas von mir; sonst würdest du kaum herkommen.«

»Mich dürstete nach der Pracht deines Anblicks.«

»Gut, gut; der Durst dürfte gestillt sein. Was willst du wirklich?«

»Es wird länger dauern, das zu erklären.«

»Ich habe Zeit. Ein wenig.«

Zum vierten Mal an diesem Tag berichtete Bomilkar von den wirren Ereignissen, seinen Schlüssen und seinen Absichten. Tigalit lachte mehrmals schallend und stellte ein paar scharfsinnige Fragen. Schließlich betastete sie das dritte Schwert.

»Natürlich helfe ich; nichts, was nicht herauszufinden wäre«, sagte sie. »Und beim Rennen – ah! Wer würde sich das denn entgehen lassen? Man müßte allerdings ein paar Dinge ändern, damit alle zusammensitzen können. Aber das kriegen wir schon hin.«

»Welche Art von Rennen wird es geben?«

Sie schnalzte. »Teure, mein Freund. Es ist viel Geld gewettet worden. Ein Drittel wird ausgezahlt, ein Drittel behält der Herr der Rennbahn, ein Drittel geht an mich.«

»Und wer rennt?«

»Jagdhunde«, sagte sie. »Gemästete Hunde, damit es etwas zu lachen gibt. Kamele. Ein paar alte Sklaven werden sackhüpfen; der Sieger erhält Gold und die Freiheit. Rennpferde und Rennkamele. Und zum Schluß meine beiden *zirafim.*«

Bomilkar nickte. »Nett. Wir sollten nur dafür sorgen, daß nicht am Ende *wir* rennen müssen.«

Tigalit rümpfte die Nase. »Hast du genauere Vorschläge?«

»Bostar meint, viele werden lange Messer tragen. Die edlen und minder edlen Herren kommen sicher nicht ohne schützende Begleitung.«

»Dann sollten wir zusehen, daß auch wir gerüstet sind. Ah, noch etwas. Du warst fort; wer weiß, daß du wieder in der Stadt bist?«

»Du, Bostar, die Leute in der Bank, die mich gesehen haben, meine Männer vom Karrenschuppen. Und natürlich Aspasia.«

»Man muß die Dinge morgen irgendwie in Bewegung bringen.« Sie kniff ein Auge zu und lächelte. »Zum Beispiel mit einer Überraschung. Wolltest du zu den Richtern gehen?«

»Ich muß mich zurückmelden.«

»Melde dich doch morgen zurück, beim Rennen.«

Bomilkar zögerte; dann lachte er. »Gut. Noch eine Änderung, aber ich glaube, es könnte sich lohnen.«


Autolykos saß in der Wachstube und schrieb, als Bomilkar eintrat. Er sprang auf und umarmte ihn; dann schob er ihn von sich und starrte ihm ins Gesicht.

»Jünger bist du nicht geworden«, sagte er, »schöner auch nicht. Aber du bist wieder da, das ist das wichtigste.«

»Ehe du mir den Bauch mit Fragen durchlöcherst, sag mir, was sich ereignet hat.«

»Allgemein?«

»Numider«, sagte Bomilkar; er ließ sich auf einen Schemel sinken. »Schwerter. Spitzel. Ah, und noch etwas: Ich bin nicht hier.«

»Wie verblüffend. Wo bist du denn?«

»Unterwegs. Ich werde mich morgen bei den edlen Herren zurückmelden, beim Rennen, um sie zu überraschen.«

Autolykos tippte sich an die Schläfe. »Krank, mein Freund? Oder solltest du mir zuerst erzählen, was du beabsichtigst, damit ich besser weiß, welche Teile meines Berichts dich wirklich betreffen?«

»Nein; sprich du. Was du sagst, könnte den Ablauf des Fests beeinflussen. Verändern.« Er grinste. »Ich habe den Plan heute schon mehrmals geändert; man muß beweglich bleiben.«

»Was dein Hiersein angeht – willst du dich verstecken? Auch vor den anderen?«

»Den Wächtern draußen habe ich schon gesagt, daß sie mich nicht gesehen haben. Wer könnte hereinkommen?«

»Achiqar in zwei Stunden. Mutumbal heute abend.«

»Dann bin ich längst wieder weg. Also rede.«

»Wovon zuerst?«

Bomilkar seufzte. »Fang mit den Spitzeln an. Ah, vorher dies – gibt es eine Antwort von Hannibal, Buduns Schreiber?«

»Fast verschimmelt, wegen deiner langen Abwesenheit und der Flüche, mit denen der Schreiber dich bedacht hat.« Autolykos langte hinter sich, nahm eine Rolle aus dem Gestell und reichte sie Bomilkar. »Ich soll dir sagen, dies sei der letzte Gefallen, und du solltest dich nicht auf ihn berufen.«

Bomilkar prüfte das Siegel und öffnete das Schreiben. Es enthielt neben Verwünschungen eine Reihe von Namen und Tatsachen – mehr als das, was Bostar hatte herausbekommen können, dessen Angaben aber durch die von Hannibal bestätigt wurden.

»Gut«, sagte er schließlich. »Jetzt die Spitzel und die Numider.«

Autolykos stöhnte. »Nichts. In beiden Fällen. Ein paar Leute haben ein paar andere Leute beobachtet, mehr ist bei den Spitzeln nicht zu melden. Alle, die wir kennen, tun das, was sie immer schon getan haben. Bei den Numidern hat es keine neuen Vorfälle gegeben – Todesfälle oder derlei. Angeblich wurde dieser Dabar gesehen, in der Stadt, aber als wir der Sache nachgegangen sind, konnten wir nichts finden.«

»Was nicht heißt, daß es nicht stimmt. Aber gut. Und das Schwert und die Politiker?«

»Vom Schwert war keine Rede mehr. Und alle, die du beobachten lassen wolltest, haben weiter brav ihre Besuche gemacht, hier und da eine Rede gehalten, Geschenke verteilt und Versprechungen aufgeblasen, die kein Mensch je erfüllen kann.«

»Also auch da nichts Neues.« Bomilkar schwieg, starrte auf den Papyros und dachte nach.

»Etwas habe ich aber noch«, sagte Autolykos. »Nicht, daß ich viel damit anzufangen wüßte ...«

»Was ist es?«

»Giskon, der Herr der Festung. Er hat eine Eilbotschaft erhalten, von Hasdrubal aus Iberien.«

»Eilbotschaft?« Bomilkar biß sich auf die Unterlippe. »Natürlich – die Lichtzeichen der Türme an der Küste. So erfährt auch der Rat von Todesfällen, ehe richtige Boten ... Aber was ist mit dieser Nachricht?«

»Giskon weiß wohl, was er damit anfangen soll, aber ich begreife nichts. Die Botschaft lautet: ›Baal nicht Aschtart Waffen Wächter Befehl.‹ Verstehst du das?«

Bomilkar grübelte ein paar Atemzüge lang, mit halbgeschlossenen Augen. Dann lachte er. »So vielleicht: ›Nicht Baal, sondern Aschtart. Nicht Bodbal sondern Bodaschtart. Deine Waffen und die Wächter sollen zusammenwirken.‹ Klingt das sinnlos?«

»Wenn ich mehr wüßte, klänge es vielleicht sogar hinreißend.«

Plötzlich kam ihm ein wahnwitziger Einfall. Ein paar Lidschläge lang war er wie gelähmt; dann schnappte er nach Luft und brach in Gelächter aus.

Autolykos lehnte sich zurück, starrte an die Decke und sagte halblaut, beinahe traurig: »Was macht man mit einem, der nach langer Genesung heilen Leibes, aber völlig verwirrten Geistes zurückkommt?«

»Man hört ihm zu.« Bomilkar beugte sich vor. »Dein Ohr, Freund.«

Er sprach schnell, leise und gesammelt, berichtete von der Reise, den Ereignissen, dem, was er gefunden zu haben glaubte, den Mitteilungen von Bostar und Hannibal, der entzifferten Eilbotschaft, dem mehrfach geänderten Plan und der neuesten Änderung, die ihm eben eingefallen war.

Autolykos lauschte wortlos, schüttelte nur hin und wieder den Kopf, riß einmal die Augen weit auf und murmelte schließlich: »Welcher Daimon hat dir ins Gehirn geschissen?«

»Das wäre eine Frage an die Tempel.« Bomilkar gluckste. »Wichtiger ist: Kriegst du alle nötigen Vorbereitungen unauffällig hin?«

»Ja ja ja. Läßt sich doch alles mit dem großen Rennen und der anschließenden Feier begründen. Aber ...«

»Einwände?«

Autolykos rieb sich die Augen. Plötzlich grinste er und stand auf. »Keine Einwände. Überhaupt keine, mein Freund. Wenn es gelingt, werden wir uns bis an unser fernes Ende freuen, dabeigewesen zu sein. Und wenn es mißlingt, wird unser Ende so schnell kommen, daß wir kaum Zeit zum Bedauern haben.«

»Laß uns alles durchsprechen und sehen, ob es Lücken gibt.«

Alle, die vermutlich an den wirren Vorgängen beteiligt waren, in der Festung zu versammeln, unter dem Vorwand dringender Beratungen über die Sicherheit der Stadt: der erste Plan. Alles auf die Rennbahn zu verlegen, umgeben von den eigenen Waffen und denen Tigalits, unter den Augen des Volks: der zweite Plan. Die Gegner durch eine Mitteilung bewegen, von sich aus etwas zu tun: die neueste, wahnwitzige Änderung. Sie drehten und wendeten alles, fanden Unwägbarkeiten und Fragen, aber keine gefährlichen Lücken. Schließlich sagte Autolykos: »Ich bereite alles vor. Verlaß dich auf mich.«

»Das tue ich ohnehin. Sag Mutumbal nichts. Sprich mit Giskon. Und gib Achiqar eine Anweisung, aber so, daß keiner außer ihm es hört.«

»Was soll ich ihm sagen?«

»Eine halbe Stunde vor Beginn des Rennens soll er mich beim Dagon-Tempel treffen, für eine … Besonderheit.«

Eines war noch zu erledigen. Der wichtigste Teil. Bomilkar ließ sich von Autolykos alte, schmierige Gewänder besorgen; dann ging er durch Nebenstraßen zurück Richtung Hafen, zum Karrenschuppen. Zu seiner Erleichterung fand er dort auch einen vor, den er sonst hätte suchen lassen müssen: Barako.

»Es gibt ein paar Änderungen, die Bostar und Tigalit mitgeteilt werden müssen«, sagte er. »Und denen, die jetzt nicht hier sind.«

Nachdem er neue Anweisungen erteilt hatte, nahm er Barako beiseite. »Und du wirst wieder zum Bettler werden.«

»Wen soll ich anbetteln?«

»Du wirst zu ein paar edlen Häusern gehen und dort mit Sklaven oder Torwächtern reden. Sag ihnen, sie sollen ihren Herren sofort und dringend sagen, Bomilkar der Wächter sei im Tal der Säge gewesen und werde morgen beim Rennen darüber berichten.«

Barako blinzelte schnell. »Welche edlen Häuser, Herr?«

# 25

»O ihr Götter!« sagte Bomilkar. »Bleibt einem denn nichts erspart?«

Er hatte das Gesicht geschwärzt, den Kopf umwickelt und einen dunkelbraunen Umhang angelegt, der größtenteils aus Fetzen bestand. Aspasia, die unbedingt bei der Aufhellung zugegen sein wollte, war von Patroklos und Vavurro dorthin geleitet worden, wo alles zu einem lichten Ende gebracht werden sollte. Wenn der Plan aufging. Nymar hatte mit einem weiteren Mann vom Schuppen Nampamo und Laetilius abholen sollen.

Und nun stand Nampamo dort am Ufer, wo der Weg zur Rennbahn begann, und hatte ihm eben mitgeteilt, daß Laetilius seit dem Morgen verschwunden war, und das Schwert habe er wohl mitgenommen.

»Warum sollten die Götter dir etwas ersparen?« knurrte der Alte. »Warum ausgerechnet dir heute, nicht mir vor Jahren? Oder anderen zwischendurch?«

»Und du hast nichts gehört?«

»Nichts. Auch die Frau nicht.«

Nymar räusperte sich. »Keine Spuren von Kampf oder derlei«, sagte er. »Alles sieht so aus, als ob der Römer einfach gegangen wäre.«

Bomilkar zögerte; es war ihm, als sähe er den in seinem Kopf tanzenden Gedanken zu.

»Hilft nichts«, sagte er schließlich. »Wir können nur weitermachen, als wäre nichts geschehen. Und hoffen.«

Stumm ergänzte er: ›Hoffen, daß Laetilius uns nicht schadet, wenn er uns schon nicht hilft. Was würde Aspasia jetzt sagen – Mißtrauen und alberne Spiele?‹

»Los«, sagte er laut. »Ihr bringt Nampamo zu Aspasia, ihr wißt schon, wo, und kommt dann nach.«

Achiqar wartete neben dem Eingang des Dagon-Tempels, dessen Bäume von Tigalits *zirafim* kahlgefressen worden waren.

»Gut, dich zu sehen.« Bomilkar zwang sich zu einem Lächeln. »Ich brauche dich für eine heikle Aufgabe.«

Achiqar lächelte nicht. Er zog das Schwert. »Greif nicht in den Nacken«, sagte er. »Ich weiß, daß du dort Messer hast. – Ihr könnt kommen.«

Hinter den Säulen des Tempeleingangs tauchten zwei Bewaffnete auf. Keine Wächter, sondern Männer der Ratswache. Sie machten betont ausdruckslose Gesichter und stellten sich neben Bomilkar.

»Was soll das?«

»Auf Anordnung der Richter muß ich dich festnehmen und zum Ratskerker schaffen«, sagte Achiqar. »Mach es uns nicht schwerer als nötig; komm einfach mit.« Er blickte zu einem Wagen mit Doppelgespann, der an der nächsten Straßenecke stand.

»Welche Richter ordnen so etwas an?«

»Ist das wichtig? Komm.«

Bomilkar seufzte. »Na gut«, sagte er. »Du kannst das Schwert einstecken; ich werde mich nicht wehren.«

Achiqar sah ihn mißtrauisch an, ließ aber seine Waffe sinken.

Bomilkar pfiff. Ein Pfeil bohrte sich in Achiqars rechte Schulter. Hinter dem Wagen sprangen Vavurro, Patroklos, Duush und Zililsan hervor und kamen angerannt, die Speere stoßbereit. Nymar folgte etwas langsamer; er hatte einen Pfeil aufgelegt und die Sehne gespannt.

»Aber«, sagte Achiqar. Sein Schwert klirrte zu Boden, und mit der Linken faßte er sich an die Schulter.

Die Ratswachen leisteten keinen Widerstand; einer der beiden atmete hörbar erleichtert auf und sagte:

»Wir haben uns gewundert, Herr der Büttel – aber wir hatten zu gehorchen.«

»Dann gehorcht jetzt auch, und zwar mir.« Bomilkar warf ihnen einen silbernen Schekel zu. »Werft eure Waffen auf den Wagen, trinkt reichlich Wein auf mein Wohl und kommt morgen früh wie immer zum Dienst.«

»Und er?« Der andere Wächter deutete auf Achiqar.

»Den brauchen wir noch.«

Ein dritter Mann der Ratswache, eigentlich als Fahrer des Wagens vorgesehen, hatte sich offenbar ebenfalls ohne Gegenwehr von Duush, Zililsan oder einem der anderen überreden lassen. Er schloß sich den beiden an; sie gingen nach Westen, in Richtung Mauer.

»Warum?« sagte Achiqar, als sie ihm auf den Wagen halfen. Duush nahm die Zügel, und Vavurro versuchte, die Schulterwunde des Puniers zu verbinden.

»Du hast ein paar dumme Fehler gemacht«, sagte Bomilkar. Der Wagen setzte sich in Bewegung. »Du warst zu eifrig. Zu deutlich unwirsch, als ich Mutumbal die Leitung übergeben habe. Wahrscheinlich haben sie dir mehr versprochen, nicht wahr? Meinen Platz, zum Beispiel. Als ich Zabugu verhören wollte, bist du mit den Männern gekommen, die gewählt werden wollen. Ich nehme an, du hast jemanden zum Hafen geschickt, um dafür zu sorgen, daß man nicht den Wächter von der Agora-Stube holt, sondern mich, als angeblich dieser Händler ausgeraubt wurde. Und du warst ein wenig zu langsam, als die zwei Numider mich beim verwilderten Garten angegriffen haben.«

Vavurro blickte Bomilkar fragend an, die Hand an Achiqars Schulter. »Soll ich?«

Bomilkar nickte. »Ein wenig.«

Vavurro drückte zu, eher sanft. Achiqar stieß ein Stöhnen aus und biß sich auf die Unterlippe.

»Das reicht. Wir haben jetzt keine Zeit, uns gründlicher mit dir zu befassen«, sagte Bomilkar. »Denk an deine Schulter, erinnere dich an Vavurros Griff und überleg dir, was du uns später sagen willst. Wir bringen dich jetzt zuerst einmal in Sicherheit, unter Aufsicht von Bütteln. Und vorher sagst du uns, wer den Befehl gegeben hat, mich festzunehmen.«

Etwas stimmte nicht. Irgend etwas fehlte, und Bomilkars Nackenhaare begannen sich zu sträuben. Aber noch wußte er nicht, was es war.

Er stand neben der Balkenterrasse, auf der die Plätze für die besonders wichtigen, reichen, edlen Leute waren. Unten, auf der Rennbahn, schlitterten die Pferde durch die enge Kehre am östlichen Pfosten, wurden wieder schneller und rasten dem Ziel entgegen. Vielleicht hatten sie aber eine weitere Runde zurückzulegen, oder mehrere. Er wußte es nicht, es bekümmerte ihn auch nicht weiter. Die Leute sprangen auf, johlten, stießen Anfeuerungsrufe aus oder Klagegeschrei. Überall, unauffällig verteilt, sah er Wächter. Und Männer, die vermutlich zum dunklen Reich der Tigalit gehörten und an diesem besonderen Tag mit ihren ewigen Gegnern, den Bütteln, zusammenarbeiten sollten.

Er sah Autolykos, der ihn aber noch nicht erblickt hatte. Der Gesichtsausdruck des alten Kampaniers wirkte besorgt, vielleicht aber auch nur angestrengt.

Mit einem unhörbaren Fluch drängte Bomilkar sich durch die Zuschauer weiter nach hinten. Büttel nickten ihm zu, einige Männer grinsten – Leute von Tigalit. Hinter der Tribüne für die Edlen hatten sie einen Gang abgesperrt. Ein paar Stufen hinab, ein paar Schritte, durch das unmittelbar dahinter geöffnete Tor in der Mauer. An der Innenseite würde ebenfalls ein freigesperrter Gang sein, der zu Tuzillus Schänke führte, der Festung in der Festung eines gut zu bewachenden Innenhofs.

Was konnte es sein? Mutumbal, inzwischen von Autolykos eingeweiht, winkte – aber es war kein Gruß, sondern eine Aufforderung, näher zu kommen und etwas zu besprechen, zu betrachten. Bomilkar nickte, bat mit einer Gebärde um Geduld und stieg die Stufen zur Tribüne hoch.

Dann sah er es. Leere Plätze. Zu viele leere Plätze. Er hatte erwartet, daß einige Männer nicht erscheinen, fliehen oder Gegenmaßnahmen ergreifen würden. Aber es waren viel mehr leere Plätze als erwartet. Er sah nur die Rücken, die Hinterköpfe, Kappen und Kopfschmuck, nicht die Gesichter, deswegen konnte er nicht feststellen, wer fehlte.

Als er Mutumbal erreichte, legte dieser die Faust an die Brust. »Gruß, Herr und Freund«, sagte er. Im Gejohle mußte er fast schreien, damit Bomilkar ihn verstand. »Es gibt Schwierigkeiten.«

»Was ist los? Da fehlen viele …«

»Das ist es. Eben ist ein Bote gekommen. Tigalit und Bostar warten auf dich, bei Tuzillu. Man hat beide Sufeten, ihre Frauen und ein Dutzend der Ältesten entführt.«

Autolykos hatte ihn endlich gesehen und wühlte sich durch die Menge. Bomilkar nutzte die Zeit bis zu seiner Ankunft zu fieberhaft kreisenden, dabei merkwürdig klaren Gedanken. Er hatte gewollt, daß die Gegner etwas unternahmen. Daß sie Achiqar losschickten, um ihn auszuschalten. Er hatte damit gerechnet, daß sie versuchen könnten zu fliehen. Aber nicht mit einem solchen Unterfangen.

»Wer und wo?« sagte er, als der Kampanier neben ihm stand.

»Niemand weiß es.«

»Gibt es Forderungen?«

Autolykos grinste schräg. »Rat mal.«

»Sag schon.«

»Deinen Kopf.«

Flüchtig dachte er an das Rennen der *zirafim*, das er aber dem Plan gemäß ohnehin nicht hätte sehen können. Dann riß er sich zusammen. Es gab wichtigere Fragen zu behandeln. Unter anderen auch die nach seinem Leben.

Der Innenhof von Tuzillus Schänke war überfüllt. Wächter und Kämpfer aus der Festung standen überall unter den Bögen. Achiqar saß, bewacht von zwei Bütteln, in einer Ecke; nicht weit von ihm Aspasia, neben ihr Penthesileia und Tigalit. Bostar war da, Balhanno, Fünf-Herr für Recht und Ordnung, etliche Richter, zahlreiche Ratsherren und Älteste, aus der Festung der Stratege Giskon. Und Hanno der Große; er hatte die Hände vor dem Bauch gefaltet und lächelte.

Bomilkar klatschte in die Hände, bis das Stimmengewirr sich legte und die Augen sich auf ihn richteten.

»Ruchlose Verbrecher haben einige der edelsten unter uns gefangengenommen«, sagte er. »Vorläufig verlangen sie meinen Kopf. Weitere Forderungen sind zu erwarten.«

»Weshalb wollen sie deinen Kopf?« sagte Bostar.

»Ein kleiner Preis für das Leben vieler Edler«, sagte Hanno. »Gibt es da viel abzuwägen?«

»Laß uns abwägen, nachdem ich euch gesagt habe, weshalb sie meinen Kopf wollen.«

Der Bote, den die Entführer geschickt hatten, ein Numider, hob die Hand. »Deinen Kopf ohne vorherige Rede«, sagte er.

»Sonst?«

»Sonst sterben alle.«

Wieder dauerte es eine Weile, bis Ruhe eingekehrt war.

»Das wird nichts nützen«, sagte Bomilkar laut. »Was ich weiß, habe ich inzwischen anderen weitergegeben.«

»Die Verbrecher haben nicht nach anderen verlangt, sondern nach dir.« Hanno stand auf und sah sich um. »Wenn wir ihn reden lassen, sterben die Sufeten, einige der Ältesten, mehrere Priester – so war es doch, oder? – und einige ihrer Frauen. Ich bin dafür, nicht lange zu wägen.«

Giskon hob einen Arm. »Es geht um die Sicherheit der Stadt. Ich spreche als Vertreter des Strategen Hasdrubal. Wenn wir nachgeben, liefern wir uns aus. Was wird die nächste Forderung sein – Hannos Kopf?« Mehrere Leute lachten.

»Das geht so nicht!« Balhanno erhob sich und stieg auf einen Stuhl. »Als Fünf-Herr für Recht und Ordnung bin ich für die Wächter zuständig. Und für Bomilkar. Deshalb …«

Jemand weiter hinten rief: »Dann liefere ihn aus.«

Einige bekundeten Beifall, andere zischten.

Giskon sagte: »Bomilkar hat der Stadt gut gedient; ich finde, er sollte reden.«

Bostar wechselte Blicke mit einem, der mit dem Rücken zu Bomilkar saß. Als dieser sich umdrehte und aufstand, sah Bomilkar, daß es Mastanabal war, einer der wichtigsten Männer der »Neuen« und in Abwesenheit des Sufeten Himilko vielleicht deren Sprecher.

»Bomilkar soll reden«, rief er. »Seit wann opfert die Stadt ihre treuen Diener, ohne ihnen ein letztes Wort zu gestatten?«

»Immer dann, wenn weit edlere und ebenso treue Diener in Gefahr sind«, sagte Hanno. Er deutete auf einen der Ältesten. »Ehrwürdiger, wie denkst du darüber?«

Mit halbem Ohr lauschte Bomilkar dem folgenden Wortwechsel. Der Älteste, Barmokar, verlangte eine Abstimmung unter den anwesenden Ratsherren. Bomilkar wechselte Blicke mit Giskon, Autolykos, Tigalit, Zililsan.

Natürlich mußte er reden, um die Sache zu Ende zu bringen. Für den Notfall hatte er alles so vorbereiten wollen, daß er die Versammlung zwingen konnte, ihm zu lauschen. Plötzlich schien ihm jedoch die Sache zu entgleiten.

Auf die Leute aus dem Karrenschuppen konnte er sich verlassen – aber sie waren wenige. Die Büttel, Hüter der Ordnung, würden im Zweifel widerwillig den Anweisungen Balhannos folgen – der sich zweifellos einem Beschluß der übrigen Ratsherren und Ältesten zu beugen hatte. Wie Giskon. Fast sechshundert Jahre lang hatten Rat und Gerichte die Stadt geleitet, hatten sie groß und reich und mächtig gemacht. Unvorstellbar, nun das Recht, das er schützen sollte, zu beugen, die Edlen zu zwingen. Er seufzte; sollte es wirklich dazu kommen, daß …

»Die Abstimmung ergibt: Bomilkar wird nicht reden«, sagte der Älteste. »Wir werden ihn ausliefern. Ungern, aber das Leben vieler wiegt mehr als das eines einzelnen. Wächter der Stadt und Krieger der Festung, ergreift ihn.«

Autolykos blickte entsetzt. Hier und da regte sich noch leiser Widerspruch. Bostar preßte die Lippen zu einem Strich und winkte Balhanno zu sich. Giskon, dem Befehl des Rats unterstellt, hatte den Kopf in den Nacken gelegt und starrte in den Himmel.

Plötzlich entstand neue Unruhe. Von allen Seiten hörte man Waffen klirren. Auf dem Dach der Schänke tauchten Männer mit Lanzen und Bogen auf. Eine helle, schneidende Stimme sagte:

»Er wird nicht ausgeliefert. Er wird reden.« Tigalit erhob sich und trat ein paar Schritte vor.

»Wer sagt das?« Der Älteste sah sich um.

»Die Fürsten des Zwielichts. Der Bauch der Stadt.«

Es dauerte einige Zeit, bis Geschrei und Gezeter verstummten. Bostar schüttelte den Kopf, als Balhanno ihm etwas sagte; dann schaute er Bomilkar an und zwinkerte. Giskon befahl seinen Unterführern mit Gebärden, nichts zu tun.

Hanno wechselte einen Blick mit dem Ältesten; dann übernahm er offenbar wieder die Leitung.

»Tigalit«, sagte er, »Herrin des Rennens nebenan, von dem wir nichts sehen. Herrin von Schmugglern, Messerstechern, Dirnen und gedungenen Mördern. Warum sollen wir uns von dir erpressen lassen?«

»Warum von mir nicht, wohl aber von den anderen? Sie haben einige Edle der Stadt – hier sind einige andere Edle. Willst du dich wehren, Hanno? Ein großes Blutvergießen?«

»Es ist ...«

Jemand unterbrach ihn, flüsterte ihm etwas zu und deutete zum Eingang, hinter Bomilkar.

Laetilius war dort erschienen. Er zwinkerte Bomilkar zu und ging zu Hanno; in der rechten Hand hielt er das falsche Schwert – eines der drei.

»Auf ein Wort, großer Hanno«, sagte er.

»Was hat ein Römer dabei zu sagen?«

»Ich will es dir leise sagen, damit du besser wägen kannst, ob es laut gesprochen werden sollte.«

Hanno preßte die Lippen zusammen, sagte aber nichts.

Laetilius schien ihm das Schwert zu zeigen; dann beugte er sich vor und näherte den Mund Hannos Ohr. Es konnten nicht viele Worte sein, vielleicht zwei kurze Sätze; dann schob Hanno ihn beiseite, blickte zu Bomilkar, ließ die Mundwinkel sacken und sagte:

»Sprich, Herr der Büttel.«


Bomilkar zögerte nur einen halben Lidschlag lang. Wie alle anderen hätte er zu gern gewußt, was Laetilius gesagt hatte. Aber es ging um seinen Kopf und um das Leben der Entführten. Er holte tief Luft und begann zu sprechen. Und während er sprach, sah er Laetilius zu Autolykos gehen, dann mit diesem zu Giskon, dann mit beiden durch einen Nebeneingang hinaus. Zwei Büttel näherten sich unauffällig dem numidischen Boten; sie würden ihn daran hindern, seine Auftraggeber aufzusuchen.

Bomilkar bemühte sich, schnell und verständlich zu sprechen, ohne zuviel auszulassen, aber auch ohne zu sehr in Einzelheiten zu schwelgen. Einiges mußten die Zuhörer erschließen, anderes würde in den kommenden Tagen zu erörtern sein.

Er begann mit der Ermordung des Abdosir, Zabugus Flucht mit dem Schwert von Qart Hadasht (hier gab es die erste Unterbrechung; viele hatten offenbar noch nicht davon gehört) und dem seltsamen Verhalten der anderen Ratsherren und ihrer Sklaven. Er berichtete, wie er daran gehindert worden war, den Mörder gründlich zu befragen, und daß er den zuständigen Richter beinahe hatte zwingen müssen – mit Hilfe des entführten Sufeten Germiskar –, ihn überhaupt weiter ermitteln zu lassen.

»Verleumdung«, rief an dieser Stelle ein Ratsherr. »Das kann nicht sein – und wenn, wer ist der Richter?«

Das entstehende Stimmengewirr nutzte Mutumbal, der zu Bomilkar kam und leise sagte:

»Du sollst lange sprechen – am besten so lange, bis Giskon und die beiden anderen zurückkommen. Der Römer weiß, wo die Entführten sind.«

Bomilkar benötigte ein paar Atemzüge, um diese Mitteilung zu verdauen; dann klatschte er in die Hände und sprach weiter. Langsamer, ausführlicher berichtete er von einer numidischen Verschwörung, vom Gastwirt und Bienenzüchter Dabar, von seltsamen Formen der Verehrung des neuen Gottes Godogma und von einem tapferen Numider namens Masauchan – dies war nichts als Mutmaßung, die er aber für wahrscheinlich hielt –, der Fragen stellte, als er jemandem Geld überbringen sollte, und der dann von anderen getötet, gewissermaßen hingerichtet wurde.

»Einer meiner Leute«, sagte er, »wurde von den Numidern gefangen und gefoltert. Später hörte er im Nebenraum jemanden sagen, das Schwert von Qart Hadasht sei einem Händler namens Mandrokles ausgehändigt worden, der es nach Alexandreia und dann nach Iberien bringen sollte, um mit Ägypten die Fortdauer der Handelsbeziehungen zu vereinbaren, nach dem Umsturz in Qart Hadasht, und um in Iberien und Numidien Krieger aufzuwiegeln.«

»Gerede«, sagte ein Ratsherr. »Hast du Beweise?«

»Ich habe Beweise, und ehe der Abend vorbei ist, werde ich sie vorlegen. Aber hört weiter zu.«

Er berichtete von der Verwundung, von der hastigen, beinahe freudigen Verabschiedung durch einen Richter und den Sufeten Germiskar, von der Fahrt nach Alexandreia und davon, daß man ihm dort einen Punier sehr genau beschrieben habe, der mit Mandrokles gekommen sei, im Palast verhandelt habe und dann über Land heimgekehrt sei.

»Wo ist dieser Mann?« schrie jemand.

»Wenn er noch lebt – was ich hoffe –, wird er später einige Fragen beantworten müssen.«

Danach Iberien, Mastia, die drei Schwerter …

»Drei? Dreimal das Schwert von Qart Hadasht? Wo sind diese angeblichen Schwerter?«

»Eines habt ihr schon gesehen. Der Römer Laetilius hat es dem edlen Hanno gezeigt, nicht wahr?«

Mißmutig bewegte Hanno den Kopf; man konnte es als Nicken deuten.

»Das zweite ist hier«, rief Zililsan. Er kam zu Bomilkar und reichte es ihm; dabei sagte er leise: »Wir haben nichts über das Schwert rausgekriegt.«

Tigalit hatte das letzte Schwert ebenfalls mitgebracht. Sie gab es einem vor ihr Sitzenden, der es weiterreichte.

Bomilkar wartete, bis mindestens die Hälfte der Leute eines der Schwerter betrachtet und betastet hatte. Dann fuhr er fort, schilderte den Überfall in der Bucht von Mastia und erwähnte kurz Hasdrubals Hinweis auf rätselhafte Vorgänge im Tal der Säge.

Die bloße Erwähnung des Orts sorgte für beinahe schmerzhafte Stille.

»Wir alle wissen, welches Entsetzen sich mit diesem Namen verbindet«, sagte er. »Im Auftrag des Strategen – ich habe einen Papyros mit seinem Befehl, der selbstverständlich dem Rat vorgelegt wird –, in Hasdrubals Auftrag bin ich zu diesem furchtbaren Ort geritten. Aus einer nahen Festung habe ich Krieger mitgenommen.«

Ausführlich beschrieb er die Vorgänge im Tal der Säge und die Dinge, die sich dort in den vergangenen Jahren zugetragen hatten. Wieder begannen die Leute durcheinanderzureden; er überlegte eben, wie gründlich er die falschen Botschaften abhandeln mußte, die er am Vortag ausgeheckt und übermittelt hatte, als jäh das Gerede endete. Alle starrten ihn an. Dann wurde ihm klar, daß sie auf etwas hinter ihm schauten. Er drehte sich um.

Krieger der Festung kamen herein. Sie brachten ein paar gefesselte Numider; einige von ihnen bluteten aus scheußlichen Wunden. Ein Unterführer trat vor, nickte Bomilkar zu und rief:

»Der Stratege Giskon meldet, daß die Entführer und die Entführten sich in einem befestigten Haus verschanzt haben. Er bittet die Edlen, hier zu verweilen und vielleicht die Numider zu verhören, die wir mitgebracht habe. Er ersucht Tigalit, mit einigen ihrer Kämpfer zu ihm zu kommen, da sich das Haus in einer Gegend befindet, in der sie helfen könnte. Ferner befiehlt Giskon, daß der Herr der Wächter, Bomilkar, zu ihm komme.«

Bostar nickte Balhanno zu. Der Fünf-Herr sprang auf und sagte: »Bomilkar, sofort los. Ich übernehme hier.«

# 26

**Die Dämmerung hatte begonnen,** als sie den kleinen Platz erreichten. Überall loderten Fackeln. Krieger der Festung und bewaffnete Büttel bildeten Ketten, um die Bewohner des Viertels zurückzuhalten. Noch war dabei kein Blut geflossen, aber man hörte ein drohendes Raunen und Murmeln.

Der Platz lag im »Labyrinth«, dem ältesten Teil der Stadt. Zwischen den Häfen im Süden, der Seemauer im Osten und dem Byrsahügel im Westen herrschten die Fürsten des Zwielichts. Bomilkars Wächter betraten dieses Viertel selten, ungern und allenfalls zu viert.

Vom Platz streunten einige krumme Gassen in die schnell hereinbrechende Nacht. An einer Ecke berieten sich Autolykos und Giskon mit einigen Unterführern. Der Stratege wirkte deutlich erleichtert, als er Tigalit und Bomilkar sah.

»Herrin der Unterwelt«, sagte er. »Wir haben Vorposten überwältigt und zu euch geschickt, in die Schänke. Weiter kommen wir nicht. Nicht leicht jedenfalls. Wir haben uns gegen die Leute hier zu wehren, das hindert uns an allem anderen.«

Tigalit nickte. »Gib mir zwanzig Atemzüge Zeit«, sagte sie. Zusammen mit Penthesileia und einigen Männern ging sie zur Sperrkette.

Während sie, wie Bomilkar annahm, die Obleute der Unterwelt zu beruhigen suchte, berichteten Giskon und Autolykos, Laetilius habe sie hergeführt. Das Haus, in dem die Entführer und Entführten sich aufhielten, sei eher eine Festung und stoße fast unmittelbar an die Seemauer.

»Wir haben die Mauer besetzt«, sagte Giskon. »Dahinter ist die schmale Straße, dann wie eine zweite Mauer die Rückseiten der Häuser. Überall gibt es Abwasserkanäle.«

Bomilkar kratzte sich den Kopf. »Ich weiß. Sie können unter der Mauer fliehen, und draußen liegen sicher genug Boote. Wo ist der Römer?«

»Hier.« Laetilius trat aus der dunklen Gasse. Er grinste Bomilkar an. »Ich habe gelauscht; da hinten wird geredet und gezetert. Hin und wieder klirrt etwas.«

Duush und Nymar waren aus Tuzillus Schänke mitgekommen. Sie wechselten Blicke; dann sagte Duush:

»Wir könnten da reingehen, Häuptling; es gibt Schleichwege.«

»Die kennen die anderen auch. Ihr bleibt erst mal hier.«

Tigalit kehrte von der Sperrkette zurück. Als sie neben ihm stand, bemerkte Bomilkar, daß das unheimliche Grollen und Raunen nachgelassen hatte. Er sah sich um. Die Bewohner des Viertels schienen in der Nacht zu versickern – nicht alle, aber wohl die meisten.

»Was hast du ihnen gesagt?«

Tigalit hob die Schultern. »Daß ihr und wir – die Fürsten des Zwielichts – ausnahmsweise zusammenarbeiten, um ein paar Böse zu schnappen. Daß ihr nicht vorhabt, das Viertel zu erobern oder zu … ordnen.« Sie lachte kurz. »Penthesileia ist schon mit ein paar Leuten unterwegs. Habt ihr Belagerungsgerät?«

»Drei leichte Katapulte«, sagte Giskon, »und ein paar Widder. Warum?«

»Die Katapulte werden wir nicht brauchen. Oder wenn, dann später. Wo sind die Widder?«

»In der Gasse links.«

Tigalit blickte Bomilkar an. Als er nickte, sagte sie:

»Gut. Dann kommt mit.«

Giskon seufzte. »Und die Entführten? Die sie umbringen wollen?«

»Wir wissen nicht, wie viele Entführte in Wahrheit Entführer sind.«

»Oder mit ihnen zusammenarbeiten«, sagte Autolykos.

»Es hilft nichts.« Bomilkar schaute in Giskons Augen. »Wir müssen angreifen, sonst verlieren wir alles. Nicht nur ein paar vielleicht wirklich Entführte.«

Giskon verdrehte die Augen. »Mögen die Götter mit uns allen sein. Los.«

Bomilkar hielt Duush am Arm fest. »Wenn du Dabar siehst«, sagte er, »bedenke, wir brauchen ihn vielleicht noch lebend.«

Duush bleckte die Zähne. »Aber du hast mir etwas versprochen.«

»Ich weiß. Später.«

Es war eine kurze, blutige Belagerung. Giskons Krieger, die Schilde über den Köpfen, schoben einen Rammbock vor das verstärkte Tor des Hauses. Von der Mauer und dem Dach prasselten Pfeile und Steine auf sie herab. Giskons Bogenschützen versuchten, die Verteidiger zu vermindern; Schmerzensschreie verkündeten, daß es ihnen offenbar gelang, aber auch etliche Krieger erlitten Verletzungen.

Tigalits Kämpfer, geführt von Penthesileia, suchten andere Zugänge. Durch Abwasserkanäle und Keller, über Mauerreste und Dächer benachbarter Häuser näherten sie sich den Belagerten. Als diese durch den Angriff aufs Tor abgelenkt waren, drangen Penthesileia und die Zwielichtkrieger ins Haus ein. In den Kanälen kam es zu erbitterten Gefechten Mann gegen Mann, weil dort, wie Bomilkar vermutet hatte, längst Vorbereitungen für eine Flucht unter der Seemauer liefen.

Das Tor konnte dem Rammbock nicht lange standhalten. Durch die Lücke strömten iberische Fußkämpfer. Zusammen mit Tigalits Leuten rangen sie die Gegner im Innenhof nieder, säuberten die Gänge und Räume des Hauses und trieben die Überlebenden zusammen.

Bomilkar und Giskon beschlossen, zunächst keinen Unterschied zwischen Entführern und Entführten zu machen. Wenn es denn einen gab. Die meisten Kämpfer waren Numider gewesen, dazu ein paar Söldner aus anderen Gegenden, aber kaum ein Punier.

Während Giskon und Autolykos Anweisungen gaben, wie die Gefangenen zu behandeln und zu Tuzillus Schänke zu bringen seien, ging Bomilkar im Innenhof nach rechts, dorthin, wo zwischen Fackeln die Waffen der Besiegten aufgetürmt lagen.

Dort kniete Tigalit neben einem enthaupteten Körper. Sie starrte auf ihre Oberschenkel; Tränen rannen die Wangen hinab. Auf den Schenkeln, auf dem besudelten Chiton hielt sie den Kopf von Penthesileia.

Bomilkar streckte die Hand aus und berührte Tigalits nasse Wange. Die Herrin des Zwielichts bleckte nur die Zähne und stieß ein tiefes, schmerzvolles Knurren aus.

Tuzillus Innenhof wurde immer voller. Wächter mit weiteren gefangenen Numidern drängten sich als erste hinein, geführt von Bomilkar. Hinter ihnen, verstört und zerzaust, aber augenscheinlich wohlauf, kamen Punierinnen in edlen Gewändern, alte Männer – Abdosir war dabei, der Hohe Priester des Eschmun-Tempels – und schließlich die beiden Sufeten Himilko und Germiskar, gefolgt von Richter Tybon, dem diesmal nicht gelb-, sondern rotgewandeten Bodbal, seinem Vertrauten Adherbal, dem Ratsherrn und Händler Mago und weiteren Kriegern. Zum Schluß kamen Giskon, Autolykos und Laetilius; erst jetzt fiel Bomilkar auf, daß er den Römer vor dem Gefecht zuletzt gesehen hatte.

»Hanno ist eine Viper.« Mutumbal berührte Bomilkars Arm. »Wenn ihr jetzt nicht bald gekommen wärt ... Er hat sie alle schwindlig geredet.«

Da zunächst nicht an weitere Erörterungen zu denken war, wollte Bomilkar mit Giskon und vor allem Laetilius all das bereden, was sie unterwegs nicht hatten besprechen können. Giskon blinzelte, winkte dann jedoch ab und setzte eine offenbar längst begonnene Unterredung mit Himilko fort. Autolykos packte Laetilius am Arm und schob ihn zu Bomilkar.

»Was ist geschehen?«

Laetilius grinste. »Willst du nicht zuerst einmal dafür danken, daß ich Hanno geknebelt habe?«

Bomilkar deutete einen Kniefall an. »Ich danke dir, daß du Hanno geknebelt und mein Leben gerettet hast«, sagte er. »Wie hast du das gemacht, was hast du außerdem gemacht, wie ist alles abgelaufen, und wo ist das Schwert?«

»Es wurde bei dem kleinen Gemenge beschädigt.« Laetilius grinste immer noch. »Der Stein, eh, das blaue Glas ist zerbrochen. Das Schwert wird jetzt gerade ausgebessert. Und was ich gemacht habe? Das ist ganz einfach.« Er verstummte, grinste aber weiter.

»Dann sag es mir – bitte, und sag es einfach oder verwickelt, aber sprich!«

»In der Nacht«, sagte Laetilius, plötzlich ernst, »kam mir ein Gedanke, der mir oder dir schon längst hätte kommen sollen. Wer, o mein punischer Freund, beobachtet, was in eurer prächtigen Stadt geschieht?«

»Die Büttel – wir«, sagte Autolykos.

»Und meine Leute vom Karrenschuppen.« Bomilkar legte dem Römer die Hände auf die Schultern. »Dieser und jener Bürger, der bestimmte Anliegen hat. Die Fürsten des Zwielichts, die Geschäfte machen wollen.«

»Sonst niemand?«

Bomilkar ließ ihn los und hob die Brauen. »Wer denn?«

»Unsere Spitzel«, sagte Laetilius. »Roms Gewährsleute.«

»Ah«, sagte Autolykos; er schüttelte den Kopf. »Natürlich.«

»Also habe ich mir in der Nacht gesagt, daß ihr« – er blickte Autolykos an – »unsere Leute beobachtet, wenn nichts anderes zu tun ist. Aber daß ihr vielleicht nicht das beobachtet, was sie beobachten, während ihr sie beobachtet.«

»Das habe ich verstanden. Und weiter?«

»Ich bin zu unseren Leuten gegangen. Du weißt, es gibt einige, und ich hoffe, ihr kennt nicht alle. Aber das ist jetzt nicht wichtig. Ich habe sie gefragt, und sie haben mir Antworten gegeben.«

»Welche Antworten? Bitte, sag es mir, oder muß ich vor dir knien?«

»Das könnte Aspasia mißverstehen.« Laetilius kicherte. »Unsere klugen Gewährsleute hatten in den vergangenen Monden einige merkwürdige Dinge beobachtet. Zum Beispiel einen Schmied, der auf Anweisung eines edlen Puniers und gegen gute Bezahlung drei Schwerter hergestellt hat. Dazu brauchte er ältere Klingen, um sie einigermaßen echt wirken zu lassen, und die hat er zufällig von einem unserer Leute gekauft.«

»Zufällig willst du keine Namen nennen?«

»Ach, Freund, laß mich bis morgen darüber nachdenken. Übrigens sollten wir uns beeilen, sonst versäumen wir die Feier – du weißt schon: Antigonos.«

»Sprich zuerst weiter – schneller, wenn du magst.«

»Gut. Unsere Männer haben aber noch mehr gesehen. Gestern abend, zum Beispiel, gab es in einigen Gegenden, einigen üppigen Häusern Anfälle von Unruhe, nachdem ein zerlumpter Bettler dort mit Sklaven geredet hatte. Diese Unruhe führte dazu, daß das Haus nahe der Seemauer …«

»Aber wieso im Reich der Zwielichtherren?«

»Die hatten, was niemanden überraschen dürfte, immer schon gute Beziehungen zu den Reichen und Mächtigen.«

Bomilkar seufzte. »Ja. Gut. Oder schlecht. Sprich weiter.«

»Dort trieb sich finsteres Volk herum – Verbrecher, Numider, Ratsherren, derlei.«

Da er nicht weitersprach, sagte Bomilkar: »Und da hast du dir gedacht, daß die befreundeten Städte Rom und Qart Hadasht einander helfen sollten?«

»Ich habe mir gedacht«, sagte Laetilius ernst, »daß Rom zur Zeit einen Krieg in Illyrien führt und daß uns nichts daran liegen kann, wenn in Kart Hadasht Verbrecher an die Macht kommen. Wer weiß denn, gegen wen sie ihre nächsten Verbrechen zu begehen gedenken?« Er schaute Bomilkar in die Augen und setzte leiser hinzu: »Außerdem habe ich hier ein paar Freunde. Aspasia, zum Beispiel.«

Autolykos hustete. »Ich unterbreche euch ungern in diesem innigen Gespräch, aber man wartet, Bomilkar.«

Im Innenhof war es tatsächlich ruhiger geworden; jemand rief: »Warum darf sich Tybon nicht setzen? Unerhört!« Eine andere Stimme verlangte von Bomilkar weitere Erklärungen.

Er legte kurz die Hand auf Laetilius' Arm und versuchte ein kleines Lächeln; dann wandte er sich der Versammlung zu.

»Ich will euch nicht mehr lange festhalten, ihr Edlen; aber es fehlen noch die eigentlichen Erklärungen.«

»Red schon«, schrie jemand.

»Wahlen«, sagte Bomilkar.

Schlagartig wurde es vollkommen still.

»Im Krieg – in den beiden Kriegen, gegen Rom und die Söldner, sind viele gute Männer gefallen. Hier und in anderen Städten gab es Umwälzungen, neue Gesichter, Zerstörungen und Neubeginn. Es kamen Männer in die Stadt, deren Vergangenheit niemand kannte, aber da sie gute Arbeit leisteten, waren sie willkommen, und viele erhielten das Bürgerrecht.

Vor allem, wenn sie aus edlen Familien anderer Städte stammten, Vermögen besaßen, Freundschaften schlossen. Und wenn ihre edle Abkunft nicht zu bezweifeln war, weil im Krieg Häuser, Orte und Archive zerstört wurden.«

»Wen meinst du?« rief einer.

Bomilkar hob die Hand. »Geduld; ich komme gleich dazu. Wahlen, sagte ich. Sie sind eine Möglichkeit, zu Macht und Einfluß zu kommen. Zu Reichtum nicht unbedingt, denn den braucht man schon vorher, sonst käme man gar nicht so weit, sich wählen zu lassen.«

Hier und da flackerte Gelächter auf.

»Daß einer gewählt wird, bedingt, daß ein anderer nicht gewählt wird. Oder ausscheidet. Oder … stirbt.«

Es wurde wieder still.

»Abdosir war alt und einflußreich. Ratsherr, dachte ich, der ich keiner bin. Inzwischen weiß ich, er gehörte zu den Ältesten, den Dreißig Erhabenen. Als er ermordet wurde, gab es Platz für einen, der aus den nur noch Neunundzwanzig wieder die Erhabenen Dreißig macht. Ich weiß nicht, wen der Rat bestimmen wird. Es wurden einige Namen genannt« – Bomilkar suchte Hannos Augen, aber Hanno schaute in die Ferne oder in den Himmel –, »aber wer kennt schon die Absichten der Edlen? Wie auch immer – einer steigt auf, ein anderer rückt nach. Manche wollen überhaupt gewählt werden, was ihnen bisher nicht gelungen ist. Andere wünschen, neben dem Sitz im Rat ein weiteres Amt zu bekleiden – Hoher Priester eines reichen Tempels, zum Beispiel. Oder Richter. Andere, wie Richter Tybon, ein ehrenwerter Mann, wollen sich nicht länger mit Mördern und Dieben plagen, sondern aus dem Kreis der Hundert Richter in den der Hohen Hundertvier aufsteigen, die nicht mit Verbrechen, sondern vor allem mit dem Gemeinwesen befaßt sind.«

»Wer sagt das?« schrie Tybon.

»Das wissen wir doch alle«, sagte der Sufet Himilko. »Du hast nie ein Geheimnis daraus gemacht.«

Als das Gelächter endete, fuhr Bomilkar fort.

»Warum aber einer, der sich nicht mehr mit gewöhnlichen Verbrechen abgeben will, alles daransetzt, ohne die übliche Beratung im Kreis der Richter einen bestimmten Mörder aburteilen zu dürfen, weiß ich nicht. Die anderen Richter werden es zweifellos nachprüfen – am Abend des Tages, an dem Abdosir ermordet wurde, hat Tybon sich von einigen anderen edlen Herren, die zufällig im Gerichtsgebäude waren, das Verfahren gegen Zabugu übertragen lassen. Der Sufet Germiskar hat sich dafür eingesetzt, wie ich hörte, und als ich mit ihm sprach, wußte er angeblich nichts über die Vorgänge, nannte aber plötzlich den Namen Zabugu. Seltsam, nicht wahr?«

Bomilkar starrte Germiskar an. Der Sufet verzog keine Miene, sagte nichts, starrte nur unbewegt zurück.

»Und dann entzieht der Richter dem Herrn der Büttel den Verbrecher Zabugu. Hat er vielleicht Angst, daß Zabugu etwas sagen könnte? Will er ihn schnell hinrichten lassen – nicht nur deshalb, weil der Mörder den Tag der Bestattung des edlen Abdosir nicht überleben soll, sondern auch aus anderen Gründen?«

Im wieder aufbrandenden Lärm suchte Bomilkar Duush; als dieser seinen Blick erwiderte, blinzelte er.

»Adherbal«, sagte er dann sehr laut, »sag uns doch, hat man euch in der Gefangenschaft schlecht behandelt?«

Der Mann mit dem dürren Hals und dem gewaltigen Kehlkopf schaute verblüfft drein, wechselte einen Blick mit seinem Herrn Bodbal und sagte dann: »Es war nicht angenehm, aber wir haben es überstanden. Wie wir auch diese deine finstere Komödie überstehen werden.«

Duush nickte langsam, nachdrücklich.

»Und du, edler Bodbal – du willst in den Rat gewählt werden, selbst wenn dir der Dienst an der Stadt weitere Opfer wie das heutige abverlangen sollte?«

Bodbal schüttelte den Kopf. Mit schneidender Stimme und überscharfer Aussprache sagte er: »Was soll das, Herr der Büttel? Ich habe schon einmal gesagt, über dich, daß manche Leute jeden Tag gepeitscht werden sollten, um zu wissen, wo ihr Platz ist.«

Einige der Anwesenden blicken verwirrt oder verblüfft, sagten aber nichts; sie schienen auf Bomilkars nächste Worte zu warten.

»Adherbal«, sagte Bomilkar, »stammt aus einer alten, edlen Sippe. Ein wenig … nun ja, verarmt, aber edel. Er dient Bodbal, und er weiß, weil seine Familie so lange zu den wichtigen Kreisen gezählt hat, daß man etwas Großes tun sollte, wenn man gewählt werden will. Zum Beispiel: die Stadt retten.«

»Dich wählt aber keiner«, sagte jemand.

»Ich bin ja auch kein Bürger. Andere waren ebenfalls keine, sind es aber geworden. Bodbal, zum Beispiel, stammt aus Sikka – einer Stadt, die im Libyschen Krieg schlimm verwüstet wurde. Der edle Richter Tybon kommt übrigens auch von dort. Und weil Sikka so verwüstet war, gibt es dort keine Urkunden mehr. Wahrscheinlich nicht einmal Menschen, die sich an Bodbal und Tybon erinnern.«

»Das ist eine Unverschämtheit!« sagte Bodbal. »Ich bestehe darauf, daß du dies entweder beweist oder aus dem Dienst entfernt wirst.«

Bomilkar nickte. »Recht so, edler Mann. Wir werden sehen, wie es ausgeht. Aber laß mich etwas anderes erörtern. Man muß etwas tun, um eine Wahl zu gewinnen. Man rettet die Stadt. Zum Beispiel, indem man das Schwert von Qart Hadasht stehlen läßt und wiederbeschafft. Einer der Erhabenen Dreißig kommt dabei ums Leben – schade, aber dadurch wird für einen anderen ein Platz frei, und durch dessen Aufstieg wiederum einer im Rat. Man läßt drei Schwerter anfertigen, die dem einen, kostbaren, ähneln. Zugleich heckt man etwas anderes aus: Man läßt von besonderen Männern, zu denen man selbst gehört, alle fremden Spitzel überwachen. Überprüfen. Sorgt so für Unruhe. Sorgt dafür, daß die Büttel abgelenkt sind, damit die Sache mit dem Schwert desto besser ...«

»Kannst du das beweisen? Beweise es!« schrie Bodbal.

»Später, edler Herr. Man betreibt eine numidische Verschwörung und rettet später die Stadt. Aber vielleicht geht alles nicht so wie geplant. Vielleicht gelingt die Verschwörung – an deren Spitze man steht. In beiden Fällen gewinnt man.«

»Warum, bei allen Göttern, sollte er so etwas tun?« sagte der Sufet Himilko; er klang beinahe fassungslos, vielleicht aber auch nur ungläubig.

»Weil er die Stadt haßt. Weil er« – nun mußte er schreien, um den Lärm zu übertönen – »Numider ist, kein Punier. Auch kein Libyphöniker. Und weil er im Söldnerkrieg gegen Qart Hadasht gekämpft hat.«

Im Getöse und Durcheinander suchte er Nampamo. Zu seiner Überraschung schüttelte der alte Mann den Kopf.

»Tybon«, sagte er, als es wieder ruhig geworden war, »sag mir, was du von meinen Darlegungen hältst.«

Der Richter schnaubte. »Ich habe selten so viele Lügengeschichten gehört, und vor allem noch nie so schlechte.«

Nampamo kniff die Augen zusammen; eine steile Falte entstand auf seiner Stirn.

»Vor sieben Jahren«, sagte Bomilkar, »kam Bodbal in die Stadt. Er hatte Geld, kaufte ein Haus, begann mit dem Handel, vor allem mit Numidien, erwarb das Bürgerrecht. Vor sieben Jahren fanden Sklaven und ein alter blinder Mann im Tal der Säge Silber. Nicht genug, aber doch viel. Sie arbeiteten für einen Mann mit besonders scharfer, sauberer Aussprache. Die er sich angeeignet hat, damit man seine Herkunft nicht hört.«

»Wahnsinn«, rief Bodbal. »Der schiere Wahnsinn! Warum hört ihr euch das an?«

»Der alte Blinde erinnert sich an die Stimme«, sagte Bomilkar. Er hatte keine Bedenken, an dieser Stelle zu lügen, da er sich inzwischen seiner Sache sicher war. »Er ist schwach und hat Angst vor dem Mann aus Sikka, der ihn dort am Stadtrand aufgelesen hat. Alt, furchtsam, blind, ja, aber er kennt die Stimme. Er ist an einem sicheren Ort außerhalb der Stadt; morgen werde ich ihn holen. Was sagst du dazu, Bodbal aus Sikka? Den Numidern auch noch bekannt als Bodaschtart der Grüne?«

Bodbal schwieg; mit aufgerissenen Augen starrte er Bomilkar an.

»Adherbal – in Alexandreia wurde gesagt, der Punier, der für die Umstürzler verhandelte, habe einen dürren Hals und einen gewaltigen Kehlkopf gehabt.«

»Ich nehme an, davon gibt es tausend oder mehr«, sagte Bodbals Helfer. »Was soll das? Es ist doch alles Unsinn.«

»Duush – tritt vor. Du wurdest gefangen und gefoltert und hast im Nebenraum einen gehört, der vom Schwert und von der Fahrt nach Alexandreia redete.«

Der Numider stand auf und ging langsam in die Mitte des Innenhofs.

»So ist es, Herr.«

»Erkennst du hier jemanden? Ein Gesicht? Eine Stimme?«

Duush nickte; mit grimmiger Miene sagte er: »Da steht Dabar, Herr der Bienen und des Hanfs, Priester des Gottes Godogma, der mich gefoltert hat.« Er deutete auf einen der Numider, die von den Kriegern immer noch festgehalten wurden. »Und da steht der Mann, dessen Stimme ich im Nebenraum gehört habe.« Er ging zu Adherbal und berührte ihn mit einem Zeigefinger.

Nampamo erhob sich und ging zu Duush; dort, in der Mitte, blieb er stehen und schaute Bomilkar an.

»Ruhe! Wir sind noch nicht fertig!« Als es still geworden war, sagte Bomilkar: »Einige von euch werden Nampamo kennen. Er lebt auf der Zunge und bereitet die besten Krebse, die man in Qart Hadasht und Umgebung essen kann. Im Libyschen Krieg haben Plünderer ihn gefoltert, seine Kinder geschlachtet, seine Frau geschändet und getötet. Er hat etwas gesehen, das er vergessen möchte und nicht vergessen kann. Nun will er sich mit dem Messer versichern. Haltet ihn fest!«

Der Befehl galt zwei Bütteln, und Bomilkar wies nicht auf Nampamo, sondern auf den Richter Tybon. Er schrie und zappelte, aber die Wächter packten ihn und zwangen ihn, ruhig zu stehen.

»Als er auf meiner Frau lag«, sagte Nampamo, »sah ich eine Narbe auf seinem Gesäß. Eine Narbe wie einen Blitz.«

Mit dem Messer zerschnitt er den Gürtel des Richters und riß ihm den Leibschurz herunter. Da es längst dunkel war, brannten überall Öllampen, deren Licht nun nicht ausreichte.

Einer der Wächter hielt eine Fackel hin. Über die Hinterbacke des Richters zog sich eine lange, gezackte Narbe.

Der Sufet Himilko wartete, bis wieder Ruhe eingekehrt war. Dann trat er neben Bomilkar, legte diesem die Hand auf die Schulter und wandte sich an die Versammelten.

»Wir alle«, sagte er laut, »schulden Bomilkar größten Dank. Ich glaube aber, es hat nicht viel Sinn, in diesem überfüllten Hof lange weiterzureden. Der Rat und die Gerichte werden alles übrige verhandeln. Zu diesem übrigen gehören einige Dinge, die ich hörte, als ich gefangen war, und die alles bestätigen, was Bomilkar uns dargelegt hat. In den nächsten Tagen werden wir alle offenen Fragen hoffentlich beantworten können. Die Gefangenen sind abzuführen – ja, auch Tybon und Bodbal, der Bodaschtart heißt. Ihr anderen, geht heim und sagt allen, daß Qart Hadasht unvermindert besteht.«

Als alles aufzubrechen begann, trat Bomilkar Hanno in den Weg. »Auf ein Wort, Edler«, sagte er.

Hanno starrte ihn an, schweigend. Wieder dachte Bomilkar an Schlangenaugen, aber diesmal fröstelte er nicht.

»Jemand muß den drei anderen Ratsherren empfohlen haben, sich nicht zu rühren, wenn Abdosir stirbt«, sagte er halblaut. »Jemand, der anderen vielleicht Hinweise auf ein altes Schwert gegeben hat.«

Hanno hob die Schultern. »Es wird sich wieder einfinden, dieses heilige Schwert«, sagte er. »Wahrscheinlich ist es in einem der anderen Tempel. Soll ich etwa selbst danach suchen?«

»Das wird nicht nötig sein, Herr. Du sagst, es wird sich einfinden; da bin ich sicher, es wird dir gehorchen. Aber was, frage ich mich, hat Abdosir tatsächlich getragen? Was hat Zabugu ihm entrissen?«

»Kaum etwas diesseits und jenseits der Meere bekümmert mich weniger.« Hanno wollte ihn beiseite schieben, ließ aber den erhobenen Arm sinken und nickte einem seiner Begleiter zu.

Bomilkar wies ihn mit einem Handzeichen zurück. »Wir sind nicht fertig, Herr. Erinnerst du dich an das, was ich von der Bucht von Mastia erzählt habe?«

»Ungern.«

»Um die Gegner zu entdecken, war ein Köder nötig. Jemand, der den Köder beobachtet. Und jemand, der die Beobachter beobachtet. Hasdrubal hat sich dies ausgedacht. Dabei fiel mir ein, daß Hasdrubal viel von Hamilkar gelernt hat, und daß Hamilkar nur einen gleichwertigen Gegner hatte. Hanno den Großen.«

»Gleichwertig?« Hanno spuckte das Wort förmlich. »Was willst du – Büttel?«

»Das Schwert wird gestohlen. Damit die Büttel abgelenkt sind, beschließt der Rat – auf wessen Betreiben eigentlich? –, daß bestimmte Männer jene Spitzel überprüfen sollen, die angeblich neu in der Stadt sind. Die Büttel beobachten natürlich diese Männer. Könnte es sein, daß eigentlich jemand auf diese Weise feststellen wollte, wer geheime Nachrichten an Hamilkar und Hasdrubal übermittelt? Daß Roms und Ägyptens Spione beobachtet wurden, um die Nachrichtenwege der Barkiden zu erforschen?«

»Geh mir aus dem Weg«, sagte Hanno. »Zweimal habe ich dich geduldet, ein drittes Mal wird es nicht geben.«

Bomilkar trat beiseite. Hanno der Große ging, ohne ihn noch einmal anzusehen.

Und Bomilkar wußte, daß da noch mehr war. Daß er es niemals würde beweisen können. Daß Hanno etwas verloren hatte, was für ihn schlimmstenfalls ein unwichtiges Scharmützel war. Hanno der Immer-Noch-Große.

Bomilkar knirschte mit den Zähnen. Dann spuckte er aus.

# 27

**Die lange Reise begann um Mitternacht** auf der Agora. Musiker, Priester und gewöhnliche Menschen, darunter viele alte Krieger, umgaben die Kiste mit Fackeln. Sie war aus schwarzem Holz, mit silbernen Beschlägen. Jemand trug sie zehn, zwanzig Schritte und übergab sie einem anderen. Manchmal taten sich mehrere zusammen, setzten die Kiste in eine Sänfte, bis die nächsten sie wieder auf den Händen trugen, oder auf hochgereckten Armen, oder auf dem Kopf.

Einige weinten, einige sangen; Dichter sprachen Verse über das Leben und die Taten des größten aller Punier, des Retters der Stadt. Man verbrannte Weihrauch und rief alle Götter an.

Sie trugen die Kiste von der Agora durch die alten Gassen der Stadt, durchs Labyrinth, wo die Herren des Zwielichts die Knie beugten, und auf den Byrsahügel, wo aus den Palästen der Reichen die Herren und die Sklaven mit Fackeln erschienen.

Nach Norden, durch die äußere Byrsamauer, in die Megara, unter dem kalten Licht der Sterne, über Wege, die sich zwischen Hecken verbargen, zwischen Landgütern streunten und zwischen Äckern verloren. Immer Gesang, immer Gebete, immer Preis.

Im Morgengrauen erreichten die letzten Träger das Haus, das Landgut von Hamilkar Barkas. Dort stand seine Tochter Salambua, aus Numidien hergekommen, nahm die Kiste in Empfang und bat die Menschen von Qart Hadasht, sich an den großen Toten zu erinnern. Am Weg und auf den Wiesen des Landguts waren Tische und Bänke aufgestellt, mit Wein und Säften, Brot und Früchten. Alle aßen und tranken, und als die Sonne aufging, war es, als zerrisse sie eine düstere Decke der Traurigkeit, die über allen gelegen hatte. Die Menschen sprachen lauter, lachten, gingen zurück in die Stadt.

Im Garten, wo seit vielen Jahren die Asche der Löwengebärenden ruhte, der unvergleichlichen Kshyqti, Gattin Hamilkars und Mutter von Salambua, Sapanibal, Hannibal, Hasdrubal und Mago, sprach Salambua ein kurzes Gebet zu Tanit, der Lebenspendenden. »Er hat seine Ruder zurückgegeben; nimm ihn in dein ewiges Schiff, Herrin und Mutter.«

Die Schwester war gestorben, die Brüder kämpften in Iberien, wie auch Salambuas Gatte, der Numiderfürst Naravas. Ein Vetter Hamilkars war da, die wichtigsten Männer der Barkidenpartei, Himilko der Sufet, Mastanabal der Ratsherr, Balhanno der Fünf-Herr für Recht und Ordnung – aber Salambua öffnete die Kiste, nahm die silberne Amphore heraus, die Hamilkars Asche barg, und reichte sie keinem der Verwandten, keinem der Edlen, sondern Hamilkars ältestem Freund, dem hellenischen Metöken, in Qart Hadasht geboren, dem Herrn der Sandbank, Antigonos. Daniel der Jude, Hamilkars Verwalter, hob den Stein über der Höhlung, in der Kshyqtis Asche lag, und Antigonos setzte die Amphore hinein.

Aspasia hielt Bomilkars Hand und weinte lautlos.

Im Schatten der Bäume tranken sie Wasser mit wenig Wein, aßen Datteln und kalten Braten und redeten. Bomilkar sah den Sufeten und Balhanno, die offenbar erregt miteinander sprachen oder vielleicht auch stritten. Bostar kam und nahm Aspasias Arm.

»Ein Wort über Schmuck, o du mit den feinen Fingern?« sagte er.

Bomilkar wandte sich Antigonos zu, der neben ihn getreten war. »Was, Herr der Sandbank, willst du mit mir bereden, ohne daß Aspasia es hört?«

Der Hellene lächelte. »Dies und das, aber es wird nicht lange dauern. Grüße von Hasdrubal habe ich auszurichten. Er war mit dir sehr zufrieden und wird es, nach der vergangenen Nacht, auch weiterhin sein.«

Bomilkar neigte den Kopf. »Ich danke sehr.«

»Die Bewohner von Mastia«, sagte Antigonos, »hatten einen sehr großen, starken Mann ins Herz geschlossen. Sie haben den Tod von Mandarax betrauert …«

»Ich hoffe, geziemend, mit Bergen von Fleisch, Seen von Wein und üppigen Beilagern.«

»Sei versichert, sie wußten, was angemessen war. Und sie haben den Fürsten Mandunis gebeten, einer Namensänderung zuzustimmen.«

»Ah. Welcher?«

»Der westliche Teil der Bucht, in dem der Gallier starb, wird in Zukunft ›Meer des Mandarax‹ heißen.«

»Das ist gut. Ich hoffe, ich kann demnächst wieder einmal hinreisen und ein Trankopfer darbringen.«

Antigonos lächelte, wurde aber sofort wieder ernst. »Nun zu dieser … Geschichte. Bostar hat mir berichtet, was ich noch nicht wußte. Du weißt wahrscheinlich auch noch einiges nicht.«

Bomilkar nickte. »Einiges weiß ich nicht, Herr, das stimmt. Ich vermute aber einiges.«

»Vermute nicht zu laut. Manche laute Vermutung hat schon den Mutmaßenden erschlagen.«

»Hanno sagte, er habe mich zweimal geduldet, ein drittes Mal werde es nicht geben.«

Antigonos rümpfte die Nase. »Tja. Er kann auch Älteste und Hohe Priester dazu bewegen, Dinge nicht zu sehen oder nicht zu sagen. Vielleicht hat er von dieser Schwertgeschichte erfahren und beschlossen, sie zu nutzen. Vielleicht hat er aber auch alles ausgeheckt. Drei Schwerter machen lassen, um, wenn es gefährlich wird, sagen zu können, ihr armen Verschwörer habt gar nicht das echte Schwert. Um, wenn die Stadt in Bedrängnis gerät, das eine, echte Schwert vorzuzeigen und als Retter dazustehen. Zwei Schwerter schickt er nach Iberien, damit die Barkiden etwas tun, wobei er sie beobachtet. Die numidischen Verschwörer wissen es nicht, deshalb haben sie euch in Mastia überfallen, in der Annahme, es gebe nur ein Schwert. Der alte Abdosir hatte wahrscheinlich ein Stück Holz auf den Armen, und Zabugu hat es zwischen anderen Hölzern fallen lassen.«

»Aber wozu das alles?«

»Was meinst *du*?« Antigonos blickte ihn durchdringend an.

»Zur Mehrung seiner Macht. Seine Gegner sind die Barkiden. Er weiß natürlich, daß ich für Hamilkar und Hasdrubal Nachrichten gesammelt habe. Aber er wollte wissen, wer außer mir. Ich nehme an, er konnte sich nicht vorstellen, daß neben dem kleinen Büttelführer nicht noch jemand tätig ist. Einer, der alles leitet. Die Numider mit dem Schwert lenken von der Überwachung der römischen Spitzel ab; diese lenkt ab von der Beobachtung der barkidischen Nachrichtensammler. Und wenn er diese kennt und in der Hand hat, kann er Hasdrubal jederzeit schaden. Ihn mit falschen Meldungen füttern.«

Antigonos seufzte leise. »Der Gegner ist immer Hanno. Bostar, falls er gewählt wird, und ich, mit dem Geld der Bank, können dich im Rat und in der Stadt ein wenig … schützen. Aber du solltest Hannos Warnung beachten.«

Später, als sie mit Laetilius zurück zur Stadt gingen, sagte Bomilkar:

»Du, Römer, wann reist du ab?«

Laetilius blickte in den Himmel. »Wenn wir etwas schneller gehen, heute nachmittag. Ein Boot aus Neapolis wartet auf mich.«

»Ah«, sagte Aspasia. »Titus, du bist ein Feigling.«

»Warum dies?«

»Schnell verschwinden, bevor jemand eindringliche Fragen stellt, nicht wahr?«

»Wie scharfsichtig – was könnte ich vor dir verbergen?«

»Den Schmied zum Beispiel, der die Schwerter gemacht hat«, sagte Bomilkar.

»Ach, habe ich das nicht gesagt?« Laetilius lächelte, aber seine Stimme klang betrübt, beinahe zerknirscht. »Er ist heute früh an Bord eines Schiffs gegangen, das ihn nach Ostia bringen wird. Er hat das dritte Schwert mitgenommen, um es auszubessern.«

»Schwarzes Schwein«, sagte Bomilkar. »Und Hanno? Hat er mich reden lassen, weil du ihm den Namen des Schmieds genannt hast, den er beauftragt hat?«

»Ei.« Laetilius blieb stehen und sah Bomilkar mit gerunzelter Stirn an. »Wie kommst du denn auf diesen Gedanken?«

»Warum« – Bomilkar sprach nun ganz leise – »warum lieferst du mir das Schwein nicht aus?«

»Hanno der Große ist eine wichtige Gestalt. Es wäre nicht im Sinne Roms, ihn … vermindert zu sehen.«


Sie begleiteten ihn zum Hafen. Nachdem Laetilius seine Sachen an Bord des Seglers gebracht hatte, der zum Auslaufen bereit war, kam er zurück auf den Kai.

»Schönste aller punischen Helleninnen«, sagte er; dabei nahm er Aspasias Hände. »Ich habe ihn geschützt, wie du wolltest, und ich werde immer klagen, daß jenes dreifache Beilager, das du erwogen hast, mir versagt blieb. Obwohl ich es ohne den da vorzöge, allein mit dir.«

Aspasia lachte. Dann wischte sie sich ein paar Tränen weg, küßte Laetilius auf den Mund und sagte: »Verschwinde. Und komm wieder.«

»Vielleicht.« Laetilius ließ ihre Hände los und wandte sich Bomilkar zu. »Eigentlich wärst du dran. Nach Rom zu kommen. Aber besser hier als gar nicht.«

Bomilkar legte seine Wange an die des Römers. »Ich werde einen verwickelten Mord an einem Römer begehen«, sagte er, »vielleicht schicken sie dich dann wieder. Leb wohl.«

Auf dem Heimweg zu Aspasias Wohnung gähnten sie abwechselnd. Als sie den Innenhof erreicht hatten, sagte sie:

»Was steht heute noch an?«

»Berichte können warten. Ebenso Barako, der Beförderung verdient. Und die Frage an numidische Fürsten, ob irgendwo einer namens Nislakh aufgetaucht ist.« Bomilkar gähnte wieder. »Aber heute abend müssen wir prassen, mit Tigalit und Bostar und Antigonos und Daniel.«

»Dann sollten wir gründlich schlafen«, sagte sie. »Es sei denn …«

»Was, Schönste?«

Sie kicherte. »Ist es noch einsatzbereit?«

»Könnte man versuchen – wenn du meinst, was ich befürchte.«

»Das Schwert von Qart Hadasht.«

# ANHANG

Zum Hintergrund: Die Geschichte spielt 229 v. Chr., d. h. elf Jahre nach dem Ersten Punischen Krieg (264–241 v. Chr.) und acht Jahre nach dem Söldnerkrieg (241–237 v. Chr.); wer mehr wissen möchte, sei auf Nachschlagewerke verwiesen. *Das Schwert von Karthago* ist eine Art Fortsetzung von *Hamilkars Garten* (Neuausgabe als *Das Gold von Karthago*). Teile des historischen wie des fiktiven Personals finden sich auch im Roman *Hannibal*.

## Einige Namen und Begriffe

Adane – arab. Hafen, Aden
Baits – lat. Baetis, der Guadalquivir
Byrsa – der Stadthügel Karthagos
Byssatis – karthagische Provinz an der tunesischen Ostküste
Ebusos – Ibiza
Hadrymes – lat. Hadrumetum, heute Sousse (Tunesien)
Hipu – lat. Hippo; zwei wichtige Häfen, heute Biserte (Tunesien) und
    Bône/Annaba (Algerien); im Buch ist dieses gemeint
Iberos – der Ebro
Ityke – lat. Utica, nordwestl. von Karthago
Kamelopard – Giraffe
Kane – alter Handelshafen in Südarabien
*kitun* – Leibrock, griech. Chiton, lat. Tunika
Libyen – Gesamtbezeichnung für Nordafrika (außer Ägypten)
Massalia – griech. Stadt in Gallien, lat. Massilia: Marseille
Mastia – iberische Stadt, später Neukarthago/Cartagena
Melite – Malta
Metöke – ansässiger Fremder ohne Bürgerrechte
Oikumene – die Gesamtheit der bekannten/bewohnten Welt

Okeanos – der Atlantik

Pentere – Kriegsschiff mit fünf Mann pro Ruder

Ptolemaier – die Nachfolger von Alexanders General Ptolemaios als Herrscherdynastie in Ägypten

Qart Hadasht – »neue Stadt«, griech. Karchedon, lat. Carthago

Qart Iuba/Karduba – fiktiver Name für Córdoba

Säulen des Melqart – »Säulen des Herakles«, Meerenge von Gibraltar

Schwarze Berge – die Sierra Morena (Spanien)

*shiqlu* – vgl. Talent

Sikka – heute El Kef (Tunesien)

Stratege – verwendet im Sinne von »General«; »Stratege von Libyen (Afrika) und Iberien (Spanien)«: Hamilkars bzw. Hasdrubals Titel als Oberbefehlshaber aller punischen Heere

Sufet – einer der beiden jährlich gewählten höchsten Exekutivbeamten Karthagos; entspricht etwa dem römischen Konsul

Suru – Tyros

Tagus – bzw. Tagos, Taggo, der span. Fluß Tajo

Talent – ca. 27 kg, unterteilt in 60 Minen zu je 60 Schekel bzw. 100 Drachmen; Schekel (griech. *siglos*, phön. *shiqlu*): karthagische Silbermünze (ca. 7–7,5 gr)

Tofet – Opferstätte und Begräbnisplatz

Triere – Kriegsschiff mit drei Ruderreihen übereinander

## Verfassung

Über Karthagos Verfassung und Institutionen gibt es widersprüchliche Angaben. In den Quellen ist die Rede von 300 Ratsmitgliedern und 30 Ältesten (Angehörigen der *gerousia*). Ob dies eine Art Ausschuß innerhalb der 300 (also 270 + 30) waren oder eine Art Oberhaus (300 + 30), läßt sich nicht feststellen. Ähnlich steht es mit der Anzahl der vom Rat auf Lebenszeit ernannten Richter: Die Quellen nennen 100, aber auch 104 – unterschiedliche Angaben für eine Körperschaft oder zwei Kammern? Sufeten wurden wie Roms Konsuln jährlich gewählt; ob das auch für den Rat gilt, ist unsicher. Die diesem Roman zugrundeliegenden Zahlen und Verfahrensweisen sind lediglich eine hoffentlich plausible Mutmaßung.

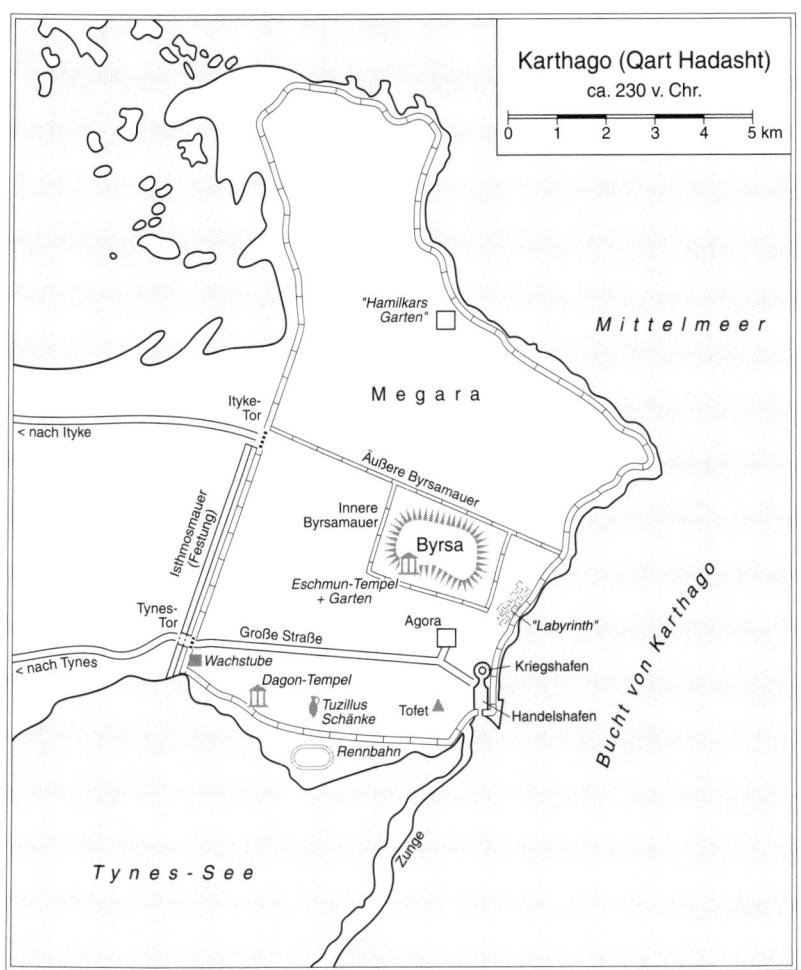

Karthago (Qart Hadasht)
ca. 230 v. Chr.

0   1   2   3   4   5 km

Mittelmeer

"Hamilkars Garten"

Megara

Ityke-Tor

< nach Ityke

Äußere Byrsamauer

Innere Byrsamauer

Byrsa

Eschmun-Tempel + Garten

Agora

"Labyrinth"

Tynes-Tor

Große Straße

Wachstube

Kriegshafen

< nach Tynes

Dagon-Tempel

Tuzillus Schänke

Tofet

Handelshafen

Rennbahn

Bucht von Karthago

Zunge

Tynes-See